ANNA GODBERSEN

Die Prinzessinnen von New York

Gossip

ANNA GODBERSEN

Gossip

DIE PRINZESSINNEN VON NEW YORK

Roman

Ins Deutsche übertragen
von Franziska Weyer

LYX

LYX in der Bastei Lübbe AG
Dieser Titel ist auch als E-Book erschienen.

MIX
Papier aus verantwortungsvollen Quellen
FSC® C019821

Die Originalausgabe erschien 2009 unter dem Titel
»Envy« bei Alloy Enterteinment, LLC.

Textredaktion: Jana Karsch
Umschlaggestaltung: © Sandra Taufer
unter Verwendung von Motiven von © Shutterstock;
Nadya Korobkova / Shebeko / tomertu / kaisorn / pashabo
Satz: Greiner & Reichel, Köln
Gesetzt aus der Adobe Caslon
Druck und Verarbeitung: C.H.Beck, Nördlingen
Printed in Germany
ISBN 978-3-7363-1069-8

1 3 5 7 6 4 2

Sie finden uns im Internet unter www.lyx-verlag.de
Bitte beachten Sie auch: www.luebbe.de und www.lesejury.de

Für Edna und Marge

PROLOG

Für eine gewisse Art von Mädchen in New York muss immer alles exakt am richtigen Platz sein. Sie verwahren ihren Schmuck im Schmuckkästchen und ihre Spitze in den dafür vorgesehenen Schubladen. Wenn sie spazieren gehen, ziehen sie ein passendes Outfit für Ausflüge in die Natur an, wenn sie ins Theater gehen, tragen sie einen Theaterhut. Steht ihnen nachmittags mal der Sinn danach, eine ihrer besten Freundinnen zu besuchen, dann wissen sie schon vorher ganz genau, um wie viel Uhr sie vorbeikommen müssen, um sie allein anzutreffen, damit sie ihr unter vier Augen die pikantesten Geheimnisse verraten können. Später, wenn sie dann pflichtbewusst auch noch bei der Freundin vorbeischauen, die sie ehrlich gesagt gar nicht sehen wollen, kommen sie natürlich just in dem Moment dort an, wenn die junge Dame gerade nicht zu Hause ist. Diese Mädchen würden sich niemals ohne Hut auf der Straße sehen lassen, geschweige denn ohne Handschuhe, wenn auch junge Männer mit dabei sein sollten. Ein kleiner Spatz, der an diesem ersten Frühlingstag des Jahres 1900 durch die klare Luft flatterte, war deshalb vermutlich ziemlich überrascht, dass sich keine dieser Damen wirklich an dem Ort befand, wo sie hätte sein sollen.

Der März war angebrochen, und obwohl bis gestern noch Schnee auf den Bürgersteigen gelegen hatte, bot der Abend einen ersten Vorgeschmack auf die bevorstehende wärmere Jahreszeit. Als sich unser kleiner Vogel an der Fifth Avenue auf dem italienisch anmutenden Fenstersims einer bestimmten Dame niederließ, begann sein winziges Herz unter dem hellen Brustgefieder heftig zu schlagen. Denn diese Dame – die erst kürzlich in eine der großen New Yorker Familien eingeheiratet hatte –, öffnete gerade ihre Korsage in Gegenwart eines Mannes, der ihrem Ehemann kein bisschen ähnlich sah.

Ihre Wangen waren vom Champagner gerötet, den sie beim Abendessen getrunken hatte, und weil sie es nicht gewöhnt war, sich ohne die Hilfe ihres Dienstmädchens auszuziehen, brach sie bei dem Versuch immer wieder in albernes Gekicher aus. Schließlich machte ihr Partner einen Schritt auf sie zu und machte sich daran, die Bänder eigenhändig zu lösen.

Doch da war der kleine Vogel schon davongeflogen, hatte seine gesprenkelten Flügel ausgebreitet, um sich mit der Abendluft emporzuschwingen und hoch über der Avenue gen Süden davonzufliegen. Er segelte an den hell erleuchteten Eingängen der Häuser vorbei, die allesamt irgendwelchen Millionären gehörten, und über die Köpfe ihrer Kutscher hinweg, die in ihrer üblichen Wartehaltung entlang der Bordsteine lungerten. Sein nächster Landeplatz war das schmiedeeiserne Geländer vor einem bleiverglasten Fenster, das zu einem jener neuen, modischen Apartmenthäuser der Reichen gehörte. Das Licht der Straßenlaternen spiegelte sich in der Scheibe, trotzdem waren die Leute dahinter deutlich erkennbar.

Das Mädchen war vor allem für den Ruf und die vornehme Adresse ihrer Familie bekannt – und für eine Verlobung, die ziemlich viel Aufmerksamkeit erregt hatte. Das Apartmenthaus lag sehr viel weiter im Norden auf der kleinen Insel Manhattan, als ihre Familie je gewohnt hatte. Der Mann, der ihr nun etwas zurief, sodass sie ihren Platz am Kamin verließ, glich in keiner Weise demjenigen, dessen Ring sie einst getragen hatte. Doch die dunklen Augen des Spatzes huschten schon wieder in eine andere Richtung und noch bevor sich die Szene im Haus weiter entfalten konnte, war er bereits auf und davon.

Während er in Richtung Südosten segelte, drehte er sein rundes gefiedertes Köpfchen und spähte in die Fenster der feinen Leute, die auf den schicken Hausfassaden wie gerahmte Bilder wirkten. Hier war die Erbin, deren neuer Reichtum sie nicht daran hinderte, ihre Strümpfe in Gegenwart eines Mannes auszuziehen, von dem noch niemand je etwas gehört hatte. Dort war der Lieblingssohn der vornehmen New Yorker Gesellschaft, der erst vor Kurzem alle mit dem Ende seines Junggesellendaseins überrascht hatte und jetzt das Spiegelbild der Stadt im Hudson River anstarrte. Und da war seine Ehefrau, immer noch in ein winterliches Outfit aus schwerem Samt gehüllt, weil ihre Frühjahrsgarderobe aus Paris noch nicht eingetroffen war, während sie ohne Tanzpartner in einem sehr schön geschmückten Saal stand.

Wer könnte es unserem kleinen Vogel da schon übel nehmen, dass er sich schließlich auf die Fensterbank des Stadthauses von einer jener altmodischen Familien setzte, denen Anstand immer noch etwas bedeutete. Doch als er sich dafür das Haus mit der Nummer siebzehn am Gramercy Park aussuchte, gab es absolut keine Garantie, dass dessen Bewohner ein ruhiges und geordnetes Leben führten. Allerdings war Diana Holland an diesem Abend vielleicht das einzige Mädchen der feinen Gesellschaft, das sich tatsächlich dort befand, wo es auch sein sollte. Denn sie saß allein in ihrem eigenen Zimmer und hatte sich das glänzende wild gelockte Haar gekämmt, das nun offen ihren Hals umspielte. Auch die rosige Haut ihrer Wangen war sorgfältig geschrubbt und abgetrocknet worden. Jetzt betrachtete sie sich selbst in dem Spiegel auf ihrem Schminktisch, der dunkel gebeizt und mit hübschen Schnitzereien verziert war. Sie hatte schon so oft davor gesessen, wenn sie sich für irgendwelche fröhlichen Abende zurechtgemacht hatte.

Doch heute wirkte sie alles andere als fröhlich. Ihre für gewöhnlich strahlenden dunkelbraunen Augen waren vom vielen Weinen gerötet, und ihr kleiner runder Mund war zu einer Grimasse der Hoffnungslosigkeit verzogen. Sie blinzelte immer wieder, während sie ihr Spiegelbild anstarrte, doch sie konnte sich einfach nicht dazu bringen, das, was sie sah, zu mögen. Das Mädchen, das ihr entgegenblickte, gefiel ihr nicht mehr, und sie wusste, dass sie trotz der vielen Tragödien, die ihr kurzes Leben bereits überschattet hatten, noch nie so tief gesunken war. Was sie getan hatte, verursachte einen pochenden Schmerz in ihrer Brust, und je länger sie dort alleine saß, desto schlimmer wurde das Gefühl. Schließlich zwang sie sich, die Schultern zu entspannen, und reckte das kleine, wohlgeformte Kinn vor. Sie blinzelte erneut, dann zeichnete sich plötzlich Entschlossenheit auf ihrem Gesicht ab.

Sie hielt den Blick unverwandt auf den Spiegel gerichtet, während sie mit der Hand suchend über den Tisch tastete. Als ihre Finger auf die vergoldete Schere trafen, zögerte sie keine Sekunde. Sie hob die Schere an ihre Locken und begann zu schneiden. Ihre Haare waren so dick, dass es einige atemlose Minuten dauerte, bis sie sie alle abgeschnitten hatte. Erst als sie damit fertig war und ihre Haare einen glänzenden braunen Teppich zu ihren Füßen bildeten, schob sie den Stuhl zurück und löste den Blick von ihrem Spiegelbild. Alles, was übrig war, waren dunkelbraune Stoppeln, die hinter ihren Ohren und am Nacken hervorguckten.

Später, als sich die ersten hellen Flecken der Morgenröte am Rand des Himmels abzeichneten, beobachtete unser Spatz, der sich immer noch auf einer Fensterbank der Hollands ausruhte, wie die jüngste Bewohnerin des Hauses aus der Eingangstür trat. Sie trug ihren alten Mantel und hatte den Hut bis tief über die Ohren gezogen, um sich vor der Kälte zu schützen. Es war viel zu spät – oder eher zu früh –, als dass sich irgendjemand auf der Straße herumgetrieben hätte, dem ihr entschlossener Schritt hätte auffallen können, doch die kleinen schwarzen Augen des Spatzen folgten ihr, als sie in diesen neuen Tag hinaustrat und eilig davonmarschierte.

1

Mr Leland Bouchard bittet um das Vergnügen Ihrer
Gesellschaft anlässlich des Balls zu Ehren der Mitglieder
des Clubs New Yorker Automobilisten am Donnerstag,
den 8. Februar 1900, abends um 21 Uhr
in der 18 East 63rd Street.

»Ein so wunderbares Mädchen wie Sie, quasi die Anmut in Person, sollte sich an einem Abend wie heute sicher nicht verstecken, wenn sich doch alle Welt nach dem Anblick einer hübschen Figur mit funkelnden Augen sehnt. Schließlich sind Sie diejenige mit den hübschesten Augen von allen.«

Diana Holland sah von ihrem Platz auf dem Seidensofa auf und musterte ihren Freund mit unschuldiger Miene. Der Mann, der im glänzenden Mahagonitürrahmen der Bibliothek lehnte, hatte wie üblich doppelt so viele Wörter benutzt, wie eigentlich nötig gewesen wäre. Sein Name war Davis Barnard, und obwohl er seine Klatschkolumne unter einem Pseudonym schrieb, war er der einzige berühmte Schriftsteller, den Diana kannte.

Sie schielte verstohlen nach links und sah, dass die Wimpern ihrer Tante Edith, die als Anstandsdame mitgekommen war, bereits deren hohe Wangenknochen berührten. Ediths Gesicht gab Diana einen Vorgeschmack darauf, wie sie selbst irgendwann mal aussehen würde, denn der kleine runde Mund, die vornehme Nase und die dunklen Augen unter der hohen Stirn waren ihren eigenen sehr ähnlich, auch wenn das Alter schon dafür gesorgt hatte, dass ihre Züge etwas härter wirkten.

Ediths Atem ging gleichmäßig, und ihre Miene wirkte entspannt – sie war eingeschlafen. Diana wandte sich wieder Barnard zu, der in einem schicken Smoking steckte und das elektrische Licht des Ballsaals im Rücken hatte. Die trällernde Geräuschkulisse der Gäste von Leland Bouchard drang durch die offene Tür zu ihnen herüber.

»Sie schmeicheln mir«, sagte sie, während sie auf die Beine kam und ihre Worte mit einem wissenden Augenzwinkern betonte. In diesen Tagen hatte sie das Gefühl, wirklich furchtbar viel zu wissen.

Der lange schwarze Chiffonrock ihres Kleides schleifte hinter ihr her, während sie sich dem Eingang näherte. Sie schlug ihren Fächer auf, um ihr Gesicht dahinter zu verbergen. Das machte sie immer, wenn sie Barnard begleitete, schließlich unterhielten sie sich immer bis ins kleinste Detail über jeden einzelnen der Anwesenden, also kam es ihr wie eine gute Idee vor, ihren Mund abzuschirmen, um allen, die vielleicht ihre Lippen lesen konnten, das Leben schwer zu machen. Ihr Haar war im Nacken zu einem Knoten hochgesteckt und an beiden Schläfen ringelten sich zarte Löckchen bis zu den Ohren herab. Ein schwarzer Ledergürtel betonte ihre schmale Taille und in der Mitte ihres weiten, geschwungenen Ausschnitts prangte eine Blume aus elfenbeinfarbener Spitze. Das Kleid war neu und sie hatte es selbst bezahlt. Sie warf einen raschen Blick über die Schulter, um sicherzugehen, dass ihre Flucht vor ihrer Anstandsdame niemandem aufgefallen war, und ließ sich dann von ihrem Begleiter über den cremefarbenen Marmorboden des Zwischengeschosses führen.

»Ganz schön dick aufgetragen«, bemerkte Barnard, während sie über das glänzende Parkett in Leland Bouchards Musikzimmer schlenderten. Beim Bau dieses Raums hatte man eindeutig auf besonders gute Akustik geachtet, obwohl er nur selten für seinen ursprünglichen Zweck benutzt wurde. Musikzimmer waren schließlich was für Menschen, die gerne Hauskonzerte veranstalteten, und Leland Bouchard, der mit gerade mal zwanzig Jahren dank seiner Investitionen genug verdient hatte, um dieses Haus für sich zu bauen, war bekannt dafür, dass er einfach nicht still sitzen konnte. Die Wände waren mit Malereien verziert und eine riesige, mit kleinen Lichtern geschmückte kenianische Palme reckte sich bis zur fast acht Meter hohen Decke.

Als Diana die Augen durch den rechteckigen Raum mit der hohen gewölbten Decke schweifen ließ, traf ihr Blick plötzlich den von Isaac Phillips Buck, der sich jedoch hastig abwandte, so als hätte sie ihn dabei erwischt, wie er sie beobachtete. Er war kräftig gebaut, beinahe so breit wie groß, und die weichen Züge seines pausbäckigen Gesichts machten es schier unmöglich, sein Alter zu bestimmen. Sie wusste zwar, dass er Penelope Hayes' Lakai war, konnte sich allerdings nicht vorstellen, warum er irgendeine Art von Interesse an ihr haben sollte. Danach entdeckte sie Agnes Jones, die ehemalige Freundin ihrer Schwester, die sich bei einem gut gekleideten Herrn untergehakt hatte. Diana gab sich ehrlich Mühe, ihr einen freundlichen Blick zuzuwerfen, allerdings hatte sie nach wie vor Probleme, so zu tun, als würde sie Leute mögen, die sie eigentlich nicht ausstehen konnte – eine Eigenschaft, die Barnard sehr bei ihr vermisste, weil er sie sowohl für eine Dame der Gesellschaft als auch für jemanden, der mit Geheimnissen hausieren ging, absolut notwendig fand.

»Heute sind wirklich alle hier«, fuhr Barnard fort, während sie zusahen, wie Teddy Cutting durch den Raum schlenderte, an der Seite von Gemma Newbold, die eine mit Diamanten besetzte Tiara auf ihrem roten Lockenschopf trug und als Mrs Cuttings erste Wahl für ihren einzigen Sohn galt. Es hatte mal eine Zeit gegeben, als wirklich jeder davon ausgegangen war, dass Teddy Elizabeth Holland heiraten würde, doch dann hatte sie sich in aller Öffentlichkeit mit seinem besten Freund verlobt, um schließlich in aller Stille ihre wahre Liebe zu heiraten. Genau wie ihre Mutter war sie inzwischen verwitwet. Die beiden verbrachten den Abend gemeinsam zu Hause, wie so oft in letzter Zeit, was einer der Gründe war, warum sich ihre jüngere Schwester bemühte, sich so häufig wie möglich an ihrer Stelle zu zeigen. Allerdings konnte das unmöglich der Anlass dafür sein, dass Buck ihr jetzt hinterherspionierte.

»Klar, es gibt halt niemanden, der Leland nicht leiden kann«, erwiderte Diana und schüttelte das eklige Schaudern ab, das Bucks Schweinsäuglein in ihrem Nacken verursachten.

»Man muss ihn ja auch einfach gern haben …« Barnard unterbrach sich, um sich ein Glas Champagner vom Tablett eines vorbeieilenden Kellners zu schnappen. »Auch wenn ich gestehen muss, dass ich jedes Mal seltsamerweise Kopfschmerzen bekomme, wenn ich mich zu lange in seiner Gesellschaft aufhalte. Er redet viel zu schnell und ist ständig ganz aus dem Häuschen über alles und jeden. Was mich angeht: Es gibt nichts, was mich tagsüber derart in Aufregung versetzen könnte – zumindest nicht vor fünf Uhr nachmittags.«

Diana unterdrückte ein Lächeln, denn sie wusste, was der späte Nachmittag für ihren Freund bedeutete; allerdings hatte sie schon mitbekommen, dass er gerne auch vor dieser Uhrzeit mal einen Schuss Whisky in seinen Kaffee goss.

»Eleanor Wetmores Kleid ist ganz schön geschmacklos«, meinte Diana, nachdem sie die maßgeschneiderten Outfits und geschminkten Gesichter direkt vor ihnen musterte.

Barnard hielt inne und folgte ihrem Blick. »Stimmt.«

»Ich könnte mir vorstellen, dass sie jetzt, wo ihre jüngere Schwester mit Reginald Newbold verlobt ist, ziemlich verzweifelt nach einem passenden Ehemann Ausschau hält. Mit ihren sechsundzwanzig Jahren bei der Hochzeit die Rolle einer Brautjungfer zu spielen, statt als Ehrendame auftreten zu können, wird ihr sicher gar nicht schmecken. Ich schätze, dass sie momentan geradezu nach Aufmerksamkeit lechzt.«

»Das könnte einen netten Artikel abgeben.« Barnard kippte sich den Rest Champagner in den Mund und ließ sein Glas auf dem prächtigen, mit Holzschnitzereien verzierten Kaminsims stehen, der eigens aus einer der großen Florentiner Villen hierhergebracht worden war, wie Barnard selbst in seiner Klatschkolumne berichtet hatte.

»Warum schreiben Sie ihn nicht?«

Die Frage klang beiläufig, aber das Angebot erfüllte Diana mit nervöser Vorfreude und brachte sie hinter ihrem Fächer zum Lächeln.

»In Ordnung«, sagte sie nach einer kurzen Pause, um nicht gleich durchblicken zu lassen, wie versessen sie auf diese Chance war.

»Sie müssen gar nicht erst versuchen, mir was vorzumachen, Miss Diana Holland.« Barnard wandte sich beim Sprechen leicht von ihr ab und winkte einen Kellner herbei, um sich einen weiteren Drink bringen zu lassen. »Ich hoffe um meinetwillen, dass der Tag, an dem Sie erkennen, dass Sie für Besseres gemacht sind, noch eine ganze Weile auf sich warten lässt.«

Sie hatten die großen Fenster erreicht, die nach Norden zur Straße hin zeigten, und Diana ließ für einen Moment den Arm ihres Freundes los, um den Schnee zu bewundern, der das warme Licht von oben reflektierte. Hinter ihnen schallte die Stimme Leland Bouchards durch den Saal, der allen, die nicht rechtzeitig in Deckung gingen, begeistert davon erzählte, dass er sich gerade einen pferdelosen Wagen gekauft hatte. Es handelte sich um einen Exley, der in der Vorhalle des Erdgeschosses zur Schau gestellt wurde, damit die ankommenden Gäste das glänzende moderne Gefährt bewundern konnten und dabei hoffentlich grün vor Neid wurden.

Ihr Gastgeber war ein ziemlich stattlicher Typ mit auffällig breiter Stirn und flachsblonden Haaren, die immer ein bisschen zu lang wirkten. »Damit kann man mühelos vierundzwanzig Meilen pro Stunde zurücklegen«, sagte er gerade zu Mr Gore.

»Er hat in die Exley-Motorwagengesellschaft investiert«, flüsterte Barnard seinem Protegé zu.

Obwohl Diana sich eigentlich hätte anstrengen müssen, um keine Information zu verpassen, wanderte ihre Aufmerksamkeit schon wieder Richtung Straße. Die filigrane Blume aus Spitze auf ihrem Kleid hob und senkte sich im Takt ihrer Atemzüge, und ein seltsames Flattern machte sich in ihrer Brust breit. Die Menge hinter ihr, randvoll mit Eitelkeit und Tricks, kleinen Schwindeleien und diversen Geschichten, die die Protagonisten lieber verheimlichen, die Leserschaft sicherlich amüsieren würden, trat plötzlich in den Hintergrund und verblasste. Noch vor einem Moment hatte sie sich für die Schlauste im ganzen Saal gehalten und war überzeugt gewesen, dass sie das ewige Spiel, von dem die Leute der feinen Gesellschaft besessen waren, besser beherrschte als jeder andere hier. Doch nun überkam sie plötzlich der starke Drang, sich zu verstecken und den Klang ihres eigenen dreisten Lachens irgendwie ersticken zu können.

Unten war Henry Schoonmaker gerade aus seiner Kutsche gestiegen und zündete sich jetzt eine Zigarette an, während er am schmiedeeisernen Tor zu Bouchards Haus wartete. Er war der Mann, der in der letzten Saison Dianas Zuneigung gewonnen und sie dann mit Füßen getreten hatte. Zwischen ihnen war einiges geschehen, doch während Diana beobachtete, wie er dort unten gedankenverloren herumstand und rauchte, erinnerte sie sich selbst daran, dass sie rein gar nichts mehr für ihn empfand. Und als Henrys Frau Penelope – aus der neureichen Familie Hayes – auf der Bildfläche erschien und dabei die blauen Augen starr geradeaus gerichtet hielt, rief sich Diana ins Gedächtnis, dass Henry sich entschieden hatte, Penelope zu heiraten, und zwar nur ein paar Wochen nachdem er mit ihr geschlafen und sie dabei entjungfert hatte.

»Ich würde zu gerne wissen, was sich bei den beiden im Schlafzimmer abspielt«, meinte Barnard mit einem hämischen Grinsen auf den Lippen.

»Die Schoonmakers werden von sämtlichen jungen Paaren in New York beneidet«, antwortete Diana, klang dabei allerdings so mechanisch, als würde sie irgendwas wiederholen, das sie auswendig gelernt hatte.

Barnard nahm zwei Champagnerkelche von einem Tablett, das gerade vorbeigetragen wurde, und drückte Diana einen davon in die Hand. Sie schloss die Augen und trank einen großen Schluck, was ihre vor Anspannung summenden Nerven jedoch kein bisschen beruhigte. Gleich würde Henry Schoonmaker durch die Tür kommen.

Er durfte sie auf keinen Fall sehen.

Obwohl Diana sich wirklich Mühe gab, die Rolle ihrer Schwester zu übernehmen und sich der Welt als gute Holland-Tochter zu präsentieren, hatte sie es bis jetzt peinlichst vermieden, Henry auch nur einen winzigen Blick auf sich zu gönnen. Mit derselben Gewissenhaftigkeit hatte sie sämtliche Briefe, die er ihr seit seiner Hochzeit mit Penelope an Silvester täglich geschrieben hatte, ungeöffnet verbrannt und alle Gefühle verdrängt, die der Anblick seines Gesichts in ihr ausgelöst hatte. Vor nicht allzu langer Zeit hatte sie noch geglaubt, dass sie für ein romantisches Leben zu zweit bestimmt wären. Doch inzwischen hatte sie sich komplett verändert – ihr Herz war gebrochen und all ihre Naivität hatte sich in Luft aufgelöst. Nichts, was Henry sagte, konnte sie wieder in das Mädchen zurückverwandeln, das sie damals gewesen war, und schon gar nicht, wenn er so kaltherzig war, ihr nichts weiter als ein paar Briefe zu schreiben.

»Alles in Ordnung?«, fragte Barnard und drehte das mattgoldene Glas zwischen den Fingern.

»Ich bin nur ein bisschen müde.« Diana lächelte schwach, während sie ihm ihr eigenes Glas zurückgab, das fast noch randvoll war. »Ich sollte jetzt gehen, aber ich verspreche, dass ich bis spätestens Sonntag alles über Eleanor Wetmores Heiratsabsichten wissen werde.«

Während sie sprach, wurde ihre Stimme wieder ein bisschen zuversichtlicher. Sie streckte ihrem Freund die Hand hin, damit er ihren Handschuh küssen konnte, und schob sich dann langsam durch die Menge, wobei sie sorgfältig darauf achtete, die riesige Palme in der Mitte als Deckung zu benutzen, damit man sie vom Eingang aus nicht sehen konnte. Am Ende hatte sie aber wohl zu lange gezögert, denn gerade als sie losmarschieren wollte, um den letzten Rest der Strecke hinter sich zu bringen, tauchte Henry Schoonmaker mit seiner Frau im Türrahmen auf. Diana keuchte überrascht und wich zurück, bis sie wieder im Schutz der großen grünen Blätter stand. Die Lücken zwischen den Blättern waren jedoch so groß, dass Diana von ihrem Versteck aus einen ungehinderten Blick auf die Neuankömmlinge hatte. Penelopes Kleid war so leuchtend rot, dass man unwillkürlich ans Schlachthaus hätte denken müssen, wenn es nicht auch noch aus einem dermaßen wertvollen Stoff gewesen wäre.

Die neue Mrs Schoonmaker winkte der älteren Mrs Schoonmaker zu, Henrys Stiefmutter, die selbst erst sechsundzwanzig war und ebenfalls ein ziemlich gewagtes Outfit anhatte. Doch dann überholte Adelaide Wetmore Henry und seine Frau von hinten und sorgte damit lange genug für Ablenkung, dass Diana endlich die Flucht ergreifen konnte. Sie raffte ihren Rock und eilte durch das Gewimmel zur Bibliothek, wo sie ihre Tante wecken und ihre Umhänge holen würde. Draußen war es verdammt kalt, außerdem waren sie mehr als vierzig Häuserblocks von ihrem Zuhause entfernt, das mittlerweile in einer eher altmodischen Gegend stand. Ein Gefühl von Kälte machte sich in ihrer Brust breit, und Diana redete sich ein, dass es ein gutes Zeichen war – endlich würde sie Henry gegenüber taub und unempfindlich werden. Trotzdem kostete es sie ihre gesamte Kraft, sich nicht noch einmal umzudrehen, als sie das Fest hinter sich ließ.

2

Im Winter freut sich die Gesellschaft immer ganz besonders über frisches Blut. Früher wie heute – daran hat sich nichts geändert. Miss Carolina Broad ist diejenige, die zuletzt von diesem Naturgesetz profitiert hat. Ihr steiler gesellschaftlicher Aufstieg war rasant, denn bis letzten November hatte noch niemand je von ihr gehört und schon Ende Dezember stand ihr Name als eine von Penelope Schoonmakers Brautjungfern in sämtlichen Zeitungen. Soweit wir wissen, wurde sie von Mr Carey Lewis Longhorn unter die Fittiche genommen und wohnt im New Netherland Hotel. Sie ist ohne Frage jemand, den man im Auge behalten sollte …

– Aus der Gesellschaftskolumne des *New York Imperial*, Donnerstag, den 8. Februar 1900

Die heitere, temporeiche Klaviermusik, die aus dem Erdgeschoss des Sherry's – einem Restaurant an der Fifth Avenue und der Forty-fifth Street – nach oben drang, war sogar noch in der Damenlounge zu hören und schien eine ansteckende Wirkung auf die Frauen dort zu haben. Denn gerade eilten alle auf den Spiegel mit den silberfarbenen Schnörkeln am Rahmen zu, der an einer der Wände hing. Die Bänder aus weißer Spitze, die zur Deko rechts und links daneben hingen, wirkten wie feine Wölkchen vor dem rosafarbenen Putz. Der Spiegel war gewaltig, aber nicht groß genug für all die rotwangigen, in Seide und Spitze gehüllten Schönheiten, die sich nach vorne beugten, um ihre Wimpern zu tuschen oder sich Parfum aufs Dekolleté zu tupfen. Das Abendessen hatte heute aus englischem Fasan mit frischem Spargel aus dem Gewächshaus bestanden und dafür gesorgt, dass die Mädchen allesamt ziemlich schläfrig geworden waren, bis es endlich Kaffee gab. Jetzt waren sie allerdings vor Aufregung ganz kribbelig und konnten es kaum abwarten herauszufinden, was dieser Abend noch alles für sie in petto hatte – aber vermutlich war keine von ihnen so ungeduldig wie Carolina Broad, die in einem blassgoldenen Kleid mitten im Pulk stand und sich in die sommersprossigen Wangen kniff, um ihnen etwas mehr Farbe zu geben.

Das Kleid war ein Geschenk von Carey Lewis Longhorn, dem Mann, der in den Zeitungen häufig als erfahrenster Staatsmann unter den Junggesellen New Yorks bezeichnet wurde. Das Outfit betonte ihre schlanke, lange Taille und kaschierte mit üppiger, goldgesäumter Spitze ihre breiten, knochigen Schultern, während eine fünfreihige glänzende Perlenkette von ihren fast schon undamenhaften Schlüsselbeinen ablenkte. Ihr dunkles Haar, mit Schnüren voll kleinerer Perlen geschmückt, und die frisch gezupften Brauen brachten ihre moosgrünen Augen zur Geltung. Ihre vollen Lippen, auf die sie besonders stolz war, schimmerten in sattem Rot. Die Frauen um sie herum wären wahrscheinlich vor Schreck in Ohnmacht gefallen, wenn sie erfahren hätten, dass Carolina früher mal ein Dienstmädchen gewesen war und für eine der feinen jungen Damen gearbeitet hatte, zu denen sie nun scheinbar selbst gehörte, und dass sie bis vor Kurzem noch den schlichten Namen Lina Broud getragen hatte.

Das war eine ziemlich unbequeme Tatsache, die Longhorn leider sehr genau kannte und die seine junge Freundin am liebsten komplett vergessen würde. Tatsächlich fiel es ihr gar nicht schwer, ihre Herkunft zu verdrängen, während sie dem Schminkspiegel den Rücken kehrte und mit rauschendem Rock zurück zum Hauptspeisesaal schwebte, wobei ihre Spitzenunterröcke ihre Beine umspielten wie die schäumende Meeresbrandung. Sie hatte einen sehr schönen Gang, der sich scheinbar kaum von der Art unterschied, wie sie sich noch vor ein paar Monaten bewegt hatte. Mit damenhaften Schritten durchquerte sie jetzt die gedämpft beleuchteten Vorzimmer, um in den Hauptspeisesaal vom Sherry's zu gelangen. Sie folgte dem Schatten, den die Galerie der oberen Etage auf den Boden warf, und genoss den exzellenten Blick in den riesigen Raum mit den Säulen und Pfosten, den weißen Tischdecken und den üppigen Blumenarrangements, den herumrennenden Kellnern und verwöhnten Debütantinnen.

Longhorn saß an einem Tisch in der Mitte des Raums, genau unter dem gigantischen Kronleuchter, der im Zentrum der Decke hing und alles in seinen goldenen Lichtschein tauchte. Früher hatte er sich zum Essen lieber irgendwo in eine Ecke gesetzt, doch seit Carolina ihn begleitete, bestand sie darauf, sich immer dorthin zu setzen, wo sie von den meisten Leuten gesehen werden konnte, und Longhorn hatte ihrem Wunsch mit einem Lächeln nachgegeben. Er trug wie üblich eine rote Smokingjacke aus Samt und einen altmodischen Kragen, der unter dem Kinn mit einem auffälligen Knopf befestigt war und dessen Ecken umgeklappt waren, sodass sie wie spitze weiße Flügelchen zu beiden Seiten abstanden. Sein dichtes Haar war mittlerweile ergraut, und obwohl seine geschwollene und leicht gerötete Nase verriet, dass er sein Leben lang getrunken hatte, konnte man immer noch die edlen Gesichtszüge erkennen, die ihn als jungen Mann so begehrenswert gemacht hatten. Hinter ihm stand sein Diener Robert – ein bärtiger Mann, der seinem Herrn auf Schritt und Tritt folgte – mit ihren Umhängen über dem Arm. Bei diesem Anblick überkam Carolina eine Welle der Vorfreude, denn sie wusste, was das bedeutete: Es war Zeit zu gehen.

Nicht, dass sie das feine Porzellan, die Champagnercocktails oder den hervorragenden Service des Lieblingsrestaurants ihres väterlichen Freundes nicht zu schätzen gewusst hätte. Sie hatte die vielen Gänge genossen (Roberts Blick nach zu urteilen vielleicht sogar mit ein bisschen zu viel Elan), und es hatte ihr gefallen, von den anderen Gästen beobachtet zu werden, die ihr gegenüber mittlerweile genauso neugierig waren, wie sie es früher ihnen gegenüber gewesen war. Aber der bisherige Abend war nur das Vorspiel gewesen, während sie darauf wartete, dass Longhorn sie zu einem Fest bei Leland Bouchard mitnehmen würde. Dieser Name nahm inzwischen den Platz in ihren Gedanken ein, der früher mal Will Keller vorbehalten gewesen war.

Will war ihre erste Liebe gewesen, aber sie hatten sich schon als Kinder gekannt, deshalb kam ihr das Ganze heute wie eine furchtbar kindische Schwärmerei vor. Außerdem war Will jetzt tot, was natürlich absolut schrecklich war, aber das Leben musste eben weitergehen, und wenn man das erst mal begriffen hatte, merkte man schnell, wie viel Neues und Wundervolles es noch zu entdecken gab. Hatte es je einen Namen mit einem hübscheren Klang gegeben als »Leland Bouchard«? Er klang wie eine Sinfonie aus Geld und Charme, was mit an Sicherheit grenzender Wahrscheinlichkeit auch der Wirklichkeit entsprach. Sie hatte ihn kurz vor Weihnachten auf einem Ball kennengelernt, wo er sie immer wieder zum Tanz aufgefordert hatte. Die Berührung seiner Hände auf ihrer Hüfte und an ihrem Handgelenk waren weder nur höflich noch lüstern gewesen, sondern hatten sich wunderbar aufrichtig angefühlt, während sie über alle möglichen Dinge geredet hatten. Sie hatte sich noch nie so begehrenswert und leicht gefühlt wie an diesem Abend, und wenn sie nachts im Bett lag, kreisten ihre Gedanken vor dem Einschlafen in letzter Zeit immer um die Erinnerungen an diesen Mann. Sie hatte wirklich alles getan, um ihn noch mal zu treffen, aber bisher hatte sie dabei einfach kein Glück gehabt. Bisher hatte sie höchstens mal von Ferne einen Blick auf ihn erhaschen können, einmal von Longhorns Kutsche aus, während er die Straße entlanglief und ihr Herz bei dem Gedanken, er könnte sich gleich nach ihr umdrehen, heftig gepocht hatte. Das zweite Mal war auf einem Ball gewesen, allerdings hatte sie ihn da nur von hinten gesehen und sich nicht getraut, ihn anzusprechen, deshalb hatte er sie nicht bemerkt. Doch heute Abend war er der Gastgeber, und sie selbst sah wirklich glänzend aus, also war es so gut wie unmöglich, dass er sie nicht zum Tanz auffordern würde. Für den Fall, dass er trotzdem nicht sofort reagierte, hatte ihre Freundin Penelope versprochen, sie erneut einander vorzustellen – und dann würde er sie zum Walzer auffordern und sie würde über die Tanzfläche direkt in sein Herz schweben.

Mit diesen verlockenden Gedanken und der Überzeugung, dass dieser Abend nur der Auftakt zu einer strahlenden Zukunft war, betrat sie den Hauptspeisesaal des Sherry's. Eigentlich hätte sie direkt Kurs auf Longhorn genommen und hätte sich dann von ihm ohne Diskussion zum Ausgang bringen lassen, wenn sie nicht eine sanfte Berührung an ihrem Rücken gespürt hätte. Sie drehte sich mit einem leichten Lächeln um, aber als sie denjenigen erkannte, der ihr auf die Schulter getippt hatte, verpufften all ihre wunderbaren Gedanken im Nu.

»Miss Broad!«

Die Stimme klang gut gelaunt, doch als sie den Gruß erwiderte, gelang es ihr einfach nicht, einen ähnlich fröhlichen Ton anzuschlagen.

»Oh.« Ihr Blick wanderte über die vollen Tische zu Longhorn, der sie bis jetzt hier im Schatten der Galerie noch nicht bemerkt hatte. »Hallo, Tristan.«

Tristan Wrigley war groß gewachsen, hatte feines blondes Haar und Augen, deren Haselnussbraun an die Farben eines Sonnenuntergangs erinnerte, der sich in trübem Wasser spiegelte. Obwohl sie sich noch nicht lange kannten, hatte er sie schon mehrmals verletzt und ihr gleichzeitig immer wieder geholfen. Er arbeitete als Verkäufer in einem Modekaufhaus, war ein Trickbetrüger und der einzige Mann, der sie je geküsst hatte. Sie hatte ihn gemieden, doch falls ihn das wurmte, so ließ er sich das jedenfalls nicht anmerken. Er lächelte, während eine übertrieben herausgeputzte, vollbusige Frau, ganz in Rot und mit dreißig Zentimeter langen Federn im Haar, an seinem Arm hing und von einem Ohr zum anderen grinste, was nun wirklich nicht zu dieser Umgebung passte.

»Dies ist Mrs Portia Tilt«, erklärte er und schaute Carolina unverwandt an, ohne ein einziges Mal zu blinzeln. »Sie und ihr Mann sind gerade aus dem Westen hierhergezogen. Carolina stammt auch aus dem Westen. Sie ist die Erbin eines Kupferschmelzvermögens, wissen Sie, und sie …«

»Ich bin sicher, dass Ihre Freundin sich garantiert nicht meinen ganzen Lebenslauf anhören will«, unterbrach Carolina ihn kühl. Sie hatte nur Sekunden gebraucht, um die Situation zu durchschauen. Mrs Tilt, die mehr Geld als Klasse besaß, glaubte ganz offensichtlich, dass Tristan ihr dabei helfen könnte, in der New Yorker Gesellschaft Fuß zu fassen, während er ihre Leichtgläubigkeit schamlos ausnutzte, um ihr Geld, kleine Geschenke und jede Menge Einladungen zum Essen zu entlocken. Doch Mrs Tilt würde – auch wenn sie momentan nicht gerade wie ein Schnellmerker wirkte – schon bald lernen, dass man sich nicht einfach Zugang zur Gesellschaft verschaffen konnte, indem man Arm in Arm mit einem Verkäufer von Lord & Taylor in einem der besten Restaurants von Manhattan herumspaziert. Carolina selbst war jedenfalls nicht so dämlich und hatte nicht vor, denselben Fehler zu begehen. »Auf Wiedersehen«, sagte sie deshalb lächelnd und beendete damit ohne weitere Erklärung das Gespräch.

»Auf Wiedersehen«, antwortete Mrs Tilt fröhlich und war offensichtlich zu begriffsstutzig, um zu kapieren, dass sie gerade geschnitten worden war. Sie stürmte eifrig nach vorne, und Tristan, der immer noch an ihrem Arm hing, wurde regelrecht mitgeschleift, hatte jedoch genug Zeit, Carolina einen Blick über die Schulter zuzuwerfen, der ihr durch Mark und Bein ging. Glücklicherweise brach Mrs Tilt kurz darauf in schallendes Gelächter aus, sodass sich alle Köpfe in ihre Richtung drehten und Carolina unbemerkt zu ihrem Platz zurückhuschen konnte.

»Ach, da sind Sie ja, meine Liebe.« Longhorn schenkte ihr ein anerkennendes Lächeln, so, wie man eine Lieblingsenkelin anlächelt, die gerade sämtliche Süßigkeiten aufgegessen hat und kurz darauf Nachschub erwartet. Einen Moment später spürte sie das Gewicht ihres Umhangs auf ihren Schultern und ließ sich durch die vielen Räume zum Ausgang führen.

Draußen im Dunkel der Nacht war es still, und das gelbliche Licht der Straßenlaternen spiegelte sich in den Pfützen. Die Luft war eisig, viel zu kalt, um sich zu bewegen, und die wartenden Kutscher lungerten am Bordstein herum und beugten sich über ihre mit heißem Apfelwein gefüllten Becher. Die Pferde trugen dicke Decken, und der Atem, der aus ihren Nüstern strömte, stieg als weiße Wölkchen zum Himmel auf. Carolina hatte sich nach der Begegnung mit Tristan wieder im Griff und wandte sich jetzt dankbar lächelnd zu Longhorn um. Der ältere Mann wusste, wer sie war, aber er hatte keine Ahnung von ihrer peinlichen Verbindung mit dem Verkäufer oder davon, dass es sogar Tristans Idee gewesen war, dass Carolina sich bei dem alten Junggesellen anbiedern sollte, damit sie beide Profit daraus schlagen konnten. Er hielt sie für viel zu gutherzig und hatte ihr nie die Gelegenheit gegeben, diesen Eindruck zu korrigieren. Diese Art von Freundlichkeit spürte sie in diesem Moment ganz besonders deutlich.

Seit sie angefangen hatte, Tristans ursprünglichem Plan zu folgen, war ihr der alte Mann richtig ans Herz gewachsen. Sie mochte die Art, wie er redete, ohne je ein Blatt vor den Mund zu nehmen, und beobachtete sehr genau, wie er den Meinungen anderer mit Selbstvertrauen und Gleichgültigkeit begegnete und sich mit erhobenem Kopf in der Welt bewegte. Und im Gegenzug wusste er das zu schätzen, was er als ihre »Offenheit« bezeichnete – in Wahrheit handelte es sich dabei um nichts anderes als ihre Unwissenheit und ihre dämliche Bereitschaft zuzugeben, dass sie noch eine Menge zu lernen hatte. Doch sie verstanden sich prächtig, und ihre gemeinsame Zeit war immer etwas Besonderes.

»Was für ein schöner Abend«, sagte sie mit zuckersüßer Stimme und biss sich dabei auf die Unterlippe. Goldstickereien verzierten den schwingenden Saum ihres schweren Umhangs, der oben mit weißem Pelz besetzt war und nun ihr Gesicht umrahmte.

Ein Lächeln breitete sich auf Longhorns Gesicht aus, und seine Augen schienen kurz aufzublitzen, aber vielleicht war es auch nur der Widerschein des Lichts aus dem Restaurant hinter ihnen. Dann tauchte Robert auf und führte die Pferde, die die Kutsche zogen. Er öffnete die Tür und half Carolina hinein. Dann hielt er inne, um eine Wolldecke über ihrem Schoß auszubreiten, bevor er wieder hinab auf die Straße stieg. Er und Longhorn wechselten ein paar Worte, bevor Longhorn ebenfalls einstieg, sich neben sie setzte und die kleine Tür mit einem Klicken schloss.

»Es *war* ein schöner Abend.« Die Pferde setzten sich in Bewegung, und Carolina spürte, wie ihr Körper nach vorne ruckte, während Longhorns Worte in die kalte Nachtluft emporstiegen. Irgendetwas an seinem Ton gefiel ihr ganz und gar nicht. »Wunderschön. Aber ich fürchte, ich habe zu viel von der dicken Sauce gegessen und vielleicht war ich auch in letzter Zeit zu häufig abends lange mit Ihnen aus, meine Liebe. Sie haben doch hoffentlich nichts dagegen, wenn wir dieses Mal etwas früher nach Hause zurückkehren? Wir können in meiner Suite ja noch ein Gläschen Madeira trinken …«

Carolinas Herz stockte und sie glaubte fast, es würde aufhören zu schlagen. Plötzlich kam es ihr so vor, als wäre Leland Bouchards Haus an der East Sixty Street – an dem sie unter dem Vorwand, sie wollte die Architektur des Häuserblocks bewundern, mehrfach vorbeigefahren war – der einzige lebendige Ort in der Stadt. Ihre Freundin Penelope Schoonmaker war dort und wurde garantiert von sämtlichen Männern angehimmelt, während sie selbst nur Augen für ihren blendend aussehenden Ehemann hatte. Außerdem perlte dort der Champagner in den Gläsern, und die Gespräche waren vermutlich so anregend, dass ständig gelacht wurde.

Carolina wollte verzweifelt an dem Besuch festhalten, aber sie brachte es einfach nicht übers Herz, Longhorn zu widersprechen. Der Kutscher hatte seine Anweisung bereits erhalten und fuhr unerbittlich Richtung Hotel, in dem sie – zumindest schien ihr das jetzt so – bis in alle Zeiten Abend für Abend nichts als Madeira und Monotonie erwarten würde. Ihre Unterlippe zitterte vor Enttäuschung, doch ihrem Begleiter waren schon die Augen zugefallen und er war zu erschöpft, um das zu bemerken.

3

Eine junge Frau, die gerade geheiratet hat, genießt wahrscheinlich den wunderbaren Zustand, nichts ohne ihren geliebten Mann unternehmen zu wollen. Sie wird vermutlich feststellen, dass sie plötzlich ihre gesamte Zeit ausschließlich mit ihrem Gefährten verbringt und dadurch andere Freunde und Familienmitglieder aus ihrem Leben ausschließt. Das mag zwar verständlich sein, ist allerdings gesellschaftlich völlig inakzeptabel.

– Mrs Hamilton W. Breedfelt, *Gesammelte Kolumnen über die Erziehung junger Damen mit Charakter*, 1899

Mrs Henry Schoonmaker, geborene Penelope Hayes, hatte mit ihren achtzehn Jahren schon eine Menge erreicht. Als sie an Leland Bouchards Vestibül mit dem schwarzen Automobil vorbeischwebte, konnte sie nicht anders, als daran zu denken, dass ihr, genau wie diesem pferdelosen Wagen, die Zukunft gehörte. Schon als kleines Kind hatte sie sich geschworen, dass sie mit spätestens zwanzig einen prunkvollen Ehering am Finger haben würde. Jetzt hatte sie den selbst gesetzten Zeitpunkt sogar noch um zwei Jahre unterboten und dabei in eine der angesehensten New Yorker Familien eingeheiratet. Es gab immer noch einige, die sich daran erinnerten, dass ihr Mädchenname vor einigen Jahrzehnten aus dem abscheulichen Nachnamen Hazmat hervorgegangen war, doch inzwischen stand keiner dieser Namen mehr auf ihrer Visitenkarte. Als sie jetzt die glänzenden Marmorstufen hinaufstieg und hörte, dass das Fest oben bereits in vollem Gange war, freute sie sich schon darauf, den Saal Arm in Arm mit ihrem verdammt gut aussehenden Ehemann zu betreten.

Die Tatsache, dass Henry so groß und schlank war, mit den hohen Wangenknochen eines Fürsten und einem verwegen wirkenden Ausdruck auf dem Gesicht, sorgte stets dafür, dass er sämtliche Blicke auf sich zog und gehörte zu den großen Freuden ihres Lebens. Als Debütantin hatte sich Penelope daran gewöhnt, von den Leuten angestarrt und bewundert zu werden, doch als sie an diesem Donnerstagabend das Musikzimmer im zweiten Stock betrat, in dem sich altes Geld und gute Verbindungen versammelt hatten, übertraf der Neid in den Augen der Anwesenden alles, was sie bisher erlebt hatte. Ihre vollen Lippen verzogen sich zu einem hochmütigen Lächeln, und ihr kardinalrotes Seidenkleid, dessen unzählige elegante Abnäher ihre schlanke Figur betonten, umspielte ihre Beine mit flüsterndem Rascheln. Ihr dunkles Haar war zu einem kunstvollen Dutt hochgesteckt, und ein kurzer Pony rahmte ihre hohe, stolze Stirn.

Penelope musterte die Wandmalereien, die allesamt von einem der größten Talente Europas angefertigt worden waren, und den polierten Kaminsims, der in Einzelteilen aus Florenz herbeigeschafft worden war, mit anerkennendem Blick. Alles, was sie über Leland Bouchards Anwesen wusste, hatte sie aus diversen Zeitungsartikeln erfahren, die sie gesammelt hatte, weil sie wollte, dass Henry ein Stadthaus für sie baute. Bisher hatte er noch kein einziges Mal durchblicken lassen, dass er das auch tatsächlich tun würde, aber wie bei allem, was Penelope haben wollte, war es sowieso nur eine Frage der Zeit und ihrer ziemlich rabiaten Überzeugungstaktik, bis sie es bekam.

Über das leise Gemurmel höflicher Stimmen und das Klirren der Gläser hinweg hörte Penelope, wie ihr Name ausgesprochen wurde – mit all seinen neuen und ruhmreichen Schnörkeln. »Mrs Henry Schoonmaker!«, rief jemand und es klang einfach wunderbar. Penelope wandte sich um, wobei die Schleppe ihres Rockes über das Versailles-Parkett wischte. Sofort fiel ihr Adelaide Wetmore ins Auge, die in einem Kleid aus zinnfarbener Faille geradewegs auf sie zusteuerte. Ihre Augen schimmerten selbstverliebt, denn ihre Verlobung mit Reginald Newbold war erst vor Kurzem verkündet worden. Nach all den Glückwünschen wirkte sie angenehm erschöpft. Mitleidig überlegte Penelope, dass Adelaide ohne ihren falsch proportionierten Mund, der ihre viel zu großen Zähne unangenehm hervorhob, vielleicht sogar ganz hübsch gewesen wäre.

»Oh, Adelaide.« Penelope streckte ihre weiß behandschuhte Hand aus, was natürlich prompt dazu führte, dass ihr Diamantarmband bis zum Handgelenk runterrutschte und im Licht funkelte. »Herzlichen Glückwunsch.«

»Danke«, stieß das andere Mädchen mit geröteten Wangen hervor. Sie griff nach Penelopes Hand und beugte sich fast so weit vor, als wollte sie einen Knicks machen. »Deine Hochzeit hat uns alle so inspiriert«, fügte sie hinzu, wobei ihre Stimme so schleimig klang, dass es beinahe wehtat. »Was für ein Fest der Liebe.«

Penelope klimperte mit ihren schwarzen Wimpern, um Adelaide, die zu dem Paar hochschaute, dessen Liebe sie angeblich so inspiriert hatte, ihre Dankbarkeit deutlich zu machen. Gleichzeitig fiel ihr auf, dass Henrys Blick in eine andere Richtung gewandert war und er absolut keine Energie darauf verwandte, wenigstens ein klitzekleines bisschen interessiert zu wirken, was die Heiratsabsichten gesellschaftlich gleichgestellter Bekannter betraf. Penelope lächelte zum Abschied und bewegte sich dann mit ihrem Mann, der – wie sie erst jetzt bemerkte – nach Moschus und noch viel stärker nach Kognak roch, weiter in den Raum hinein. In diesem Moment stolperte Henry beinah unmerklich und suchte Halt an ihrem Arm. Penelope spürte, wie ihre Selbstsicherheit ins Wanken geriet, während sich die Angst in ihr breitmachte, dass jemand merken könnte, wie betrunken Henry tatsächlich war, und seine eigenen Schlüsse daraus ziehen würde.

Während sie sich unter der hohen, kuppelförmigen Decke durch die Menge schob, versuchte sie Henry fester zu packen, was nicht gerade einfach war – aber natürlich war es sowieso nie leicht gewesen. Sie nickte wissend in Richtung der jüngeren Mrs Vanderbilts, die sich neben der gewaltigen Palme in der Mitte des Saals zusammengerottet hatten, und wagte es nicht, ihren Mann anzugucken, den sie jetzt fast schon gewaltsam hinter sich herzog. Früher hatte sie immer und immer wieder geglaubt, er würde ihr gehören, trotzdem schaffte sie es selbst jetzt nicht, das Gefühl völlig zu verdrängen, dass er ihr jeden Augenblick durch die Finger gleiten könnte.

Angefangen hatte das alles letzten Sommer, während ihre beste Freundin Elizabeth Holland in Übersee gewesen war und sie und Henry sich zum ersten Mal in den dunklen Winkeln ihrer Elternhäuser zu heimlichen Liebesspielen getroffen hatten. Doch dann war Elizabeth im Herbst zurückgekehrt und hatte sich mit Henry verlobt, obwohl beide herzlich wenig gute Gründe dafür hatten. Natürlich war das auf Wunsch der Eltern geschehen, und Penelope hatte die beiden vor einer unglücklichen Ehe gerettet, indem sie Elizabeth geholfen hatte, ihren eigenen Tod vorzutäuschen. Als sie spürte, dass Henry schon wieder unmerklich in Schieflage geriet, dachte sie darüber nach, wie wenig sich all ihre Mühe ausgezahlt hatte, denn nicht lange nach Elizabeths »Tod« hatte Henry mit deren kleiner Schwester Diana angebändelt. Diese unerwartete

Wendung hatte jedoch auch gewisse Vorteile gehabt, weil die Information über sein nicht gerade keusches Treiben mit der jüngeren Holland-Schwester genau das gewesen war, was Penelope gebraucht hatte, um Henry zu überzeugen, dass er sie heiraten musste. Mrs Schoonmaker zu werden war alles, was sie je gewollt hatte, und keiner von ihnen war darauf aus gewesen, eine unschöne Szene in der Öffentlichkeit zu machen.

Penelope war so gewieft und willensstark wie eine Dame der Gesellschaft, die gut zehn Jahre älter war, was sich in all ihren Taten widerspiegelte, ganz egal was sie machte. Die Erkenntnis, wie wenig Kontrolle sie über ihren Ehemann hatte – selbst als Mrs Schoonmaker –, traf sie wie ein Eimer kaltes Wasser. Sie glitten durch die Menge der Gäste hindurch, und als ein Kellner mit Champagnergläsern in Sicht kam, konnte sie Henry nur mit Mühe davon abhalten, sich sofort auf den Alkohol zu stürzen.

»Hast du nicht das Gefühl, du bist schon betrunken genug?«, fragte sie mit warnendem Unterton, ohne dass ihr Lächeln auch nur eine Sekunde lang ins Wanken geriet. Sie öffnete die Lippen gerade so weit, dass ihre perfekten weißen Zähne zum Vorschein kamen.

»Ich hab schon eine Menge getrunken«, erwiderte er langsam. Erstaunlicherweise klang seine Stimme nicht sonderlich gehässig, was allerdings auch am Alkohol liegen konnte. »Aber nicht genug, um den Abend mit dir verbringen zu wollen, meine Liebe.«

Für einen kurzen Moment schloss Penelope die Lider ihrer großen Augen und unterdrückte all die Gefühle, die bei dieser Bemerkung in ihr aufsteigen wollten. Dann klimperte sie mit ihren schwarz getuschten Wimpern und ließ die seeblauen Augen durch den Raum huschen. Niemand schien etwas davon mitbekommen zu haben, außer vielleicht der Kellner, der es jedoch nicht mal wagte, ihr in die Augen zu schauen. Erleichtert ließ sie die Schultern sinken. Sie nahm ein Glas Champagner und hatte sich in Sekundenschnelle längst wieder so weit im Griff, dass ihre Stimme süß und leicht klang und ihre Haltung nicht lockerer hätte wirken können.

»Wenn du es so sagst, dann sollte ich wohl auch ein Glas trinken, schätze ich.«

Auf diese Weise gestärkt, bewegte sich das in der feinen Gesellschaft Manhattans wohl am stärksten beneidete Paar weiter durch die Menge. Die Mitglieder des Automobilclubs verkündeten großspurig, wie die bevorstehenden Rennen wohl ausgehen würden, und die Damen, die sich um sie geschart hatten, lächelten geduldig und taten so, als würden sie aufmerksam zuhören.

»Ah, die Schoonmakers!«

Penelope drehte ihren weißen Hals so weit, dass ihr Gastgeber die volle Breitseite ihres strahlenden Lächelns abbekam.

»Mr Bouchard«, flötete sie, als der sich nach vorne beugte und mit seinen Lippen ihre langen grauen Handschuhe berührte. Der warme Klang ihrer Stimme war einstudiert und überzeugend; es war ein Tonfall, den sie für Männer wie Leland reserviert hatte, der nicht nur das bouchardsche Bankvermögen geerbt hatte, sondern darüber hinaus allgemein beliebt war. Er war einer dieser seltenen Leute der New Yorker Gesellschaft, die es irgendwie geschafft hatten, sich mehr Freunde als Feinde zu machen. Außerdem war er eng mit ihrem Bruders Grayson befreundet, seit sie als junge Männer an der St. Paul's Tür an Tür gewohnt hatten. Penelope, die ihre Umgebung natürlich ständig mit Adleraugen beobachtete, hatte Grayson längst bemerkt, der am Fenster stand und sich mit ihrer Schwiegermutter unterhielt. Das Kleid der älteren Mrs Schoonmaker bestand diesmal aus mehreren Lagen schillernden Chiffons und sorgte wie immer unweigerlich für Aufmerksamkeit.

»Ich hoffe, Sie beide amüsieren sich«, fuhr Leland aufrichtig fort, während er Henrys Hand schüttelte. Die hellblauen Augen unter seiner breiten Stirn waren so weit aufgerissen, als würde er sich ernsthaft Sorgen machen, ob sie tatsächlich genug Spaß auf seiner Party hatten, und Penelope hatte den starken Verdacht, dass dies tatsächlich der Fall war. »Haben Sie das Automobil unten gesehen?«

»War nich' zu überseh'n«, antwortete Henry fröhlich, wobei seine Worte ziemlich genuschelt klangen.

Penelope stieß ihn mit dem Ellbogen an, ohne ihren strahlenden Blick von ihrem Gastgeber abzuwenden. »Was für ein schönes Gefährt, Leland.«

»Danke.« Lelands Blick wirkte plötzlich abwesend, seine Brust hob sich und einen Moment lang schien er in Gedanken ganz woanders zu sein. »Apropos Schönheiten«, fuhr er fort und wandte seine Aufmerksamkeit wieder Penelope zu. Dieses Mal schwang ein Hauch von Mitgefühl in seiner Stimme mit. »Wie geht es Ihrer lieben Freundin Elizabeth? Das, was geschehen ist, war einfach fürchterlich und wir machen uns alle Sorgen, weil wir sie seitdem kein einziges Mal in der Öffentlichkeit gesehen haben.«

Bis zu diesem Moment hatte Penelope wenig Mühe gehabt, ihre kerzengerade Haltung und das Lächeln im Gesicht aufrechtzuerhalten. Dabei hatte sie sich weder von Henrys schlechtem Benehmen noch von den skeptischen Blicken einiger junger Damen im Raum aus dem Konzept bringen lassen, die allen Ernstes glaubten, es mit der ehemaligen Mrs Hayes aufnehmen zu können. Doch nun verzog sich unwillkürlich ihr Mund, und sie musste hörbar schlucken. Leland starrte sie weiter voller Besorgnis an. Henry verlagerte das Gewicht und stützte sich plötzlich noch schwerer auf ihren Arm als vorher. Sie hoffte inständig, dass ihr Gesicht nichts von der Unsicherheit verriet, die diese Frage in ihr auslöste, denn auch wenn die Gesellschaft immer noch glaubte, Elizabeth wäre eine gute Freundin von ihr, hatte das natürlich nichts mit der Realität zu tun. Penelope hatte sie seit ihrer unerwarteten Heimkehr aus dem angeblichen Exil im Westen kaum gesehen – also ehrlich, was gab es da schon zu erzählen?

»Es geht ihr sehr gut.« Penelope gewann ihre Fassung zurück und erinnerte sich beim Sprechen daran, dass sie ihr Wiedersehen mit Elizabeth dringend in aller Öffentlichkeit in Szene setzen musste, sodass die Zeitungen darüber schrieben, und zwar bald. »Doch es ist immer noch ein bisschen zu früh für sie, wieder auszugehen – nach allem, was sie durchgemacht hat. Das verstehen Sie doch sicher.«

»Natürlich.« Leland senkte den Kopf, als wäre es ihm regelrecht peinlich, sich nach einem Mädchen erkundigt zu haben, das über zwei Monate als vermisst gegolten hatte, während immer noch nicht bekannt war, was für schreckliche Dinge ihm tatsächlich widerfahren waren. Bevor die ganze Situation für alle noch unangenehmer werden konnte, reagierte er auf die Rufe seiner Automobilfreunde und entschuldigte sich. »Bitte amüsieren Sie sich«, sagte er, bevor er in der Menge verschwand.

Penelope sah ihrem Gastgeber nicht hinterher. Stattdessen starrte sie unbeweglich vor sich hin und war froh, dass Leland zum Glück kein loses Mundwerk hatte und sicher nicht nach irgendwelchen Anzeichen dafür stöbern würde, dass die Ehe und Freundschaften der frisch gebackenen Mrs Henry Schoonmakers vielleicht nicht so waren, wie sie nach außen schienen. Einen Moment lang dachte sie darüber nach, wie sie derartige Fehler in Zukunft vermeiden konnte, dann wandte sie sich zu Henry um.

Seine dunklen Augen waren auf die riesigen Fenster und die nächtliche Szenerie dahinter gerichtet. Sein Blick wirkte längst nicht mehr so glasig wie vorher, und seine Gesichtszüge hatten eine gewisse Klarheit zurückgewonnen. Als er sich seiner Frau zuwandte, klang seine Stimme bedächtig und fest.

»Versprich mir«, sagte er und sah ihr direkt in die Augen, »dass du mich nach Hause bringst, wenn heute noch mal jemand über die Hollands reden sollte.«

Das neue Ankleidezimmer im ersten Stock des Stadthauses der Schoonmakers, in dem bis vor Kurzem noch Henrys Sammlung ungelesener Erstausgaben gestanden hatte, lag im Dunkel. Penelope hatte ihre Zofe weggeschickt, nachdem sie ihr beim Ausziehen geholfen hatte, und das Mädchen angewiesen, vorher noch sämtliche Lampen bis auf eine zu löschen. Jetzt stand Penelope vor dem langen dreigeteilten Spiegel mit dem polierten Kirschholzrahmen, betrachtete sich selbst und legte dann den Kopf in den Nacken. Erst letzten September war die Familie Hayes in das neue Haus an der Fifth Avenue gezogen, ein Ereignis, dass die Zeitungen als wirkliche Ankunft ihrer Familie in der Gesellschaft interpretiert hatten. Und jetzt, ein halbes Jahr später, wohnte sie schon bei einer alteingesessenen Familie mit einer noch besseren Adresse im angesehensten Abschnitt der Avenue.

Sie neigte den Kopf und begutachtete ihr Spiegelbild, während sie mal wieder daran dachte, wie perfekt sie und Henry zusammen aussahen, schließlich waren sie beide groß und dunkelhaarig, hatten ähnlich schlanke Glieder und die gleiche hochmütige Haltung. Es gab Zeiten, wo sie sich fragte, ob sie sich nicht sogar *derart* ähnlich sahen, dass man schon vermuten konnte, Gott hätte sie in seiner unendlichen Weisheit aus dem gleichen makellosen Stoff gemacht, damit sie einander erkennen würden, wenn sie sich begegneten.

Heute trug sie nicht die feine Unterwäsche aus Frankreich, sondern Strümpfe, ein schwarzes Mieder – und sonst nichts. Aus dem Nebenzimmer drang Henrys pfeifender Atem herüber, und sie hoffte, dass er nicht bereits eingeschlafen war und jetzt vor sich hin schnarchte.

Sie hatte sich gegen ein Dessous entschieden, denn damit hatte sie bisher keinen Erfolg gehabt. Was sie jetzt trug, hatte eine ganz besondere Bedeutung für sie – für sie beide. Mit den gleichen Sachen am Leib hatte sie vergangenen Juni die Tür geöffnet, nachdem sie Henry zum ersten Mal zu sich ins Waldorf Astoria eingeladen hatte, wo sie und ihre Familie bis zur Fertigstellung ihres Hauses untergekommen waren. Erst am nächsten Morgen war er wieder gegangen, und damals war ihr klar geworden, dass sie seine zukünftige Braut war.

Sie löschte die letzte Lampe und ging an dem mit auberginenfarbenem Damast bespannten Wandschirm vorbei in ihr Schlafzimmer, das ursprünglich Henrys Zimmer gewesen war. Bei ihrem Einzug hatte sie die schwarzen Ledersessel und die hässlichen Jagdtrophäen kurzerhand in den Keller verbannt. Die einfachen breiten Tische, die – seinem schwachen Protest zufolge – ursprünglich aus England stammten und irgendwie historische Bedeutung hatten, waren an die Diener verschenkt worden. Jetzt erstrahlte der Raum komplett in Weiß- und Goldtönen, war im Rokokostil gehalten und voll mit Möbeln, die durch ihre aufwendigen Schnitzereien sofort ins Auge fielen. Weißgoldener Brokatstoff ergoss sich wie ein Wasserfall vom hohen Baldachin des Bettes bis zum Boden. Auf der elfenbeinfarbenen Bettwäsche darunter lag Henry. Er hatte immer noch seinen Hut auf dem Kopf und Schuhe an den Füßen. Der Hut war ihm ins Gesicht gerutscht.

»Henry«, sagte Penelope mit sanfter Stimme und stützte eine Hand in die Hüfte. Er atmete ein und bewegte unruhig den Kopf. Der Hut rutschte herunter und landete sanft auf den weißen Plüschteppich.

»Henry«, wiederholte sie. »Henry!«

Er fuhr ruckartig hoch und riss die Augen auf. Zu Beginn des Abends war sein dunkles Haar mit Pomade ordentlich nach rechts gekämmt gewesen, aber nun stand es wild in alle Richtungen von seinem Kopf ab. Er zog an seiner weißen Krawatte, bis sie sich löste. Einen Moment lang musterte er sie, und sie spürte das altbekannte warme Kribbeln auf ihrer Haut.

Als sie zu ihm hinüberging, versanken ihre hohen Absätze tief im Teppich. Sie setzte sich auf die Bettkante, zog ihm sanft die Krawatte vom Hals und ließ sie lautlos neben dem Hut zu Boden fallen. Dabei glitten ihre Finger von seinem Kinn hinunter bis zum obersten Knopf seines Hemdes. Als sie es geschafft hatte, den ersten Knopf zu öffnen, stieß er sich vom Bett ab und kam unsicher auf die Beine.

»Henry?«

»Gute Nacht«, stieß er hervor, hob Hut und Krawatte auf und verschwand im Nebenzimmer, wo er manchmal seinen Tee trank, in Richtung des schwarzen Ledersofas mit den orientalischen Kelimkissen.

Penelope warf sich rücklings aufs Bett und stieß wütend den Atem aus. Ihre Schultern, ihr ganzer Körper schmerzte vor Verlangen nach etwas, das für sie eigentlich zum Greifen nahe sein sollte, ohne dass sie es wirklich zu fassen bekam. Ihre Enttäuschung war kaum auszuhalten, ihr Puls raste, während sie ängstlich darüber nachdachte, was wohl passieren würde, wenn irgendwann durchsickern würde, dass jede einzelne Nacht ihres kurzen Ehelebens bisher genau so geendet hatte.

4

Wir alle sind begierig darauf, einen Blick auf Elizabeth Holland zu erhaschen, die erst kürzlich in das Reich der Lebenden zurückgekehrt ist, doch das gestaltet sich ebenso schwierig, als würde man versuchen, einen Blick auf ein Mitglied eines Königshofs zu werfen. Obwohl ihre jüngere Schwester gestern Abend bei Leland Bouchards Empfang gesehen wurde, blieb die ältere Miss Holland hinter verschlossenen Türen. Fürchtet ihre Mutter weitere Entführungsversuche? Ist die zarte Gesundheit der jungen Lady durch die Gewalt, von der sie an der Grand Central Station Zeuge werden musste, dermaßen angeschlagen? Oder gibt es ein großes Geheimnis, das der Öffentlichkeit bislang vorenthalten wurde? Wir sind und bleiben neugierig.

– *Cité Chatter*, Freitag, den 9. Februar 1900

Ein munteres Feuer knisterte im Salon des Stadthauses mit der Nummer siebzehn am Gramercy Park South, das mittlerweile der dritten Generation der Holland-Familie als Zuhause diente. Das Prasseln der Flammen war deutlich zu hören, denn die Menschen, die sich hier versammelt hatten, waren ungewöhnlich schweigsam. Sie hatten sich nach dem Frühstück in drei der Bergère-Sessel niedergelassen, die längst aus der Mode gekommen waren und in scheinbar zufälligem Abstand zum Kamin im Raum verteilt waren. Mrs Holland, die dem Feuer am nächsten saß, trug ein schwarzes Kreppkleid mit hohem

Kragen und eng anliegenden Ärmeln. Ihr ältestes Kind Elizabeth saß nicht weit von ihr entfernt mit einem aufgeschlagenen Buch im Schoß, allerdings ohne darin zu lesen. Rechts von ihr hatte es sich Snowden Trapp Cairns bequem gemacht. Er war der ehemalige Geschäftspartner des verstorbenen Mr Edward Holland und hatte sich in letzter Zeit als Retter der Familie erwiesen. Aus dem Bilderrahmen über dem Kamin schaute Elizabeths Vater auf sie herab und hatte dabei einen eher skeptischen als weisen Ausdruck auf dem Gesicht.

»Dass du gestern Abend nicht bei Mr Bouchards Empfang warst, muss auf die Leute ziemlich seltsam gewirkt haben.« Mrs Holland sah beim Sprechen nicht auf, und ihre Miene wirkte ziemlich angespannt. Sie hatte die Morgenzeitung wie immer mit scharfem Blick gelesen. Diana war auf dem Ball gewesen – sie war zurückgekommen, nachdem Elizabeth sich bereits schlafen gelegt hatte – und noch nicht wieder aus ihrem Zimmer aufgetaucht. Auch Tante Edith, die als Anstandsdame mit dabei gewesen war, hatte sich heute Morgen noch nicht im Salon blicken lassen. »Es wäre bestimmt ein wunderbarer Abend gewesen, und du hättest vielleicht mal wieder ein wenig getanzt. Aber wie dem auch sei, deine Schwester kann die Familie nicht alleine repräsentieren.«

Elizabeth löste den Blick von den Flammen und ließ die Augen langsam zu ihrer Mutter wandern, die noch immer die zusammengefaltete Zeitung in den Händen hielt. Im Gegensatz zum Kamin, der ein warmes orangenes Glühen verströmte, wirkte das Licht des frühen Tages fast bläulich und verlieh ihrer Mutter eine kühle Aura. Elizabeth öffnete den Mund, sagte aber nichts. Sie wusste, dass sie der älteren Dame ziemlich zugesetzt hatte, denn Mrs Holland, geboren als Louisa Gansevoort, war bis zum Beginn einer Serie von Tragödien, die vor einem Jahr ihren Anfang genommen hatte, eine angesehene Dame der Gesellschaft gewesen, deren strikte Meinung allgemein respektiert wurde. Sie hatten erst ihren Patriarchen und dann ihr Vermögen verloren. Kurz darauf war Elizabeth der Stimme ihres Herzens gefolgt – was ihr angesichts der untadeligen Erziehung zur Debütantin nicht leichtgefallen war – und mit dem ehemaligen Diener ihres Vaters durchgebrannt. Als Elizabeth die Augen schloss, meinte sie fast, Wills saubere nackte Haut an ihrer Wange spüren zu können.

»Die Henry Schoonmakers waren garantiert auch dort, und du hättest alle zum Schweigen bringen können, die sich fragen, ob du dich über ihre Hochzeit ärgerst, wenn du einfach für ein paar Minuten so getan hättest, als würdest du dich freuen, sie zu sehen.«

Elizabeth legte die Hände in den Schoß ihres cremefarbenen dicken Baumwollkleides mit den blauen Längsstreifen. Das Kleid lag eng an der Hüfte an, während das Oberteil, der Rock und die Ärmel ballonartig geschnitten waren, sodass ihr schmaler Körper völlig davon eingehüllt wurde. Sie blinzelte, denn momentan war sie ständig den Tränen nahe und wünschte sich im Stillen, sie würde es hinbekommen, den Befehlen ihrer Mutter zu gehorchen. Es wäre so einfach und würde die ältere Dame so glücklich machen. Aber Elizabeth hatte noch nie im Leben einen derart starken Drang verspürt, im Haus zu bleiben, nicht mehr auszugehen und nie wieder fröhlich oder hübsch auszusehen.

Es war ihre Schuld, dass Will gestorben war, denn er war von Männern erschossen worden, die ernsthaft geglaubt hatten, dass sie Elizabeth dadurch beschützen würden. Der entsetzliche Klang der Schüsse hallte immer noch in ihrem Kopf wider – es war das furchtbarste Geräusch, dass sie jemals hören würde. Die Polizisten hätten sich allerdings nicht darum geschert, sie zu retten, wenn sie nicht auf die Illusion hereingefallen wären, die sie so akribisch für sich selbst geschaffen hatte: Das Bild eines perfekten, jungfräulichen Mädchens der feinen Gesellschaft mit tadellosen Manieren und üppiger Garderobe, das niemals in der Lage wäre, New York auf eigene Faust zu verlassen, um einem Kutscher hinterherzulaufen. Sie senkte den Blick, während die Worte ihrer Mutter auf sie einprasselten, schwieg aber.

»Vielleicht ist es zu früh. Schließlich waren die Ereignisse an Silvester …«

Erstaunt hob Elizabeth den Kopf und schaute zu Snowden hinüber, überrascht, dass er Mrs Holland widersprach. Schließlich war er derjenige gewesen, der Will und Elizabeth getraut hatte, nur ein paar Tage vor Wills Tod – in dem Raum auf der anderen Seite des Flurs, wo die Hollands früher immer ihre Feste gefeiert hatten. Oh, mit achtzehn schon eine Witwe zu sein … Aber Elizabeth durfte sich solche Gedanken nicht erlauben, denn die kamen allein von ihrem Selbstmitleid. Sie musste für das, was sie getan hatte, geradestehen und bei denen, die sie verletzt hatte, einiges wiedergutmachen.

Mrs Holland beugte sich vor und warf die Zeitung in die hungrigen Flammen. Erst als das Papier komplett zu Asche verbrannt war, hob sie die dunklen Augen und sah Snowden direkt ins Gesicht.

»Vielleicht haben Sie recht.« Die Stimme ihrer Mutter klang abgehackt, und sie starrte ihn weiter unverwandt an. Allerdings strahlte sie dabei nicht die übliche Kälte aus, die sie sonst eigentlich jedem, der ihr Missfallen erregte, entgegenschleuderte. Elizabeth wusste jedoch nur zu gut, dass ihre Mutter nicht einmal so hätte reagieren können, wenn sie es gewollt hätte, denn Snowden war wahnsinnig großzügig zu ihnen gewesen, nachdem sich ihr Vermögen in Nichts aufgelöst hatte und sich die unbezahlten Rechnungen bei ihnen gestapelt hatten. »Aber ich fürchte, es geht hier nicht darum, ob sie bereit ist oder nicht. Was zählt, ist die Gesellschaft und was die Leute sagen werden oder vielmehr was man sich jetzt schon alles über uns erzählt. Unglücklicherweise haben wir die Wahrheit nicht auf unserer Seite, deshalb müssen wir unser größtes Augenmerk darauf legen, was für einen Eindruck wir nach außen hin machen.«

»Elizabeth ist momentan sehr empfindlich«, erwiderte Snowden, ohne zu zögern. »Es tut mir leid, dass sagen zu müssen, aber es ist wirklich offensichtlich.«

Das Mädchen, über das gesprochen wurde, blickte von ihrer Mutter zu Snowden und sah die Güte auf den schlichten, etwas groben Gesichtszügen des Mannes. Die weit auseinanderstehenden Augen unter den buschigen Brauen, die weder braun noch grün zu sein schienen, weiteten sich und begegneten ihrem Blick. Er trug ein grob gewebtes Leinenhemd und eine abgetragene braune Lederweste, gewissermaßen seine Uniform. Er hatte natürlich recht: Seit Wills Tod hatte sie kaum noch Appetit und auch Mühe, das Essen überhaupt bei sich zu behalten. Sie war hager geworden und kümmerte sich kaum noch um ihre Haare, die inzwischen fast immer ungewaschen und strähnig wirkten.

»Außerdem«, fuhr er fort, »würde es der Familie kein bisschen nützen, wenn die Leute eine öffentliche Debatte über ihren Zustand oder die Gründe dafür vom Zaun brechen würde. Wenn Sie Angst davor haben, man könnte sich den Mund darüber zerreißen, was für unerhörte Dinge Ihrer Tochter zwischen Oktober und Dezember widerfahren sein könnten, dann würde ihr angeschlagener Zustand die ganzen Gerüchte ja nur bestätigen.«

Elizabeths Lächeln war nicht das, was es einmal gewesen war – als vielversprechende Debütantin war sie damals bekannt dafür gewesen, ihre Freunde und Bekannten mit strahlendem

Gesicht und aufrichtiger Freude zu begrüßen, doch von einem derartigen Ausdruck konnte sie jetzt nur noch träumen. Trotzdem rang sie sich den Hauch eines Lächelns ab, denn Snowden sagte genau das, was sie vielleicht als Argument gebracht hätte, wenn sie die Kraft dazu gehabt hätte. Sie schloss für einen Moment die dünnen Augenlider und war wieder in Kalifornien. Ihr Körper wurde von der Sonne und durch Wills Nähe gewärmt; das Licht blendete sie fast, so hell und strahlend war es. Hier in New York, wo die Sonne im Winter schon um fünf Uhr unterging und die Hauswände von den Rückständen der Öllampen verrußt waren, konnte man sich eine derartige Helligkeit gar nicht vorstellen. Als sie die Augen aufmachte, saß sie wieder in dem düsteren Raum voller dunkler Möbel, mit der olivgrünen Ledertapete, der holzgetäfelten Decke und den unzähligen Antiquitäten.

Mrs Holland hatte ihr kleines, spitzes Kinn in Elizabeths Richtung gedreht, als würde sie ihre Tochter mit einer Waffe aufs Korn nehmen. Sie strich sich mit den langen Fingern über die Stirn und drückte dann die Fingerspitzen gegen ihre Schläfe. Sie schien einen Augenblick lang nachzudenken, bevor sie fragte: »Nun, was schlagen Sie vor? Dass sie für immer hier drinnen bleiben soll, wie eine Gefangene im eigenen Haus, die die Welt nicht sehen darf? Und was sollte ich dann meinen Freunden erzählen, die sich ernsthaft gefreut haben, dass sie lebt, und sich inzwischen misstrauisch fragen, warum wir sie vor ihnen abschirmen?« Sie machte eine Pause und legte die Hand schnell wieder in den Schoß. »All die Freunde, die ich verlassen habe«, fügte sie düster hinzu.

Snowden erhob sich und antwortete in heiterem Ton. »Ich denke, ich weiß, was zu tun ist.« Er ging zum Kamin, wo sich der Feuerschein in seinem ungewöhnlich blonden Haar fing, und machte ein paar ausladende Gesten mit den Händen, als wäre er ein Zirkusdirektor, der die Show eröffnete. »Wir sollten ein Fest veranstalten, hier im Haus, wo sich Elizabeth am wohlsten fühlt.« Er machte eine nachdenkliche Pause. »Keinen Ball, sondern lieber eine Einladung zum Mittagessen. Ruhig, gemütlich und tagsüber. Wir könnten all die Leute einladen, die Elizabeth früher gekannt hat. Die jungen Damen, mit denen sie befreundet war. Nicht zu viele, aber genug, damit sich die Nachricht verbreitet, dass es ihr momentan ganz gut geht, dass sie Ende des Winters wieder zurück sein wird und dass sie begonnen hat, sich wieder einigermaßen normal zu fühlen.« Er wandte sich zu Elizabeth um. »Schließlich wird sie bis dahin mit Sicherheit wieder in Ordnung sein, nicht wahr?«

Der Hauch eines Lächelns, der sich gerade auf Elizabeths Lippen gezeigt hatte, verschwand abrupt. Ihre Augen huschten von Snowden zu ihrer Mutter, deren Miene verriet, dass sein Plan bereits in ihrem Kopf angekommen war und sich dort entfaltete. Elizabeth wusste, dass sie rein gar nichts dagegen sagen konnte – Agnes Jones, die Misses Wetmore und ihre Holland- und Gansevoort-Cousinen waren schon so gut wie eingeladen. Sie würden hier in den neusten Kreationen ihrer Schneider aufkreuzen und Elizabeth schräg ansehen, um herauszufinden, ob ihre Outfits besser waren als das ihrer Gastgeberin. Die Vorstellung, sich verstellen zu müssen, verursachte ihr jetzt schon Bauchschmerzen, und bei dem Gedanken an all die Begrüßungen und oberflächlichen Gespräche, die sie gezwungenermaßen über sich ergehen lassen müssen würde, wurde ihr sogar ein bisschen schlecht. Sie würde sich eine Korsage anziehen und ein Kleid aussuchen müssen, als würde ihr Aussehen tatsächlich irgendeine Rolle spielen. Im Feuer brach ein Holzscheit mit lautem Knacken in der Mitte durch und ließ einen Schauer glühender Asche auf die Steinplatte vor dem Kamin niedergehen. Snowden begann sie auszutreten, und Elizabeth schlug die Hände vors Gesicht, denn sie wusste, dass weit mehr als nur ein paar kalte Monate zwischen ihr und jeglicher Hoffnung auf Normalität lagen.

5

Mir ist zu Ohren gekommen, dass Ehepaare der jüngeren Generation gelegentlich nur noch ein großes gemeinsames Schlafzimmer für Mann und Frau haben. Ich schätze, das ist eine Art, den Raum im Haus optimal zu nutzen und natürlich muss sich die Spezies ja auch fortpflanzen. Trotzdem ziehe ich die altmodische Raumverteilung vor: zwei gut ausgestattete Schlafzimmer, je eines für den Mann und die Frau, was helfen kann, die Enthüllung unangenehmer persönlicher Fakten zu vermeiden …

– *Van Kamps Leitfaden zur Haushaltsführung für Damen der höheren Gesellschaft*, Ausgabe von 1899

Das Grün der Hügel wirkte so saftig und intensiv, wie man es nur nach einem heftigen Regenguss erleben konnte, und Henrys Pferd raste mit dermaßen hoher Geschwindigkeit durch die feuchte Luft, dass ihm fast ein bisschen schwindelig davon wurde. Diana Holland saß auf einem anderen Pferd und hatte einen guten Vorsprung. Sie warf einen Blick über die Schulter, um sicherzugehen, dass er ihr folgte. Ihre glänzenden rotbraunen Locken hingen offen und flatterten wild im Wind. Sie trug eine weiße Tunika, die ihn an die griechischen Statuen im Metropolitan Museum erinnerte, und ihr schmaler Körper bewegte sich im Takt mit den weitgreifenden Galoppsprüngen des gewaltigen glänzenden Tiers unter ihr. Er senkte den Blick auf den verschwitzten Hals seines eigenen Pferdes, um das vor Anstrengung keuchende Tier noch mehr anzutreiben. Als er wieder aufsah, spürte er den rauen Webstoff an seiner Wange und wurde an die Kelimkissen auf dem Sofa erinnert, wo er jetzt immer schlief, seit er ein verheirateter Mann war. Isaac Phillips Buck, Penelopes persönlicher Geschmacksapostel, hatte die Kissen von irgendeiner Kreuzfahrt zu den Dardanellen mitgebracht.

»Henry!«

Einen Moment lang war Henry so verwirrt, dass er nicht zwischen Traum und Realität unterscheiden konnte, auch wenn er verzweifelt darauf hoffte, dass die Szene mit den grünen Hügeln, den galoppierenden Pferden und der jüngeren Holland-Schwester ihn gleich wieder vollständig einhüllen würde. Er wandte der schneidenden Stimme seines Vaters den Rücken zu und spürte dabei wieder das kratzende Kissen an seiner Haut. Der importierte türkische Stoff wirkte leider viel echter als die frische Landluft, die sich gerade einfach verflüchtigte, ohne dass er es verhindern konnte.

»Henry.«

Henry drehte den gesamten Körper, um sich aufzusetzen, und machte dann den ersten Fehler des Tages: Er öffnete die Augen. Das gleißendes Licht des Morgens traf mit voller Wucht auf seine mitgenommenen Netzhäute und sandte eine Welle aus stechendem Schmerz durch seinen Schädel.

»Oh«, stöhnte er matt.

»Ja, ich weiß, dass es wehtut«, meinte sein Vater, der neben ihm auf dem Sofa saß. William Sackhouse Schoonmaker war ein stattlicher Mann mit breiten Schultern, der einiges auf die Waage brachte. In diesem Augenblick ließ sich allerdings nicht so leicht sagen, was eigentlich schwerer wog: sein Gewicht, das die weichen schwarzen Lederkissen des Sofas nach unten drückte – oder der Sarkasmus, der seine Stimme färbte. Er trug einen dunkelbraunen glänzenden Anzug, der im schrägen Licht fast violett aussah, und seine tiefschwarz gefärbten Haare wirkten ziemlich künstlich. Sein Gesicht war eine nicht wirklich attraktive Mischung aus derben Gesichtszügen und geplatzten Blutäderchen, doch darunter ließ sich die edle Kopfform erahnen, die er seinem Sohn vererbt hatte. Alles an ihm schrie förmlich »steinreich«. »Was machst du hier?«

»Hier?« Henry wusste, dass er irgendwie begriffsstutzig klang, aber er hatte nicht die Energie, etwas daran zu ändern. Im Gegensatz zu seinem Vater war er immer noch schlank und geschmeidig, mit scharf geschnittenen Gesichtszügen, die so fein wirkten, als wären sie in Marmor gemeißelt worden – doch innerlich fühlte er sich spröde und brüchig, als hätten ihn die letzten Wochen und Monate mürbe gemacht. Das Zimmer, in dem sie sich befanden, grenzte an sein Schlafzimmer und lag im ersten Stock des Hauses, der früher mehr oder weniger ihm allein gehört hatte. Während seiner Kindheit hatte sein Kindermädchen hier geschlafen und nachdem er letztes Jahr sein Studium abgebrochen und Harvard verlassen hatte, hatte er diesen Raum in eine Art Arbeitszimmer umgewandelt und halbherzig behauptet, dass er sein Studium eventuell fortsetzen würde – vielleicht an der Columbia, wo sein bester Freund Teddy Cutting damals studiert hatte. Der Boden bestand aus glänzendem lackiertem Parkett und über ihnen erstreckte sich ein Deckengemälde, das eine fröhliche Picknickszene darstellte. Einen Moment lang blieb sein Blick an diesem Bild hängen, während ihn plötzlich der ziemlich kindische Wunsch überkam, einfach in diese Szene hineinspringen und gemächlich davonschlendern zu können.

Sein Vater schien seine Gedanken zu erraten, denn er sagte barsch: »Hör auf, wie ein kleiner Junge zu denken, Henry«, sagte er.

»In Ordnung.« Henry schaffte es immer noch nicht, einen anderen Tonfall anzuschlagen, der ein bisschen weniger passiv und gefügig klang. Er schloss die Augen. Seine Zunge fühlte sich wie ein aufgedunsener Fisch an, der auf dem Trockenen lag und langsam verreckte. Kurz darauf folgte die Erinnerung an all die Drinks, die er letzte Nacht runtergekippt hatte, um seine Lage wenigstens ein bisschen erträglicher zu machen, auch wenn dadurch alles irgendwie verschwommen und dumpf gewirkt hatte. Und davor – zumindest bevor sein Besäufnis den Höhepunkt erreicht hatte – hatte er Diana gesehen. Seit seiner Hochzeit hatte er immer wieder vergeblich nach ihr gesucht, aber diesmal war es ihm gelungen, einen winzigen Blick auf sie zu erhaschen, auch wenn der Moment leider kaum länger als einen Herzschlag gedauert hatte, denn als er das Musikzimmer Leland Bouchards betreten hatte, war sie sofort abgehauen. Sie hatte so gesund und rosig gewirkt wie alle sechzehnjährigen Mädchen, aber gleichzeitig so stolz wie nur eine Frau aussehen konnte, die betrogen worden war und sich nach ihrer Erniedrigung wieder auf die Beine gekämpft hatte, als wäre sie wie ein Phönix aus der Asche auferstanden.

»Also, was machst du hier?«

Henry hob die Hände zur Brust und fragte sich insgeheim selbst, wie genau er an diesem Morgen eigentlich auf seinem Sofa gelandet war. Seine Erinnerungen an letzte Nacht waren bruchstückhaft und verschwommen. Vormittage wie diesen kannte er nur zu gut (davon hatte es schon eine Menge gegeben), deshalb hatte er es sich zur Angewohnheit gemacht, in solchen Situationen immer zuerst mit den Händen seinen Körper abzutasten, um sicherzugehen, dass noch alles an seinem Platz war und keine essenziellen Teile fehlten. Wenigstens das schien heute der Fall zu sein. Bei seiner Inspektion stellte er fest, dass er ein zerknittertes weißes Smokinghemd aus italienischem Leinen anhatte – wenn er sich nicht irrte, war es dasselbe, das er auch am vergangenen Abend getragen hatte – und dazu eine schwarze Smokinghose. Seine Füße steckten in schwarzen Socken und seine Schuhe lagen neben seiner weißen Seidenweste auf dem Boden. Von seiner Krawatte fehlte allerdings jede Spur.

»Schlafen?«

»Offensichtlich.«

Henry kam etwas wackelig auf die Beine. »Es war ein langer Abend«, erwiderte er und klang dabei dermaßen erschöpft, als könnte er noch gut hundert Jahre weiterschlafen. Er bückte sich, um seine Weste aufzuheben – und bereute das prompt. Die abrupte Bewegung verursachte einen stechenden Schmerz hinter seinen Schläfen. Er richtete sich schleunigst wieder auf und musste all seine Energie zusammenkratzen, um aufrecht stehen zu bleiben und nicht einfach umzukippen.

Der ältere Schoonmaker erhob sich ebenfalls, räusperte sich und sagte in etwas sanfterem Tonfall: »Henry …« Er musterte seinen Sohn, während er in Gedanken einen Moment lang in der Zeit zurückzureisen schien. Mehrere Sekunden vergingen, während die beiden unbeholfen in dem getäfelten und reich dekorierten Zimmer herumstanden und von einem Fuß auf den anderen traten. »Es gibt eine vielversprechende neue Entwicklung, was meine Kandidatur für das Bürgermeisteramt betrifft.«

Henry, der eben noch kurz geglaubt hatte, dem Zorn seines Vaters womöglich doch irgendwie entkommen zu können, spürte sofort, dass da gerade eine neue Bedrohung direkt auf ihn zukam. W.S. Schoonmaker war ein skrupelloser Geschäftsmann, der viel geerbt und eine Menge Geld verdient hatte. Das alles reichte ihm anscheinend noch nicht, denn neuerdings hatte er sich in den Kopf gesetzt, dass er sich und seinen Namen auf eine höhere Ebene bringen und neben Geld auch noch Ruhm und Ansehen ansammeln wollte. Das war der Grund, weshalb er sich vor Kurzem ins Schlachtgetümmel der New Yorker Politik gestürzt hatte. Er war so von der Idee besessen, Bürgermeister zu werden, dass ihn die Lasterhaftigkeit seines Sohnes regelrecht in Angst und Schrecken versetzte, weil er befürchtete, dass Henrys Ausschweifungen seine ganzen schönen Pläne in Gefahr bringen könnten. Also hatte er sich angewöhnt, seinem Sohn jedes bisschen Spaß und sämtliche Saufgelage zu verbieten, wann immer sich die Gelegenheit bot. Seine neuen Ambitionen sorgten dafür, dass er ständig damit drohte, seinen Sohn zu enterben, und deshalb war er auch einer der eifrigsten Befürworter von Henrys Hochzeit gewesen.

»Ach ja?« Es gab kaum etwas, das Henry so ungern diskutierte wie die politischen Ziele seines Vaters.

»Ja. Die Familien- und Fortschrittspartei braucht einen Bürgermeisterkandidaten, und es scheint, als wären wir in vielen Dingen der gleichen Ansicht.«

»In was für Dingen?«, fragte Henry ironisch. Er besaß allerdings weder den Mut noch die innere Stärke, um geradeheraus zu sagen, wie absurd das Ganze war. Viele Wähler der Familien- und Fortschrittspartei hatten das Pech, in Mietwohnungen leben zu müssen, die der Schoonmaker-Wohnungsgesellschaft gehörten. Die meisten von ihnen gehörten also zu den Leuten, die vergeblich gefordert hatten, endlich Heizungen und heißes Wasser in ihrem Zuhause zur Verfügung gestellt zu bekommen.

»Nun, in Bezug auf Wissenschaft und Fortschritt«, erwiderte sein Vater ungeduldig. »Hinsichtlich der Weiterentwicklung unserer Gesellschaft und des Auftrags an die Menschheit, unsere Welt zu verbessern. Und natürlich, dass das Familienglück an sich die Grundlage unseres Lebens darstellt.«

Henry presste sich die geballte Faust gegen den Mund, um sein Lachen zu ersticken, und wandte sich rasch zum Fenster um. Doch ihm wurde ziemlich schnell klar, dass es ihm nicht gelungen war, seine Meinung über die Äußerungen seines Vaters zu verstecken, denn er spürte den finsteren Blick des alten Mannes in seinem Rücken.

»Ich schätze, du zweifelst an meiner Hingabe für die Familie.« Der Ton seines Vaters hatte sich so rasant geändert wie der Himmel bei einem Sommergewitter, und die wachsende Wut darin war nicht mehr zu überhören. »Du verstehst gar nichts.«

»Ich verstehe …«, begann Henry, brach den Satz dann jedoch ab. Er war sich nicht einmal sicher, was er eigentlich sagen wollte.

»Sei still, Henry. Es spielt sowieso keine Rolle, was du über mich denkst oder was ich von dir halte. Was die Menschen dieser Stadt in uns beiden sehen, ist das Einzige, was wirklich zählt. Sehen sie eine Familie zwielichtiger Typen, die sich um nichts scheren außer sich selbst, oder sehen sie zwei entschlossene Geschäftsmänner, die ihre Frauen und Kinder ernähren?«

»Ich habe keine Kinder«, sagte Henry. Eine Tatsache, die ihm in diesem Moment wie ein riesiges Glück erschien. Sein Kater war inzwischen so schlimm, dass die Übelkeit und der pochende Schmerz sich in Wellen durch seinen ganzen Körper bewegten, aber das furchtbare Gefühl flaute wenigstens einen Moment lang ab, als er an diese eine entscheidende Tatsache dachte – sein letztes bisschen Freiheit.

»Nein.« Sein Vater lachte boshaft. »Und du wirst auch keine kriegen, wenn du weiter auf dem Sofa schläfst. Ich habe das Personal gefragt und erfahren, dass du jeden Morgen hier aufwachst. Kann es sein, dass du noch nicht …?«

»Nein.« Henry schielte zu seinem Vater hinüber und entdeckte eine abscheuliche Mischung von Belustigung, Wut und

Ungläubigkeit auf seinem Gesicht. Die beiden Männer starrten sich eine ganze Weile an, während man sämtliche Dinge, die unausgesprochen blieben, von ihrer Miene ablesen konnte.

»Nun«, fuhr der ältere Schoonmaker fort und klang tatsächlich etwas versöhnlicher als noch vor ein paar Sekunden, »ihr werdet aufhören müssen, euch wie alberne Kinder zu benehmen. Bis zur Wahl will ich ein Enkelkind haben. Das ist im November 1901, Henry. Euch bleibt also noch genug Zeit. Ein Junge wäre schön. Ein großer, gesunder Junge, den man der Menge präsentieren kann. Das sollte ab jetzt dein Ziel sein.«

»Dad, ich glaube nicht, dass …«

»Störe ich?« Die beiden Schoonmaker-Männer drehten sich zu der Tür um, die das Schlafzimmer mit dem Büro verband. Dort stand Penelope in einem Faltenrock mit blau-weißem Schottenkaro und einer cremefarbenen Chiffonbluse mit hohem Stehkragen. Ihr dunkles seidiges Haar hob sich glänzend von der weichen Haut ihrer Stirn ab. Der scheinbar besorgte Gesichtsausdruck verwandelte sich rasch in ein schmeichelndes Lächeln, bevor sie den Kopf neigte. »Guten Morgen, Mr Schoonmaker.«

»Guten Morgen, Penelope.«

»Es tut mir *wirklich* leid, euch zu stören«, sagte sie mit der zuckersüßen Stimme eines braven Mädchens, das sie mit Sicherheit nicht war. »Aber ich habe von den Hollands gerade eine Einladung zum Mittagessen am kommenden Sonntag bekommen. Da müssen wir unbedingt hin, um der lieben Elizabeth willen, schließlich soll sie sehen, dass es zwischen uns kein böses Blut gibt. Sie wird natürlich erkennen, dass wir das ideale Paar sind und von vorneherein füreinander bestimmt waren. So können wir ihr zeigen, dass wir sie trotzdem lieben, auch wenn sie fast meinen Platz eingenommen hätte …«

Henry lag schon ein schroffes »Nein« auf den Lippen, wie

immer, wenn er mit seiner Frau sprach, und er konnte unmöglich sagen, was er widerlicher fand: die Art, wie sein Vater und Penelope sich gegenseitig anlächelten, oder die Vorstellung, das Haus der Hollands als verheirateter Mann zu betreten. Er hatte jede nur erdenkliche Formulierung benutzt, um zu erklären, warum er das alles getan hatte, aber bisher hatte er nicht mal den leisesten Hinweis darauf erhalten, dass Diana seine Briefe überhaupt gelesen hatte. Weil ihm nichts Besseres einfiel, machte er jedoch einfach so weiter und schrieb ihr eine Nachricht nach der anderen. Auch jetzt wusste er einfach nicht, was er sonst tun sollte, also ließ er einfach den Kopf hängen und starrte den Parkettboden an. »Teddy und ich haben einen Ausflug nach Palm Beach geplant, um dieser verdammten Kälte zu entfliehen und ein bisschen zu angeln. Wir fahren am Dienstag los, also werde ich vorher wirklich keine Zeit für irgendwelche gesellschaftlichen Anlässe haben …«

»Ich wusste gar nicht, dass du nach Palm Beach fährst«, zischte Penelope eingeschnappt.

»Es war eine spontane Idee«, erwiderte er lahm. Henry wusste, dass Penelope ihn vorwurfsvoll ansah, doch er konnte es nicht ertragen, ihr in die Augen zu sehen. »Und vorher gibt es noch so viel zu erledigen …«, murmelte er in sich hinein.

»Tja, in dem Fall«, fuhr Penelope fort und stemmte entschlossen die Hand in die Hüfte, »werde ich mich um dein Gepäck und alles andere für die Reise kümmern und für mich selbst ebenfalls eine Fahrt buchen, damit ich mich um all deine Angelegenheiten in Palm Beach kümmern kann.«

Henry hatte nicht den blassesten Schimmer, was für ein Gesicht er in diesem Augenblick machte, aber Penelope lächelte triumphierend und wirkte plötzlich sehr zufrieden mit sich und der Welt.

»Ich werde mir eine Freundin mitnehmen, damit ich etwas

Gesellschaft habe«, sagte sie, schien aber eher mit sich selbst zu reden.

»Gut«, meinte Henrys Vater nickend und besiegelte damit die Angelegenheit.

»In Ordnung.« Henry bemühte sich ernsthaft, seine Lippen zu so etwas wie einem Lächeln zu verziehen. Er wusste, dass sein Vater ihn am liebsten weiter mit seinen Plänen zu Familiengründung und gesunden Schoonmaker-Babys genervt hätte – eine Vorstellung, die so bizarr und falsch war, dass Henry in seinem jetzigen Zustand nicht mal ansatzweise darüber nachdenken konnte. Er wusste, dass der alte Mann nicht lockerlassen und ihn bald wieder mit diesem Thema überfallen würde, aber nicht jetzt. Nicht vor den Augen von Penelope, die ihre Rolle als argloses, verwöhntes Mädchen der Oberschicht so perfekt spielte. Die Regeln von Anstand und gutem Benehmen waren also doch zu was nütze, dachte Henry bitter, während er sich an seiner Gattin vorbeidrängte, um sich endlich ins Bett zu legen und noch ein paar Stunden Schlaf nachzuholen.

6

Carolina –
Mittagessen bei den Hollands heute Nachmittag?
Wäre es nicht lustig, dort aufzutauchen, um Elizabeth zu zeigen, wie weit du sie inzwischen schon gesellschaftlich überholt hast? Ich werde dich um zwölf Uhr mit der Kutsche abholen.

– Mrs Henry Schoonmaker

»Oh, die gute alte Nummer siebzehn«, seufzte Carolina Broad mit vor gespielter Nostalgie triefender Stimme, als Penelope Schoonmakers geschlossene Kutsche an der Südseite des Gramercy Parks anhielt. Penelopes Einladung, sie zum Mittagessen bei den Hollands zu begleiten, hatte sie heute Morgen noch in helle Panik versetzt. Gleichzeitig hatte sie sofort alte Erinnerungen in ihr wachgerufen: an ihre schlichten schwarzen Leinenkleider, die sie damals hatte tragen müssen – die Uniformen mit den weißen Krägen der Hausmädchen bei den Hayes' hatten im Gegensatz dazu wenigstens noch etwas Würdevolles an sich –, und an die rauen Hände, die ihre damalige Arbeit mit sich gebracht hatte. Doch dann hatte sie einen Blick in den Kleiderschrank geworfen, der randvoll war mit all den Kleidern und Handschuhen, mit dem Schmuck und den Massen an Schuhen sowie den hübschen kleinen Mäntelchen, die sie als besondere Freundin von Mr Longhorn bekommen hatte. Während sie den Anblick genossen hatte, hatte sie daran denken müssen, wie arm die Hollands jetzt waren. Zwar hatte die Familie das ziemlich lange geheim halten können, am Ende war die Wahrheit aber natürlich doch ans Licht gekommen. Carolina machte sich selbst mit dem Gedanken Mut, dass ihre Zeit, im Rampenlicht zu stehen und den Luxus ihres neuen Lebens zu genießen, endlich angebrochen war – und das würde sie den Holland-Frauen jetzt endlich unter die Nase reiben können.

»Ich frage mich, warum sie dich dabeihaben wollen«, überlegte sie laut. Erst, als die Worte heraus waren, wurde ihr klar, wie gemein diese Frage klingen könnte.

Falls Penelope sich deswegen angegriffen fühlte, ließ sie sich zumindest nichts anmerken. »Oh, sie brauchen mich wesentlich mehr als ich sie«, antwortete sie unbekümmert, während sie ihr Gesicht in dem handgeschnitzten Taschenspiegel aus Elfenbein begutachtete. Ihr Profil wurde vom Fenster der Kutsche eingerahmt und dahinter sah Carolina die Bäume des Parks, die wesentlich kahler geworden waren, seit sie sie das letzte Mal gesehen hatte. »Mit Sicherheit weiß die alte Mrs Holland inzwischen, dass ich Elizabeths kleines schmutziges Geheimnis kenne – außerdem sind ehemalige Verlobte, die sitzengelassen wurden, in unserer Gesellschaft nicht gerade beliebt –, *absolut* keine begehrenswerte Rolle, wenn du mich fragst. Am meisten freue ich mich allerdings darauf, was für Gesichter sie machen werden, wenn sie *dich* sehen.«

Carolina legte eine Hand auf den Messingrahmen der Kutschentür und blinzelte zu dem Haus hinüber, in dem sie früher gelebt hatte. Es kam ihr irgendwie schmaler vor als damals, und die schmucklose Sandsteinfassade wirkte abweisend und düster. Das schmiedeeiserne Gitter, das die Veranda umgab, sah so aus, als hätte man es nachträglich drangetackert, und die Fenster an der Hausfront waren so ordentlich aneinandergereiht wie Zinnsoldaten und starrten stumpfsinnig Richtung Straße. Ihr Leben dort fühlte sich so weit entfernt an wie eine unschöne Geschichte, die man ihr irgendwann mal erzählt hatte, oder wie ein Albtraum, aus dem sie plötzlich hochgeschreckt war. Sie dachte kurz an Will – er war so ein guter, hübscher Junge gewesen – und fragte sich nicht zum ersten Mal, wie ihm der Fehler unterlaufen konnte, sich in die stolze und hochmütige Elizabeth Holland zu verlieben. Ein Fehler, der ihn das Leben gekostet hatte. Traurige Gedanken, die Carolina hastig verscheuchte, als Penelopes Kutscher den kleinen Schlag öffnete und ihr hinab auf den Gehweg half.

Sie holte tief und gierig Luft und schaute Penelope an, die immer wusste, was zu tun war. Die hakte sich sofort bei Carolina unter – etwas, das Penelope nur in der Öffentlichkeit machte, allerdings hatte sie dabei keine Wahl. Schließlich gehörte es zu ihrem Deal, überall als Freundinnen aufzutreten. Das war Penelopes Gegenleistung für ein großes Geheimnis. Carolina hatte ihr nämlich verraten, dass Diana Holland in einer Nacht Ende Dezember in ihrem eigenen Schlafzimmer gewisse Dinge mit Henry getrieben hatte, die überhaupt nicht zu dem passten, was man von einer Dame der feinen Gesellschaft erwartete. Zu allem Überfluss war Henry damals noch mit Elizabeth verlobt gewesen. Also gingen die beiden Mädchen jetzt Arm in Arm die alten Steinstufen hoch, während ihre langen Röcke – Carolinas in Grau und mit Pelz gesäumt, Penelopes aus schwarzem Plissee – im Takt ihrer Schritte wippten.

Die Tür ging auf und eine junge Frau mit ordentlich zurückgekämmten kupferroten Haaren empfing sie. Ähnlich wie Carolina hatte sie ein breites, helles Gesicht, nur dass Carolinas Wangen sogar jetzt im kalten Februar noch mit dunklen Sommersprossen überzogen waren. Das Mädchen machte den Mund auf, um sie zu begrüßen, doch dann verblasste ihr

Lächeln und sie stand wie erstarrt in der dunklen, engen Eingangshalle.

»Mrs Henry Schoonmaker und Miss Carolina Broad«, erklärte Penelope, um klarzustellen, wie man sie ankündigen sollte, bevor sie sich den mit kleinen schwarzen Vögeln geschmückten Hut auszog. »Mr Schoonmaker bereitet sich auf eine Reise vor und ist deshalb bedauerlicherweise nicht in der Lage, uns Gesellschaft zu leisten. Miss Broad begleitet mich an seiner Stelle. Sie ist eine besonders liebe Freundin von mir.«

Auch Carolina zog ihren Hut aus – ein ziemlich verwegenes Modell, das ein bisschen wie ein Zylinder aussah – und drückte ihn mit einem Augenzwinkern dem Dienstmädchen in die Hand, das sie sehr gut kannte. Schließlich handelte es sich um ihre Schwester Claire Broud, die es liebte, Geschichten über die Reichen und Schönen zu hören, aber selbst viel zu anständig und schüchtern war, um eine von ihnen zu werden. Ganz im Gegenteil zu der jüngeren Broud-Schwester – die sich jetzt Broad nannte, nachdem man ihren Namen in einem Zeitungsartikel über ihre Ankunft in der New Yorker Gesellschaft falsch geschrieben hatte und sie auf diese Weise neu getauft worden war. Die Schwestern sahen sich so oft wie möglich, auch wenn Carolina wegen ihrer ganzen neuen Freunde nicht mehr so viel Zeit dafür hatte, und verstanden sich immer noch so gut, dass Claire ihrer jüngeren Schwester mit einem schnellen Blinzeln mitteilen konnte, dass sie sich Mühe geben würde, sich nichts anmerken zu lassen.

Als Carolina das Haus betrat, fiel ihr sofort auf, wie ärmlich und abgenutzt die Räume hier wirkten. Die Stufen am Ende des Flurs führten schnurstracks in den ersten Stock, ohne irgendwelche geschwungenen Ausbuchtungen oder elegante Absätze, und die Bilder an den Wänden waren längst nicht so kostbar wie jene, die die Hollands im vergangenen Jahr gegen

Bargeld verschachert hatten. Ihr Blick wanderte nach links in den kleineren Salon, der kaum genutzt worden war, als sie damals in diesem Haus gearbeitet hatte. Nun standen dort runde Tische mit weißen Damasttischdecken und silbernen Vasen, in denen Zweige mit roten Beeren arrangiert waren. Sie erinnerte sich an die Zeit zurück, als es noch ihre Aufgabe gewesen war, diese Tischdecken zu bügeln und die Vasen aufzustellen, bis sie plötzlich von einer furchtbar vertrauten Stimme aus ihren Gedanken gerissen wurde. Der Klang ließ die beiden Broud-Schwestern gleichzeitig erstarren.

»Penelope«, rief Mrs Holland vom anderen Ende des Flurs und kam auf sie zu. Sie war ganz in Schwarz gekleidet, allerdings fehlte die Witwenhaube, die sie im letzten Jahr immer getragen hatte. Stattdessen waren ihre dunklen Haare, die von weißen Strähnen durchzogen waren, sorgfältig frisiert und hochgesteckt worden. Die Gastgeberin näherte sich den beiden jungen Damen und hielt dann inne. Einer ihrer Mundwinkel zuckte beim Anflug eines Lächelns, aber das war auch alles, was sie an Reaktion zeigte. Sie schwieg so lange, dass sogar Penelope ein bisschen irritiert wirkte, bevor sie die einstige Freundin ihrer Tochter mit einem schlichten »meine Glückwünsche« bedachte. »Und Sie sind?«, fragte sie dann und wandte dem in Grau gekleideten Mädchen ihr spitzes Kinn zu.

Einen Moment lang schienen Carolinas Nerven vor Anspannung regelrecht zu summen, doch dann blickte sie Mrs Holland in die Augen, die so dunkel waren wie ein See irgendwo tief im Wald, und erkannte sofort, dass sich darin nicht das geringste Anzeichen von Wiedererkennen spiegelte. Der Blick der alten Dame war so ausdruckslos und gebieterisch, dass Carolina sich insgeheim fragte, wie sie je den Mut gehabt hatte, ihr überhaupt jemals ins Gesicht zu sehen, aber eine Sekunde später wurde ihr klar, dass sie das ja auch nie getan hatte. Ihre ehemalige Arbeitgeberin hatte sie eigentlich nie angeschaut, nicht mal wenn sie einen ihrer tausend Befehle erteilt hatte. Und als Mrs Holland ihr jetzt mit unglaublicher Gleichgültigkeit entgegenstarrte, fragte Carolina sich kurz, ob sie wirklich von ihrem Platz im Hause der Hollands aufgestiegen war.

»Das hier ist Miss Carolina Broad.« Penelope schien von alldem nichts mitbekommen zu haben, oder vielleicht war es ihr auch einfach egal, dass die Konfrontation mit der Gastgeberin, die sie eigentlich erwartet hatte, nun doch nicht stattgefunden hatte, denn sie spähte bereits in den kleineren Salon, um zu sehen, wer sonst noch alles eingeladen worden war. Dann fügte sie als eher beiläufige Erklärung hinzu: »Sie ist neu in der Stadt, aber schon allseits beliebt.«

»Es ist so wunderbar, zu Ihren Gästen gehören zu dürfen«, brachte Carolina trotz ihrer Enttäuschung heraus. Erst jetzt merkte sie, wie sehr sie sich gewünscht hatte, von Mrs Holland erkannt zu werden. Zu gerne hätte sie das Gesicht gesehen, das die alte Frau gemacht hätte, während ihr schlagartig bewusst geworden wäre, wie weit ihre ehemalige Dienstmagd gekommen war und was für ein strahlendes Leben sie jetzt führte.

Claire, die während der ganzen Sache vermutlich starr vor Angst gewesen war, warf ihrer Schwester nun einen warnenden Blick zu und zog sich mit den Mänteln der neuen Gäste im Arm in die Garderobe unter der Treppe zurück. Penelope ging mit Mrs Holland durch den Türrahmen aus Mahagoni in den Salon, wo sich ausschließlich Leute tummelten, die jeden Tag mit süßem Nichtstun verbrachten.

»Wir haben einige unserer alten Gemälde restaurieren lassen und all jene weggehängt, die wirklich nicht mehr der Mode entsprachen …«, erklärte Mrs Holland.

Carolina blieb etwas unbeholfen hinter ihnen im Flur stehen und bekam vom Durchzug eine Gänsehaut. Sie hatte das

Gefühl, jedes einzelne ihrer Nackenhärchen spüren zu können, was ihr immer dann passierte, wenn sie nicht genau wusste, wo sie stehen oder wie sie sich verhalten sollte. Ihre Schwester war verschwunden und wünschte sich in diesem Moment garantiert, sie wäre als Einzelkind auf die Welt gekommen, weil dann wenigstens ihr Arbeitsplatz nicht in Gefahr gewesen wäre. Penelope war in den nächsten Raum gegangen und hatte sie einfach stehen lassen. Carolina merkte, wie sich eine quälende Sehnsucht nach Aufmerksamkeit und Anerkennung in ihr breitmachte. Sie machte einen Schritt nach vorn und zögerte dann. Plötzlich kam ihr diese Umgebung gar nicht mehr so eng und schäbig vor wie vorhin.

»Lina.«

Der Name war wie ein altes Kleidungsstück, das längst nicht mehr passte und noch auf der Haut kratzte, während man versuchte, es an jemanden weiterzugeben. Er klang schlicht und irgendwie schäbig. Carolina wusste, dass es ihr eigener Name war, oder zumindest der, den sie siebzehn Jahre lang getragen hatte. Ihn jetzt laut zu hören, war so angenehm wie eine Ohrfeige. Sie merkte sofort, wie ihr die Hitze ins Gesicht stieg, so wie jedes Mal, wenn sie der Person, die ihn ausgesprochen hatte, gegenüberstand. Sie schaute sich um – wobei ihre Augen über den roten Wangen jetzt besonders grün wirkten – und entdeckte Elizabeth, die also tatsächlich noch am Leben war und längst nicht mehr so hübsch aussah wie früher.

»Hallo.« Obwohl sie dabei keinen besonderen Tonfall angeschlagen hatte, schwebte dieses eine Wort mit einer gewissen Befriedigung zwischen ihnen. Das letzte Mal, als sie Elizabeth gesehen hatte, hatte sie ihr eine Ladung heißen Tee über den weißen Rock gekippt und war deswegen prompt entlassen worden. Das Gesicht ihrer ehemaligen Arbeitgeberin wirkte eingefallen, und das blonde Haar, das Carolina ihr früher frisiert hatte, war strähnig und zu einem hässlichen Knoten zurückgekämmt worden. Es gab keinerlei Anzeichen, dass sich Elizabeths Einstellung zu dem Mädchen, das ihr damals die Korsagen geschnürt hatte, in den letzten Monaten irgendwie positiv verändert hätte.

»Was machen Sie denn hier?«, fragte Elizabeth, während sie näher kam. Ihrer Stimme und ihren Bewegungen fehlte es an Energie, was ihrer offensichtlichen Feindseligkeit, die sich vor allem in dem stechenden Blick ihrer braunen Augen abzeichnete, allerdings keinen Abbruch tat.

»Die gleiche Frage könnte ich Ihnen stellen. Ich dachte, Sie wären *ertrunken.*« Carolina reckte selbstgefällig das Kinn in die Höhe und stemmte eine Hand in die Hüfte, denn plötzlich wusste sie wieder ganz genau, wie sie sich hinstellen musste. Ihre vornehme Jacke, die sich eng an ihre Taille schmiegte und an den Schultern elegant aufgebauscht war, stammte ganz klar von einem guten Schneider und bestand aus einem ziemlich teuren Stoff. Sie beugte sich vor und zischte leise: »Oder sollte die Geschichte nur all das vertuschen, was Sie mit dem Jungen vorhatten, der im Stall gearbeitet hat?«

Elizabeth zuckte bei diesen Worten ein wenig zusammen, und ihre Augen wurden feucht, als würde sie jeden Augenblick anfangen zu weinen.

»Ach, kommen Sie schon.« Carolina kräuselte verächtlich die Oberlippe und hielt dem Blick ihrer ehemaligen Arbeitgeberin stand. »Ich habe ihn auch mal geliebt oder haben Sie das vor lauter Selbstmitleid vergessen?«

»Er war mein *Ehemann.*« Elizabeths Stimme zitterte und sie presste die Lippen so fest zusammen, als würde sie versuchen, eine ganze Flut wilder Emotionen zu unterdrücken.

Aber das Mädchen, das angesichts dieser Neuigkeit eifersüchtig oder verzweifelt reagiert hätte, existierte nicht mehr.

Wenn Elizabeth die Kontrolle verlieren wollte, so war das ihre Entscheidung – Carolina passierten solche Fehler nicht mehr. Sie hob ihr Kinn ein Stück und genoss das Gefühl ihrer neu gewonnenen Überlegenheit, das sich vom Schlüsselbein bis in ihre Fingerspitzen ausbreitete. Sie zog eine ihrer dicken Augenbrauen hoch und verharrte einen Moment, ohne mit der Wimper zu zucken.

»Ich würde das nicht an die große Glocke hängen.«

Elizabeth schloss die Augen. »Sie würden das doch niemandem …«

»Vermutlich nicht.« Carolina lachte unbekümmert. »Allerdings bin ich gerade fürchterlich durstig und hatte außerdem den Eindruck, man hätte mich zum Mittagessen eingeladen.«

Die braunen Augen unter Elizabeths blonden Brauen öffneten sich wieder. Sie schaute Carolina an und sah dabei so verletzt aus wie nie zuvor, was erstaunlich war, wenn man bedachte, dass die beiden sich praktisch von Geburt an kannten und als kleine Mädchen sogar Freunde gewesen waren.

»Natürlich«, sagte Elizabeth abrupt und klang auf einmal vollkommen anders. Ihrer Stimme war anzuhören, dass sie sich bemühte, Stärke vorzutäuschen und dabei ihre Schwäche zu überspielen, allerdings war beiden klar, was gerade passiert war: Carolina war nicht länger Elizabeths Untergebene und hatte außerdem wieder etwas gegen sie in der Hand.

»Möchten Sie nicht hereinkommen? Und vielleicht möchten Sie gerne an meinem Tisch sitzen, damit ich sicherstellen kann, dass Sie nur das Beste von allem bekommen.«

Carolina konnte Elizabeth anhören, wie viel es sie kostete, das alles zu sagen. Sie hob demonstrativ den Arm und wartete darauf, dass das andere Mädchen sich unterhakte, bevor sie zustimmend nickte. »Das wäre ganz reizend«, sagte sie triumphierend, als sie gemeinsam den festlich geschmückten

Raum betraten. Der war randvoll mit stinkreichen Gästen und schimmernden Silbertabletts, auf denen sich diverse Leckereien türmten. Früher wäre sie wahrscheinlich diejenige gewesen, die all das schöne Essen von der Küche in den Salon tragen musste, doch jetzt saß sie selbst am Tisch und ließ sich alles von links anreichen, während sie sich in Ruhe die schönsten Stücke heraussuchte.

7

Aus geheimer Quelle habe ich erfahren, dass heute bei den Hollands zum Mittagessen geladen wird und dass Penelope Schoonmaker zu den Gästen gehört. In der Gesellschaft wird es immer Anhänger billiger Unterhaltung geben, die auf einen Streit zwischen zwei Damen hoffen, und genau diese Leute haben mit ihrem Gerede das Gerücht befeuert, es gäbe eine Art Fehde zwischen Miss Elizabeth Holland und der früheren Miss Hayes, weil beide Mädchen einst mit Mr Schoonmaker verlobt waren. Doch wie es scheint, könnten diese Menschen eine herbe Enttäuschung erleben, wenn sich die Damen bei diesem ersten gesellschaftlichen Ereignis im Hause der Hollands seit dem Tod von Mr Edward Holland vor über einem Jahr freundschaftlich begegnen sollten.

– Aus der Gesellschaftskolumne des *New York Imperial*, Sonntag, den 11. Februar 1900

Diana Holland war etwas spät dran, als sie auf dem Weg zum Mittagessen ihrer Mutter die Treppe hinunterging, aber immerhin hatte sie sich geistig so weit gewappnet, dass sie sich alles über Eleanor Wetmores romantische Bemühungen anhören konnte, ohne die Augen zu verdrehen. Sie hatte Claire heimlich gebeten, die Tischkärtchen zu vertauschen, damit sie neben Eleanor sitzen und dem Mädchen möglichst viele Informationen entlocken konnte – gleichzeitig würde sie auf diese

Weise so weit wie möglich von Penelope entfernt sein. Diana trug ein Kleid aus dicker Baumwolle mit einem rot-weißen Schleifenmuster und einem Ausschnitt, der ihr knapp übers Schlüsselbein reichte. Ihre Locken umrahmten ihr Gesicht mit natürlicher Eleganz. Sie erreichte das Erdgeschoss und steuerte auf den Salon zu, doch dann sah sie etwas, das sie wie erstarrt stehen bleiben ließ. Ihr kleiner runder Mund öffnete sich wie von selbst, und sie starrte mit weit aufgerissenen Augen zu der Gestalt hinüber, die sich hinter der Glasscheibe der Haustür abzeichnete.

Als ihr Denken wieder einsetzte, hatte sie bereits die Eingangshalle durchquert und presste eine Handfläche gegen die Scheibe. Es war, als wäre sie von einem Magneten angezogen worden. Sie schloss die Augen, denn sie wusste, dass sich darin die unschuldige Sehnsucht eines kleinen Mädchens widerspiegelte. Als sie sie wieder aufmachte, war ihr Blick ein bisschen fester geworden. Aber Henry stand immer noch vor der Tür, also holte sie unwillkürlich Luft und drehte ein paar Sekunden später den Knauf.

»Was machst du hier?«, fragte sie leise und mit einer gewissen Kälte in der Stimme, ohne die Tür ganz aufzumachen. Wenigstens hatte sie so ein bisschen Deckung.

»Ich dachte, ich wäre eingeladen.« Er benutzte genau den gleichen scherzhaften, selbstbewussten Ton, mit dem er in den letzten zwanzig Jahren so oft Erfolg gehabt hatte. Allerdings schien ihm schlagartig bewusst zu werden, dass er damit einen ziemlichen Fehler gemacht hatte, denn er schloss die dunklen Augen und schüttelte den Kopf. Sie war erstaunt, wie schön ihr sein Gesicht vorkam, als sie es jetzt aus nächster Nähe betrachtete. Es war wirklich eine Menge Zeit vergangen, seit sie ihm das letzte Mal so nahe gewesen war.

»Ich schätze, du bist hier, um deine Frau zu treffen«, meinte sie mit sarkastischer Stimme, allerdings mehr um sich von dem perfekten Schwung seines Kiefers abzulenken, als um ihm eins auszuwischen. »Sie ist hier.«

»Nein …« Henry hörte auf, seinen Kopf zu schütteln. Einen Moment später hob er den Blick und sah Diana vorsichtig, aber mit unverhohlenem Verlangen direkt in die Augen. »Nein.«

»Nein? *Was dann?*« Sie lockerte ihren Griff um den Knauf und schob die Tür ein kleines bisschen weiter auf. Hinter ihnen lag still der Park, und die kahlen Zweige der Bäume ragten sehnsüchtig in den weißen Himmel hinauf. Die Kutscher am Bordstein hatten die Nasen in ihre Zeitungen gesteckt und ignorierten die beiden Menschen auf den Stufen zur Nummer siebzehn mit geübter Lässigkeit.

»Nein, ich bin nicht gekommen, um meine Frau zu sehen.« Er machte eine Pause und presste den Zeigefinger gegen seine Stirn, genau zwischen seine Augenbrauen. »Ich wollte eigentlich gar nicht herkommen. Doch dann erschien mir die Vorstellung, mit dir in einem Raum zu sein … Es tut mir leid. Ich klinge wie ein Idiot. Ich hatte nicht damit gerechnet, dass ich wirklich in der Lage sein würde, dir so nah zu sein und sogar mit dir *sprechen* zu können. Du wirst vermutlich jeden Augenblick die Haustür zumachen und ich werde nichts von dem gesagt haben, was ich dir sagen will und … Oh Gott.«

Ihr verdammtes Herz schlug ihr mittlerweile bis zum Hals, und sie hoffte nur, dass man von außen nicht erkennen konnte, wie hektisch sich ihre Brust unter der maßgeschneiderten Korsage hob und senkte. Sie wusste, dass sie eigentlich genau das tun sollte, was Henry von ihr erwartete, nämlich einfach zu gehen. Dann würde er an der Tür läuten, und Claire würde ihn höflich hereinbitten. Stattdessen trat sie auf die kleine Veranda hinaus und zog die Tür hinter sich zu, bis sie nur noch angelehnt war. »Was wolltest du denn sagen?«

Henry nahm seinen Hut ab und hielt ihn nachdenklich in den Händen. »Nun, es ist alles so, wie ich es in meinen Briefen geschrieben habe …« Er sprach abgehackt, als hätte er Mühe, richtig zu atmen. »Hast du meine Briefe nicht gelesen?«

Einen Moment war Diana von ihren eigenen Gefühlen beinahe überwältigt worden, doch nun machte sich brodelnder Zorn in ihr breit und verdrängte alles andere. »Nein«, erklärte sie, während ihr eisige Luft über die Haut kroch. »Ich habe sie verbrannt.«

Henry stieß den Atem aus und machte dabei ein Geräusch, das wie ein enttäuschtes »Oh« klang. Er musterte Diana eine ganze Weile lang, während sich seine Emotionen auf seinem Gesicht abzeichneten, wobei sie unmöglich sagen konnte, ob es sich dabei um Mitgefühl für sie handelte, wegen allem, was er ihr angetan hatte, oder ob er sich einfach nur selbst bemitleidete, weil er etwas verloren hatte.

»Henry«, sagte sie nach einer Weile. Sie rang mit aller Macht darum, möglichst stark und ungeduldig zu klingen, trotzdem wusste sie, dass ihre Sehnsucht, von ihm umworben zu werden, die sie so verletzlich machte, immer noch in ihrer Stimme mitschwang. »Man wird sich inzwischen fragen, wo ich bleibe.«

Henrys Augen zuckten nach links zu den Fenstern des Salons, und er kam einen Schritt näher, um sicherzugehen, dass man ihn von innen nicht sehen konnte. Sie beobachtete, wie sich sein Kehlkopf unter seiner weichen Haut bewegte, die sein Diener mit Sicherheit noch vor ein oder zwei Stunden rasiert hatte. »Könntest du mir noch eine Minute deiner Zeit schenken, Diana?«

Sie spähte kurz über ihre Schulter und rechnete fast damit, dort eine ganze Horde von Schaulustigen zu entdecken, aber die Eingangshalle hinter ihr war leer. »In Ordnung«, meinte sie.

»Ich liebe Penelope nicht und habe es auch nie getan.« Zum

ersten Mal, seit er angekommen war, stand er völlig reglos vor ihr. Nicht mal seine Lider zuckten. »Ich hatte nie vor, sie wirklich zu heiraten, und jetzt habe ich das nur gemacht, um dich zu schützen.«

Unwillkürlich verschränkte Diana die Arme vor der Brust. Die Kälte war ihr inzwischen den Rücken hochgekrochen und bei ihren Ohren angekommen, aber sie hatte Henry noch nie so aufrichtig erlebt, was dafür sorgte, dass ihr ein kleines bisschen warm ums Herz wurde.

»Sie hat die Sache mit uns herausgefunden. Sie weiß von der Nacht ... in deinem Zimmer ... und was zwischen uns geschehen ist. Sie hat mir gedroht, dich in aller Öffentlichkeit bloßzustellen, wenn ich sie nicht heiraten würde. Ich habe versucht, dir das alles zu erklären ...« Seine Stimme erstarb, als wäre ihm bewusst geworden, dass jetzt nichts mehr davon noch eine Rolle spielte. »Während der ganzen Zeremonie und auch danach habe ich immer nur an dich gedacht. Ich wollte dich und deinen guten Ruf schützen.«

Diana war ihr guter Ruf noch nie so nutzlos erschienen wie in diesem Augenblick. Sie krallte die Fingerspitzen in das raue Holz der Tür und überlegte, ob er wohl erwartete, dass sie sich auch noch dafür bei ihm bedankte. In den letzten Minuten hatte sich eine Menge in ihr verändert, dankbar fühlte sie sich deswegen allerdings kein bisschen.

»Meine Briefe sollten dir das alles erklären, außerdem sollten sie dir sagen, wie leid es mir tut, was passiert ist.« Henry drehte seinen Hut in den Händen, hörte aber nicht auf, Diana auf eine Art und Weise anzusehen, die dafür sorgte, dass sie sich am liebsten in seine Arme geworfen hätte und für immer dort geblieben wäre. Sie wunderte sich über sich selbst und ärgerte sich gleichzeitig mehr als nur ein bisschen, weil sie immer noch derartige Gefühle für ihn hatte. »Ich liebe sie nicht, Di.«

Sie schloss die Augen und runzelte die Stirn. »Na, dann hältst du damit wohl ganz New York zum Narren«, sagte sie wenig überzeugt.

»Ich schlafe nicht mal mit ihr.«

Sie starrte ihn mit ihren großen braunen Augen an. »Überhaupt nicht?«, fragte sie flüsternd.

Henry schüttelte den Kopf und beobachtete sie. »Wie könnte ich, wenn du die Einzige bist, die ich will?«

Es kam ihr so vor, als wäre sie ein kleines Kind, das auf einer Schaukel saß und plötzlich von hinten angeschubst wurde. Ihre Lippen öffneten sich, und Tausende von Gedanken schossen ihr durch den Kopf, sodass sie keine Ahnung hatte, welche davon sie zuerst aussprechen sollte. Sie fragte sich, ob Henry sie jetzt wohl küssen würde, nur ganz kurz, sodass niemand etwas davon mitbekam, doch dann war der magische Augenblick auch schon wieder vorbei.

»Diana?«, rief eine Stimme aus dem Flur hinter ihr.

Panik wallte in ihr auf, und sie schluckte heftig, bevor sie sich umwandte und ihre Schwester direkt hinter der Tür entdeckte. »Oh, Liz, ich wollte nur ...« Ihr Blick huschte nervös zwischen dem Mann im schwarzen Gehrock und Elizabeths müden Augen hin und her. »Mr Schoonmaker ist hier.«

»Nun.« Elizabeths blasses herzförmiges Gesicht erschien im Türrahmen. »Wir warten alle auf dich. Also bitte ihn doch um Himmels willen herein und nimm ihm den Mantel ab.«

Sie bedachte Henry mit einem strengen Blick und wandte sich dann ab, um ihre Schwester und ihn wieder allein zu lassen. Als sie weg war, schien sich das Schweigen zwischen ihnen schier endlos zu dehnen, bis Diana schließlich herausbrachte: »Kommst du rein?«

»Nein ...« Henry zog die dunklen Augenbrauen zusammen. »Ich glaube nicht, dass ich das aushalten würde.«

Sie nickte.

»Ich fahre Dienstag weg. Teddy und ich wollen ein bisschen angeln gehen. Sag ihnen, dass ich wegmusste, um mein Gepäck und meine Reiseunterlagen in Ordnung zu bringen, falls man mich gesehen haben sollte. Und falls nicht, erwähne am besten gar nicht erst, dass ich hier war.« Er machte eine Pause und zog den schwarzen Hut wieder auf. »Penelope hat sich natürlich selbst auch zu dieser Reise eingeladen, und nun plant sie, Elizabeth ebenfalls einzuladen. Ich denke, sie will so tun, als wäre sie nach wie vor mit ihr befreundet.« Henry redete sich fast um Kopf und Kragen, während er ihr erzählte, dass er jetzt gehen musste, ohne sich von der Stelle zu rühren. Schließlich ging er ein paar Stufen hinab und starrte kurz auf seine glänzenden Lackschuhe runter, bevor er wieder zu Diana hochblickte. »Würdest du mitkommen?«

»Wohin?«

»Nach Florida.«

Sie spähte noch einmal nervös über ihre Schulter. »Aber wie könnte ich …?«

Dann grinste er sie an, und für einen Moment war der Bann gebrochen. Sie spürte wieder diese wunderbare Leichtigkeit, die sie ganz schwummrig machte und ihr vorgaukelte, sie könnte absolut alles schaffen – es war das Gefühl, das seine bloße Nähe früher immer in ihr ausgelöst hatte. »Du bist verdammt schlau, und ich bin überzeugt, dass du einen Weg finden wirst.«

Er tippte sich an die Hutkrempe, bevor er sich umdrehte und entschlossen auf seine wartende Kutsche zumarschierte. Sie schob eine Locke aus ihrem Gesicht und versuchte sich ein wenig zu beruhigen, allerdings hatte sie ihre kühle Distanziertheit komplett verloren. Als sie schließlich wieder in den Salon der Familie zurückkehrte, war ihr Körper nicht etwa ausgekühlt, obwohl sie minutenlang draußen in der Kälte gestanden hatte. Stattdessen war eine unbändige Hitze in ihrer Magengegend zum Leben erwacht, die sich nun unaufhaltsam bis in ihre Fingerspitzen ausbreitete.

8

Die natürlichste Verbündete einer jeden jungen Dame ist ihre Schwester, obwohl uns unsere eigenen Verwandten gelegentlich so undurchschaubar erscheinen wie Außerirdische.

– Maeve de Jong, *Liebe und andere Verrücktheiten der großen Familien des alten New York*

Die Platten mit den halb aufgegessenen Geflügelpasteten wurden von rechts abgetragen, bevor den Gästen der Hollands Rinderfilet mit Spargel serviert wurde. Elizabeth kannte die Speisenfolge auswendig, schließlich hatte sie sie selbst zusammengestellt. Außerdem war sie es gewesen, die die silbernen Vasen mit den bunten Winterzweigen geschmückt, die Namen der Gäste sorgfältig auf kleine Tischkärtchen geschrieben und Claire beim Bügeln der alten Damasttischdecken geholfen hatte. Dank des Geldes, das sie von Snowden bekommen hatten – er hatte darauf bestanden, es als den Anteil ihres Vaters aus einem gemeinsamen Goldgrubenfeld in Klondike zu bezeichnen –, waren sie in der Lage gewesen, speziell für diesen Anlass eine neue Köchin einzustellen. Elizabeth trug ein von ihrer Mutter ausgewähltes dunkelblau schillerndes Kleid mit winzigen Knöpfen, das ihren schlanken Hals und ihre vornehmen Handgelenke betonte, ohne zu eng am Oberkörper und an den Armen anzuliegen. Irgendwie schaffte sie es, ihre Gäste mit entsprechend freundlicher Miene willkommen zu heißen, so, wie man es von der ältesten Tochter einer der alten New Yorker Familien erwartete.

Aber ihr war ein fatalen Fehler unterlaufen. Ein grober Schnitzer, den sich das Mädchen, das sie früher gewesen war – an das die Leute dachten, wenn sie die Namen »Elizabeth« und »Holland« hörten –, niemals geleistet hätte. Sie hatte zugelassen, dass ein hässliches Gefühl (Zorn, gemischt mit unstillbarer Trauer) in ihr aufstieg und sich für alle sichtbar auf ihrem Gesicht abzeichnete. Gleichzeitig hatte sie viel zu viel von sich preisgegeben, und das ausgerechnet einem undankbaren Mädchen gegenüber, das sie hasste und sowieso schon genug über sie wusste, um sie zu vernichten. Mit einem schwachen Lächeln auf den Lippen schaute Elizabeth in Linas Richtung und hoffte, dass ihre ehemalige Zofe nicht so unvernünftig und rachsüchtig war, wie sie manchmal wirkte, bevor sie sie fragte, ob ihr das Essen schmeckte.

»Aber natürlich.«

Mit einem schamlosen und völlig selbstgefälligen Lächeln wandte sich Lina zu dem Mädchen um, das sie seit ihrer Kindheit bedient hatte. Ein Rest Bratenfett klebte an ihrer Lippe, weil sie sich nicht die Mühe gemacht hatte, es mit der Serviette abzutupfen, und glänzte jetzt im Licht der Nachmittagssonne. Auf der anderen Seite des Raums unterhielten sich die Gäste in höflichem Tonfall und genossen die Gastfreundschaft der Hollands. Zum Glück war keiner von ihnen so taktlos, dass ihm eine Bemerkung herausrutschte, wie selten es solche Einladungen in letzter Zeit gegeben hatte. Der kleine Salon sah wirklich hübsch aus – früher hatten hier die weniger wertvollen Bilder gehangen, die inzwischen jedoch alle zusammen mit den Spinnweben auf dem Stuckdekor entfernt worden waren. Es war derselbe Raum, in dem Elizabeth geheiratet hatte.

Penelope, die am Tisch der Gastgeberin saß, benahm sich,

als wäre sie mindestens einmal wöchentlich hier zu Gast und als wäre diese Einladung etwas vollkommen Normales. Mrs Holland saß ihrer Tochter gegenüber und lauschte den Gästen mit geübter Höflichkeit. Sie schien ganz offensichtlich völlig vergessen zu haben, dass sie den Mann, mit dem Penelope jetzt verheiratet war, damals persönlich als Verlobten für ihre eigene Tochter ausgewählt hatte, und – was vielleicht noch merkwürdiger war – noch dazu hatte sie wohl keine Ahnung, dass es sich bei Miss Broad um ihr ehemaliges Dienstmädchen handelte.

»Wie schön, nach all den Monaten der Hotelküche endlich mal eine hausgemachte Mahlzeit zu genießen«, sagte Lina. Sie machte eine Pause und wandte sich völlig schamlos direkt an Mrs Holland. »Ich wohne im New Netherland, müssen Sie wissen.«

»Das wusste ich nicht.« Mrs Holland nippte an ihrem Wasserglas mit Apollinaris und musterte den neuen Gast. Vielleicht fragte sie sich, warum in einem Raum, wo sich sechsunddreißig Leute aus den besten Familien tummelten, ausgerechnet dieses Mädchen, das aus dem Westen und aus völlig nebelhaften Vermögensverhältnissen stammte, an ihrem Tisch sitzen musste, aber davon ließ sie sich nichts anmerken. Zumindest nicht auf offensichtliche Art und Weise. »Ich kann mich noch gut erinnern, wie es damals gebaut wurde und wie geschmacklos wir es seinerzeit alle fanden. Und nun wohnen dort so liebreizende Mädchen wie Sie! Das zeigt wohl, wie wenig wir damals von solchen Dingen wirklich verstanden.«

»Das Hotelleben war wirklich abscheulich«, seufzte Penelope. Elizabeth musterte ihre alte Freundin und blinzelte dabei ein paarmal. In den anderthalb Jahren, in denen Penelope im Waldorf-Hotel gewohnt hatte, waren sie besonders eng befreundet gewesen, und auch als Elizabeth kurz darauf für eine

Saison nach Paris gegangen war, um dort als Dame der Gesellschaft den letzten Schliff zu bekommen, hatte sie jede Menge Briefe erhalten, in denen Penelope ihr von all den wunderbaren Dingen berichtet hatte, die es im Hotel zu sehen, zu genießen und zu probieren gab. Elizabeth erinnerte sich, wie peinlich sie diese naiven und übertriebenen Beschreibungen gefunden hatte. Später war Elizabeth klar geworden, dass Penelope genau in dieser Zeit Henry Schoonmaker ins Visier genommen hatte, was einer der Gründe gewesen war, warum sie sich schließlich mit ihrer Freundin verkracht hatte.

»Der Service in den eigenen vier Wänden ist wesentlich besser, weil man dort wirklich alles unter Kontrolle hat«, fügte sie hinzu.

»Benutzen Sie denn gar keine Hotels mehr?«, fragte Lina. Ihre Stimme klang offen und aufrichtig, und Elizabeth merkte sofort, dass sie die Frage aus reiner Neugierde stellte, vielleicht weil sie hoffte, sich etwas von Penelope abzugucken, um ihr eigenes Verhalten für die Zukunft entsprechend verändern zu können. Trotz der Szene im Flur hatte Elizabeth unwillkürlich ein bisschen Mitleid mit ihr, denn es war furchtbar offensichtlich, wie viel Mühe sich Lina gab, vornehm und edel zu erscheinen, dabei stand sie auf die eine oder andere Art unter Penelopes Pantoffel, die doch selbst immer noch als neureich galt.

»Wenn ich reise, natürlich schon, aber nur dann, wenn es sich wirklich nicht vermeiden lässt«, erwiderte die Lady. Sie presste die sinnlichen Lippen aufeinander und warf ihrer neuen Freundin einen vielsagenden Blick zu. »Wenn ich mich zum Beispiel in Newport aufhalte, mietet meine Familie dort für die Saison ein Landhaus. Und wenn ich in Paris bin, dann wohne ich dort in unserem Apartment an den Champs-Élysées. Allerdings gibt es tatsächlich einen bevorstehenden Hotelaufenthalt, auf den ich mich freue …«

»Werden Sie verreisen, Mrs Schoonmaker?«, fragte Mrs Holland. Ihre Tochter, die sämtliche Tonlagen der alten Dame auswendig kannte, konnte dabei sofort die gezwungene Höflichkeit heraushören, auch wenn die Gäste an den Nachbartischen garantiert nur ernsthaftes Interesse zu hören glaubten.

»Ja, Henry und ich werden nach Palm Beach reisen.« Noch während sie das sagte, verzogen sich ihre Lippen unwillkürlich zu einem stolzen Lächeln. »Er und Teddy werden angeln gehen, und ich sehne mich nach warmem Wetter. Und das Royal Poinciana ist ja bekannt als erstklassiges Etablissement. Eine gute Ehefrau bemüht sich natürlich immer, die Reisen ihres Mannes zu begleiten.«

Als Elizabeth das hörte, stellte sie ihr Wasserglas ab und spähte unauffällig in Dianas Richtung, die am Nachbartisch mit ihrer Tante Edith und den Misses Wetmore zusammensaß. Falls der Klang von Henrys Namen sie irgendwie getroffen hatte, so ließ sie sich zumindest nichts anmerken, denn sie fuhr fort, Eleanor Wetmore darüber auszufragen, welchen hübschen Typen sie sich für die kommende Saison ausgeguckt hatte. Elizabeth war sich sicher, dass ihre Schwester Henry aufrichtig liebte und dass er ihr gegenüber genauso empfand. Sie hatte es von seinen Augen ablesen können, als sie ihn von der anderen Seite einer stark befahrenen Straße aus beobachtet hatte, an dem Morgen, als sie geglaubt hatte, sie würde New York für immer verlassen. Er war aufgewühlt und ein wenig verzweifelt gewesen, als Diana damals aus seiner Kutsche gestiegen und im Gewühl verschwunden war. Den gleichen Blick hatte sie vor einer Stunde auf seinem Gesicht gesehen, als sie ihn dabei erwischt hatte, wie er vor ihrer Tür herumschlich. Elizabeth hoffte, dass es ihm endlich gelungen war, Diana wenigstens ein paar der Dinge zu sagen, die in seinen Briefen gestanden hatten, die ihre Schwester voller Wut verbrannt hatte.

»Ich war noch nie in Florida«, meinte Lina.

Natürlich nicht, dachte Elizabeth mit einer Spur von Gehässigkeit.

Penelope wechselte einen vielsagenden Blick mit Lina, bevor sie sagte: »Dann solltest du unbedingt mitkommen, Carolina. Schließlich brauche ich ja jemanden, der mir Gesellschaft leistet, während die Männer unterwegs sind. *Du* solltest auch mitkommen, Elizabeth.« Penelope machte eine Pause und fixierte Elizabeth mit ihren leuchtend blauen Augen, während ihr stechender Blick immer intensiver zu werden schienen. Elizabeth war plötzlich dankbar, dass sie kaum was gegessen hatte, denn die unverhohlene Falschheit drehte ihr regelrecht den Magen um. »Wir hatten in letzter Zeit ja kaum Gelegenheit, uns zu sehen, und das schon seit ... Wann war das? Oktober?«

Einen Moment lang überkam Elizabeth eine Welle des Hasses, doch das Gefühl verebbte genauso schnell, wie es gekommen war. Sie wusste, dass sie Penelope ihre Grausamkeit und ihr giftiges Gehabe verzeihen konnte, denn am Ende hatte das alles auch etwas Gutes gehabt – schließlich hatte Elizabeth dadurch ein paar Monate ohne Geheimniskrämerei oder Schuldgefühle mit Will zusammenleben können, was in New York nie möglich gewesen wäre. Und wenn Penelope Diana das genommen hatte, wonach sich ihre Schwester am meisten sehnte, dann wohl nur deshalb, weil sie mal wieder mit der für sie charakteristischen Skrupellosigkeit ihr Ziel verfolgt hatte.

Elizabeths Mund wurde trocken, während sie den eindringlichen Blick ihrer alten Freundin erwiderte. An den Tischen auf der anderen Seite des Raums saßen Damen mit Spitzenkragen und Perlmuttknöpfen in Vierergrüppchen zusammen und unterhielten sich über Antiquitäten, die Pariser Mode und die Jagdsaison auf Long Island, doch hier am Tisch neben dem Kamin schwiegen alle und starrten in Elizabeths Richtung.

»Oktober«, bestätigte sie nach einer Weile.

»Überleg mal«, fuhr Penelope unbeirrt fort, wobei sie ihren zarten Ellbogen auf der weißen Tischdecke abstützte. »Wir könnten im Meer schwimmen und am Strand spazieren gehen. Und wir wären weit weg von dem ganzen Geschwätz und dem albernen Getue hier.«

Bei dem Gedanken an Sonnenschein, Palmen, Sonnenschirme und Badeanzüge wurde Elizabeth richtig übel. Die Frauen hier am Tisch, genau wie all ihre Bekannten, waren von Haus aus albern, oberflächlich und extrem vergnügungssüchtig. Die Vorstellung, für viel Geld eine weite Reise zu machen, nur um dann bei Sonnenschein und besserem Wetter genau das Gleiche zu machen, womit sie auch hier ihre Zeit verschwenden musste, kam ihr absolut widerlich vor.

Doch bevor sie auch nur den Mund aufmachen konnte, warf ihre Mutter ein: »Wie großzügig von Ihnen, Penelope.« Elizabeth ließ den Blick über den Tisch schweifen – vollgepackt mit braunem Brot, kleinen Butterdosen und jede Menge anderem Geschirr aus feinstem Porzellan, das man unter dem Vorwand einer Mittagsgesellschaft so wunderbar zur Schau stellen konnte – und musterte ihre Mutter. Die Miene der alten Dame wirkte gelassen, doch die eiserne Strenge, die sich in jedem Winkel und jeder Falte ihres Gesichts abzeichnete, war nicht zu übersehen. »Natürlich würde Elizabeth liebend gerne mitkommen.«

Fassungslos starrte Elizabeth sie an. Sie konnte unmöglich mitgehen – allein der Gedanke daran verursachte ihr Übelkeit. Die schwarzen Augen der Mutter ruhten auf ihrer Tochter und die Krähenfüße daneben vertieften sich, während sie eine zuversichtliche Miene aufsetzte und darauf wartete, dass Elizabeth die angemessene Antwort von sich gab. Gleichzeitig verwandelte sich Penelopes Lächeln in ein hämisches Grinsen. So unauffällig wie möglich drehte Elizabeth den blonden Kopf, um ihrer Schwester einen Hilfe suchenden Blick zuzuwerfen.

Diana, die immer noch am Nachbartisch saß, merkte sofort, dass sie gebraucht wurde. Sie stützte den linken Ellbogen auf die hölzerne Stuhllehne und beugte sich zu ihr herüber. Ihre großen, sanften braunen Augen blinzelten ein einziges Mal und einen Moment lang glaubte Elizabeth, dass ihre Schwester sie retten würde. Dann rief Diana über die Stimmen der beiden Misses Wetmore hinweg: »Florida? Was für eine wunderbare Idee!«

Elizabeths Blick zuckte zurück zu ihrer Mutter und sie sah, dass Diana mit ihren Worten ein ziemlich untypisches Lächeln auf das Gesicht der alten Dame gezaubert hatte. »Aber das ist so weit weg«, murmelte sie.

»Wenn dir die weite Reise Angst macht, dann komme ich eben mit«, meinte Diana fröhlich. Es dauerte einen Moment, bis Elizabeth kapierte, worauf ihre Schwester hinauswollte. »Ich bin belastbarer als du und würde mich natürlich um dich kümmern, damit es dir gut geht.«

Penelope nahm ihren Ellbogen vom Tisch und begann, an den glänzenden Falten in ihrem Schoß herumzuzupfen, als wäre sie ein bisschen verwirrt. Als sie ihr Lächeln wiedergefunden hatte, wandte sie sich an Elizabeth. »Wie wundervoll. Das wird eine lustige Reise!«

Elizabeth löste den Blick vom Gesicht ihrer Mutter, die ihr nach wie vor stumm zu verstehen gab, dass sie keine Wahl hatte, und starrte Penelope an, deren Miene eine perfekte Maske falscher Freundlichkeit war. Der Anblick machte ihr klar, dass ihr Instinkt, sich von ihrer ehemaligen Freundin fernzuhalten, nicht allein damit zu tun hatte, was die neue Mrs Schoonmaker bisher alles angestellt hatte, sondern auch mit der kalten Angst davor, wozu sie wohl noch fähig war. Penelopes Ambitionen ergaben für Elizabeth längst keinen Sinn mehr, aber während sie den widerlichen Ausdruck gespielter Herzlichkeit auf ihrem Gesicht beobachtete, dämmerte ihr allmählich, dass es genauso sinnlos war, sich zu verstecken, und dass weder sie selbst noch die Menschen, die ihr etwas bedeuteten, dadurch irgendwie sicherer waren vor dieser falschen Schlange.

»Bist du sicher, dass auch noch genug Platz für Diana ist?« Aus dem Augenwinkel konnte Elizabeth beobachten, dass sich Dianas Atemfrequenz dramatisch gesteigert hatte und dass ihre Schwester alles, was sich hier am Tisch beim Kamin abspielte, mit wachsamen Blicken verfolgte. Wilde Hoffnung stand ihr ins Gesicht geschrieben. »Es ist nur, dass ich noch nicht wieder ganz die Alte bin und meine Schwester um mich haben muss, damit ich mich auf einer solch langen Reise wohlfühlen kann.«

»Natürlich!«, flötete Penelope und hob dann die Stimme noch etwas mehr, sodass man sie auch an den Nachbartischen hören konnte: »Obwohl *du* für mich wie eine Schwester bist und ich deshalb glaube, dass wir uns auch sehr gut gegenseitig stützen könnten. Aber deine Schwester ist meine Schwester« – an dieser Stelle machte sie eine Pause, um Diana eine Sekunde lang anzustarren –, »außerdem habe ich ja schon immer gesagt: Je mehr Leute, desto besser.«

»Das Ganze wird für beide meiner Töchter ganz wundervoll sein«, sagte Mrs Holland mit ungewöhnlich viel Respekt in der Stimme. »Vielen Dank, Mrs Schoonmaker.«

»Was für einen *Spaß* wir haben werden«, meinte Penelope mit einem gefährlichen Glitzern in den Augen.

Als Debütantin war Elizabeth damals eine wahre Meisterin darin gewesen, kleine Anspielungen und Notlügen zu benutzen – die natürlich immer nur dem Anstand und der Höflichkeit gedient hatten. Größere Lügen hatte sie nie gemocht, weil sie alles verabscheute, was in irgendeiner Art und Weise »zu dick aufgetragen« war. Aber während Elizabeth Penelopes Gesicht studierte, mit den fein geschnittenen Zügen, die überall für Aufmerksamkeit sorgten, und den riesigen Augen, in denen ein Hauch von Wahnsinn schimmerte, erkannte sie, dass es nur einen einzigen Weg gab, sich und ihre Schwester zu schützen: Sie musste sich im großen Stil auf das falsche Spiel einlassen. Sie dachte an Henry und Diana auf der kleinen Veranda vor der Haustür und an die Art, wie sich die beiden angesehen hatten, so verwirrt und traurig wie zwei Welpen, die gerade zum ersten Mal in eine Pfütze gestolpert waren und noch nicht verstanden, was gerade passiert war. Plötzlich hatte sie das Bedürfnis, hemmungslos zu lügen. Sie richtete sich auf, ließ frische Luft in ihre zarten Lungen strömen und blickte Penelope direkt in die Augen.

»*So* viel Spaß«, sagte Elizabeth und setzte das gleiche Lächeln auf, das sie immer getragen hatte, wenn sie mit anderen Mädchen über Bälle und hochhackige Schuhe getuschelt hatte – die Art von Lächeln, die dafür sorgte, ihre Wangen ganz wunderbar erröten zu lassen. Ihre alte Freundin erwiderte ihren Blick mit strahlender Miene. Sie sahen sich mehrere Sekunden lang in die Augen, dann legte Elizabeth die langen, schlanken Finger – die nicht mehr ganz so gut gepflegt waren wie früher, aber immer noch feingliedrig und schön anzusehen – auf Penelopes Hand. »Ich kann es gar nicht erwarten.«

9

Woher kommt Carolina Broad? Wer waren ihre Eltern wirklich, und wie ist es ihr gelungen, sich so schnell in unserer Gesellschaft zu etablieren? Ist sie eine Schöpfung von Carey Lewis Longhorn, oder hat dieses neue Mädchen, das offenbar hoch hinaus will, einen anderen Schöpfer?

– *Cité Chatter*, Sonntag, den 11. Februar 1900

»Ich denke, das hat doch wirklich gut funktioniert«, meinte Snowden Cairns, der irgendwo hinter Diana in dem häufiger benutzten der beiden Salons der Hollands stand, nachdem die letzten Gäste aus der Tür waren und auf ihre wartenden Kutschen zusteuerten. Diana, die kein besonderes Gespür für gesellschaftliche Anlässe und deren Erfolg oder Misserfolg hatte (für sie ließ sich der Gesamteindruck eines Abends, den man in Gesellschaft verbrachte, nicht mit den wunderbaren Augenblicken vergleichen, die man währenddessen heimlich stehlen musste), zuckte gleichgültig mit den Schultern. Sie hatte keinen Schimmer, wie gut das Ganze gelaufen war, dafür wusste sie jetzt, auf wen Eleanor Wetmore ein Auge geworfen hatte und dass sie entschlossen war, spätestens bis zur Hochzeit ihrer jüngeren Schwester im Juni selbst verlobt zu sein. Außerdem hatte Diana erfahren, dass sie zusammen mit ihrer Schwester, Penelope und – schmerzlicher- und verwirrenderweise – mit Henry, der sie immer noch liebte, nach Palm Beach reisen würde.

Trotz der Spitzengardinen konnte man sehen, wie Mrs Schoonmaker mit Miss Broad im Schlepptau unten auf der Straße zu ihrer Kutsche ging. Penelope wartete einen Moment, bevor sie einstieg, und vergrub die Finger in ihren schwarzen Plisseerock, um ihn von ihren Füßen wegzuziehen. Sie hatte ihre Handschuhe nach dem Mittagessen nicht wieder angezogen, sodass der Ehering an ihrem linken Ringfinger zu sehen war – die Diamanten darin glitzerten in der Wintersonne. Die Aussicht, Penelope und Henry zusammen zu sehen, versetzte Diana einen kleinen Stich, doch in ihrem Kopf drehte sich alles um die Dinge, die er nicht hatte sagen können. Sie sehnte sich danach, den Rest seiner Erklärung zu hören und all die Male aufgezählt zu bekommen, die er in den letzten Monaten an sie gedacht hatte. Gleichzeitig machte sie der Gedanke an all die Briefe, die sie verbrannt hatte, ein bisschen wehmütig und sie überlegte, was für süße Geständnisse wohl darin gestanden haben mochten. Sie war jedoch froh darüber, dass sie es geschafft hatte, ihm zu sagen, auf was für eine dramatische Weise seine Worte zerstört worden waren. Außerdem war die Vorstellung, wie er sie küssen würde, wenn sie allein waren, gerade eine ziemlich hartnäckige Ablenkung.

Carolina folgte Penelope etwas zu hastig. Sie hatte noch nicht gelernt, innezuhalten und sich wie ein Pfau in aller Öffentlichkeit zur Schau zu stellen – ein Verhalten, das den meisten Damen der höheren Gesellschaft längst in Fleisch und Blut übergegangen war. Immerhin sah ihr fescher, glänzender schwarzer Zylinder so aus, als hätte er sie mindestens die Hälfte von dem gekostet, was sie damals als Dienstmädchen bei den Hollands in einem Jahr verdient hatte. Diana hatte einiges dazu beigetragen, die Figur der Carolina Broad zu erschaffen – schließlich war sie diejenige gewesen, die den Artikel geschrieben und an eine Zeitung verkauft hatte, der Carolina in die

Gesellschaft eingeführt hatte, wobei der Nachname versehentlich falsch geschrieben worden war. Und auch wenn Diana nichts davon bereute, bekam sie wegen der Tatsache, dass ihre einstige Freundin mit Penelope angebändelt hatte, doch irgendwie das Gefühl, man hätte ihr Urheberrecht verletzt. Carolinas gesellschaftlicher Stellung hatte die neue Freundschaft sicher gutgetan, allerdings machte die Sache sie deutlich weniger sympathisch, vor allem weil Diana inzwischen dämmerte, wie Penelope an das Geheimnis gekommen war, das ihre Hochzeit mit Henry letzten Endes möglich gemacht hatte.

Während Diana am Fenster stand, musste sie unwillkürlich daran denken, dass Carolinas Reichtum und ihre jetzige Stellung allein auf dem kleinen Artikel in der Zeitung beruhten. Damals war Dianas einzige Motivation gewesen, irgendwie an Geld zu kommen. Doch inzwischen wusste sie, wie befriedigend das Schreiben sein konnte und dass man mit einer winzigen Andeutung eine ganze Person oder ein Ereignis kreieren konnte. Es würde sie nicht überraschen, wenn die sehnlichsten Wünsche der armen Eleanor Wetmore durch ihren Artikel in Erfüllung gehen würden. Vielleicht würde es ihr sogar gelingen, Henry mit ein paar wohlformulierten Sätzen zurückzugewinnen. Sie stellte sich bereits vor, wie glücklich Barnard über die geplante Reise und all die Geschichten sein würde, die sie ihm von dort aus per Telegramm schicken würde.

»Ja«, stimmte Mrs Holland zu, die sich gerade in einem Sessel am Kamin wärmte. »Anfangs habe ich mir wegen dir Sorgen gemacht, Elizabeth, aber am Ende warst du dann doch wieder ganz die Alte.«

Dianas Blick wanderte zu ihrer Schwester, die noch näher an den hohen Fenstern stand, die den Blick zur Straße freigaben. Die goldenen Strähnen, die die kalifornische Sonne in ihre Haare gezaubert hatte, waren verschwunden und hatten der früheren aschblonden Farbe Platz gemacht. Ihre Frisur war schlicht: ein simpler Knoten im Nacken. Sie hatte dem Raum den Rücken zugewandt, sodass Diana ihr Gesicht kaum sehen konnte. Ihre Züge wirkten hell und blass, doch die dunklen Schatten unter ihren Wangenknochen waren trotzdem deutlich zu erkennen. Sie sah müde aus, und Diana fragte sich mit einem Anflug von schlechtem Gewissen, ob sie sie wegen der Reise nicht zu sehr unter Druck gesetzt hatte.

»Ich mache mir allerdings Sorgen, was die geplante Reise von Miss Elizabeth betrifft«, fuhr Snowden fort. Draußen trieb Penelopes Kutscher die Pferde an. Elizabeth antwortete nicht sofort, sondern sah stattdessen zu, wie der Zweispänner davonfuhr. Diana ging zu ihrer Schwester und legte ihr einen Arm um die Taille, als könnte ihr das irgendwie helfen, sich für die Reise in den Süden zu wappnen.

»Das ist schon in Ordnung, Mr Cairns.« Elizabeth drehte sich vom Fenster weg und ließ sich von ihrer Schwester in den Arm nehmen, die dabei noch deutlicher spürte, wie zerbrechlich das ältere Mädchen tatsächlich war. »Ich glaube, es wird mir guttun, mal wieder ein bisschen rauszukommen und etwas von der Welt zu sehen.«

»Du musst nicht mitkommen«, zwang sich Diana zu sagen, obwohl sie wusste, dass ihre Miene genau das Gegenteil ausdrückte. Am liebsten wäre sie jetzt mit Elizabeth allein gewesen, damit sie mit ihr über Henrys wahre Absichten sprechen konnte und darüber, wie hochnäsig und eitel sich Penelope beim Mittagessen benommen hatte, und was für eine ungeheure Beleidigung es war, dass sie überhaupt gekommen war, und ob sie sich allen Ernstes einbildete, dass ihre überdimensional proportionierten Gesichtszüge hübsch wären …

»Aber wenn du mit dabei bist, wird mir das Ganze nicht so viel ausmachen.« Elizabeth sprach mit leiser, aber entschlossener Stimme, während sie Diana eine ihrer glänzenden Locken hinters Ohr schob. »Außerdem werden wir mit unserem alten Freund Henry Schoonmaker zusammen sein, für den wir seit seiner Hochzeit kaum Zeit gehabt haben. So können wir dann hoffentlich auch jedes bisschen Unbehagen aus dem Weg räumen, das er wegen unserer alten Verbindung mit sich herumtragen könnte. Wenn du mitkommst«, fuhr sie fort und bedachte Diana dabei mit einem vielsagenden Blick, »dann wird schon alles gut werden.«

Diana schmiegte sich enger an sie, als wollte sie versuchen, etwas von ihrer eigenen Stärke auf ihre Schwester zu übertragen. Beim Klang von Henrys Namen begann ihr Herz unwillkürlich schneller zu schlagen, und sie sehnte sich danach, sein Gesicht wieder aus der Nähe zu sehen. Sie stellte sich vor, wie er aussehen würde, wenn er auf dem Bahnsteig stand, und was für ein Gesicht er machen würde, wenn er sie in der Menge entdeckte. In ihrer Fantasie war sie in der Lage, all seine Gefühle für sie in wenigen Minuten zu entziffern, und danach würde die schreckliche Unsicherheit, die sie nachts wach gehalten und ihr den Schlaf geraubt hatte, ein für alle Mal ein Ende haben.

10

Selbst nach der Hochzeit verlässt ein Mädchen
nie wirklich ihr Elternhaus.

– *Lady's Style*, Ausgabe vom Februar 1900

Noch bevor Penelope Schoonmaker ihr dunkelrotes Wollcape mit den schwarzen Zierstreifen und dem hohen, eleganten Kragen ausgezogen hatte, hatte sie sich schon auf eines der gestreiften Sofas fallen lassen, die in ihrem Schlafzimmer im Hayes-Anwesen an der Fifth Avenue Nummer 670 standen. Sie war direkt nach oben gerannt, weil sie die Vorstellung nicht ertragen konnte, ihren Eltern zu begegnen, die so dumm und überflüssig waren und ihr schon allein dadurch so viele Probleme machten, dass sie ihr keine Familie bieten konnten, die mehr Geschmack hatte oder wenigstens besser in der Gesellschaft etabliert war. Manchmal fühlte sie sich wie ein Kind von edler Herkunft, das man einer anderen Familie untergeschoben hatte.

Ihr altes Schlafzimmer war genau wie ihr jetziges in Weiß und Gold gehalten, nur größer, denn es war entworfen worden, um Platz für einen ganzen Haufen von Kleidern zu bieten. Wütend starrte sie den Stapel der mit Monogrammen versehenen, leinenbezogenen Louis-Vuitton-Schrankkoffer an, die allesamt ihre Initialen in Lackfarben trugen und die sie lange vor ihrer Hochzeit in einem Geschäft auf der Pariser Rue Scribe gekauft hatte. Sie waren ihre offizielle Entschuldigung dafür, um heute ihr Elternhaus zu besuchen. Der wahre Grund war Henrys Gleichgültigkeit gegenüber ihrem Plan, ihn nach Florida zu begleiten, die immer offensichtlicher wurde. Wenn sie ehrlich gewesen wäre, was nicht zu ihren natürlichen Eigenschaften gehörte, hätte sie sogar von Abneigung sprechen müssen, und sie fürchtete, dass die Dienstboten der Schoonmakers anfangen könnten, sich darüber den Mund zu zerreißen.

»Ich möchte am liebsten gar nicht mehr mitfahren«, erklärte sie Isaac Phillips Buck, ihrem engsten Vertrauten, der vor einigen Stunden eingetroffen war, um das Packen der Sommergarderobe zu überwachen, die noch nicht in ihre neue Ankleide im Haus der Schoonmakers umgezogen war. Er sah vom Bett auf, wo er gerade damit beschäftigt war, Stücke aus filigraner Spitze zu falten, und warf ihr einen flüchtigen Blick zu.

»Oh, aber das musst du, wenigstens mir zuliebe, damit du mir erzählen kannst, wer was getragen hat«, sagte Mrs William Schoonmaker, ihre Schwiegermutter, die sie an diesem Morgen begleitet hatte. Ihr Tonfall war trocken, und ihre hübschen Gesichtszüge wurden von weißem Pelz gerahmt. Sie stand zwischen Tür und Fenster und hatte eine Zigarette angezündet. Jetzt atmete sie eine Wolke von Rauch aus, bevor sie weiterredete: »Es ist so gemein von William, dass er mich nicht gehen lässt. Ich weiß nicht, wie er sich einbilden kann, dass es mir gefallen würde, diese blödsinnigen politischen Veranstaltungen mit ihm zu besuchen.«

Isabelle, die sich als starke Verbündete herausgestellt hatte, als Penelope ihre Pläne verfolgt hatte, Henry so schnell wie möglich zu heiraten, war in letzter Zeit ziemlich launisch und kein bisschen gut drauf. Penelope ignorierte die nur wenige Jahre ältere Lady, stemmte sich hoch und ging zum Bett hinüber, auf dem sich jede Menge Zierkissen und ordentlich sortierte Accessoires stapelten. Sie nahm eine zinnoberrote Schärpe und wandte sich von Buck ab, um sie näher zu begutachten und ihre Finger langsam über den Stoff gleiten zu lassen.

»Dann fahr nicht«, sagte Buck.

»Aber ich muss natürlich mitreisen.«

Sie gab sich keine Mühe zu verbergen, wie irritiert und ungeduldig sie war, schließlich wusste Buck sehr genau, dass sie die ganze hübsche Fassade, die sie dermaßen sorgfältig aufgebaut hatte, auf einen Schlag kaputt machen würde, wenn sie jetzt von der Reise zurücktrat. Buck war jemand, der seinen Nachnamen immer ganz besonders betonte, wenn er sich vorstellte, um bei den Leuten den Eindruck zu erwecken, er würde zum alten Buck-Clan gehören, der etwas weiter nördlich am Hudson auf dem Land das Leben genoss. In Wirklichkeit hatte er sich hauptsächlich durch seinen exquisiten Geschmack einen Namen gemacht und dadurch, dass ein gewisser Schlag von New Yorker Damen hartnäckig daran glaubte, einfach keine anständige Party schmeißen zu können, wenn er nicht auf der Gehaltsliste stand. Auf diese Weise hatte er auch Bekanntschaft mit den Hayes gemacht, vor allem mit dem jüngsten Mitglied der Familie, also wusste er sehr genau, wie neu ihr gesellschaftlicher Ruf war und wie wichtig es war, ihn zu erhalten.

»In allen Zeitungen stand, dass du zum Mittagessen bei Elizabeth Holland eingeladen warst und dass eure Freundschaft so eng ist wie eh und je.« Buck zuckte mit den Schultern, als wäre das alles, was ihr vielleicht Sorge machte.

»Wegen Elizabeth mache ich mir keine Sorgen.« Sie setzte sich aufs Bett und strich nachdenklich mit dem weichen Stoff über ihre Wange. »Mit Elizabeth komme ich klar. Aber wie würde das denn bitte aussehen, wenn mein Mann nur zwei Monate nach unserer Hochzeit alleine verreist? Was würden die Leute sagen? Du weißt *ganz genau,* dass ich ihn nicht alleine fahren lassen kann.«

»Nein.« Am Fenster zündete sich Isabelle eine weitere Zigarette an. »Das kannst du auf gar keinen Fall.«

»Wenigstens kannst du dieser trostlosen, grauen Stadt dann für eine Weile entkommen.« Buck verdrehte die kleinen, von seinem fleischigen Gesicht umrahmten Äuglein und starrte zur reich dekorierten Decke hoch, während er dramatisch die Stimme senkte.

»Das ist wahr.« Plötzlich kam es Penelope hier im Zimmer viel zu heiß vor, also fing sie an, ihr Cape aufzuknöpfen. »Es wird vermutlich nicht so schlimm werden und vielleicht sorgt der Sonnenschein ja dafür, dass Henry doch noch die Kurve kriegt. Allerdings bin ich jetzt natürlich in der Unterzahl. Ich meine, Miss Broad ist auf meiner Seite, schätze ich, aber sie ist nicht gerade ein Paradebeispiel an Eleganz, egal was sie denkt, und wenn irgendwer *das* herausgefunden hat, dann ist es Elizabeth. Zusammen werden die beiden Holland-Schwestern wahrscheinlich ständig versuchen, mir irgendwie in die Quere zu kommen. Auch Teddy wird mit dabei sein, und jeder weiß, dass er schon immer total in Liz verknallt war …«

Sie warf ihr Cape aufs Bett und marschierte über den dicken Teppich zum Fenster. Ihr Tageskleid, das in blassem Kirschrot leuchtete, wehte wie ein Kriegsbanner hinter ihr her, und ihr Boston-Terrier Robber sprang vom Hocker, auf dem er gelegen hatte, um sich unter einen Sessel zu flüchten, als er sie kommen hörte. Penelope war nicht gerade nah am Wasser gebaut, ganz im Gegenteil. Aber bei dem Gedanken an Elizabeth und Diana mit ihren zarten, kleinen Gesichtern, die ihr während der gesamten Reise bis nach Florida garantiert pausenlos anschuldigende Blicke zuwerfen würden, hätte sie am liebsten vor Wut geheult.

Sie zog eine Zigarette aus dem goldenen Etui, das Isabelle auf das Fensterbrett gelegt hatte, und erlaubte ihrer Schwiegermutter, kurz an ihrem Pony herumzuzupfen, während sie mitfühlend vor sich hin gurrte.

»Du weißt, was dir fehlt.« Gemeinsam drehten sie sich zu Buck um, der gerade nachdenklich ein Bein über das andere schlug.

Penelope zündete die Zigarette an und atmete aus. Dann wandte sie sich ab, um auf die Fifth Avenue hinunterzuschauen, wo sich der Verkehr aus Kutschen und Passanten entlangwälzte, während sie darauf wartete, dass Buck endlich mit der Sprache herausrückte. Die Leute unten auf der Straße musterten das kolossale Gebäude, das die Hayes' mit ihrem glänzenden, neuen Geld gebaut hatten, und beneideten und hassten sie gleichermaßen. Es war die Bühne, die ihr Vater für seine Frau und seine Tochter errichtet hatte, und obwohl Penelope ihre Rolle immer perfekt beherrschte und die richtigen Outfits trug, war sie trotzdem nie der große Star. Zumindest kam es ihr in diesem Moment so vor, als sie die Finger in den goldenen Vorhang krallte und die ganze Welt dafür hasste, dass ihr die Leute nicht alle zu Füßen lagen und von ihrer Darbietung nicht völlig in den Bann geschlagen waren. *Alle* sollten in die Hände klatschen und Bravo rufen, nicht nur ein paar von ihnen.

»Du brauchst einen Verbündeten.«

»Einen Verbündeten?« Penelope wusste sofort, dass er recht hatte, doch sie war nicht bereit, sich so leicht beruhigen zu lassen.

»Damit du nicht mehr in der Unterzahl bist.«

»Aber ich kann doch nicht *noch mehr* Leute einladen.« Penelope warf Isabelle einen raschen Blick zu und suchte nach Zustimmung, schließlich war es ihr Mann, der die Rechnung für diese Reise am Ende bezahlen müssen würde.

Isabelle zuckte mit den Schultern. »Natürlich kannst du

das. Es ist eine Reisegesellschaft.« Sie wedelte mit der rechten Hand in der Luft herum, und eine Rauchwolke folgte ihren Fingern, bevor sie verpuffte.

»Die Leute erweitern doch ständig die Gästeliste«, fuhr Buck fort. »Wie dem auch sei, auf jeden Fall brauchst du jemanden, der dir hilft, vor allem, damit du dir keine Sorgen machen musst, dass es so aussehen könnte, als würdest du irgendwelche Ränke schmieden. Miss Broad besitzt zwar die richtige Garderobe, aber sie hat noch nicht gelernt, sich wirklich klug zu verhalten.«

»Das stimmt.« Penelope musterte die rauchende blonde Frau neben sich. »Ich wünschte, du könntest mitkommen, Isabelle. Es ist so unfair und gemein vom alten Schoonmaker, darauf zu bestehen, dass du hierbleiben musst.«

Isabelle lächelte sie traurig an. »Danke, dass du das sagst«, erwiderte sie in einem Ton, der deutlich machte, dass das jüngere Mädchen nicht einmal ansatzweise verstehen konnte, wie sehr sie litt.

Vielleicht wäre Penelope auf den Gedanken gekommen, Buck als Verbündeten mitzunehmen, wenn sie nicht just in diesem Moment unten auf der Straße ihren Bruder gesehen hätte, der vom Kutschbock eines Vierspänners sprang. Die Pferde glänzten vor Schweiß, als wären sie viel zu hart angetrieben worden. Grayson drückte einem Diener die Zügel in die Hand, bevor er mit dem Selbstbewusstsein eines geborenen Aristokraten die breiten Kalksteinstufen zum Anwesen der Hayes' hochkam. Obwohl sie sich für die Klügere und Gerissenere der Hayes-Geschwister hielt, wusste sie genau, wie ähnlich sie sich waren: Der angeborene Ehrgeiz und die Tatsache, dass keiner von ihnen einen Funken Sentimentalität in sich hatte, ließen sich nur durch ihre Blutsverwandtschaft erklären. Darauf war sie immer irgendwie stolz gewesen, und als sie zusah, wie er im Haus verschwand, entstand in ihrem Kopf eine Idee, die rasch Gestalt annahm.

Dann hörte sie, wie ihre Schwiegermutter einen romantischen kleinen Seufzer ausstieß und beäugte die ältere Lady mit einem schrägen Seitenblick. Isabelle hatte eine verträumte Miene aufgesetzt und war ganz offensichtlich über beide Ohren verknallt. Sich selbst durch eine derartige Schwärmerei bloßzustellen, fand Penelope mehr als peinlich, vor allem wenn man bereits eine Mrs war. Normalerweise hätte sie versucht, Isabelle deswegen einen subtilen Wink mit dem Zaunpfahl zu geben, doch dann wurde sie von einem anderen Gedanken abgelenkt: Es war verdammt beeindruckend, dass Grayson es geschafft hatte, dafür zu sorgen, dass eine dermaßen begehrenswerte verheiratete Frau wie ihre Schwiegermutter sich Hals über Kopf in ihn verguckte. Ein ziemlich nützliches Talent, das sich als fatal erweisen könnte, wenn man es bei einem naiveren Mädchen zum Einsatz brachte.

Penelopes Tonfall war merklich fröhlicher geworden, als sie sich wieder an Buck wandte: »Ich werde Grayson einladen mitzukommen. Er ist mein Bruder, also *muss* er ihn einfach gerne haben.«

»Nein, nicht ihn«, stieß Isabelle hervor. Dann zuckten ihren Augen zu Buck hinüber, und sie fuhr in weniger flehendem Ton fort: »Ich meine nur, es gibt diese Ballsaison so viel mehr tanzfreudige Frauen als Männer, dass es eine Schande wäre, uns einen derart leichtfüßigen Gentleman wegzunehmen.«

»Ach, du wirst auch ohne Grayson auskommen.« Penelope zog ein letztes Mal an ihrer Zigarette und ließ den Stummel in einen Blumentopf fallen. Als sie wieder aufs Bett zustakste, um ihre Garderobe mit frischem Elan zu begutachten und auszuwählen, folgte ihr eine kleine Rauchwolke. »Und außerdem weiß ich schon genau, wie ich ihn einsetzen werde.«

11

Heute brachen Mr und Mrs Schoonmaker mit ihren Gästen Mr Edward Cutting, Miss Carolina Broad und Elizabeth und Diana Holland in einem Privatwaggon nach Palm Beach auf. Zu guter Letzt hat sich auch noch Mrs Schoonmakers Bruder, Mr Grayson Hayes, dieser Reisegesellschaft angeschlossen.

– Aus der Gesellschaftskolumne der
New York News of the World Gazette,
Dienstag, den 13. Februar 1900

Der Dienstag begann grau und trist. Mr Longhorn hustete den ganzen Weg bis zum Fährhafen, wo Carolina den Rest der Florida-Reisegesellschaft treffen sollte. Man hatte ihr gesagt, dass sie den Hudson überqueren und dann in Jersey City den luxuriösen Privatwaggon besteigen würden, der der Schoonmaker-Familie gehörte. Als Dienstmädchen hatte sie schon öfter von solchen Plänen gehört, aber bisher nicht mal im Traum daran denken können, selbst mal eine derartige Reise zu machen. Dank ihres guten Benehmens und ihrer Fähigkeit, sämtliche Strapazen ohne Murren zu ertragen, war es immer ihre Schwester gewesen, die zu Ferienorten und Freizeitvergnügungen mitgenommen wurde, während sie selbst zurückbleiben und im Haus Nummer siebzehn alte Mieder und Kissenbezüge flicken musste.

Die Gedanken daran, wie es sein würde, der Stadt zu entfliehen, zu einem exotischen Ort zu reisen und später darüber in der Zeitung lesen zu können, hatten sie fast die ganze Nacht wachgehalten. Inzwischen war ihre Vorfreude beinahe unerträglich, sodass sie sogar ab und zu vor Aufregung zitterte. Erst als der Kutscher die Pferde gen Süden lenkte, fiel ihr plötzlich auf, dass das Keuchen des alten Mannes irgendwie flehend klang.

»Meine liebe Carolina«, sagte er, nachdem sie schließlich den angegebenen Pier erreicht hatten. Sein Gesicht, das sonst eigentlich immer eine gesunde rote Farbe hatte, wirkte nun aschfahl, und er schien bei jedem Wort nach Luft ringen zu müssen. »Ich habe mich gefragt, ob Sie nicht vielleicht doch bei mir in New York bleiben könnten. Sie wissen, dass ich Sie nicht gerne davon abhalte, eine schöne Zeit mit anderen Ihres Alters zu verbringen, aber ich bin heute Morgen mit einem fürchterlichen Gefühl in meinen Lungen aufgewacht. Ich wäre sehr froh über Ihre Gesellschaft – ich musste feststellen, dass ich mich heute stärker als üblich danach sehne …«

Carolina kam es so vor, als hätte ihr jemand einen verlockenden Schokoladenkuchen vor die Nase gestellt und ihn dann abrupt wieder weggezogen, bevor sie auch nur ein einziges Stückchen davon probieren konnte. Die Aussicht, nicht mit nach Florida reisen zu können, während dort eine Party ohne sie stattfand und sie nie herausfinden würde, wie grandios das ganze Abenteuer wirklich war, versetzte sie regelrecht in Panik. Die Vorstellung wirbelte wie ein ominöser Sturm in ihrem Kopf herum und ließ einen ekelhaft bitteren Geschmack in ihrer Kehle aufsteigen.

»Aber all meine Sachen sind schon gepackt …«, antwortete sie matt. Sie konnte bereits das Meer riechen und den Klang der schweren Stiefel der Hafenarbeiter auf dem Kai hören.

Ein schwacher Abklatsch eines Lächelns huschte über ihr Gesicht, verschwand aber sofort wieder, als sie Longhorns Blick erwiderte. Seine Augen wirkten glasig und längst nicht so klar wie sonst. Einen Moment lang verebbte ihre Sehnsucht, endlich im Zug zu sitzen und zu den strahlenden Menschen zu gehören, die bald die Stadt hinter sich lassen würden. Sie konnte sich nicht daran erinnern, dass sie jemals so eindringlich darum gebeten worden war zu bleiben. Obwohl zwischen ihr und ihrem Sponsor nie der leiseste Funken einer Romanze aufgekommen war, spürte sie für einen Moment, wie das Gefühl, gebraucht zu werden, ihre Brust mit Wärme erfüllte.

»Ihr Dienstmädchen wird sie zurückholen.«

Die Wörter hingen zwischen ihnen in der Luft, während sie an all die neuen Kleider dachte, für die ihre Schneiderin, Madame Bristede, einen saftigen Bonus bekommen hatte, damit sie rechtzeitig bis zur Abreise fertig wurden. Carolina hatte sich ausgemalt, die verschiedenen Outfits auf den Bällen und bei den Abendgesellschaften in Florida zu tragen, oder vielleicht sogar schon im Zug, von dem sie gehört hatte, dass er extrem vornehm ausgestattet war. Ihr Dienstmädchen war ein bisschen jünger als sie selbst, aber wesentlich kompetenter, als sie es in diesem Alter gewesen war. Es war früh am Morgen mit dem riesigen Stapel neuer Schrankkoffer voller Kleider aufgebrochen, um mit Argusaugen überwachen zu können, dass sie entsprechend vorsichtig auf die Fähre gebracht wurden. Mit Mantel und Hut in strengem Schwarz sah die Zofe sehr förmlich aus und stach etwas aus der Menge heraus, die sich am Kai tummelte – Carolina hatte sie sofort entdeckt. Wie gerne hätte sie jetzt auch dort gestanden, zwischen all den Arbeitern und Reisenden, während ihr heller Nerzmantel sie aus der Masse herausstechen ließ wie ein Leuchtfeuer bei Nacht. Sie hätte keine Zeit verschwendet, sondern ihrer Dienerin – sie hieß Cathy –

gesagt, dass sie sich beeilen und mit all den anderen Dienstboten an Bord gehen sollte. Und dann wären sie auf und davon.

»Das ist wahr«, gab Carolina schließlich zu. Sie presste die üppigen Lippen aufeinander und zog die dunklen Augenbrauen zusammen, während sie sich vorstellte, wie schrecklich es sein würde, all die tollen Pläne aufgeben zu müssen.

»Wir werden heute Abend wieder eine kleine Feier geben und Sie dürfen natürlich einladen, wen Sie wollen«, fuhr Longhorn fort. Doch das Sprechen war offensichtlich zu anstrengend für ihn, denn seine Worte endeten in einem Hustenanfall. Er musste sich von ihr abwenden, damit sie nicht sehen konnte, wie schlimm es wirklich um ihn stand. Carolina musste zugeben, dass ihr der Abend gestern gefallen hatte. Longhorn hatte eine kleine Abschiedsfeier für sie geschmissen, um ihr eine gute Reise zu wünschen. Sie und die geschiedene Lucy Carr hatten Karten gespielt, über Mode geredet und sich über alles Mögliche, an das sie sich jetzt nicht mehr erinnern konnte, halb totgelacht. Es war wirklich schön gewesen, trotzdem hatte sie keine Lust, das Ganze heute direkt zu wiederholen. Viel lieber wollte sie etwas Neues sehen und erleben. Außerdem wünschte sie sich, dass die Leser sämtlicher Klatschkolumnen der Stadt erfuhren, mit was für prominenten Leuten sie unterwegs war.

»Geht es ihm gut?«

Carolina blinzelte und versuchte, sich ihr Selbstmitleid nicht anmerken zu lassen. Sie löste den Blick von Longhorn, der immer noch vornübergebeugt dasaß und stoßweise hustete, und schaute Robert an, der direkt vor dem Fenster der Kutsche stand. Der dunkle Bart des Dieners konnte den besorgten Ausdruck auf seinem Gesicht nicht verbergen. Sie war drauf und dran, Robert zu sagen, dass es dem alten Mann ihrer Meinung nach ganz und gar nicht gut ging und dass sie vermutlich besser umkehren und zurück zum Hotel fahren sollten. Sie hatte gerade den Mund aufgemacht, um Robert zu bitten, Cathy neue Anweisungen zu geben, als sie auf dem breiten Kai hinter ihm jemanden entdeckte, der ihr sehr bekannt vorkam: Leland Bouchard. Vor dem widerlich grauen Hintergrund – der Himmel war so bewölkt, dass man die anderen Boote auf dem Hudson River kaum ausmachen konnte – wirkte sein weizenblondes, etwas zu langes Haar besonders auffällig und auch der schwarz-weiß gestreifte Schal, den er sich vorne in den maßgeschneiderten knielangen Mantel gesteckt hatte, war nicht zu übersehen. Er half seinem Diener, eine einzelne Truhe auf die hohe Ladefläche zu hieven, und als er sich wieder aufrichtete, hielt er inne – seine elegante Pose erinnerte sie an eine römische Statue. Dann drehte er sich plötzlich in ihre Richtung.

»Miss Broad!«

Sofort schoss ihr das Blut in die Wangen, als ihr klar wurde, wie sehr sie ihn angestarrt hatte. Und als sie merkte, dass er sich an ihren Namen erinnerte, wurde das Ganze noch schlimmer, und sie war überzeugt davon, dass sie inzwischen so rot war wie eine überreife Tomate. Sie konnte nicht anders, als sich aus dem Fenster der Kutsche zu beugen, um ihm eifrig zuzuwinken.

»Hallo!«

»Sie gehören doch nicht etwa zur Schoonmaker-Gesellschaft, oder?«, rief er.

»Doch«, erwiderte sie. Die Luft draußen war schneidend kalt und verschaffte ihr sofort Klarheit: Sie wusste, was sie zu tun hatte. »Ich gehöre dazu!«

»Ich auch – Grayson Hayes hat mich eingeladen. Dann sehen wir uns gleich auf der Fähre!« Er zog seinen Hut und verbeugte sich schwungvoll und elegant, bevor er wieder in der Menge verschwand. Carolina starrte auf die Stelle, an der er gestanden hatte, wo sich jetzt diverse andere Reisende drängten und ihr sofort die Sicht auf ihn versperrten, bevor sie sich wieder in die Kutsche zurückzog.

Das Husten hatte nachgelassen und Longhorn hatte sich etwas aufgerichtet, um sie entschuldigend anzulächeln. Er öffnete den Mund, als wollte er etwas sagen, aber Carolina hatte keine Lust, sich noch mehr Gründe anzuhören, warum er sich wünschte, dass sie bei ihm in New York blieb.

»Ich habe diese kleine Insel doch noch nie verlassen«, sprudelte es aus ihr heraus, während sie ihn hoffnungsvoll anblinzelte. »Ich werde zurück sein, bevor Sie überhaupt Zeit hatten, mich zu vermissen. Vielleicht geht es Ihnen dann ja schon wieder besser.«

Longhorns Lächeln verblasste. »Sie haben recht, meine Liebe. Sie sollten sich von mir nicht davon abhalten lassen, Spaß zu haben. Gehen Sie, aber vergessen Sie mich dabei nicht, und kommen Sie bald zurück.«

Carolina war so dankbar, seinen Segen zu haben, dass sie sich abrupt vorbeugte und ihn umarmte. »Danke. Das werde ich. Oh, das werde ich, das werde ich, das werde ich!«

»Bon voyage, meine Liebe!«

Er nahm ihre Hand und drückte sie vielleicht ein paar Sekunden zu lange, bevor sie sich von ihm abwandte und sich von Robert aus der Kutsche helfen ließ. Eigentlich hatte sie vorgehabt, Longhorns Diener klarzumachen, wie wichtig es war, den alten Mann so schnell wie möglich aus der Kälte und nach Hause zu schaffen. Aber sobald sie auf der Straße stand, war ihre Aufmerksamkeit längst woanders. Sie raffte ihren Rock mit beiden Händen, damit er nicht über die schmutzige Straße schleifte, und warf sich ins Getümmel der Reisenden, die zur Fähre hinströmten. Sie konnte nur noch daran denken, dass Leland irgendwo da draußen in der Menschenmenge war. Die Vorstellung ließ ihr Herz schneller schlagen.

12

Oh, wie sehr ich mir wünschte, als Fliege auf der französischen Tapete im Salonwagen der Schoonmakers sitzen zu können. Der *Aries*-Waggon befördert diese Woche nämlich nicht nur den jungen Spross der Familie, sondern auch seine Ehefrau, seine ehemalige Verlobte Elizabeth Holland und deren jüngere Schwester – die Spannungen, die bei einer solchen Reisegruppe quasi vorprogrammiert sind, wären garantiert ein großartiges Spektakel, das alle gern sehen würden.

– *Cité Chatter,* Dienstag, den 13. Februar 1900

Henry wusste, dass er momentan nicht gerade das beste Bild abgab, außerdem hatte er den starken Verdacht, dass er noch von gestern Abend betrunken war, aber er hatte noch mehr Gründe, sämtlichen Kontakt mit anderen Leuten zu vermeiden, als die Reisegesellschaft New York verließ. Er hatte keinen blassen Schimmer, wieso aus seinem Plan, nach Florida zu fliehen, plötzlich ein Gruppenereignis geworden war, über dem das fiese leuchtend rote Lächeln seiner Frau schwebte, doch er wusste, dass er irgendwie mitspielen musste und Penelope nicht allzu öffentlich blamieren durfte, weil das garantiert fürchterliche Konsequenzen haben würde. Sein ursprüngliches Motiv, Penelope zu heiraten, um Diana vor ihren Racheplänen zu beschützen, war noch genauso aktuell wie anfangs, im Laufe der Monate war die Logik dahinter jedoch immer verschwommener geworden. Inzwischen ertappte er sich andauernd dabei, wie er vor dem Spiegel stand und heftig blinzelte, um sicherzugehen, dass er immer noch er selbst war und dass dieses Wirrwarr, das sich nach all den merkwürdigen Wendungen gebildet hatte, tatsächlich *sein* Leben war.

Für gewöhnlich hatte er für Klatschkolumnen nichts übrig, doch seit er sich in Diana Holland verliebt hatte, suchte er sämtliche Zeitungen wie besessen nach den kleinsten Anspielungen auf sie ab. Deshalb konnte er sich jetzt zum Glück sicher sein, dass sie hier irgendwo auf der Fähre war, wegen der Kälte vermutlich dick eingepackt in Schal und Mantel. Am Himmel ballten sich die Wolken zu einer üblen grauen Masse zusammen, während das Boot über das Wasser auf New Jersey zuglitt, wo sie den Zug besteigen würden. Dass sie mit dabei war, machte die Reise für Henry wesentlich erträglicher, gleichzeitig wurde er immer nervöser, wenn er nur darüber nachdachte, wie Penelope reagieren würde, falls ihr auffallen sollte, dass er nicht aufhören konnte, Diana ständig anzustarren.

Nachdem sie in New Jersey angekommen und den *Aries*-Waggon bestiegen hatten, schlug Henry einen Weg ein, den er so gut kannte, dass seine Füße ihn wahrscheinlich auch ohne sein Zutun schnurstracks dorthin geführt hätten. Noch bevor der Zug den Bahnhof verlassen hatte, stand er bereits im Barwagen, der mehrere Waggons weit von seinem Abteil entfernt war, und schickte einen Botenjungen los, um Teddy zu holen. Die Kälte von der Überfahrt steckte ihm immer noch in den Gliedern, was seine schreckliche Befürchtung bestätigte: Er war wieder nüchtern. Also öffnete er seine Manschettenknöpfe, zog sein Jackett aus und bestellte rasch einen Whisky. Die billigen, mit Troddeln geschmückten Vorhänge waren zugezogen und im Hintergrund klimperte ein automatisches Klavier vor sich hin. Der Waggon war brechend voll mit Soldaten, die sich mit Rauchen und Kartenspielen die Zeit vertrieben und nicht mal hochsahen, als ein schriller Pfiff die Abfahrt aus Pennsylvania verkündete und der Zug sich mit einem Ruck in Bewegung setzte. Bis zu ihrem Ziel würden sie noch mindestens anderthalb Tage unterwegs sein.

»Du verschwendest wohl keine Zeit, was?«, fragte Teddy, als er durch die Milchglastür trat und sich einen der wackeligen Barhocker heranzog. Er musterte seinen alten Freund, der zwei Jahre jünger war als er, mit ruhigen grauen Augen.

Henry machte sich nicht die Mühe, von seinem Drink aufzublicken, versuchte aber wenigstens, ein bisschen wie ein Gastgeber zu klingen. »Haben es sich alle bequem gemacht?«

»Ich glaube schon.« Teddy gab dem Barkeeper ein Zeichen.

»Tut mir leid, dass unsere Reisepläne derart außer Kontrolle geraten sind.«

»Ach, schon in Ordnung. Ich hab es gerne, wenn Frauen dabei sind. Es war eine ziemlich raue Überfahrt mit der Fähre, nicht wahr? Aber alle sind am Bahnhof angekommen und haben ihre Plätze gefunden – der Bruder deiner Frau, Bouchard, Miss Broad und die beiden Misses Holland. Deine Ehefrau hat sich große Mühe gegeben, die Hollands angemessen zu begrüßen, und Elizabeth hat anscheinend ihr Bestes gegeben, genauso enthusiastisch zu reagieren.«

Beide Männer nippten an ihren Drinks und warteten, dass der merkwürdige Klang des Wortes *Ehefrau* schnell wieder verflog, weil keiner von beiden Lust hatte, irgendwie darauf einzugehen. Teddy war offenbar nach wie vor ziemlich verwirrt über das, was Henry getan hatte, und Henry, der nicht noch mehr wie der letzte Arsch erscheinen wollte, brachte es nicht über sich, über den Deal zu reden, der ihn in den Hafen der Ehe getrieben hatte. Also saßen sie einfach behaglich schweigend beieinander, genossen ihre Drinks und legten sich mächtig ins Zeug, um genau wie die anderen Männer in diesem Wagen zu wirken, auch wenn der Unterschied zu ihnen nicht krasser hätte sein können.

»Schoonmaker, Cutting!«

Teddy hob als Erster den Kopf, während Henry seinem Blick mit einiger Verzögerung folgte. Mit einer brennenden Zigarette in der Hand kam Penelopes Bruder durch die Tür. Seit seiner Hochzeit brachte Henry der Anblick von Grayson Hayes irgendwie immer ein bisschen aus der Fassung, obwohl er ihn vorher jahrelang regelmäßig in Spielhallen und auf nächtlichen Streifzügen durch diverse Bars getroffen hatte, ohne daran erinnert zu werden, aus welcher Familie er kam. Doch nun bemerkte Henry, wie ähnlich Grayson seiner Schwester sah: Er besaß die gleiche stolze, nach unten gebogene Nase, die gleichen auffällig leuchtend blauen Augen und das gleiche blasse, ovale Gesicht, gekrönt von einem Schopf glänzender dunkler Haare. Diese Gesichtszüge erweckten jedes Mal den Eindruck, er wäre im Auftrag seiner jüngeren Schwester unterwegs, was vermutlich nicht stimmte – trotzdem konnte Henry das Gefühl nicht loswerden.

»Hut ab. Ihre Familie weiß wirklich, wie man mit Stil auf Reisen geht«, fuhr Grayson mit einem anerkennenden Grinsen fort.

»Danke«, erwiderte Henry.

Einen gravierenden Unterschied zwischen den Hayes-Geschwistern gab es allerdings: Graysons Augen standen zu dicht zusammen. Das Ganze ließ ihn irgendwie dümmlich aussehen, was er wohl auch war. Schließlich hatte sich unter den vornehmen jungen Männern New Yorks längst herumgesprochen, dass der junge Hayes ein unverbesserlicher, wenn auch nicht sonderlich guter Glücksspieler war. Henry hätte ohne Probleme darauf wetten können, was Grayson als Nächstes sagen würde.

»Bereit für eine kleine Pokerpartie?« Grayson ließ seine Zigarette fallen und trat sie mit der Fußspitze aus. In seinen Augen lag ein durchgeknalltes Glitzern, und seine Schultern waren energisch angespannt. An einem anderen Tag hätte Henry vielleicht gezögert oder sich die Sache von Teddy ausreden lassen, aber just in diesem Moment hatte der junge Schoonmaker genug von dem verdammten Gefühl, immer das Richtige tun zu müssen.

»Wir sind dabei«, erklärte er.

»Für ein richtiges Spiel brauchen wir noch zwei Leute mehr.« Grayson gab zwei Soldaten, die am Nachbartisch träge an ihren Bierflaschen nuckelten, einen Wink, so als würde er ein paar Bedienstete zu sich rufen. Sie beobachteten einen Moment lang, wie sich der schicke Mann mit Stehkragen und Krawattenschal an einen einfachen Holztisch in der Nähe setzte. Er kam sofort zur Sache und konzentrierte sich voll und ganz auf die Karten. Die beiden Soldaten kamen herüber, zogen zwei Stühle zurück und nahmen Platz. »Willkommen, Gentlemen«, sagte Grayson und begann, die Karten auszuteilen.

Während er sich dazusetzte, fiel Henry auf, wie schlicht und würdevoll die Uniformen wirkten. Die beiden Soldaten trugen gut sitzende blaue Zwillichjacken, die vorne mit einer Reihe von Messingknöpfen verziert waren, dazu abgenutzte, aber saubere Hosen und kniehohe Gamaschen über ihren weitgereisten Stiefeln. Der Mann mit dem buschigen Schnurrbart hängte seine Mütze an die Stuhllehne und der glatt rasierte Mann ahmte ihn sofort nach. Henry konnte unmöglich sagen, wie alt die beiden sein mochten – der Glattrasierte war möglicherweise noch jünger als er selbst, trotzdem wirkten sie irgendwie vorzeitig gealtert.

»Wohin seid ihr Jungs unterwegs?«, fragte er, während er einen Blick auf sein Blatt warf.

»Tampa«, erwiderte der Schnauzbart schlicht, als hätte der Ort eine besondere Bedeutung, von der reiche Schnösel wie sie keine Ahnung hatten.

»Mit der Fünften Infanterie, Sir. Fahren dort runter, um die Kubaner in Schach zu halten.« Sein Gefährte grinste und schaute von seinen Karten auf.

»Kuba!« Henry legte seinen Einsatz auf den Tisch. »Hat dein Freund Bouchard dort unten nicht Geld in Zuckerplantagen investiert?«

»Ja«, antwortete Grayson, ohne vom Tisch aufzusehen. »Aber er spielt nicht«, fügte er hinzu, als wäre er deswegen automatisch als Gesprächsthema ausgeschieden.

»Tun unser Bestes, um die amerikanischen Interessen auf der Insel zu verteidigen, Sir.«

Teddy deutete einen anerkennenden Salut an.

»Schon mal jemanden getötet?«, fragte Grayson plötzlich. Henry wusste, dass sich in Graysons Kopf gerade alles nur um Karten drehte, trotzdem zuckte er unmerklich zusammen, weil sein Schwager einfach eine derart unhöfliche Bemerkung fallen ließ. Er fing an, sich unwohl zu fühlen, und merkte, dass er die Antwort eigentlich gar nicht hören wollte.

»Perkins hat im Krieg gegen die Spanier schon so einiges erlebt«, antwortete der Glattrasierte und wies mit dem Daumen auf seinen bärtigen Freund. »Und ist beim Ansturm auf San Juan Hill verwundet worden.«

Henry und Teddy schauten Perkins an. Seine hellen Augen wirkten reserviert, trotzdem nickte er und erklärte ihnen: »Ich habe mich nach der Torpedierung der *Maine* rekrutieren lassen. Kein Amerikaner, der von diesem Anschlag gehört hat, konnte einfach dasitzen und nichts tun.«

Henry wusste, dass allein an diesem Tisch gleich drei Beispiele saßen, die diese Behauptung glatt widerlegten, doch er nickte, als würde das komplett der Wahrheit entsprechen.

»Mein Bruder war auf diesem Schiff.« Der Glattrasierte schüttelte den Kopf und studierte sein Blatt. »Er starb in einem dreckigen Lazarett in Havanna, und als sie seine Leiche mit dem Schiff zurückbrachten, durfte meine Mutter ihn noch nicht mal sehen, weil seine gesamte Haut verbrannt war.«

Eine lange, ernste Pause, doch dann entspannte sich Perkins' Gesicht ein wenig. »Tja«, meinte er »deswegen stehen wir alle sofort auf, sobald das Wecksignal ertönt, auch wenn es draußen noch stockdunkel ist. Es ist das Einzige, was uns irgendwie dabei hilft, es zu ertragen, dass wir so weit weg von zu Hause sind.«

Die Art und Weise, wie die beiden Männer über Leben und Tod redeten, hing wie ein schwerer Dunst in der Luft. Weitere Karten wurden verteilt, und noch mehr Geld wanderte in die Tischmitte. Teddy, der bereits ausgeschieden war, beobachtete die Soldaten genau, aber Henry konnte den Blick kaum von seinem Blatt nehmen. Er war sich peinlich bewusst, wie piekfein und verwöhnt er aussehen musste: Sein eleganter Gehrock passte ihm perfekt, das feine Leinen seines Hemdes schmeichelte seiner zarten Haut und der vornehme Schnitt seiner Hose entsprach der neusten Mode. Gleichzeitig musste er an die ganzen edlen Waggons weiter vorne im Zug denken – vollgestopft mit protzigen Statussymbolen –, von denen einer sogar ihm beziehungsweise seiner Familie gehörte. Als seine Gedanken in diese Richtung gingen, hatte er unwillkürlich auch die Passagiere im Kopf, die darin reisten. Sofort war er wieder bei Diana und sah vor seinem inneren Auge, wie ihr die Kälte die Röte ins Gesicht trieb, während ihre großen Augen glänzten.

Wenig später stieg Henry aus dem Spiel aus, dicht gefolgt von dem bartlosen Mann. Die letzten beiden Spieler legten ihre Karten offen hin. Als Grayson sah, dass er verloren hatte, schob er Perkins frustriert den Haufen Geld in der Mitte entgegen.

»Noch eine Runde!«, rief er mit einem hungrigen Blick in den Augen und begann, die Karten einzusammeln, um sie neu zu verteilen. Henry und Teddy nickten, auch wenn sie dieses Mal weniger enthusiastisch wirkten. Der eine war schweigsam und ernst geworden, der andere war so sehr in Gedanken, dass es ihm egal war, wie er seine Zeit verbrachte. Alles in seinem Kopf drehte sich einzig und allein um eine gewisse junge Frau, die irgendwo vor ihm im Zug saß, der immer weiter Richtung Süden fuhr, immer der Sonne entgegen.

13

G –
Ich habe eine spezielle Aufgabe für dich, eine, die dir gefallen wird. Komm doch bitte so bald wie möglich in mein Abteil, ja?
– P

Penelope saß in ihrem kleinen Abteil im Privatwagen der Schoonmakers. Sie hatte es sich in ihrem Sitz gemütlich gemacht, dessen Polster smaragdgrün leuchtete, und ihr schwerer elfenbeinfarbener Rock ergoss sich bis auf das polierte Holzparkett zu ihren Füßen. Sie hatten schon etliche Meilen Reisestrecke hinter sich gebracht und bald würde es Abendessen geben. Durch die Schiebetüren, die die Abteile voneinander trennten, konnte sie ihre Gäste beobachten, die gerade verschiedene Aperitifs genossen. Die junge Lady hatte die Arme, die bis zu den Handgelenken in bauschigen rosafarbenen Chiffon gehüllt waren, vor der Brust verschränkt und eine dunkle Augenbraue hochgezogen, während sie die Augen über die anderen wandern ließ. Miss Broad war im nächsten Abteil auf der gegenüberliegenden Seite des Ganges untergebracht und trug immer noch das kamelfarbene Reisekostüm, das sie bereits angehabt hatte, als sie am späten Vormittag eingestiegen waren.

Carolina beäugte ungeniert ihre Umgebung, bewunderte die zahllosen Schnörkel und Fransen, die alles verzierten, die kleinen Topffarne und Schnittblumen, so als hätte sie dermaßen viel Pracht noch nie gesehen, was durchaus möglich war. Jedes Mal, wenn ein Mann den Gang entlangging, zuckte ihr Kopf in seine Richtung, in der Hoffnung, Leland Bouchard zu sehen. Und sobald sie erkannte, dass er es nicht war, schloss sie enttäuscht die salbeigrünen Augen. Es war vollkommen klar, dass Carolina bis über beide Ohren in ihn verliebt war – allein die Tatsache, dass sie Penelope andauernd gefragt hatte, ob er auch zu dieser oder jener Veranstaltung kommen würde, hatte das längst deutlich gemacht. Allerdings musste sie sich deswegen doch nicht gleich so erbärmlich aufführen.

Hinter Miss Broad, auf derselben Seite des Gangs, hatten die beiden Misses Holland ihre Plätze. Sie hatten sich dicht nebeneinandergesetzt; das grüne Samtpolster brachte den Rotstich in Dianas Haaren besonders gut zur Geltung. Die ältere Schwester hatte die Augen zugemacht und den Kopf an die Schulter der jüngeren gelehnt, was Penelope ziemlich übertrieben fand – vermutlich alles nur eine Show, um zu zeigen, wie sehr sie sich angeblich mochten. Die dunkelhaarige Schwester las gerade ein Buch. Sie war verdammt hübsch, das wusste Penelope, auch wenn sie jedes Mal einen Stich spürte, wenn sie darüber nachdachte. Das Mädchen hatte glänzende Locken, leuchtende Augen und ein fein geschnittenes Gesicht. Obwohl Penelope Dianas schmutziges, kleines Geheimnis dazu benutzt hatte, um ihre eigene Hochzeit zu besiegeln, besaß die ehemalige Geliebte ihres Mannes nach wie vor eine geradezu jungfräuliche Aura, die Penelope ihr am liebsten mit einer deftigen Ohrfeige vom Gesicht gewischt hätte.

Während ihr solche und andere Gedanken durch den Kopf gingen, wurde Penelope immer ungeduldiger. Sie hatte vor einer halben Stunde einen Boten losgeschickt, doch bis jetzt hatte sich noch nichts getan. Sie drückte den Kopf in das dicke Kissen und starrte in den Spiegel, der direkt über ihr schräg an der Decke angebracht war. Ihr Spiegelbild zeigte ihr, dass ihre Lippen voll und leuchtend rot waren, während ihr dunkles Haar einen schönen Kontrast zu ihrer hell schimmernden Haut bildete. Ihre Hochsteckfrisur war mit diversen Zöpfen und kleinen Löckchen verziert und kurze Ponyfransen hingen ihr in die makellose Stirn. Sie hätte nie gedacht, dass Diana ihr derart viel Konkurrenz machen könnte oder dass Henry so lange in sie verschossen bleiben würde. Mittlerweile hatte Penelope sich widerwillig eingestehen müssen, dass die jüngere Holland-Schwester immer noch viel Platz in Henrys Herz einnahm, schließlich wirkte er jedes Mal, wenn das Mädchen in seiner Nähe war, wie ein völlig anderer Mann.

Allerdings fühlte sich Penelope deswegen weder geschwächt noch sonderlich unglücklich. Momentan fühlte sie sich sogar ziemlich wohl – es war ihre Devise, es sich selbst immer so bequem wie möglich zu machen, es sei denn, die Schönheit verlangte etwas anderes –, und sie genoss es, einen Schwarm von Gästen in diesem vornehmen Salonwagen zu bewirten, der der Familie ihres Mannes gehörte, wie alle wussten. Henrys Gleichgültigkeit war irritierend, konnte aber nichts an dem Stolz ändern, den sie bei dem Gedanken spürte, dass sie inzwischen in der gesamten Öffentlichkeit als seine Frau bekannt war, womit alles, was er besaß, auch ihr gehörte. Obwohl sie merkte, dass Isabelle ihr doch etwas fehlte, weil die Dame genau wusste, wie man die schönen Dinge im Leben so richtig genoss, freute sie sich gleichzeitig darüber, die einzige Mrs Schoonmaker im Zug zu sein.

»Und was möchte meine Lieblingsschwester von mir?«

Penelope drehte den Kopf und entdeckte ihren Bruder, der endlich in der Tür stand, nachdem er sich viel zu lange im hinteren Teil des Zugs rumgetrieben hatte. Er beugte sich vor, um ihr einen flüchtigen Kuss auf die Wange zu geben, und ließ sich dann auf den samtbezogenen Sitz gegenüber von ihr fallen. Eine feine Schicht aus Schweißperlen glänzte auf seiner Stirn, und seine Manschetten hingen offen. Sie überlegte kurz, ihn darauf hinzuweisen, dass sie ja seine einzige Schwester war und es deswegen keine anderen gab, die er lieber haben könnte als sie, entschied sich jedoch dagegen.

»Ich habe einen Auftrag für dich«, meinte sie schließlich.

»Einen Auftrag?« Grayson verzog den Mund zu einem schiefen Lächeln und beobachtete seine Schwester aufmerksam, mit Augen, die genauso blau strahlten wie ihre eigenen.

»Ja.« Penelope machte eine Pause und ließ ihren Blick wieder zurück zu Diana wandern. Das Mädchen sah von ihrem Buch auf und starrte einige Sekunden lang mit ihren warmen braunen Augen zu ihr herüber. Sie und ihre Schwester hatten sich schon fürs Abendessen umgezogen, auch wenn Dianas hellblaues Kleid mit dem tiefen, spitzenbesetzten Ausschnitt und den Puffärmeln ganz offensichtlich nicht neu war. »Ich glaube nicht, dass du etwas dagegen haben wirst, sobald du gehört hast, worum es geht.«

»Deine kleinen Ränkespiele sind immer amüsant, Penny.«

Der Klang des Spitznamens, den sie als Kind benutzt hatte, versetzte Penelope einen unangenehmen Stich, und sie zog irritiert die Augenbrauen zusammen, schließlich war sie so nett gewesen, auf ihren Bruder zu warten, ohne sich darüber zu beschweren. »Bitte nenn mich nicht so.«

Er grinste und das Licht des Kronleuchters, das von der Decke des Waggons herabschien, brachte seine weißen Zähnen zum Glitzern. Allmählich senkte sich die nächtliche Dunkelheit über die Landschaft, die an ihren Fenstern vorbeizog, und malte Schatten auf ihre Gesichter, die sowieso nicht darauf ausgelegt waren, irgendwie nett oder sanft auszusehen. »Ich bitte vielmals um Entschuldigung, Mrs Schoonmaker.«

Sie erwiderte sein breites Lächeln. »Vielen Dank, Bruder.«

»Stets zu Diensten, Schwesterherz.«

»Ich bin froh, das zu hören«, fuhr sie fort und senkte vertraulich die Stimme, »denn dein Auftrag erfordert eine besondere Portion an Feingefühl.«

»Und warum?«

Penelope beugte den Kopf nach links und legte die langen Finger an ihren schlanken Hals. »Ich möchte, dass du ein bisschen nett zur jüngeren Miss Holland bist.«

Grayson antwortete nicht sofort, sondern drehte unauffällig den Kopf, um einen Blick nach hinten zu werfen. Penelope reckte den Hals, damit sie sehen konnte, wohin er schaute. Dieses Mal sah Diana nicht auf, sondern rückte sich nur in ihrem Sitz zurecht, sodass das schwindende Licht von draußen hübsche Schatten auf ihr pfirsichfarbenes Dekolleté warf.

»Ein bisschen nett?«, fragte Grayson, während er sich wieder zurücklehnte.

Penelope starrte mit gespielter Unschuld nach oben und musterte sich selbst im Spiegel über ihrem Kopf. Sie zupfte an ihrem Pony herum, während sie überlegte, wie sie das Ganze am besten formulierte. »Ja, aber nicht *zu* nett. Bring sie dazu, dich zu mögen, und halte dich dann plötzlich wieder zurück. Du weißt, was ich meine, oder? Sorg' dafür, dass sie beschäftigt ist, und schau auch, ob du nicht ein bisschen mit ihr spielen kannst. Sie ist so jung und kann es sich leisten, ein paar Mal ihr Herz zu verlieren.« Sie zog die Nase kraus und zwinkerte ihrem Bruder zu. Sie hatte keine Ahnung, ob er sie nach dem Grund für das ganze Theater fragen würde, und weil sie keine Lust hatte, ihm zu verraten, was wirklich dahintersteckte, fügte sie hinzu: »Nur zum Spaß. Wir haben noch eine furchtbar lange Zugfahrt vor uns, außerdem müssen wir doch für ein bisschen Spaß für uns und unsere Gäste sorgen, während wir am Meer sind.«

Grayson schielte ein letztes Mal zu den Hollands hinüber und wandte sich mit leicht amüsiertem Gesichtsausdruck wieder zu seiner Schwester um. Er fuhr sich mit den Fingern durch das glänzende schwarze Haar und zuckte dann mit den Schultern, als wäre es ihm egal. »Nun, warum nicht? Hübsch genug ist sie ja.«

»Ich habe dir doch gesagt, dass es dir gefallen würde!« Penelope lachte, obwohl sie Diana Hollands Schönheit kein bisschen lustig fand, vor allem weil in diesem Augenblick ihr Mann den Waggon betrat, das Mädchen anstarrte und sofort ein Gesicht machte, als hätte ihn Amors Pfeil mitten in die Brust getroffen. Graysons Blick huschte zwischen den beiden Schoonmakers hin und her, aber falls er ahnte, dass der neuste Plan seiner Schwester etwas mit der Miene zu tun hatte, die Henry gerade aufgesetzt hatte, so ließ er sich zumindest nichts anmerken.

Mrs Schoonmaker kam schwungvoll auf die Beine und streckte die mit rosa Chiffon bedeckten Arme, um ihrem Mann die Hände auf die Schultern zu legen und ihm die Sicht zu versperren. Es dauerte ein paar Sekunden, bevor Henry sie endlich anschaute – doch seine schwarzen Augen zeigten kaum einen Hauch von Wiedererkennen.

14

Das Reisen kann selbst für die reichsten Touristen furchtbar zeitraubend, staubig, heiß und unangenehm sein. Eine Lady lässt sich diese Strapazen niemals anmerken, deshalb muss sie jedes Transportmittel, ob Dampfboot oder einen Zug, immer mit dem Vorsatz besteigen, allen anderen etwas vorzuspielen.

– *Dress Magazine*, Ausgabe vom Februar 1900

Der Zug schwankte leicht hin und her, während er auf sein Ziel zuratterte, doch Diana marschierte mit entschlossenen Schritten den Gang in Richtung Norden entlang, während das stählerne Ungetüm sich gen Süden wand. Sie hatte ihren hellblauen Rock mit einer Hand gerafft, das Kinn nach vorne gereckt und benutzte den linken Arm, um die Balance zu halten. Ihre Hochsteckfrisur, bei der ihre Schwester ihr vor dem Abendessen geholfen hatte, löste sich schon wieder über den Ohren, und wäre sie nicht so abgelenkt gewesen, hätte sie vielleicht bemerkt, dass sie immer dann am besten aussah, wenn sich ihre Locken selbstständig machten. Aber momentan hatten ihre Gefühle die Regie über den Verstand übernommen, und irgendetwas hatte sie so vollkommen überwältigt – auch wenn sie gar nicht genau sagen konnte, was es eigentlich war –, dass sie sich dabei ertappte, wie sie mit den Lippen Wörter formte. Sie musste sich ziemlich am Riemen reißen, um nicht wie eine Idiotin vor sich hin zu brabbeln.

Sie hatte kein bestimmtes Ziel, sondern wusste nur, dass sie gerade viel zu aufgewühlt und selbstsüchtig war, um bei ihrer Schwester bleiben zu können. Elizabeth war nach dem Abendessen total erschöpft gewesen und hatte sich in ihr Schlafabteil zurückgezogen. Auch die meisten anderen Reisenden waren bereits im Bett, deshalb waren die leeren Gänge nur schwach beleuchtet. Weiter hinten im *Aries* spielten Penelope und Carolina Karten, während sich die Männer in ihre eigene, nur ihnen vorbehaltene nächtliche Welt zurückgezogen hatten.

Diana hätte ebenfalls ins Bett gehen können, doch in ihrem Kopf herrschte ein wahres Blitzgewitter von Gedanken. Auf Reisen zu gehen war für sie immer extrem aufregend – die starken und fremden Gerüche, die Bewegung, die Ungewissheit, ob sie rechtzeitig abfahren und ankommen würden, die Rufe der Schaffner und die Vorstellung, dass die ständig neue Umgebung sie für immer verändern würde. Auch der Zug selbst war faszinierend, mit seinen vielen Abteilen und allem, was die Menschen am Tag so brauchten, nur dass hier alles etwas kleiner war.

Doch vor allem musste sie immer wieder an Henry denken und daran, dass sie nach all den Monaten plötzlich wieder in seiner Nähe war. Er hatte während des Abendessens einen Smoking getragen und nur ein paar flüchtige Blicke in ihre Richtung riskiert. Aber er hatte ihr vor ihrer Haustür gesagt, dass sie nach wie vor die Einzige war, die er wirklich wollte, und das allein sorgte schon dafür, dass ihre Fantasie komplett mit ihr durchging. Jedes Mal, wenn er seine Frau berührte, konnte sie ihm die Verachtung vom Gesicht ablesen, und jedes Mal, wenn seine dunklen Augen in Dianas Richtung wanderten, meinte sie, die hauchzarte Berührung seiner Lippen an ihrem Hals spüren zu können. An so was wie Schlaf war also nicht mehr zu denken. Sie kam sich vor wie die Heldin eines

Romans, den sie selbst schrieb; die Protagonistin beschwerte sich laufend, sie wäre viel zu stark für die Liebe, trotzdem wollte der Erzähler einfach nicht aufhören, ihr Verlangen zu beschreiben.

Also war sie einfach drauflosmarschiert, in einem Tempo, das besser zu einem Ausflug im Park gepasst hätte als dazu, einen schwankenden Zug zu durchqueren. Sie hatte kein bestimmtes Ziel und war sowieso viel zu sehr mit sich selbst beschäftigt, um darauf zu achten, wohin sie lief. In silbriges Mondlicht getauchte Landschaften, die sie noch nie gesehen hatte und die sie normalerweise neugierig gemacht hätten, zogen vor den Fenstern vorbei, aber sie hielt kein einziges Mal inne, um sie zu betrachten. Die Zeit verstrich und sie ging immer weiter in dieselbe Richtung. Erst der Klang ihres eigenen Namens und eine Hand auf ihrem Arm setzte ihrer rastlosen Wanderung ein Ende.

Sie fuhr herum und starrte den Mann an, der hinter ihr aufragte. Sie befanden sich in einem engen Durchgang – Diana konnte die getäfelte Wand in ihrem Rücken spüren. Henry Schoonmaker, dessen Haut selbst im gedämpften Licht golden schimmerte, stand direkt vor ihr. Seine Augen sahen ein bisschen verquollen aus, aber sein Blick, mit dem er sie fixierte, war so eindringlich und intensiv wie der eines Mannes, der aus der Wüste kommt und ein Glas Wasser vor sich sieht.

»Di, es tut mir leid«, flüsterte er mit müder Stimme.

Hastig ließ sie die Augen durch den Gang huschen, um sicherzugehen, dass sie nicht beobachtet wurden. Er hatte sie in einem fensterlosen Verbindungsgang erwischt, in dem lediglich ein paar Wandleuchten für etwas Licht sorgten.

»Und warum das?«, fragte sie und bemühte sich, ihrer Stimme einen sorglosen Tonfall zu verpassen.

Sie atmete seinen vertrauten Duft ein, eine Mischung aus

Zigarettenrauch, Moschus und all den anderen undefinierbar männlichen Gerüchen, und überlegte, ob er vielleicht ein bisschen betrunken war. Sie fragte sich, wie er überhaupt Alkohol trinken konnte, schließlich sorgte allein die Tatsache, dass sie ihm plötzlich wieder so nah war, schon dafür, dass ihr ganz schwindelig wurde. Dann schaute er für einen Moment weg, bis er wieder mehr Luft bekam, und ließ seinen Blick nach rechts und links wandern, bevor er ihn wieder auf sie richtete.

»Dass du hier bist, ist furchtbar riskant. Falls Penelope irgendwem erzählt, dass wir zusammen gewesen sind, wäre für dich nichts mehr wie vorher. Ich fürchte, ich war verdammt selbstsüchtig …« Diana versuchte, ihm zuzuhören, aber sein ausdrucksstarkes aristokratisches Gesicht mit den schmalen Augen, der feinen Nase und den wohlgeformten Lippen brachte sie völlig aus dem Konzept. Der Wunsch, ihn zu küssen, selbst jetzt noch und wider besseres Wissen, war so überwältigend, dass sie seinen Worten nicht mehr folgen konnte. »Wenn das der Fall ist, so tut es mir leid.«

»Mir nicht«, erwiderte sie.

»Oh Di«, flüsterte er heiser.

Sie konnte förmlich spüren, wie rasend schnell sich der Boden, auf dem sie stand, über die Erde bewegte, und glaubte, ihr Herz würde mit der gleichen Geschwindigkeit in ihrer Brust schlagen, als wollte es mit dem Zug um die Wette rennen. Ein Teil von ihr hätte Henry stundenlang zuhören können, während der andere Teil von ihr – inzwischen ganz kribbelig vor Aufregung – genau wusste, dass jeden Moment jemand den Gang betreten und einen verheirateten Mann entdecken könnte, der mit einem verletzlichen Mädchen in einer dunklen Ecke stand. Dann würde sie nie herausfinden, wie die Geschichte endete.

Der Zug ratterte die Schienen entlang, und das Schwanken des Waggons brachte Henry so sehr aus dem Gleichgewicht, dass er Diana plötzlich sehr nahe kam. Hinter seinen Augen loderte ein derart unbändiges Feuer, dass sie für einen kurzen Moment völlig überzeugt war, dass sie gerade beide an das Gleiche dachten.

Dianas Lippen öffneten sich. Er stand jetzt so dicht vor ihr, dass sie seinen schnellen Herzschlag spüren konnte. Ihr Atem kam in kurzen, heftigen Stößen, und sie konnte auf ihrem Gesicht spüren, dass es ihm genauso ging. Er zögerte immer noch und ein paar Sekunden vergingen, dann ging am anderen Ende des Wagens eine Tür auf. Die lauten Geräusche, die von draußen zu ihnen hereindrangen, zerstörten den magischen Moment. Diana blickte über die Schulter, und Henry senkte das Kinn. Sie mussten schnell reagieren. Er ließ seine Hand an ihrem Arm hinabgleiten, um schließlich kurz über ihre Finger zu streichen, bevor er sich umdrehte, die Schultern durchdrückte und mit der üblichen stolzen Haltung auf die offene Tür zumarschierte. Ein paar Herzschläge später hörte sie, wie er den Schaffner in ein Gespräch verwickelte.

Diana wandte sich um und eilte in der entgegengesetzten Richtung davon. Zum Glück war der Zug so lang, dass sie quasi endlos darin auf und ab gehen konnte, denn ihr war jetzt schon klar, dass sie heute Nacht kein Auge zubekommen würde.

15

Eine trauernde Frau sollte ihre Nerven schonen, besonders wenn sie den Tod ihres Ehemanns verschmerzen muss. Ich kenne eine ganze Reihe von Damen, denen bei der Rückkehr in die doch sehr laute und überkandidelte Gesellschaft so schwindelig wurde, dass sie sich ins Bett legen mussten.

– *Van Kamps Leitfaden zur Haushaltsführung für Damen der höheren Gesellschaft*, Ausgabe von 1899

»Oh, Liz, es ist so schön, dich außerhalb der Stadt ganz für mich allein zu haben.« Penelope kam schnurstracks auf sie zu und packte die Hand ihrer alten Freundin. Über die Schulter ihrer Gastgeberin hinweg konnte Elizabeth die Köpfe der anderen Gäste sehen, und ihre Miene verriet anscheinend, wie sehr sie daran zweifelte, denn Penelope fügte hastig hinzu: »Beziehungsweise, dass wir dich wieder ganz für uns haben, was ja fast genauso gut ist.«

Elizabeth schaffte es, den Ekel zu verbergen, den die offensichtliche Heuchelei in ihr auslöste, und verzog stattdessen den kleinen runden Mund zu einem gewinnenden Lächeln. Nachdem der Zug gestern endlich abgefahren war und sie all die anderen Reisenden begrüßt hatte, hatte sie sich von einem der Dienstmädchen, die ständig im Zug auf Abruf bereitstanden, die Korsage schnüren lassen und etwas Rouge auf ihren früher so berühmten Alabasterteint aufgetragen, um nicht mehr ganz so leichenblass zu wirken – am Ende war sie ziemlich müde gewesen. Damit hatte sie gerechnet, außerdem war es ihr sogar ganz recht, denn jedes Mal, wenn sie sich erschöpft fühlte und ihr die Augen zufielen, bestand die Chance, dass sie Will im Traum begegnete. Heute Morgen fühlte sie sich besser als erwartet, vielleicht auch deshalb, weil Diana im Schlaf immer mal wieder zufrieden geseufzt hatte. Sie war froh, dass sie ihrer kleinen Schwester diese Reise ermöglicht hatte, und dieses Wissen gab ihr etwas Kraft.

»Was für eine wunderbare und großzügige Gastgeberin du doch bist, Penny«, erwiderte Elizabeth, während sie ihre ehemalige Freundin an sich zog. Sie kannte Penelope schon lange und wusste deswegen ganz genau, dass die ihren eigenen Spitznamen nicht wirklich leiden konnte.

Zusammen gaben sie ein hübsches Bild ab, was vermutlich einer der Gründe war, warum sich Penelope Elizabeth damals überhaupt als Freundin ausgesucht hatte. Ihre langen Hälse wurden von hohen Kragen betont, der bei Penelope aus glänzender, aufwendig gearbeiteter Spitze und bei Elizabeth aus feiner blauer Baumwolle bestand, während die maßgeschneiderten Kleider ihre schmalen Taillen zur Geltung brachten. Dank der unterschiedlichen Farben bildeten die beiden Mädchen einen hübschen Kontrast zueinander. Elizabeth hatte sich heute Morgen besonders viel Mühe mit ihrer Frisur gegeben, die sich nun als dunkelblonde Wolke über ihrer Stirn auftürmte. Sie warf einen flüchtigen Blick über die Schulter und sah, wie ihre Schwester missbilligend schnaubte, doch dann kratzte sie alles zusammen, was von ihren gesellschaftlichen Talenten noch übrig geblieben war, und konzentrierte sich wieder auf den privaten Speisewagen, in dem gerade das Frühstück auf Silberplatten aufgetragen wurde.

»Du hast seit letztem Herbst so viel Gewicht verloren …

Wir müssen dringend dafür sorgen, dass du genug isst«, fuhr Penelope fort, während sie den Wagen betraten. Elizabeth ignorierte den subtilen Sadismus in ihrer Stimme geflissentlich und gesellte sich zum Rest der Gruppe, die schon versammelt war.

Unter einer gotischen Decke aus Walnussholz, die mit Schnitzereien verziert war, stand ein langer Tisch. Eine Reihe hoher Bogenfenster darüber ließ die ersten Sonnenstrahlen des Tages herein. Penelope überließ es Teddy Cutting, Elizabeth zu ihrem Platz am Tisch zu führen. Sie hatte sich gefreut, als sie seinen Namen in dem Zeitungsartikel entdeckt hatte, der ihre vornehme Abfahrt aus der Stadt beschrieb, und war irgendwie erleichtert, ihn an diesem Morgen im Speisewagen zu sehen. Im Gegensatz zu seinen Freunden spielte Teddy keine Spielchen. Er zog ihren Stuhl zurück, und sie versuchte, den leichten Schwindelanfall, der sie beim Hinsetzen überkam, zu überspielen. Penelopes Bruder Grayson, der einen taubengrauen Gehrock trug, nahm Dianas Arm und brachte sie zum Tisch, während Henry das Gleiche mit Lina tat. Die Gentlemen zogen die Stühle für die Damen zurück und setzten sich dann so hin, dass sich Männer und Frauen abwechselten.

Elizabeth lächelte – zwar schwach, aber immerhin mit der früheren Anmut –, als Teddy die Serviette nahm, die auf ihrem Silberteller lag, sie kurz energisch aufschüttelte und ihr auf den Schoß legte.

»Vielen Dank, Mr Cutting«, sagte sie. »Aber ich bin nicht krank, müssen Sie wissen.«

Für einen kurzen Moment – länger wäre unhöflich gewesen – musterte Teddy sie schweigend und mit einem besorgten Ausdruck in den grauen Augen. Er hatte weniger Pomade als üblich in den blonden Haaren, was nicht besonders auffiel, weil der Scheitel sowieso natürlicherweise auf der linken Seite lag, sodass die Haare wie von selbst nach rechts fielen. Sie hatte ihn seit letztem September nicht mehr gesehen, als er noch wie üblich regelmäßig sonntags bei ihrer Familie zu Besuch gewesen war.

»Ich weiß«, sagte er nach einer kurzen Pause. »Sie wirken nur so zerbrechlich nach all Ihren … Strapazen, dass man Sie einfach beschützen möchte.« Er machte eine Pause und trank einen großen Schluck Wasser. »Zumindest geht es mir immer so.«

Sein aufrichtiger Tonfall und die vertrauten Worte trieben ihr die Röte in die Wangen, aber Teddy war ein alter Freund und außerdem ein perfekter Gentleman, deshalb war es wohl völlig normal, dass er sich derart um sie kümmerte, und sie konnte auch nicht davon ausgehen, dass das Wörtchen *immer* irgendeine besondere Bedeutung hatte. Die anderen am Tisch schienen das Ganze nicht mitbekommen zu haben.

Teddy griff nach dem Silbertablett mit Scones und hielt es ihr hin. Der Zug ratterte weiter stur durch die Landschaft, und Henry, der rechts neben ihr am Kopf des Tisches saß, starrte abwesend in sein Saftglas, während seine Frau lauthals über irgendwelche Landhäuser in Newport, ihre Lieblingsarchitekten und diverse andere Dingen schwafelte, die sich nur wenige Menschen leisten konnten.

»Ich finde seine Arbeit furchtbar selbstherrlich«, erwiderte Leland mit brennender Leidenschaft. Er zeigte beim Reden immer vollen Körpereinsatz und legte all seine Überzeugung in das, was er sagte. Elizabeth erinnerte sich daran, dass er das schon als kleiner Junge gemacht hatte. Es war einfach ein Charakterzug, der ihn von allen anderen unterschied. »Auch wenn ich die islamischen Einflüsse mag, die er ab und zu verwendet. Ich finde die islamische Architektur wirklich faszinierend, all diese Minarette und Mihrabs, all diese Bögen und Fliesen und diese aufwendige Kalligrafie. Wussten Sie, dass sie die Kalligrafie zur Dekoration benutzten, weil bildliche Darstellungen bei ihnen verboten sind? Oh ja …«

Elizabeth lächelte still bei dem Gedanken, wie frustriert Penelope gerade sein musste, weil sie dieses Thema selbst angeregt hatte und jetzt kaum mitreden konnte. Währenddessen plapperte Leland unbeirrt weiter, als würde er eine Predigt halten. Neben ihm saß Lina in einem Kostüm mit hellbraunem Fischgrätenmuster, das von dunkelbraunem Samt eingefasst war. Alles, was sie trug, wirkte an ihr irgendwie unpassend, so, wie das bei brandneuen Sachen oft der Fall war. Ihre Kleidungsstücke schienen keine Lust zu haben, sich an ihren Körper zu schmiegen, sondern wirkten eher irgendwie amüsiert darüber, dass sie sich meistens alles andere als elegant in ihnen bewegte.

Das war nicht sehr nett, ermahnte sich Elizabeth insgeheim. Obwohl es ihr immer noch sehr komisch vorkam, ihr ehemaliges Dienstmädchen in der Gesellschaft zu sehen, sorgte Wills Verlust immer noch dafür, dass sie niemanden wirklich hassen konnte, der nicht durch und durch böse war. Und natürlich stimmte das, was Lina im Haus Nummer siebzehn gesagt hatte – auch sie hatte Will geliebt, also konnte sie nicht *nur* schlecht sein. Elizabeth konnte erkennen, dass Lina auf gewisse Art und Weise sogar ganz hübsch aussah. Mit ihren hellgrünen Augen und dem hochgesteckten Haar erinnerte sie Elizabeth an ihr ehemaliges Kindermädchen, Linas Mutter, die wunderschön und liebevoll gewesen war und mitten im Chaos der Familie Holland immer die Ruhe bewahrt hatte.

Elizabeth brach sich ein kleines Stück von ihrem Scone ab, steckte es in den Mund und hoffte, dass etwas feste Nahrung ihren Magen beruhigen würde. Sie spürte Teddys Blick auf ihrem Gesicht und versuchte, ihn mit einem Lächeln zu beruhigen. Doch genau in dieser Sekunde fuhr der Zug durch eine Kurve. Ihr wurde schlagartig bewusst, wie verdammt schnell sie fuhren, und sie musste sich am Tisch festhalten, um nicht das Gleichgewicht zu verlieren. Anscheinend hatte die Kurve im Speisewagen für Durcheinander gesorgt. Die Tassen wackelten auf ihren Untertassen und die Schüsseln auf ihren Servierplatten. Außer Leland, der sich sowieso pausenlos bewegte, als hätte er Hummeln im Hintern, und den Zug um sich herum deshalb vielleicht gar nicht wahrnahm, hatten alle mit dem Essen aufgehört. Leland gestikulierte wild mit den Händen in der Luft und erwischte dabei eine Wasserkaraffe, die wackelte, kippte und sich schließlich über Lina ergoss. Sofort zuckte Elizabeths Blick zu ihr hinüber. Einen Moment sah das ehemalige Dienstmädchen so aus, als hätte es eine Perlenkette fallen gelassen und würde nun zuschauen, wie die einzelnen Perlen über den harten Marmorboden davonrollten.

»Oh!«, stieß Penelope hervor und schnippte hektisch mit den Fingern, um die Kellner auf den Plan zu rufen.

»Das tut mir *furchtbar* leid«, keuchte Leland, völlig entsetzt über das, was er angerichtet hatte, und fing sofort an, Linas Rock mit einer Serviette abzutupfen.

»Ich nehme noch etwas Saft«, sagte Henry in den Raum hinein.

»Oh … schon in Ordnung.« Die unerwartete Aufmerksamkeit ließ Lina rot werden. Sie lächelte und schien schon darüber hinweg zu sein, dass ihr Kleid möglicherweise ruiniert war. Sie starrte Leland an, der immer noch hektisch versuchte, das Wasser von ihrem Schoß abzutupfen. Schwarz-weiß gekleidete Dienstboten strömten mit frischen Servietten und einer neuen Karaffe in den Raum wie ein ganzer Schwarm geschäftiger Ameisen. Henry bekam ein neues Glas Saft vor die Nase gestellt. Am anderen Tischende beugte sich Diana vor und pflückte ein Croissant vom Stapel auf dem Silbertablett vor ihr. Dabei fielen ihr die glänzenden dunklen Locken ins Gesicht, und sie strich sie energisch zurück, als sie sich wieder zurücklehnte.

»Miss Diana«, fragte Penelopes älterer Bruder Grayson, »darf ich Ihnen die Butter reichen?«

»Nein, danke, das hier schmeckt auch so schon köstlich nach Butter«, erwiderte Diana in schroffem Ton. Heute Morgen war sie anscheinend erfüllt von einer merkwürdigen Art von Energie, die dafür sorgte, dass jede ihrer Bewegungen zielgerichtet und lebendig wirkte. Anscheinend konnte sie selbst die kleinsten Dinge so richtig genießen.

»Ich muss sagen, dass es hier allerhand *Köstlichkeiten* gibt ...«

Penelopes Bruder saß am anderen Ende des Tisches, und obwohl sich Elizabeth gerne umgedreht hätte, um sicherzugehen, dass er nicht mit ihrer jüngeren Schwester flirtete, hielt ihr Sinn für Anstand sie davon ab. Sein lüsterner Ton gefiel ihr ganz und gar nicht – es klang wirklich so, als würde er flirten. Vielleicht war das Ganze nichts weiter als ein beiläufiger Kommentar gewesen, redete sie sich ein und schaute zu Henry hinüber. Der starrte immer noch stur in sein Saftglas. Alle benahmen sich so ... seltsam.

»Miss Elizabeth«, sagte Teddy. Seine Stimme war leise, während alle anderen um sie herum schon wieder lauthals drauflosplapperten. Er streckte die Hand aus und legte die Finger sanft auf ihr Handgelenk. »Geht es Ihnen gut? Sie sehen so blass aus. Das war eine ziemlich scharfe Kurve und ich schätze, es kommen noch ein paar von der Sorte ...«

Teddys Fingerkuppen auf ihrer blassen Haut zeigten deutlich, wie sehr er um sie besorgt war – die Berührung war so aufrichtig und liebevoll, dass sie einen Moment lang einen Anflug von Glück fühlte, was sie schon lange nicht mehr erlebt hatte. Das Ganze dauerte nur eine Sekunde, dann drehte sich ihr plötzlich der Magen um. Abscheu und blankes Entsetzen verdrängten das Glücksgefühl, als ihr klar wurde, was sie sich da gerade erlaubt hatte. Sie hatte zugelassen, dass sie sich für einen Augenblick lang tatsächlich *gut* gefühlt hatte – etwas, das sie mit Sicherheit nie wieder verdient hatte. Außerdem war der Auslöser ein anderer Mann gewesen, einer, der in Wohlstand und Sicherheit hineingeboren worden war und der vor allem nicht Will war. In diesem Augenblick wusste sie, dass sie sich gleich übergeben würde.

Ihr Kopf fühlte sich eiskalt an, während ihr Körper vor Hitze zu kochen schien. Die anderen am Tisch waren in laute Gespräche und in ihre eigenen Gedanken versunken. Für einen Moment schloss sie die Augen und hoffte, dass sie es bis zur Toilette schaffen würde. Dann schob sie ihren Stuhl zurück und verließ hastig den privaten Speisewagen.

16

Aus sicherer Quelle haben wir erfahren, dass Miss Carolina Broad, die in letzter Zeit so viel Interesse in der Gesellschaft erregt hat, die Reisegruppe der Schoonmakers nach Florida begleitet, was zweifelsohne all ihre neuen Freunde beeindrucken dürfte. Angeblich reist sie nur mit einem Dienstmädchen und ohne ihren üblichen Beschützer Mr Carey Lewis Longhorn, weshalb einige jener neuen Freunde auf der Hut sein mögen. Bei uns wird das andererseits mit Sicherheit dafür sorgen, dass wir nicht so bald das Interesse an ihr verlieren werden.

– *Cité Chatter*, Freitag, den 14. Februar 1900

»Miss Broad, es tut mir schrecklich leid wegen heute Morgen. Ich werde es wiedergutmachen, indem ich Sie in Florida auf eine Spritztour in meinem Automobil mitnehme. Würde Ihnen das gefallen? Sind Sie je mit einem Motorwagen gefahren? Ich kann Ihnen garantieren, dass ich ausschließlich in Salons und an hübsch gedeckten Tafeln so ungeschickt bin. Als Fahrer können Sie mir vertrauen. In einem Automobil …«

Carolina strahlte und nickte enthusiastisch. Es fiel ihr schwer, Leland zu folgen, denn er redete furchtbar schnell. Außerdem stellte er dabei so viele Fragen, dass sie manchmal nicht wusste, ob sie nicken oder den Kopf schütteln sollte, während sie angestrengt versuchte, immer alles richtig zu beantworten, damit sie möglichst viel Zeit mit ihm verbringen konnte. In seiner Gegenwart fühlte sie sich so elegant und aufgeregt, als wäre sie nicht ganz sie selbst. Nach dem Frühstück hatte sie ihr durchnässtes Kleid gegen ein schickes marineblaues Seidenkostüm eingetauscht, das mit aufwendigen Abnähern und weißen Schleifen verziert war, und seitdem ließ sie sich von ihm auf einer Besichtigungstour durch den ganzen Zug führen. Üppige Rüschen aus Spitze rankten sich um ihren Hals und ihre Handgelenke, und sie genoss es, alles, was sie sagte, mit hübschen, kleinen Handbewegungen zu unterstreichen, weil sie dann beobachten konnte, wie die Rüschen im Lufthauch flatterten, als wären sie aus winzigen Schmetterlingsflügeln gemacht. Leland hatte mit ihr schon den Führerstand besichtigt und dem Lokführer Löcher in den Bauch gefragt, in was für einem Zustand sich der Zug befand. (Der Lokführer war überzeugt, dass sie Palm Beach heil und sicher erreichen würden.) Jetzt brachte er Carolina vom Panoramawagen hinaus auf die Aussichtsplattform, von wo aus man die Schienen hinter dem Zug sehen konnte, die in der Ferne verschwanden.

Der Tag war kühl und frisch, und die menschenleere Landschaft erstreckte sich im Licht der Nachmittagssonne schier endlos unter einem blauen Himmel. Carolinas Kleid flatterte im Wind, als sie hinter Leland nach draußen kam. Die Luft war ein bisschen wärmer als in New York, brachte aber immer noch einen Hauch von Frost mit sich, der ihr das Blut in die Wangen trieb. Der Salonwagen mit den üppigen Sofas, den gewaltigen Landkarten und Samtvorhängen, durch den sie hierhergekommen waren, hatte schon beeindruckend ausgesehen – der Panoramawagen konnte es aber durchaus damit aufnehmen: Über der halbkreisförmigen Aussichtsplattform schwebte ein gewölbtes und mit Quasten verziertes Dach, das von vergoldeten Säulen getragen wurde. Eine Reling aus fein geschnitztem glänzendem Holz sorgte für Sicherheit.

»Ich liebe die Art, wie die Landschaft einfach so hinter einem zurückbleibt, wenn man mit dem Zug fährt. Können Sie sich vorstellen, wie es für unsere Urgroßväter gewesen sein muss, die noch nie was von Lokomotiven gehört hatten und nur davon träumen konnten, dermaßen einfach und komfortabel zu reisen? Was ist es doch für ein Privileg, in unserer Zeit zu leben, jetzt, in diesem Moment, und in der Lage zu sein, jedes Ziel zu erreichen, egal wohin man will …«

Plötzlich machte er eine Pause und starrte zu den Bäumen hinüber. Es war beinahe ein Schock, Leland stillstehen zu sehen, und Carolinas Atem kam in unregelmäßigen Stößen, während sie ihn anschaute und wieder mal merkte, wie unglaublich und überirdisch gut er aussah. Der Zug schaukelte weiter vor sich hin – er streckte den Arm aus und griff nach einer der goldenen Säulen. Sie blinzelte, konnte die Augen aber nicht von ihm losreißen. Er war kräftig gebaut und dennoch so schlank, dass sein Oberkörper von den breiten Schultern abwärts ein elegantes V bildete. Neben jemandem mit einem derart imposanten Körperbau kam sie sich geradezu zierlich vor. Seine Haare waren etwas zu lang und hingen ihm bis über die Ohren. Als er sich wieder zu ihr umdrehte, ertappte sie sich dabei, dass sie ihn schon wieder angestarrt hatte, und spürte, wie ihre Wangen vor Verlegenheit brannten.

»Bis morgen Nachmittag sollten wir Florida erreicht haben«, sagte er mit ungewöhnlich sanfter Stimme.

Carolina, die jetzt peinlich berührt auf ihre Schuhe starrte, fing an, sich selbst im Stillen gut zuzureden. Sie sagte sich, dass er garantiert nicht so viele Stunden mit ihr verbracht hätte, wenn er sie nicht attraktiv finden würde, und dass er bis jetzt nur deshalb noch nicht versucht hatte, mit ihr zu flirten, weil er die Situation nicht ausnutzen wollte, oder vielleicht, weil er schüchtern war, oder aus einem Dutzend anderer Gründe. Ein paar Sekunden lang hatte sie die schreckliche Vorstellung vor Augen, dass sie am Ende zu ihrem Sitz zurückkehren müssen würde, ohne einen einzigen romantischen Augenblick mit Leland erlebt zu haben. Sie blickte in seine klaren blauen Augen und beschloss, dass es an ihr war, ihm zu zeigen, was sie für ihn empfand.

Sie packte ihren Sonnenschirm mit der rechten Hand und machte einen Schritt auf Leland zu. Sie wusste, dass sie lächeln sollte, doch sie war inzwischen so nervös, dass sie sich plötzlich nicht mehr an die einfachsten Dinge erinnern konnte. Alles, was sie jetzt noch zustande brachte, war, den Schritten zu folgen, die sie sich zurechtgelegt hatte: auf Leland zugehen, dann eine süße, kleine Drehung auf der Stelle, die sie geradewegs neben ihn an die Reling befördern würde, sodass sie ihm endlich richtig nahe sein würde. Dann würde sie sich vielleicht auch endlich daran erinnern können, wie man lächelte. Er beobachtete sie jetzt genau. Sie wich kokett einen Schritt zurück und lehnte sich gegen die Reling. Allerdings kam sie nicht mehr dazu, ihn anzulächeln, denn in diesem Moment machte der Zug einen heftigen Schlenker, sie verlor das Gleichgewicht und prallte mit ihrem gesamten Gewicht gegen das hölzerne Geländer in ihrem Rücken.

Ein fürchterliches Knacken schallte durch die Luft. Der Wind rauschte an ihren Ohren vorbei, und sie wusste sofort, dass sie gleich sterben würde. Die Räder kreischten auf den Schienen unter ihr und das Letzte, woran sie denken konnte, waren die Schlagzeilen, die man bald in den New Yorker Zeitungen lesen können würde: *Grausiges Ende für gesellschaftliche Aufsteigerin irgendwo südlich von Mason-Dixon* oder *Undankbare Neureiche verlässt ihren Gönner und trifft nur einen Tag später ihren Schöpfer.* Sie wusste, dass ihr Körper, der mit seinen siebzehn Jahren so wenig erlebt hatte, zermalmt und von den eleganteren und glücklicheren Menschen, die sich immer noch sicher im Zug befanden, zurückgelassen werden würde.

Dann öffnete sie die Augen und merkte, dass sie immer noch am Leben war. Leland hatte mit einer Hand ihren Arm gepackt, während er mit der anderen nach wie vor den vergoldeten Stützpfeiler umklammerte. Sein Blick war ernst und fest, obwohl der Himmel über ihnen und die Erde unter ihnen mit beängstigender Geschwindigkeit an ihnen vorbeirasten. Ihr Herz schlug so schnell, dass sie glaubte, es könnte ihr aus dem Hals springen, gleichzeitig breitete sich eine unheimliche Ruhe in ihr aus. Leland war das Blut ins Gesicht geschossen – die Röte machte ihr klar, wie viel Kraft ihn die Rettungsaktion gekostet hatte. Hinter ihm wurden die Wolken von goldenen Sonnenstrahlen durchbrochen. Er zog mit einem kräftigen Ruck an ihrem Arm und Carolina kam wieder auf die Füße. Sie starrte die kaputte Reling an und musste die Augen wieder zumachen, als ihr dämmerte, dass sie um ein Haar in Stücke gerissen worden wäre.

»Oh, danke«, flüsterte sie.

»Sind Sie in Ordnung?«

Sie schaute Leland an und sah, dass er genauso mitgenommen war wie sie.

»Ja«, sagte sie. »Ich brauche nur ein, zwei Minuten, dann geht es mir bestimmt wieder besser.«

Ihre Angst, was alles hätte passieren können, war noch nicht abgeklungen, als ihr auf einen Schlag klar wurde, was für eine einmalige Chance das hier war. Auch wenn sie sich in gesellschaftlich heiklen Situationen nach wie vor gerne mal ungeschickt anstellte, war sie doch clever genug, um eine günstige Gelegenheit zu erkennen, wenn sie ihr direkt ins Gesicht starrte. Also sorgte sie dafür, dass sich ihre Lider flatternd schlossen, und öffnete die Lippen ein wenig, bevor sie sich ihm in die Arme warf.

»Oh, *Leland*, wenn Sie nicht da gewesen wären …«, rief sie mit zittriger Stimme.

Mehr musste sie gar nicht sagen, denn er hatte längst die Arme um sie geschlungen, und sie spürte die Wärme seiner Handflächen durch die Seide auf ihrem Rücken.

17

Am heutigen Abend ist die Schoonmaker-Reisegesellschaft ohne irgendwelche Zwischenfälle im Royal Poinciana Hotel in Palm Beach, Florida, eingetroffen. Natürlich kann ich meinen Lesern versichern, dass ich stets die exklusivsten Einzelheiten über ihren Aufenthalt im Süden berichten werde. In diesem Hotel haben schon viele ehrwürdige Gäste überwintert, darunter die Frederick Whitneys, die Familie von Lord Dagmall-Lister, der britische Botschafter und der Prinz von Bayern mit seinem Gefolge ...

– Aus der Gesellschaftskolumne des *New York Imperial*, Donnerstag, den 15. Februar 1900

Henry liebte gute Hotels und war dafür bekannt, dass er sich schon in zahlreichen New Yorker Etablissements für Partys oder für ein paar Tage Ruhe eingemietet hatte, obwohl einer der Clubs, die ihm und seinem Vater gehörten, dafür völlig gereicht hätte. Das Royal Poinciana, ein großes, zitronengelbes Holzgebäude mit weißen Zierleisten, lag zwischen Lake Worth und dem Meer, aber als sie es gegen Abend erreichten, machte ihn der Anblick kein bisschen glücklicher. Inzwischen war Henry so nüchtern wie ein Fisch auf dem Trockenen und hatte deswegen in allen Details mitbekommen, wie skrupellos Penelope mit ihren Gästen verfuhr. Es kam ihm so vor, als wollte sie mit allen Mitteln erreichen, dass jeder einzelne von ihnen sich ständig in einem Zustand von Begeisterung und

Ehrfurcht befand und Penelope mit Bewunderung überhäufte. Jetzt, wo er die Dinge wieder etwas klarer sehen konnte, fragte er sich ernsthaft, ob sie wohl irgendwelche Grenzen kannte, wenn etwas, das sie haben wollte, auf dem Spiel stand.

»Da wären wir, Mr Schoonmaker«, sagte der Hotelmanager, der sie persönlich bis zu ihrer Suite gebracht hatte. Henry beobachtete die Horde von Hotelpagen und Zimmermädchen, die vor ihnen im Raum herumwuselten und versuchten, jedes Gepäckstück an genau der richtigen Stelle abzustellen, während er in seinen Taschen nach Trinkgeld kramte.

»Unser Hotel ist sehr groß«, fuhr der Manager fort. »Allein die Flure sind insgesamt vier Meilen lang und das gesamte Areal umfasst gut 120 000 Quadratmeter, trotzdem möchten wir natürlich, dass Sie sich hier wohlfühlen – ganz wie zu Hause. Bitte zögern Sie nicht, uns zu rufen, selbst für die kleinste Kleinigkeit. Wir stehen Ihnen rund um die Uhr zur Verfügung. Zögern Sie nicht ...«

Henry starrte auf den Baldachin aus weißem Tüll über dem riesigen Bett aus schwarzem Walnussholz, das auf der anderen Seite des palastähnlichen Zimmers auf einer mit Teppichen bedeckten Empore stand, während der Hotelmanager weiter vor sich hin plapperte. Der ältere Mr Schoonmaker und Henry Flagler, dem nicht nur das Hotel, sondern auch weite Teile von Palm Beach gehörten, waren als junge Männer gemeinsam ins Eisenbahngeschäft eingestiegen und hatten einiges an Geld gemacht, deshalb hatte Henry den Verdacht, dass dieses kriecherische Gelaber erst dann aufhören würde, wenn auch der letzte Page sein Trinkgeld in die Hand gedrückt bekommen hatte. Es war nicht das erste Hotel, in dem er auf diese Art und Weise vollgesülzt wurde und normalerweise gönnte er sich in solchen Situationen immer den Spaß, die seltsamsten Fragen über die Geschichte des Gebäudes zu stellen oder besonders ausgefallenen Wein zu bestellen, den man unmöglich auf die Schnelle besorgen konnte. Jetzt war ihm allerdings überhaupt nicht danach, die Hotelleute derart auf den Arm zu nehmen.

»Das Badezimmer dieser Suite«, erklärte der Hotelmanager gerade, »ist mehr als fünf Meter lang und besitzt eine im Boden eingelassene Badewanne aus italienischem Marmor. Vielleicht würde Madame vor dem Abendessen gerne ein Bad nehmen? Ich könnte es Ihnen vorbereiten lassen …«

»Nein«, unterbrach Henry ihn scharf. Er machte eine Pause und wischte sich mit dem Zeigefinger übers Auge, als wollte er ein unsichtbares Staubkörnchen loswerden. »Nein, es ist wirklich alles in Ordnung.«

Die hellen Wimpern des Hotelmanagers zuckten und verrieten ihm, dass er anscheinend etwas zu heftig reagiert hatte. Sofort schwappte die negative Stimmung wie eine Welle durch den ganzen Raum, der mittlerweile randvoll war mit großen Gepäckstücken voller Schnallen und Riemen. Die Zimmermädchen starrten betreten zu Boden, und der Junge mit dem leeren Gepäckwagen aus Messing steuerte hastig auf den Ausgang zu. Penelope, die auf der niedrigen Empore direkt neben dem Bett stand, zog ihren Hut aus und drehte sich mit einem eiskalten Ausdruck in den Augen zu Henry um. Ihr dunkles Haar ragte als starres Gebilde über ihrem Kopf auf, und ihre Taille wirkte durch das zweiteilige knallrote Outfit noch schmaler als sonst. Sie stemmte eine Hand in die Hüfte und fixierte ihren Mann.

»Meine Frau liebt schmutzige Gerüchte, wissen Sie«, hörte sich Henry sagen. Selbst er konnte hören, wie unecht die Fröhlichkeit in seiner Stimme klang. »Deshalb war sie noch nie sonderlich begeistert vom Baden.«

Penelope wandte sich ab, sodass ihr Rücken vom Licht des Spätnachmittags beleuchtet wurde. Dann sprach sie mit einer

Stimme, die er noch nie bei ihr gehört hatte und die vor allem deswegen einschüchternd wirkte, weil sie so leise und sanft war. »Sie dürfen jetzt gehen – alle«, sagte sie, während sie ihrem Dienstmädchen den Hut in die Hand drückte, ohne es anzusehen.

Das Mädchen griff hastig nach dem kleinen, mit Federn geschmückten Hut, der sich mit einem schwarzen Samtband zubinden ließ, und stieg von der Empore runter auf die spanischen Fliesen. Als sie zur Tür ging, hatte Henry den Eindruck, sie würde ihm einen flehenden Blick zuwerfen. Das Hotelpersonal strömte an ihm vorbei zur Tür, während er jedem von ihnen ein paar Münzen zusteckte. Der Hotelmanager, dessen schiefes Lächeln ihm verriet, dass er seine Frau gerade vor den Augen des gesamten Personals beleidigt hatte, nickte ihm betont respektvoll zu und verließ als Letzter den Raum, wobei er die gewaltige Bronzetür hinter sich zuzog.

Als sie alleine waren, spürte er einen warmen Luftzug auf dem Gesicht und schaute zum Balkon hinüber. Die Flügeltüren waren weit aufgerissen und dort stand Penelope. Sie hatte die Schultern durchgedrückt und ihm den Rücken zugewandt – alles an ihrer Haltung schrie förmlich, dass sie ihn herausfordern wollte. Ihre Gedanken kreisten gerade garantiert wie ein Schwarm von Geiern einzig und allein darum, wie sie ihn für immer von Diana fernhalten konnte – die Vorstellung, dass jemand Di verletzen könnte, brachte sein Blut zum Kochen.

Henry zog sein Jackett aus und warf es achtlos auf die Couch aus Zitronenholz. Seine Bewegungen wirkten rastlos und seine Schritte aggressiv, als er auf den Balkon zumarschierte. Auf dem Weg öffnete er seine Manschetten und ließ die goldenen Knöpfe, die natürlich alle sein Monogramm trugen, auf einen zierlichen Beistelltisch neben der Tür fallen. Das Klappern von Metall auf Marmor war lauter als erwartet und ließ beide Schoonmakers zusammenschrecken.

»Henry?« Penelope hatte sich bei dem Geräusch umgedreht. Obwohl ihre Stimme sanft und nachdenklich klang, so war der bösartige Unterton, der darin mitschwang, nicht zu überhören.

»Was ist?« Sie standen sich auf dem riesigen glänzenden Boden gegenüber, in steifer Haltung und mit wachsamer Miene. Sämtliche Möbel zwischen ihnen waren frisch poliert und glitzerten im schwindenden Licht der Sonne. Henry griff sich an den Kragen und fing an, die obersten Knöpfe seines Hemdes aufzumachen, das er den ganzen Tag im Zug getragen hatte. Seine Finger bewegten sich dabei so energisch, als würde er sie am liebsten zu Fäusten ballen und sich mit jemandem prügeln. Auch Penelope war rasend vor Wut und blinzelte mehrmals heftig mit ihren schwarzen Wimpern.

Schließlich stemmte sie eine Hand in die Hüfte und entspannte sich etwas, während sie sagte: »Du weißt, dass es keinem von uns beiden was nützt, wenn die Dienstboten anfangen, sich das Maul über uns zu zerreißen.«

Er stieß den Atem aus und machte einen Schritt auf sie zu, als wollte er ihr widersprechen. Doch sie hatte recht, außerdem konnte er einfach nicht vergessen, wie Diana auf dem Gang des Zuges vor ihm stand und mit vertrauensvollem Gesicht darauf wartete, dass er sie küsste. Egal, wie sehr er seine Frau in diesem Moment auch hasste, er durfte jetzt bloß nichts Impulsives machen, schließlich war es nicht sein eigener Ruf, der hier auf dem Spiel stand.

»Ich habe wirklich keine Lust, überall hinauszuposaunen, dass mein Mann mal eins der berühmten Holland-Mädchen entjungfert hat, aber genau das werde ich tun, wenn ich muss«, fuhr sie mit schneidender Stimme fort. »Es wäre doch wirklich eine Schande, wenn dir das Ganze unabsichtlich und aus reiner

Dummheit rausrutschen würde, während eins der Dienstmädchen mithört. Glaub ja nicht, mir wäre nicht aufgefallen, wie glücklich es dich macht, deine ehemalige Geliebte auf dieser Reise mit dabeizuhaben.«

Er zog eine Grimasse, aber es gab rein gar nichts, was er dagegen sagen konnte. Wenn sie so war wie jetzt, konnte Penelope einem richtig Angst machen – außerdem hatte sie recht.

Penelope machte einen weiteren Schritt auf ihn zu und meinte: »Wenn mir die Sache schon auffällt, dann werden es auch andere mitbekommen, deswegen fängst du jetzt am besten schnell damit an, den guten Ehemann zu spielen, bevor wir in eine Situation geraten, die am Ende alle zum Heulen bringt.«

Er nickte und wandte sich ab, um aus dem Fenster zu schauen. Irgendwo da draußen unter den Palmen und in der lauen Luft war Diana. Das zu wissen erfüllte ihn gleichzeitig mit wahnsinniger Vorfreude und einer gehörigen Portion Furcht.

18

Miss Diana,
ich habe meinen Diener losgeschickt und dieser hat mir berichtet, dass das Wasser heute wunderbar angenehm ist. Möchten Sie mich auf einen Ausflug zum Strand begleiten? Ich werde auf der Veranda auf Sie warten …
Erwartungsvoll,
Grayson Hayes

Genau wie der Rest der Schoonmaker-Gesellschaft war auch Diana früh ins Bett gegangen und hatte das Frühstück komplett verschlafen. Sobald sie aufwachte, machte die salzige Seeluft ihr sofort Lust, die neue Umgebung zu erkunden. Sie beschloss, mit der kleinen Bahn zum Strand zu fahren. Ihre Schwester war immer noch zu erschöpft von der Reise, um sie zu begleiten, aber als Diana den Sandstrand betrat und das Meer sah, störte es sie überhaupt nicht, allein zu sein. Sie hatte diese wunderbare Landschaft voll rauer Schönheit um sich – mehr brauchte sie gerade nicht. Vor ihr erstreckte sich das türkisblaue Wasser bis zum Horizont und bot einen funkelnden Kontrast zu dem langen weißen Sandstreifen. Die Farbenpracht hinter ihr war genauso schön, ab und zu durchbrochen von gezackten Palmwedeln. Es war die Art von Landschaft, wo sich wilde Kreaturen hinter Mangroven versteckten und eine Lady mit besonderen Neigungen Pumas jagen gehen konnte.

In New York war jeder Zentimeter zugebaut oder wurde sonst wie von Menschen genutzt; selbst in den dunkelsten Winkeln gab es Schichten aus Gestein und Knochen, die dort vor langer Zeit mit längst vergessenen Geschichten begraben worden waren. Hier war alles einfacher und wilder, obwohl die vielen Badegäste der Landschaft unausweichlich ihren Stempel aufgedrückt hatten. Am Strand wirkten die Leute wie bunte Punkte und hatten alles Mögliche an Schirmen, Sonnensegeln und dergleichen zum Schutz aufgebaut, als könnten sie es nicht ertragen, so weit von der Stadt und all den modernen Annehmlichkeiten entfernt zu sein. Der Gedanke entlockte Diana ein schiefes Lächeln, bevor ihr eine andere Art von wilder Schönheit ins Auge fiel. Mitten in einer Gruppe von Badegästen und gar nicht weit von ihr entfernt war Penelope Schoonmaker. Ein schwarzer Strohhut hatte die undankbare Aufgabe, ihren makellosen Teint vor der Sonne zu schützen, während sie sich am Stand rekelte und ihre bestrumpften Beine Richtung Meer zeigten.

Neben ihr stand Henry. Er trug einen schwarzen Badeanzug, der seinen kräftigen Oberkörper bedeckte und ihm bis zur Mitte der Oberschenkel reichte, und starrte aufs Meer hinaus. Sein Kinn wirkte weich und kindlich, wie immer, wenn es frisch rasiert war, und er hatte die schmalen Augen, die sowieso schwer zu lesen waren, im gleißenden Licht der Sonne zu Schlitzen zusammengekniffen. Die beiden Eheleute schauten sich nicht an oder sprachen miteinander, aber sie waren so eindeutig aus dem gleichen Holz geschnitzt, dass Dianas gute Laune einen ordentlichen Dämpfer bekam. In diesem Moment fiel Penelopes Blick auf sie, und ihre vollen Lippen verzogen sich zu einem kleinen Lächeln.

»Henry, ich brauche einen Sonnenschutz«, verkündete sie plötzlich, als wäre ihr dieser Gedanke gerade spontan gekommen.

»Möchtest du, dass ich einen Schirm für dich miete?«, erwiderte er. Er wandte ihr das Gesicht zu und lächelte dabei auf extrem seltsame Weise – nicht gerade liebevoll, aber es war trotzdem eindeutig ein Lächeln.

Bis jetzt hatte sich Diana immer ganz leicht ausmalen können, wie harsch und bissig der Tonfall bei den beiden Schoonmakers sein musste, doch nun bekam ihre schöne Vorstellung einen Riss und das harmonische Bild, das dieses Paar plötzlich abgab, ließ sie für ein paar Sekunden zur Salzsäule erstarren.

»Danke«, säuselte Penelope. Sie schien auf einen Kuss zu warten, und Diana war erleichtert, dass ihr wenigstens dieser Anblick erspart blieb. Er nickte nur und machte sich auf den Weg über die Dünen zur reetgedeckten Hütte, wo das Hotel kleine und große Sonnenschirme sowie Klappstühle an die frisch eingetroffenen Städter vermietete, deren Haut nach all den Monaten, die sie in stickigen Salons verbracht hatten, besonders empfindlich war. Die Neulinge – die vornehmsten Menschen aus New York, Washington und Philadelphia – drängten sich in kleinen Gruppen überall am Strand. Die Damen trugen schwarze Strümpfe (um ihre nackte Haut noch besser zu verstecken, wenn ihre Badeanzüge vom Meer durchnässt waren) und dunkle Baumwollanzüge, die sich an ihre weiblichen Rundungen schmiegten.

Auch Penelope trug Strümpfe – Diana war natürlich aufgefallen, wie gut das Schwarz ihre schlanken, langen Waden betonte – und dazu einen Einteiler mit einem tiefen eckigen Halsausschnitt und Rüschen an Schultern und Oberschenkeln. Sie schaute sich nicht noch mal nach Diana um, sondern beobachtete völlig gelassen die Frauen in ihrer Nähe und jene, die sich in den Wellen tummelten, als wäre sie absolut überzeugt davon, die hübscheste Frau am ganzen Strand zu sein.

So nah am Wasser war die Luft frisch und kühl. Diana atmete die Mischung aus Salz und Seetang ein und versuchte, sich durch das ekelhaft perfekte Bild, das Penelope und Henry zusammen abgaben, nicht aus der Fassung bringen zu lassen. Sie rang mit sich, ob sie zu den Schoonmakers rübergehen oder sich lieber wieder still und heimlich aus dem Staub machen sollte, als jemand ihren Namen rief. Sie drehte sich um, schirmte die Augen mit der flachen Hand ab und erkannte Grayson Hayes, der über den feinen Sand direkt auf sie zukam.

»Sie haben wohl versucht, mir heute Morgen zu entwischen, was?« Er grinste sie an, aber Diana war so irritiert darüber, wie verdammt ähnlich sich die beiden Geschwister im hellen Sonnenlicht sahen, dass sie kein Wort herausbrachte. Grayson fuhr fort: »Ich hätte Sie gerne zum Strand begleitet, aber jetzt sind wir ja hier.«

Bis zu diesem Augenblick hatte sie nicht wirklich über Graysons Annäherungsversuche nachgedacht, die er im Zug gestartet und nach ihrer Ankunft mit noch mehr Elan fortgesetzt hatte. Obwohl sie sich durchaus bewusst war, wie viel Charme und Ausstrahlung sie besaß und keine Hemmungen hatte, beides auch einzusetzen, kam es ihr plötzlich mehr als seltsam vor, dass er genau jetzt hier auftauchte, noch dazu im gleichen schwarzen Badeanzug wie Henry, und sie mit bewunderndem Blick von Kopf bis Fuß musterte. Auf einen Schlag wurde ihr klar, dass die Hayes-Geschwister irgendwas ausheckten, allerdings musste das natürlich nicht heißen, dass sie selbst davon nicht irgendwie profitieren konnte. Genauso würde eine Romanheldin die Sache anpacken, und Diana schrieb ja immer noch ihre eigene Geschichte; sie war schon immer fest davon überzeugt gewesen, dass die besten Heldinnen ihr Schicksal selbst in die Hand nahmen.

»Ja, jetzt sind wir hier«, sagte sie und verzog die Lippen zu einem einladenden Lächeln.

Dann drehten sie sich beide um und beobachteten, wie Henry vom Schirmverleih zurückkam, mit einem Jungen im Schlepptau, der nicht älter als acht oder neun Jahre sein konnte. Henry trug den Schirmständer unterm Arm, und der Junge hatte den rot-weiß gestreiften Sonnenschirm geschultert. Als sie bei Penelope ankamen, begann der Junge sofort, den Schirm zusammenzubauen, während Henry nutzlos danebenstand. Penelope bedachte Henry und den Jungen, der mit langer Hose, Weste und einem weißen Hemd viel zu warm angezogen war, mit einem scheinbar großherzigen Lächeln.

»Danke, Henry«, sagte Penelope, als der Schirm stand und ihre strahlende Blässe endlich im Schatten lag. Dann drehte sie sich zu Diana und Grayson um und winkte ihnen zu. »Hallo, ihr«, rief sie, ohne sich auch nur die geringste Mühe zu geben, wenigstens ein bisschen überrascht zu tun. »Schau, dort sind mein Bruder und Miss Holland.«

Henry hatte dem Jungen gerade etwas Trinkgeld zugesteckt, aber er riss den Kopf hoch, als hätte man ihn dabei erwischt, wie er in der Kirche heimlich einen Schluck aus seinem Flachmann nahm.

Diana wurde sich plötzlich all der Dinge bewusst, die dafür sorgten, dass sie deutlich weniger attraktiv war als Penelope. Sie war ein gutes Stück kleiner, ihr Haar war wie immer ein ziemliches Durcheinander aus wilden Locken und ihr marineblaues Badekostüm mit dem weiten weißen Seemannskragen, auf den kleine Anker gestickt waren, entsprach nicht gerade der neusten Mode. Sie war so dankbar gewesen, dass Claire einen ihrer alten Badeanzüge umgenäht hatte, den man ihr vor langer Zeit – zumindest bevor ihr Vater gestorben war – gekauft hatte. Ihr Körper hatte sich seitdem natürlich verändert, trotzdem war ihr klar, dass auch die Änderungen nicht verbergen konnten, dass der Badeanzug ursprünglich für ein junges

Mädchen gedacht gewesen war. Trotzdem schaffte sie es irgendwie, die Hand zu heben und zurückzuwinken.

»Was für ein nettes kleines Nest«, brachte Diana lahm hervor, als sie mit Grayson die Liegestühle der beiden erreicht hatte. Sie hatte keinen Schimmer, ob sie vorgehabt hatte, ihre Stimme enthusiastisch klingen zu lassen, oder ob sie es eher auf subtile Ironie angelegt hatte, doch das spielte wohl keine Rolle, denn was am Ende herauskam, klang so monoton und langweilig wie eine Dorfpredigt. Gleichzeitig fragte sie sich, was Henry ihr mit dem seltsamen Gesichtsausdruck, den er gerade aufgesetzt hatte, eigentlich sagen wollte. Nur eines schien ihr relativ sicher: Diese prickelnde Szene, in die sie gerade hineingestolpert war, gehörte garantiert nicht zu den Dingen, die er im Kopf gehabt hatte, als er sie nach Florida gelockt hatte. »Ein Nest für zwei«, fügte sie hinzu und dieses Mal war die Bitterkeit in ihrer Stimme nicht zu überhören.

»Und jetzt sind wir schon zu viert!« Penelope stützte sich auf die Ellbogen und strahlte Diana und ihren Bruder mit einem gruseligen Lächeln an. Dass so viel nackte Haut unter den hochgekrempelten schwarzen Ärmeln zu sehen war, wirkte geradezu schockierend. Diana wurde schmerzlich bewusst, wie feminin Penelopes besticktes, hautenges Badekostüm aussah.

»Hier sind aber nur zwei Liegestühle und ein Sonnenschirm.« Diana sprach mit Penelope, starrte dabei jedoch Henry an, dessen Miene immer noch schwer zu lesen war, auch wenn inzwischen ein Hauch von Verlegenheit durchschimmerte.

»Oh ja. *Henry* hat sie für uns gemietet. *Henry* weiß, wie schnell ich einen Sonnenbrand bekomme, und das wollte er auf keinen Fall riskieren.« Penelope warf den Kopf nach hinten, lachte und drückte dann ihr Gesicht mit gespielter Schüchternheit gegen ihre Schulter. »Dein Teint ist natürlich sehr viel robuster, Di. Mit Sicherheit musst du dich nicht so stark vor den Elementen in Acht nehmen wie ich.«

»Tatsächlich reagiere ich ziemlich sensibel auf die brutale Seite der Natur.«

Normalerweise hätte sich Diana niemals mit der ehemaligen Miss Hayes verglichen, doch plötzlich spürte sie den Drang, all das haben zu wollen, was das ältere Mädchen für sich beanspruchte. Sie wandte sich an Grayson und war auf einmal extrem froh darüber, dass sie ihn bei sich hatte.

»Mr Hayes, wären Sie so freundlich, mir auch einen Liegestuhl und einen Sonnenschirm zu mieten? Genau so einen wie den hier, mit roten und weißen Streifen?«

»Natürlich, Miss Di«, erwiderte er und klang dabei, als würde er sie schon ewig kennen, was sie sich vor einer Stunde noch wahnsinnig geärgert hätte – jetzt fand sie das Ganze allerdings ziemlich nützlich. Der nagende Zweifel, den die Henry Schoonmakers in ihr geweckt hatten, sorgte dafür, dass sie in dieser Situation sogar die Gesellschaft von Percival Coddington geduldet hätte, einem absolut widerlichen Junggesellen, der dank seines geerbten Reichtums eine Zeit lang als mögliche Partie für beide Holland-Mädchen gegolten hatte – zumindest in den Augen ihrer Mutter. Man munkelte, dass er sich momentan hier im Hotel aufhielt.

Eine Brise wehte ihr ins herzförmige Gesicht und wirbelte ihre Locken auf. Sie spürte die warme Meeresluft auf ihrer Haut und den weichen Sand unter ihren Füßen – für ein paar Sekunden fühlte sie sich beinahe wohl. Doch dann blieb ihr Blick wieder an den Schoonmakers kleben, und ihr fiel auf, dass Henry lautlos die Lippen bewegte, als wollte er ihr irgendwas sagen. Er war so schön wie eh und je; seine breiten Schultern, sein goldener Teint, die flachen Wangen und die schmalen, adeligen Lippen raubten ihr wie immer ein wenig den Atem. Sie musterte ihn und zog fragend die Augenbrauen hoch. Penelope bekam das sofort mit und ließ ihren Kopf herumfahren, um Henry anzustarren, der hastig den Mund zumachte und ein höfliches Lächeln aufsetzte.

Penelope schien das Ganze als Herausforderung zu betrachten, denn sie reagierte prompt, streckte die Hand nach ihrem ausgestreckten Bein aus, löste die Strumpfhalter und begann, ihre Strümpfe ein Stück nach unten zu rollen, bis ein schmaler Streifen Haut auf ihrem Oberschenkel sichtbar wurde. Es war genau der Teil weiblicher Beine, den Henry am meisten liebte, und Diana wurde blitzartig klar, dass Penelope und sie selbst das anscheinend beide sehr genau wussten.

»Hier!«, verkündete Grayson, als er mit den Strandmöbeln zurückkehrte. Diana rang sich ein schmales Lächeln ab – sie hatte keine Ahnung, ob sie in diesem Augenblick irgendwas anderes zustande gebracht hätte, um ihre Dankbarkeit zu zeigen, aber der Bruder ihrer Rivalin war niemand, bei dem sie sich sonderlich Mühe geben wollte. Sie ließ sich einfach auf den Liegestuhl fallen, konnte aber nicht anders, als noch mal zu dem blassen, perfekt geformten Oberschenkel im Liegestuhl links von ihr rüberzuschielen.

Offensichtlich war sie nicht die Einzige, der die nackte Haut aufgefallen war, denn plötzlich ertönte die strenge Stimme der Badeaufsicht. »Ladys!«, rief diese schrill, woraufhin die kleine Gruppe ins Sonnenlicht blinzelte und den spindeldürren, vorzeitig gealterten Mann musterte, der sich die Sonnenmütze in den Nacken geschoben hatte. Auch wenn er beide Mädchen angesprochen hatte, merkte Diana sofort, dass er nur Penelope anschaute. »Vorschriften sind Vorschriften!«

»Wie bitte?«, wisperte Penelope so schüchtern und verwirrt wie ein verirrtes Lamm. Selbst in der heißen Sonne schaffte sie es allerdings nicht zu erröten.

»Die Strümpfe müssen bis zum Badekostüm reichen, ohne die Haut zu entblößen!«, fuhr der Mann von der Badeaufsicht unbeirrt fort, als würde er die auswendig gelernten Regeln des Hotels zitieren.

Penelope warf Henry einen bestürzten Blick zu, und ein paar Sekunden lang hoffte Diana, er würde endlich mal Klartext reden und seiner Frau sagen, dass sie wie ein gewöhnliches Flittchen aussah und dass sein Herz einer anderen gehörte. Doch er beugte sich lediglich nach vorne und drückte dem Aufseher einen Geldschein in die Hand.

»Das ist meine Frau«, sagte er und obwohl seine Stimme ganz anders klang als üblich, musste Diana sich eingestehen, dass er das gerade tatsächlich gesagt hatte – die Worte kamen direkt aus seinem Mund.

»Dann sagen Sie ihr, dass sie sich bedecken soll!«, murmelte der Mann, während er sich Henrys Schmiergeld in die Tasche steckte.

Diana wusste sofort, wie das Ganze laufen würde, und weil sie auf keinen Fall hinterherhinken wollte, beugte sie sich vor und öffnete ihre Strumpfhalter, sodass ihre Strümpfe nach unten rutschten und einen Streifen Haut entblößten, der deutlich pinker war als Penelopes Oberschenkel. Bei dem Anblick traten dem Badeaufseher vor Aufregung und Entsetzen fast die Augen aus dem Kopf, während er den Mund aufmachte, um sie ebenfalls zu verwarnen. Diana warf einen flüchtigen Blick in Graysons Richtung, und noch bevor irgendjemand etwas sagen konnte, hatte ein weiterer Geldschein den Besitzer gewechselt und der Mann stakste über den Strand davon.

»Ich bin plötzlich so durstig.« Penelope lehnte sich zurück, um sich wieder lasziv auf die Ellbogen zu stützen, und schloss die Augen. »Verkauft dort hinten nicht irgendjemand Limonade, Mr Schoonmaker?«

»Ja, ich glaube, ich sehe …«

Penelope streckte die Hand aus und strich über Henrys Unterarm, um ihn zum Schweigen zu bringen. »Sei doch so lieb und hol mir eine.«

Diana verzog die vollen Lippen unwillkürlich zu einem Schmollmund, als sie sah, wie schnell der einzige Mann, den sie je geliebt hatte – sowohl geistig als auch körperlich –, auf die Befehle seiner Frau reagierte. Sofort machte sie eine entsprechende Geste in Graysons Richtung. »Ich habe plötzlich auch großen Durst.«

Als die Männer weg waren, fixierte Penelope ihre Rivalin so lange mit einem stechenden Blick, bis Diana sich in ihrem Liegestuhl ganz klein machte. Plötzlich hatte sie Heimweh – sie sehnte sich nicht nach ihrem Hotelzimmer, sondern danach, wieder in New York zu sein, bei all ihren geliebten Romanen, in denen sie sich verlieren konnte. Es kam ihr vor, als wären Stunden vergangen, bis die Männer endlich zurückkamen, und dann blieb den Mädchen nichts anderes übrig, als wütend ihre Limonade zu trinken und aufs Meer zu starren, wo es vor schwarzen Badekostümen nur so wimmelte.

»Henry, ich will jetzt schwimmen gehen«, verkündete Penelope, nachdem sie ihre Limonade ausgetrunken hatte. Ihr Tonfall war locker und ungezwungen, doch die Blicke, die sie Diana zuwarf, hätten genauso gut Dolche sein können, mit denen sie die jüngere Frau durchbohren wollte.

Ihre Haltung machte deutlich, wie sehr sie damit rechnete, dass Diana auch diesen Schritt nachahmen würde, doch Diana enttäuschte sie, indem sie nonchalant lächelte und sich in ihrem Liegestuhl entspannt zurücklehnte. »Ich glaube, ich wärme mich lieber noch ein Weilchen auf.«

Was folgte, war Schweigen, durchbrochen vom Geschrei der Badenden und dem Rauschen der Meeresbrandung. Damen, die normalerweise höchstens dann mal ganz leicht das Gesicht verzogen, wenn eine Frau an ihnen vorbeikam, die ihrer Meinung nach schlecht angezogen war, hielten sich an einem Seil fest, das weit ins Meer hinausreichte, und kreischten begeistert, wenn die Wellen über ihnen zusammenschlugen. Penelope streckte die Schultern durch und stemmte eine Hand in die Hüfte, als würde sie mitten in einer bewundernden Menge stehen und Beifall bekommen. Diana ließ sich davon nicht aus der Ruhe bringen, denn sie wusste, dass sie gerade den Kopf vorne hatte. Auch wenn sie in Mrs Schoonmakers Gegenwart immer noch nervös war und fand, dass ihr Körper nicht schlank genug und ihr Outfit nicht hübsch genug waren, rührte sie sich nicht vom Fleck, sondern rekelte sich nur ein bisschen auf ihrer Strandliege. Damit hatte ihre Rivalin eindeutig nicht gerechnet.

»Komm, Mr Schoonmaker.« Penelope fuhr ungeduldig auf dem Absatz herum und begann, auf die Wellen zuzulaufen. Henry zögerte eine Weile, bevor er auf die Beine kam und ihr folgte, aber Diana hatte inzwischen keine Ahnung mehr, ob da wirklich so was wie Widerwillen in seiner Miene lag. Seine Motive waren ihr ein Rätsel. Warum hatte er sie überhaupt hierhergeschleift, an einen Ort, der so weit von zu Hause entfernt war? Sie beobachtete, wie sich die Henry Schoonmakers dem Wasser näherten und dann vorsichtig einen Schritt in die Wellen wagten.

Sie setzte sich auf und schlug einen Ton an, der klang, als wäre sie eine dieser heiratssüchtigen Debütantinnen: »Sie wirken *so* glücklich«, trällerte sie.

»Wer, die beiden?« Grayson, der sich auf den Liegestuhl neben sie gelegt hatte, setzte sich ebenfalls auf und legte die Zeitung beiseite, die er sich wegen der Sonne übers Gesicht gehalten hatte.

»Finden Sie nicht?« Diana zog mädchenhaft die Knie an die Brust und schlang ihre Arme darum.

Grayson zuckte mit den Schultern. Es war offensichtlich, dass er sich diese Frage noch nie gestellt hatte und dass er außerdem nach der gestrigen Nacht, in der er weiß Gott was getan hatte, ziemlich müde war. »Ich schätze schon«, sagte er und runzelte die Stirn. »Obwohl ich glaube, dass sie vor allem Angst hat, die Bediensteten könnten sich über sie den Mund zerreißen. Und Sie dürfen mir glauben, dass ich hier nicht mit von der Partie wäre, wenn sie sich absolut sicher wäre, dass er sie liebt.«

»Oh!« Diana merkte plötzlich, dass sie wieder lächeln konnte. Über ihnen zogen große Kumuluswolken vorbei, aber sie flogen so schnell über den Himmel, dass er wahrscheinlich schon in ein paar Stunden ein schier endloses Zelt aus makellosem Blau sein würde.

19

Alles scheint wieder in Ordnung, jetzt wo Miss Elizabeth Holland endlich wieder auf Reisen geht. Oder etwa nicht? Sie hat im vergangenen Jahr viel durchgemacht, deshalb können wir nur spekulieren, dass ihr momentaner Aufenthalt in Palm Beach ein Hinweis dafür sein könnte, wie verzweifelt ihre Mutter einen passenden Mann für sie sucht. Vielleicht erklärt das auch die immer noch andauernde Freundschaft der jungen Lady zu Mrs Henry Schoonmaker, die ihr schließlich scheinbar den Verlobten gestohlen hat …

– Aus der Gesellschaftskolumne der
New York News of the World Gazette,
Freitag, den 16. Februar 1900

Um fünf Uhr nachmittags fing es in Palm Beach schon an zu dämmern, die feuchte Luft verlor dadurch allerdings nichts von ihrer drückenden Hitze. Die Gäste des Royal Poinciana hatten sich zum vierten Mal umgezogen und sich im Coconut Grove versammelt, um Tee zu trinken und Kuchen mit Kokosraspeln zu essen. Zu dieser Stunde wirkte das Hotelgelände fast wie ausgestorben, doch zwei Menschen, die ihr Outfit unabhängig voneinander, aber anscheinend mit der gleichen Idee im Kopf ausgesucht hatten, spazierten jetzt gemeinsam unter dem schützenden Blätterdach der Bäume entlang. Über ihnen bewegten sich die Palmwedel wie die großen, trägen Schwingen prähistorischer Vögel, während das Gezwitscher der Kanarienvögel die Stille durchbrach. Gelegentlich konnte man den Kies unter ihren Schuhen leise knirschen hören.

»Ich bin froh, dass du dich wohl genug fühlst, um spazieren zu gehen«, sagte Teddy Cutting schließlich. Genau wie seine Begleiterin hatte er Sachen aus weißem Leinen angezogen. Er hatte sich das schlichte Hemd in die Hose gesteckt und sein einziger Schmuck bestand aus goldenen Manschettenknöpfen an seinen Handgelenken. Elizabeth trug eine weiße Bluse und einen passenden Rock, dazu eine goldene Halskette mit einem Kreuz als Anhänger.

»Ich auch«, erwiderte sie ein wenig verlegen.

Bis jetzt war sie nicht gerade jemand gewesen, dessen Gesellschaft man genießen konnte, außerdem hatte sie gehofft, ihrer Schwester wesentlich mehr helfen zu können. Die Reisekrankheit, die sie im Zug erwischt hatte, hatte zu ihrer Überraschung auch nach der Ankunft nicht nachgelassen, obwohl es ihr doch normalerweise immer schlagartig besser ging, wenn sie am Meer war. Die leichte Meeresbrise war jedenfalls ziemlich angenehm und verscheuchte die Übelkeit – zumindest für den Augenblick.

»Momentan kann man mit mir wirklich nicht viel anfangen!«, rief sie plötzlich und stieß ein kurzes Lachen aus. »Ich schätze, ich war viel zu lange einfach nicht ich selbst.«

»Ich kann mir vorstellen, es war ein fürchterliches Jahr«, meinte Teddy vorsichtig und so höflich wie immer, wenn er sich an ein heikles Thema herantasten wollte. Er beobachtete sie mit ernsten grauen Augen und sein Blick verriet ihr sofort, dass er noch mehr sagen wollte, aber keinen Schimmer hatte, wie er anfangen sollte. »Es tut mir leid, dass wir nicht mehr wie früher miteinander reden konnten. Ich war kein sehr guter Freund für dich.«

»Oh, Teddy!« Elizabeth war selbst überrascht, dass sie auf einmal lachen musste. Irgendwie war das die einzige Reaktion, die ihr einfiel, angesichts einer derart direkten und ungeschönten Beschreibung der letzten Monate. »Es war wirklich ein hartes Jahr, aber du warst wie immer ein perfekter Gentleman.«

Teddy schüttelte den Kopf und musterte nachdenklich das grüne Dach aus schwankenden Palmblättern über ihnen. »Aber das scheint nie irgendjemandem wirklich zu helfen, nicht wahr?«

Sie gingen weiter, ohne dass einer von beiden etwas sagte. Elizabeth überlegte, was er wohl damit gemeint haben könnte, also fragte sie ihn einfach danach.

»Während deiner Verlobung mit Henry …«, begann er, brachte aber nicht mehr heraus und verstummte.

Sein Ausdruck wirkte gequält und als Elizabeth ihn musterte, staunte sie darüber, wie ähnlich er ihrem ehemaligen Verlobten sah, während er ansonsten komplett anders war. Genau wie er war Teddy groß gewachsen, kräftig und schlank, wie so viele Männer der amerikanischen Oberschicht. Aber Henry hatte etwas an sich, dass ihn pausenlos amüsiert und irgendwie *hungrig* wirken ließ, Teddy dagegen strahlte auf subtile Art und Weise Treue und Verlässlichkeit aus. Sie erinnerte sich daran, was für ein guter Freund er früher gewesen war, denn obwohl er mit ihr geflirtet und ihr Komplimente gemacht hatte, hatte er sich mit ihr gerne auch mal über philosophische Fragen unterhalten, die ihm durch sein Studium an der Columbia in den Kopf gekommen waren, und war immer an ihrer Meinung interessiert gewesen. Als ihr Vater gestorben war, hatte er sie zu Kutschfahrten in den Park eingeladen und dann einfach nur geduldig neben ihr gesessen, ohne ein einziges Wort von ihr zu erwarten.

»Ich wusste, dass ihr nicht gut zusammenpassen würdet«, sagte er schließlich. »Ich hätte was unternehmen sollen.«

»Was hättest du denn machen können?«, meinte Elizabeth leichthin. »Ich war schließlich diejenige, die den Antrag angenommen hat, dabei wusste ich es besser als irgendwer sonst.«

Teddy hatte die Arme locker hinter dem Rücken verschränkt und beobachtete sie aus dem Augenwinkel. »Du hast ihn nie geliebt?«, fragte er und klang plötzlich sehr ernst.

»Es ist längst kein Geheimnis mehr, dass meine Familie schwere Zeiten durchgemacht hat.« Elizabeth sprach vorsichtig und überlegte sich genau, was sie sagen wollte. »Was ich getan habe – was ich getan *hätte* –, war allein wegen ihnen.«

»Henry ist mein Freund, aber ich bin froh, dass du ihn nicht geheiratet hast. Ich hatte die Befürchtung, dass es eine ziemlich lieblose Ehe geworden wäre. Damit will ich nicht andeuten, dass das, was du … durchmachen musstest, irgendetwas Gutes an sich hatte. Aber falls es doch was Gutes daran gab, dann …« Teddy hatte die Stimme gesenkt und redete immer schneller, als wäre er ungewollt in völlig unbekanntes Fahrwasser geraten und würde sich nun über die neue Sicht der Dinge wundern. Als er am Ende seinen üblichen Tonfall wiedergefunden hatte, war sie deswegen fast ein bisschen traurig. »Ich hoffe, du findest nicht, dass ich zu persönlich werde.«

»Oh nein. Eigentlich …« Elizabeth merkte plötzlich, dass sie ihm am liebsten auf der Stelle alles erzählt hätte, was absolut untypisch für sie war. Und obwohl sie wusste, dass Teddy früher mal in sie verliebt gewesen war und dass er der Lüge in der Zeitung über ihre angebliche »Rettung« glaubte, hatte sie irgendwie das Gefühl, dass er ihre Liebe zu Will und alles, was sie auf sich genommen hatte, um mit ihm zusammen zu sein, irgendwie verstehen könnte. »Vergangenen Herbst, als ich … gekidnappt worden bin … Also, das stimmte eigentlich nicht ganz …« Elizabeth warf Teddy einen flüchtigen Blick zu, sah nichts als Wärme und ehrliche Sorge auf seinem Gesicht – und brachte sich zum Schweigen. Sie wollte ihm so gerne alles erzählen und sich endlich mal richtig verstanden fühlen, aber die Tatsache, dass sie so viele Leute auf einmal belogen hatte, lag ihr plötzlich wie ein Klumpen Blei im Magen, und ihre gute Erziehung übernahm erneut das Ruder. Rasch kehrte ihre antrainierte Höflichkeit zurück. »Eines Tages würde ich dir gerne die ganze Geschichte erzählen, Teddy. Aber du musst verstehen, dass es zum Teil meine Schuld war, denn mir war klar, dass ich eine lieblose Ehe nicht aushalten würde.« Sie lachte leichthin, dachte an Wills schwielige Hände und seine von der kalifornischen Sonne gebräunte Haut und fügte hinzu: »Schon bevor das alles passiert ist, wusste ich, dass Henry nicht der richtige Mann für mich war. Er ist ja sogar noch empfindlicher als ich!«

Sie blieb stehen. Teddy ging noch ein Stück weiter, bis er merkte, dass sie nicht mehr an seiner Seite war, und drehte sich nach ihr um. Die Blätter über ihren Köpfen warfen zuckende Schatten auf ihre Gesichter und das Feuer des Abendrots spiegelte sich draußen auf dem Meer. Seine grauen Augen weiteten sich und er machte einen Schritt auf sie zu, als hätte er vor, sie zu küssen. Merkwürdigerweise malte sie sich aus, wie sich seine Lippen auf ihren anfühlen würden, dann machte sie schnell die Augen zu und hoffte, dass Will nicht von oben zuschaute. Sie musste daran denken, wie eifersüchtig er gewesen war und wie viel Schmerz sie ihm verursacht hatte, und wandte schnell das Gesicht ab.

Schließlich zwang sie sich zu einem heiteren Ton und wechselte das Thema: »Wie geht es Henry denn?«

Teddy gab ein seltsames Geräusch von sich, das wie eine Mischung aus Lachen und Seufzen klang. »Ich weiß, dass sie deine Freundin ist, aber ich verstehe das Ganze einfach nicht«, sagte er und versuchte dabei, Elizabeths Gesichtsausdruck zu deuten, um herauszufinden, ob er sie beleidigt hatte, bevor er fortfuhr: »Es ist, als hätte er eines Nachts zu viel getrunken und seine Seele verkauft, und jetzt wohnt der Teufel in seinem Körper. Ich glaube nicht mal, dass er Penelope überhaupt liebt! Sie hat sich schamlos an ihn rangemacht, als wir alle dachten, du wärst … für immer fort, weißt du? Und er war kein bisschen an ihr interessiert. Man könnte sogar sagen, dass er sie abstoßend fand, wenn das nicht all dem, was dann passiert ist, komplett widersprechen würde.«

»Ich glaube, vielleicht war *sie* ja diejenige, die ihre Seele zu einem hohen Preis verkauft hat«, erwiderte Elizabeth leise. Sie dachte an alles, was Diana ihr erzählt hatte: Wie sich Penelope ihren Weg zum Altar durch Erpressung gesichert hatte. Irgendwie machte es sie traurig, dass Henry nicht mal seinem besten Freund von dieser furchtbaren Sache erzählt hatte.

»Sie wollte ihn also unbedingt heiraten?«

»Oh ja. Sogar schon bevor …« Elizabeth biss sich auf die Zunge, bevor sie noch mehr sagen konnte, und lächelte Teddy an. Hinter dem Rücken anderer Leute über sie zu reden, war nach wie vor absolut nicht ihr Ding, selbst wenn es um Penelope ging. Außerdem wusste sie, dass ihr eigener Betrug in den Mittelpunkt rücken würde, wenn sie das Thema weiterverfolgte. Aber sie war froh zu hören, dass auch Teddy davon überzeugt war, dass Henry seine Frau nicht liebte. Die Vorstellung, dass ihre Schwester und Henry am Ende vielleicht doch noch zusammen sein und ihre Liebe genießen könnten, sorgte dafür, dass der bleierne Klumpen in ihrer Magengrube ein bisschen leichter wurde.

Sie schlenderten weiter den Pfad entlang, allerdings ein bisschen dichter nebeneinander als vorher. Die beiden schlanken jungen Leute in Weiß schlugen ein sehr gemütliches Tempo an, und ihre Schritte passten sich einander wie von selbst an. Sie schauten sich an, doch als sich ihre Blicke trafen, drehten sie beide den Kopf weg und starrten verlegen in eine andere Richtung. Am Ende riskierte Elizabeth doch wieder einen Blick. Das Licht, das von oben durch die Blätter fiel, malte unregelmäßige Tupfen auf ihre Gesichter. Sie blinzelte und Teddy erwiderte ihr Lächeln offen und ohne irgendeine Art von Hintergedanken. Zum ersten Mal seit Monaten konnte Elizabeth sich vorstellen, ein langes Leben führen zu können, ohne für immer und ewig mit einer imaginären grauen Wolke über dem Kopf durch die Gegend laufen zu müssen.

»Mach dir keine Sorgen, Liz«, sagte er. »Ich werde dich nicht mehr danach fragen oder über sonst irgendetwas reden, bei dem du dich auch nur ein kleines bisschen unwohl fühlst.«

Dann nahm er ihren Arm – seine Berührung ließ eine angenehme Wärme und Leichtigkeit durch ihren Körper strömen – und ging weiter mit ihr unter den hohen Palmen entlang. Vielleicht, dachte sie, würde ihr diese feuchte, saubere Luft in Florida letzten Endes doch guttun.

20

Die Zweifel einer Ehefrau der feinen Gesellschaft! Wunderhübsche Erbin fürchtet, die Aufmerksamkeit ihres Gatten zu verlieren und dass die Diener das bemerken könnten.

Ein Sonderbericht in der Gesellschaftskolumne

Palm Beach, Florida – Hier in Florida wurden wir Zeuge einer völlig überraschenden Entwicklung: Selbst eine Mrs Henry Schoonmaker leidet unter der Paranoia, die alle verheirateten Frauen leicht befällt: Dass ihr Gatte nämlich das Interesse an ihr verlieren könnte. Es scheint, dass sie sich an ihren Bruder Mr Grayson Hayes klammert, für den Fall, dass ihr frischgebackener Ehemann sie im Ballsaal stehen lassen könnte. Außerdem scheint sie allgemein so unsicher zu sein, dass sie nicht mal mehr ohne diesen Gentleman auf Reisen geht ...

– Aus der Gesellschaftskolumne des *New York Imperial,* Samstag, den 17. Februar 1900

Der zweite Tag in Palm Beach begann für Penelope eigentlich ziemlich vielversprechend. Sie schob sich die schwarze, seidene Schlafmaske auf die Stirn und sah, dass das Dienstmädchen schon da gewesen war, um die großen Flügeltüren zum Balkon zu öffnen und eine sanfte Meeresbrise in die prächtig ausgestattete Suite hereinzulassen. Nach dem gestrigen Abendessen hatte sie sich die Haare gewaschen, die nun wie ein dunkles Fragezeichen über ihre blasse Schulter hingen. Die champagnerfarbenen Laken schmiegten sich sanft an ihre Arme – sie waren viel feiner als die Bettwäsche der Schoonmakers, deshalb nahm sie sich vor, unbedingt herauszufinden, woher sie kamen. Aber das Wichtigste war natürlich, dass ihr Ehemann neben ihr im Bett lag, und auch wenn er noch schlief und leise in sein dickes Kissen schnarchte, waren sie sich nicht mehr so nahe gewesen, seit sie geheiratet hatten. Genau deshalb wollte sie ihn jetzt noch nicht wecken.

Stattdessen schloss sie die Augen und rollte sich in die flache Kuhle in der Matratze neben ihm. Sie wollte, dass er noch ein Weilchen länger so neben ihr liegen blieb. Sie spürte die Wärme seines Körpers und dass er sich ab und zu leicht bewegte, obwohl er sich in seine Decke eingerollt hatte. Wenn sie sich zu schnell bewegte, könnte sie ihn womöglich erschrecken, und sie wusste, dass er ansonsten sicher noch eine ganze Weile länger schlafen würde.

»Mrs Schoonmaker?«

Sie öffnete ein Auge und funkelte das Mädchen an, das durch die Tür gekommen war. Es war ihr Dienstmädchen, das die übliche gestärkte schwarz-weiße Uniform anhatte und verzweifelt versuchte, ein Lächeln aufzusetzen, dabei aber eher gequält wirkte. Penelope nahm ihre Schlafmaske ab und warf sie auf den Boden, sodass das Mädchen auf Zehenspitzen nach vorne huschen und sich danach bücken musste. In diesem Moment bemerkte Penelope den Stapel von Zeitungen, den sich das Mädchen unter den Arm geklemmt hatte, und erinnerte sich an ihren Befehl, dass sie jeden Morgen sämtliche Artikel über die Schoonmakers persönlich auf ihr Zimmer gebracht haben wollte. Penelope wusste, dass jede Art von Verlangen normalerweise größer wurde, je weiter das Objekt der Begierde weg war, deshalb rechnete sie damit, dass ganz New York durch ihre Abwesenheit wieder neidisch auf ihre vielen, vielen Besitztümer werden würde.

»Du kannst sie da hinlegen«, sagte Penelope und zeigte auf einen Tisch in der Mitte des großen Raums, der völlig überladen war mit Fruchtsaft, Kaffee und Gebäck. Das Mädchen ließ sich das nicht zweimal sagen, sondern gehorchte hastig – vielleicht sogar etwas zu hastig. Die Art, wie sie danach fluchtartig den Raum verließ, wirkte wie ein schlechtes Omen.

Penelope setzte sich auf und schüttelte den Kopf, um den Schlaf vollständig zu vertreiben. Ein paar Herzschläge lang beäugte sie sehnsüchtig Henrys goldenen Rücken, dann schwang sie ihre Beine über die Bettkante. Sie wickelte den Morgenmantel um ihren Körper und ging hinüber zum Tablett mit dem üppigen Frühstück, trank einen Schluck Kaffee, holte tief Luft und war zum letzten Mal an diesem Morgen glücklich. Denn in der nächsten Sekunde fiel ihr Blick auf die Schlagzeile der Zeitung, die obenauf lag, und all die hässlichen Teile ihrer Persönlichkeit wallten in ihr auf.

Sie überflog die ersten paar Zeilen, hörte jedoch schnell auf, als ihr klar wurde, worum es in dem Artikel ging. Dann stürmte sie auf die Empore zu, und als sie das großzügige, zerwühlte Bett erreichte, warf sie Henry die Zeitung an den Kopf.

»Was zum Teufel?«, schrie er, war mit einem Schlag hellwach und schlug die Laken zurück.

Penelope warf sich aufs Bett, griff sich ein Kissen und zielte auf Henry, der es jedoch in der Luft abfing und seine Frau am Handgelenk packte.

»Was in Gottes Namen ist los mit dir?«, fragte er und drückte ihre Arme auf das Bett.

»Was ist los mit *dir*?«, fauchte sie wütend, nachdem sie sich von ihm losgerissen und ein paarmal nach Luft geschnappt hatte.

Henry hob die Zeitung auf und ließ sich wieder in die Kissen fallen. Er las ein paar Zeilen, bevor er die Zeitung auf den Berg aus Decken legte, der ihn von seiner Frau trennte. Er fuhr sich verstohlen mit den Händen durchs Haar und versuchte, seine ruinierte Frisur in Ordnung zu bringen. »Ich hatte nichts damit zu tun«, sagte er schließlich, konnte ihr dabei aber nicht mal in die Augen sehen. Ihre Wut erreichte den Siedepunkt und kochte schäumend über.

»Wie meinst du das, Henry?« Sie zog sich den Morgenmantel enger um den Körper und bebte vor Zorn. Sie presste das Gesicht in ihr Kissen, schob schmollend den Unterkiefer vor und schielte dann mit eisigem Blick zu ihm hinüber. »Meinst du damit, dass du den Artikel nicht selbst geschrieben hast? Oder dass du nichts getan hättest, um die Leute glauben zu lassen, dass der Artikel wahr sein könnte? Ich bin nicht so blöd wie du denkst, und falls du erwartest, ich würde das allen Ernstes glauben, dann hast du dich aber gewaltig geschnitten.«

»Ich meinte nur …«

»Du meinst nichts, aber auch *gar nichts* ernst!«, kreischte Penelope. »Sogar nachdem du mir versprochen hast, dich endlich gut zu benehmen, habe ich gestern am Strand gesehen, wie du versucht hast, mit ihr zu sprechen. Allein die Art, wie du sie ansiehst, mit diesem widerlich schmachtenden Blick, du verdammter Idiot!«

Sie stemmte sich wieder auf die Knie hoch und fing an – halb von Sinnen, so sehr kochte ihr Blut in ihren Adern –, die Zeitung in kleine Stücke zu zerreißen. Die Schnipsel flatterten wie eine Wolke sterbender Schmetterlinge um sie herum und ruinierten die Laken, über die sie sich eben noch so gefreut hatte, mit Flecken aus billiger Druckerschwärze. Als sie fertig war, starrte Henry sie bloß mit weit aufgerissenen Augen an.

»Warum sollte *ich* wie ein Idiot dastehen? Ich bin in bei der ganzen Sache schließlich die, die die ganze Zeit verständnisvoll und geduldig war. Was ich eigentlich tun sollte, ist«, fuhr sie fort, kletterte vom Bett und marschierte zornig bis zum Frühstückstischchen hinüber, um ihren Kaffee zu holen, »die Zeitung anzurufen und denen *meine* Version der Geschichte zu erzählen. Ich werde ihnen sagen, wie sehr ich meinen Mann geliebt habe, wie treu ich ihm war und wie ich für jede seiner Reisen sein Gepäck vorbereitet habe. Aber *er* hatte nur Augen für Diana Holland, die er in einer verschneiten Nacht sogar entjungfert hat …«

»Mach das nicht.« Henry kam schwankend auf die Beine, wickelte sich ein Laken um den Körper und stolperte auf sie zu.

Penelope drehte ihm den Rücken zu und trank einen Schluck Kaffee. »Was sollte ich denn sonst machen?«

Sie wusste, dass sie jetzt seine volle Aufmerksamkeit hatte, und sah deshalb keinen Grund, sich ihm zuzuwenden, um ihren Worten Nachdruck zu verleihen.

»Wir werden heute wieder zum Strand gehen«, sagte Henry schließlich.

»Und wozu soll das gut sein?«

»Dadurch wird jeder sehen, dass dieser Artikel reine Fiktion ist«, fuhr er stockend fort. Er hatte sich noch ein paar Schritte weiter vorgewagt; sie konnte ihn in ihrem Rücken spüren. »Vielleicht wird jemand einen Artikel schreiben, der dem widerspricht, den du gerade zerrissen hast.«

»Er hatte es verdient, in Stücke gerissen zu werden«, zischte Penelope wütend.

Nach einer kleinen Pause meinte Henry: »Ja, das stimmt.«

»Du gehst mit mir zum Strand?«

»Wenn du das möchtest.«

»Und später wirst du mit mir zu Abend essen und danach mit mir tanzen?«

Henry stand jetzt direkt hinter ihr und legte unbeholfen eine Hand auf ihre Schulter. »Ja.«

Penelope stand weiterhin mit dem Rücken zu ihrem Mann, deswegen konnte er das triumphierende Lächeln nicht sehen, das sich gerade auf ihren Lippen ausbreitete.

»Oh … und Henry?«

»Ja?«

Sie schloss die Augen und genoss für ein paar Sekunden die Wärme seiner Hand auf ihrer Schulter. Sie sog mehrmals tief die Luft ein, und ihre Brust hob und senkte sich im Rhythmus. »Und du wirst mich nie wieder wie eine Idiotin dastehen lassen, oder?«

»Nein«, antwortete er nach kurzem Schweigen. »Nie wieder.«

21

Der Mann wird vom Chaos der Welt geformt; eine Dame entspringt aus dem reichen Hinterstübchen ihrer eigenen Fantasie.

– Maeve de Jong, *Liebe und andere Verrücktheiten der großen Familien des alten New York*

»Was machen wir hier?«, fragte Carolina, nachdem sie endlich aufhören konnte zu kichern.

Leland Bouchards Automobil, das er extra von New York per Schiff nach Florida transportieren lassen und dafür eine ordentliche Stange Geld ausgegeben hatte, kam nach einer Reihe von Rucklern und Hopsern plötzlich zum Stehen. Sie waren an diesem Tag schon mehr als eine staubige Straße entlanggefahren und obwohl Carolina als Kind auf Coney Island gewesen und dort mit der Achterbahn gefahren war, hatte sie eine derartige Fahrt noch nie erlebt. Das Ganze machte ihr ein bisschen Angst, allerdings mit der Art von Angst, die einen vor Aufregung mit einem wahren Glücksgefühl erfüllt. Leland, der inzwischen sein Jackett ausgezogen und die weißen Hemdsärmel bis zu den Ellbogen hochgerollt hatte, sodass seine unerwartet kräftigen Arme zum Vorschein kamen, warf ihr ein verwegenes Lächeln zu. Die Straße war auf beiden Seiten mit wildem, Schatten spendendem Gestrüpp überwuchert und von irgendwoher aus dem Grün ertönten krächzende Vogelrufe.

»Hast du keinen Hunger?«

Die Frage hatte nichts Komisches an sich, trotzdem musste sie schon wieder kichern, als sie antwortete: »Doch, warum?«

Tatsächlich hatte sie den ganzen Tag lang noch nichts gegessen und sich schon mehrmals Sorgen gemacht, dass Leland das leise Grummeln ihres hungrigen Magens hören könnte, auch wenn ihre Aufmerksamkeit meist mit anderen Dingen beschäftigt gewesen war.

Er beugte sich vor und musterte sie mit eindringlichem Blick. »Bist du sicher? Bist du nicht müde? Langweile ich dich auch nicht?«

Carolina warf den Kopf zurück und lachte. »Langweilen? In deiner Welt gibt es keine Langeweile.« Sie hatte nicht viel Übung darin, ihre Stimme kokett klingen zu lassen, aber das war auch gar nicht nötig, denn was sie sagte, entsprach der Wahrheit. Abgesehen davon, dass sie über holprige Straßen gefahren waren, hatten sie bereits Alligatoren, riesige Wasserschildkröten und alle möglichen anderen merkwürdigen Tiere und Pflanzen gesehen. Mit leisem Bedauern dachte sie an das himmelblaue Tageskleid mit dem gerafften Saum, das ihr Dienstmädchen ihr heute Morgen rausgelegt hatte, damit sie es zum Mittagessen tragen konnte. Aber der Gedanke verflüchtigte sich so schnell, wie er gekommen war. Es war schon nach zwei, also war das Mittagessen im Hotel längst vorbei, außerdem war die Möglichkeit, ein weiteres Kleid zur Schau zu stellen, nichts im Vergleich dazu, ein oder zwei weitere Stunden mit Leland verbringen zu können. Das Einzige, was sie störte, war, dass ihre gelb karierte Jacke und der dazu passende Rock dank der schwülen Hitze ein wenig feucht waren.

»Gut«, sagte er. »Ich bin am Verhungern.«

Er stieg aus, ging um den Wagen herum und öffnete ihr die Tür. Sie ließ sich beim Aussteigen helfen und hielt seine Hand fest, während sie über zwei Bretter liefen, die über einem matschigen Abschnitt auf dem Boden lagen, und einem schmalen Pfad zu einer kleinen Hütte folgten, die direkt unter einen großen Feigenbaum gebaut war. Mit einer Hand sorgte sie dafür, dass ihr breiter Strohhut nicht wegflog, mit der anderen hielt sie weiter Lelands Hand fest, als sie über die Bretter balancierten wie über einen Schwebebalken. Sie hatte ihre Handschuhe schon vor einer Weile ausgezogen und war jetzt angenehm überrascht, zum ersten Mal Lelands Haut zu spüren. Carolina verschwendete keinen einzigen Gedanken an die sumpfige Erde unter ihnen oder wie ihr Rock aussehen würde, falls sie stolpern und hinfallen sollte.

Nachdem sich ihre Augen an das Licht im Innern der Hütte gewöhnt hatten, sah sie, dass einige der Baumwurzeln durch die Fenster gewachsen und sich ihren Weg durch die losen Dielenbretter nach unten gesucht hatten. Ein kleiner Junge stand in der Ecke und sorgte mit einem Fächer aus Palmwedeln für ein wenig Abkühlung, trotzdem war es hier alles andere als vornehm. Keiner von den wenigen Gästen, die nach dem Mittagessen immer noch herumsaßen, hatte ein Jackett an oder hob wenigstens den Kopf, um die feinen Leute aus New York zu beäugen. Eine rundliche Frau, die Leland offensichtlich kannte, führte sie zu einem der Tische mit rot-weiß karierter Tischdecke und fragte ihn, wie lange er dieses Mal bleiben würde.

»Nicht lange genug«, erwiderte Leland fröhlich. »Das hier ist eine gute Freundin von mir, Carolina«, fügte er hinzu.

»Schön, Sie kennenzulernen.« Als die Frau lächelte, offenbarte sie eine große Lücke zwischen ihren beiden bräunlichen Schneidezähnen. Die Haut in ihrem Gesicht war von den vielen Jahren in der Sonne rau und faltig geworden.

»Ebenso«, erwiderte Carolina. Mr Longhorn hatte ein- oder zweimal versucht, sie in etwas heruntergekommenere Lokale und Bars mitzunehmen, um die Musik zu hören, die dort gespielt wurde, und den Nervenkitzel des Unbekannten zu genießen – doch sie hatte sich jedes Mal geweigert mitzukommen. In New York hatte sie den Gedanken nicht ausstehen können, auch nur die kleinste Chance zu verpassen, ihre neuen Sachen vorzuführen und darum beneidet zu werden. Doch wenn sie mit Leland zusammen war, störte es sie kein bisschen, dass keine gesellschaftlichen Koryphäen in der Nähe waren, um von ihr Notiz zu nehmen. Im Laufe des Tages hatte sie sogar gemerkt, wie sehr sie es genoss, mit ihm alleine zu sein.

»Wir hätten gerne zwei Garnelen-Gumbos, bitte«, sagte Leland.

»Scharf?«

»Ja.« Sein Blick kehrte zu Carolina zurück, der schlagartig bewusst wurde, dass sie ihn schon wieder angestarrt hatte, ohne es zu merken. Sie fragte sich, ob es vielleicht am Hunger lag, der sie ein bisschen benommen machte und womöglich dafür sorgte, dass sie sich so ungeschickt verhielt. »Was genau schaust du dir an? Meine Nase? Ich weiß – ich habe da einen ziemlichen Sonnenbrand. Und sie ist zu groß.«

Erst als er das sagte, merkte sie, wie rot die Haut auf seiner Nase war. Es musste ziemlich wehtun, schließlich war er im Gegensatz zu ihr den ganzen Tag über ohne Hut unterwegs gewesen. Sie konnte nicht anders, als den Arm ausstrecken und sanft seine Wange berühren. Die neue Farbe sah wirklich schmerzhaft aus, brachte jedoch die schöne blaue Farbe seiner Augen zur Geltung.

»Du hast eine perfekte Nase«, sagte sie und meinte es auch so. Seine Nase war breit, aber genauso wohlgeformt wie alles an ihm.

»Du bist viel zu nett! Meine Mutter gibt unseren französischen Vorfahren die Schuld für diese Monstrosität.«

In diesem Moment kam die Frau mit der Zahnlücke zurück,

um Brot auf ihren Tisch zu stellen. Ohne nachzudenken, griff Carolina in den Korb, brach ein großes Stück ab und steckte es sich in den Mund. Sie kaute genüsslich, bis ihre großen Augen auf Leland fielen: Dieses Mal war er derjenige, der sie anstarrte. Gleichzeitig spürte sie die Feuchtigkeit unter ihren Achseln und erkannte schlagartig, dass ihre elfenbeinfarbene Seidenbluse dort komplett durchgeschwitzt war. Sie schluckte hörbar und griff nach ihrer kleinen Jacke, die sie dämlicherweise ausgezogen und über ihre Stuhllehne gehängt hatte.

»Was ist los?« Leland griff nach ihrem Handgelenk, bevor sie die Jacke erwischt hatte.

»Nichts, ich …«

»Deine Laune ist gerade um hundert Grad gefallen. Irgendetwas stimmt nicht. Dir ist langweilig, nicht wahr? Dieser Ort hier gefällt dir nicht, oder?«

»Nein! Ich liebe es hier.« Die Absurdität dessen, was sie als Nächstes sagen würde, brachte sie zum Lachen. »Es ist nur … Ich muss furchtbar aussehen und wahrscheinlich stinke ich auch noch ganz schrecklich. Und jetzt stopfe ich mir auch noch Essen in den Mund wie ein Barbar, weil ich so hungrig bin …«

»Ich liebe es, wenn Frauen einen gesunden Appetit haben!« Leland grinste und drückte dann seine perfekte Nase kurz gegen ihre Schulter. »Und mir gefällt es, wie du riechst.«

Sie schaute Leland an und der erwiderte ihren Blick, als wäre es weder merkwürdig noch unanständig, sich in irgendeiner Kaschemme am Ende einer abgelegenen, staubigen Straße in Florida gegenseitig anzustarren. Vielleicht hätten sie ewig so dagesessen, wenn nicht irgendwann ihr dampfendes Essen gekommen wäre, das ihr mit seiner Schärfe sofort die Tränen in die Augen trieb.

Er musste ihr Zögern bemerkt haben, denn er fragte sofort: »Magst du kein scharfes Essen?«

Sie beugte sich über die Schüssel und atmete tief ein.

Wie bei allen alten holländischen Familien galt auch bei den Hollands immer, alles in Maßen zu genießen und jede Form von starken und ungewöhnlichen Geschmacksrichtungen zu meiden. Carolina hatte sich oft gefragt, wie es wohl sein würde, mal etwas anderes zu probieren, das aus dem strengen Rahmen der Familie herausfiel. Doch dann war sie ja von einem älteren Herrn mit empfindlichem Magen unter seine Fittiche genommen worden, sodass sie bislang nie die Chance bekommen hatte, wirklich etwas Neues zu probieren.

»Auch nicht im Westen? Ich hätte gedacht, dass du dort auf der Ranch alle möglichen Sachen gegessen hast, vor denen wir New Yorker uns geradezu fürchten.«

Carolina sah weg und schaute schnell zu den Holzbalken an der Decke hinauf. Plötzlich spürte sie das volle Gewicht von all dem, was sie im Laufe des Tages gesagt hatte – denn bis zu diesem Moment hatte sie ihm von jeder Menge Abenteuern aus ihrer Kindheit erzählt und darüber geplaudert, wie sie über die Ebenen geritten und unter freiem Himmel geschlafen oder in irgendwelche Minenschächte gespäht hatte. Dabei hatte sie einiges von den Geschichten geborgt, die Will ihr früher erzählt hatte, denn er hatte sämtliche Bücher verschlungen, die von den Weststaaten gehandelt hatten. Sie hatte sich gedacht, dass ein Mann wie Leland so was unterhaltsam finden würde und damit völlig richtig gelegen, allerdings hatte sie dabei die Möglichkeit ignoriert, dass er sich daran erinnern und Fragen dazu stellen könnte. Noch dazu hatte sie in der letzten Stunde komplett vergessen, dass sie eine fiktive Ranch zu einem Teil ihrer Geschichte gemacht hatte.

»Im Westen?«, stammelte sie. Der scharfe Geruch war ihr inzwischen zu Kopf gestiegen, und ihre Nase fing an zu laufen.

»Ja – Cowboys lieben doch Chilischoten und Tabasco, oder etwa nicht?«

Carolina wischte sich mit dem Handgelenk über die Nase.

»Oje. Habe ich schon wieder was Falsches gesagt?«

Leland nahm seine Serviette und begann die Tränen abzutupfen, die ihr in die Augen getreten waren, auch wenn sie mit all ihrer Willenskraft versucht hatte, das zu verhindern. Sie musste sich schnell etwas einfallen lassen, das wusste sie. Im nächsten Moment sprudelte schon eine Erklärung einfach so aus ihr heraus. »Mein Vater hat scharfes Essen geliebt. Sogar Pfannkuchen! Wir haben in unserer Familie immer Witze darüber gemacht. Keiner unserer Farmarbeiter oder Angestellten konnte da mit ihm mithalten. Die Erinnerung daran macht mich ein wenig traurig, das ist alles. Das ist auch der Grund, warum ich seit seinem Tod nur noch mild gewürzte Sachen gegessen habe.«

»Oh, mein Liebling. Es tut mir leid, dass ich dich an all das erinnert habe.«

Sie schüttelte den Kopf und versuchte, die Tränen aufzuhalten, die ihr mittlerweile übers ganze Gesicht liefen. »Das ist schon in Ordnung.«

Ein tapferes Lächeln umspielte ihre Lippen.

»Vielleicht würde es dir jetzt ja wieder schmecken?« Leland runzelte die Augenbrauen und wirkte ehrlich besorgt. »Vielleicht würde es dich ja auf angenehme Weise an Früher erinnern.«

»Nun, ich schätze, ich könnte es probieren«, antwortete Carolina zögerlich.

Leland tauchte seinen Löffel in den Eintopf und hielt ihn Carolina vors Gesicht. Er beobachtete sie, um sicherzugehen, dass sie einverstanden war, und als sie nickte, schob er ihr den Löffel in den Mund. Das Gumbo war noch schärfer, als sie erwartet hatte, aber es schmeckte absolut köstlich und setzte ihre Kehle in Brand. Im nächsten Augenblick breitete sich die Hitze in ihrem gesamten Körper aus. Der eine Löffel hatte sie daran erinnert, wie hungrig sie war, und als sie den Bissen runtergeschluckt hatte, bat sie um mehr.

Leland legte den Löffel hin und griff nach ihrer Hand. Das hatte er schon öfter gemacht, aber eigentlich immer nur, um sie zu stützen oder irgendwie zu beschützen. Dieses Mal war die Berührung viel zärtlicher.

»Weißt du, Carolina …«, sagte er, hielt sich dann aber die Faust vor den Mund und räusperte sich verlegen. »Du bist nicht wie andere Damen.«

»Nein?«, flüsterte sie. Er sagte das, als wäre es was Positives, trotzdem machte sie der Satz irgendwie nervös.

»Kein bisschen.« Er schüttelte den Kopf und lächelte, als wäre ihm das Glück gerade direkt in den Schoß gefallen und er könnte es noch gar nicht richtig glauben. »Ich fühle mich so wohl, wenn wir zusammen sind. Vielleicht liegt es daran, dass du nicht aus New York stammst und dich nicht so sehr um all die lächerlichen glitzernden Dinge scherst, die anderen so wichtig sind. Wenn ich bei dir bin, fühle ich mich viel glücklicher als sonst. So glücklich war ich lange nicht mehr.«

Ein paar goldene Lichtstrahlen fielen durch das Fenster und leuchteten mit dem Lächeln um die Wette, das sich auf Carolinas sommersprossigem Gesicht ausbreitete, als eine Welle der Erleichterung über sie hinwegschwappte. »Oh, ich auch!«, hauchte sie und umklammerte seine Hand noch ein bisschen fester. »Mir geht es ganz genauso.«

22

The Western Union Telegraph Company
An: Diana Holland
Ankunft: The Royal Poinciana,
Palm Beach, Florida
16 Uhr, Samstag, den 17. Februar 1900

Großartige Neuigkeiten – Ihr Artikel ist ein Riesenerfolg – Bezahlung erfolgt in NY – Weiter so – D.B.

»Auf unsere besonderen Gäste, die Henry Schoonmakers. Was für ein wunderbares Paar!«

Die Leute – allesamt herausgeputzt, mit Smokings und Spitze und sorgfältig geöltem Haar, das im warmen elektrischen Licht des laubenartigen Hotelballsaals glänzte – redeten aufgeregt durcheinander und klatschten, doch Diana Holland konnte sich das nicht länger mit anhören. Henry hatte beim Abendessen versucht, ihren Blick einzufangen – zumindest vermutete sie das, aber nicht mal dabei konnte sie sich wirklich sicher sein. Heute hatte sie ihn am Strand, beim Tee und im Garten beim Kartenspielen gesehen, und jedes Mal war Penelope an seiner Seite gewesen. Diana war ziemlich eingeschnappt und fühlte sich mehr als nur ein bisschen gekränkt darüber, wie gleichgültig er sich ihr gegenüber seit ihrer Ankunft in Florida benommen hatte, hatte aber trotzdem versucht, den ganzen Tag in seinem Blickfeld zu bleiben. Schließlich war er derjenige, der sie ermutigt hatte, die lange Reise zu machen, und es ging ihr gehörig gegen den Strich, einfach aufzugeben und zuzulassen, dass er sie einfach vergaß.

Sie hatte sogar Grayson benutzt, der eh die ganze Zeit wie eine dicke Klette an ihr klebte, um Henry eifersüchtig zu machen. Natürlich war sie nicht so weit gegangen, Penelopes Bruder in ihren Plan einzuweihen, aber als er mit ihr geflirtet hatte, hatte sie hemmungslos zurückgeflirtet und ihm erlaubt, ihr beim Tee kleine Kuchenstücke in den Mund zu schieben. Außerdem hatte sie lautstark sein Talent fürs Kricketspielen gelobt. Dafür hatte sie von Henry ein paar verstohlene Blicke geerntet, aber das war jetzt schon wieder mehrere Stunden her, von denen sich jede einzelne für Diana mittlerweile wie ein ganzes Jahr anfühlte. Jetzt war sie allein. Ihre Schwester und Teddy waren den ganzen Abend über ins Gespräch vertieft und selbst Grayson hatte sie irgendwann nach dem Dessert und bevor das Tanzen losging einfach sitzen lassen.

Durch das Dickicht aus breiten, schwarz gekleideten Schultern konnte Diana jetzt das Paar sehen, dem man gerade zugeprostet hatte. Beide waren groß, schlank und dunkelhaarig, und auch wenn Diana ihre Gesichter nicht lesen konnte, kam es ihr so vor, als hätte ihr Zeitungsartikel sie kein bisschen aus der Fassung gebracht. Vielleicht hatten sie ihn gar nicht gesehen; vielleicht würden sie nie Notiz davon nehmen. All diese Gedanken sorgten dafür, dass sie sich nervös und irgendwie erschöpft fühlte, während diverse Zweifel an ihr nagten, also griff sie in die Tasche ihres pfirsichfarbenen Seidenkleides und zerknüllte Barnards Telegramm. Anschließend schlich sie sich unbemerkt hinaus auf den Rasen und ruinierte im feuchten Gras ein Paar hochhackige Schuhe, die sich ihre Familie eigentlich gar nicht mehr leisten konnte.

Heute Morgen hatte sie mit ihrem Artikel im *Imperial* in der Hand noch das Gefühl gehabt, einen verdammt guten Schachzug gemacht zu haben, doch jetzt spürte sie nur noch die Leere eines Spielers, der sich ordentlich verzockt und alles verloren hatte. Sie huschte über den Rasen, wurde immer schneller und fing schließlich an zu rennen. Das Kleid, das sie extra ausgesucht hatte, um ihr breites, hübsches Dekolleté zu zeigen, flatterte nun gegen ihre Beine, während sie durch die feuchte Luft preschte. Sie hatte ihre Schwester, die ausnahmsweise mal wirklich gute Laune hatte, dazu überredet, ihr die Haare zu einer kunstvollen Frisur hochzustecken, doch nun lösten sich die Locken und die Bänder, die sie gehalten hatten, wehten hinter ihr her.

Rannte sie vor Henry weg? Er war ihr ein Rätsel, und jedes Mal, wenn sie versucht hatte, es zu lösen, hatte ihr das nur noch mehr Schmerz verursacht als vorher. Aber wenn sie dann kurz davor war, ihn endlich aufzugeben und nicht mehr an ihn zu denken, verfolgte er sie nur noch heftiger in ihren Gedanken. Das allein war ein guter Grund zu rennen und wäre sie von Natur aus weniger impulsiv gewesen, wäre ihr vielleicht aufgefallen, dass sie in den letzten Tagen schon häufiger ruhelos umhergestreift war. Mittlerweile war sie schon ein ganzes Stück weit gelaufen, hatte unterwegs ihre Schuhe verloren, spürte bald den Sand zwischen den Zehen und erreichte schließlich das Meer.

Der Vollmond malte einen glitzernden Pfad aus Silber auf das dunkle Wasser vor ihr und einen Moment lang fand sie diesen Anblick so einladend, dass sie glaubte, sie könnte einfach einen Fuß darauf setzen und Richtung Horizont laufen. Dann schlug plötzlich eine Welle gegen ihre Beine, machte ihr Kleid nass und wirbelte eine Wolke aus winzigen Tröpfchen auf, die ihr auf den Wangen prickelten. Das Meer war nicht besonders kalt oder unruhig, doch sie war so überrascht, dass sie in Tränen ausbrach. Als sich das Wasser zurückzog, drohte sie das Gleichgewicht zu verlieren und glaubte für ein paar Herzschläge ernsthaft, sie könnte in dieser Nacht noch ertrinken. Dann spürte sie den Druck vertrauter Arme, die sich um ihre Brust schlangen und sie zurück auf den trockenen Sand zogen.

»Oh«, wimmerte sie und fuhr sich mit den Fingern übers Gesicht, um die Tränen wegzuwischen, die einfach nicht aufhören wollten, über ihre Wangen zu kullern. Ihre Röcke waren vom Salzwasser inzwischen komplett durchnässt, aber nach allem, was passiert war, spielte es jetzt wohl auch keine Rolle mehr, ob Henry sie in diesem Zustand sah oder nicht. Er stand einfach da, in seinem schwarzen Jackett und dem weißen Hemd, mit einem Blick in den Augen, der wahrscheinlich besorgt und aufrichtig gewirkt hätte, wenn sie ihn nicht besser gekannt hätte. »Was willst du?«

»Bei dir sein. Nur für ein paar Minuten.«

Dianas Brust hob und senkte sich, während sie nach Atem rang. Der Seidenrock und all die baumwollenen Unterröcke klebten an ihren Schenkeln. Endlich stand Henry vor ihr, spätabends an einem menschenleeren Strand, aber die Verwirrung, die den ganzen Tag über in ihr herangewachsen war, lag wie ein gähnender Abgrund zwischen ihnen. Der Mond schien hell, und sie konnte sein Gesicht deutlich erkennen. »Ein paar Minuten? Du wolltest, dass ich den weiten Weg von New York bis hierher komme, nur damit wir ein paar Minuten zusammen haben?«

Henry spannte den Kiefer an und schaute weg. Irgendwie hatte er es geschafft, nicht völlig durchnässt zu werden, und sie nahm es ihm übel, dass er immer noch so gut aussah. »Das ist alles, was wir uns erlauben können. Penelope macht mir Angst. Wenn sie herausfinden würde, dass ich jetzt hier bei dir bin. Wenn sie wüsste, dass ich dir gesagt habe, warum ich sie geheiratet habe – und wie gerne ich dich jetzt küssen würde …«

Er machte einen Schritt auf sie zu, legte die Hand um ihren Hinterkopf und drückte seinen Mund auf ihre Lippen. Eben noch hätte sie das für eine extrem schlechte Idee gehalten, doch nun schloss Diana die Augen und erwiderte seine Küsse, als wäre sie eine Ertrinkende und er die Luft zum Atmen. Seine andere Hand glitt an ihrem Rücken hinab, dann presste er seinen gesamten Körper gegen ihren, obwohl ihr Kleid klatschnass war, und ruinierte damit seine Abendgarderobe.

»Oh«, sagte sie, als er von ihr abließ. Diesmal klang ihre Stimme etwas sanfter.

Seine Lippen waren immer noch geöffnet, und der Mond spiegelte sich als eine silberne Scheibe in seinen Augen.

Ihr Mund öffnete sich wieder, und sie spürte sofort, wie die Erwartung eines weiteren Kusses in ihr aufstieg, so, wie man spürt, wenn Regen kommt, noch bevor er einsetzt. Doch der Augenblick verstrich, ihr Atem vermischte sich mit der Meeresluft, aber nichts geschah.

Henry wich einen Schritt zurück. »Man wird uns vermissen.«

»Wie bitte?« Ihre Stimme zitterte vor Wut, aber die Enttäuschung dahinter war nicht zu überhören.

»Deine Schwester, Penelope – alle werden sich fragen, wo wir sind.«

Hinter Henry funkelten die Lichter des Hotels, und die Palmen ragten als riesige Silhouetten vor dem violetten Himmel auf. Einige schmale Wolken zogen am Himmel vorüber – bald würden sie den Mond überholen und ihn verdecken. »Dir ist es also am liebsten, mich immer nur ein paar Minuten lang für dich zu haben? In Hinterzimmern und irgendwelchen dunklen Ecken im Zug? Ist es das, was du dir erhofft hast, als du mich gebeten hast, mit nach Florida zu kommen?«

Henry schüttelte den Kopf, doch sie wusste, dass sie genau

ins Schwarze getroffen hatte. Sie versuchte, ihren Körper mit reiner Willenskraft zu zwingen, sich wieder zu beruhigen.

»Du hast gedacht, ich würde deine heimliche Liebhaberin werden.«

»Nein …«

»Gute Nacht.« Diana kratzte das bisschen Würde zusammen, das sie in ihrem völlig durchnässten Zustand noch aufbringen konnte, und marschierte über den Strand davon. Ihr Kleid tropfte bei jedem Schritt, ihre Strümpfe waren voller Sand, und ihr Herz konnte einfach nicht noch mehr aushalten. Am liebsten hätte sie einen letzten Blick über die Schulter geworfen, doch sie war überzeugt davon, dass sie Henry mit dieser Geste irgendwie alles vergeben würde, was er ihr angetan hatte.

»Diana!«, schrie er. Seine Stimme klang furchtbar gequält, aber dann war es wieder still, und einen Moment lang hörte sie nur das leise Rauschen der Wellen am Ufer. »Diana, ich brauche dich …« Die Art und Weise, wie seine Stimme brach, als er ihren Namen rief, verriet ihr, dass er die Wahrheit sagte. Trotzdem schloss sie die Augen und ging weiter auf das Hotel zu, das mit hellen Lichtern und leiser Musik lockte.

»Diana«, rief er noch einmal mit derselben verzweifelten Stimme und rannte über den Strand hinter ihr her. »Diana, ich werde sie verlassen.«

Dieser Satz brachte sie abrupt zum Stehen – sie drehte sich um und starrte ihn an. Auf Henrys Gesicht, das normalerweise immer glatt rasiert, ebenmäßig und zivilisiert wirkte, lag plötzlich ein unerträglich sehnsüchtiger Ausdruck, der fast etwas Animalisches an sich hatte.

»Wirklich?«, flüsterte sie.

»Ich kann nicht ohne dich leben.«

»Nein?« Diana wusste, dass sie gerade Gefahr lief, sich wieder zum Narren zu machen, trotzdem keimte neue Hoffnung in ihrem Herzen auf.

Henry machte ein paar Schritte auf sie zu und sah dann mit neu erwachter Überzeugung auf sie herab. Er strich ihr die Locken aus dem Gesicht, presste die Finger sanft gegen ihre Schläfen und strich mit dem Daumen über ihre üppige Unterlippe.

»Komm, du solltest dich lieber umziehen«, sagte er und legte den Arm um ihre Schultern.

Eine Weile gingen sie Seite an Seite über den Rasen auf das riesige, hell erleuchtete Hotel zu, das fast wie ein überdimensionales Puppenhaus wirkte, bis sie es fast erreicht hatten. Dann trennten sie sich, damit Diana auf ihr Zimmer zurückkehren konnte, während Henry wieder zum Ballsaal ging, um seine Rolle noch ein wenig länger zu spielen. Auch als sie allein war, konnte sie sein Gesicht noch immer vor sich sehen. Das Bild von ihm schwebte klar und deutlich vor ihrem inneren Auge, so als hätten all seine Versprechen ihm einen neuen, goldenen Glanz verliehen.

23

Das frisch verlobte Paar, Reginald Newbold und Adelaide Wetmore, wurde gestern Abend bei einer musikalischen Soiree im Haus von Mr Newbold an der Madison Avenue gesehen. Auch seine Schwester Gemma war dort, die, so sagt man, einen Antrag von Teddy Cutting erwartet. Wirkte sie etwa deshalb so traurig, weil sich Mr Cutting derzeit in Florida aufhält, und bedeutet seine lange Abwesenheit vielleicht, dass wir nicht mit einer Hochzeit im Juni rechnen dürfen?

– Aus der Gesellschaftskolumne der *New York News of the World Gazette*, Samstag, den 17. Februar 1900

»Geht es dir gut?«

Elizabeth öffnete langsam die Augen und sah wieder den Ballsaal des Poinciana vor sich, voll mit Leuten, die über das Parkett schwebten. Über ihnen an der Decke wölbte sich der filigrane Baldachin aus weiß gestrichenen Holzstreben, während die sanfte Geigenmusik, die hinter einem Wandschirm erklang, den Takt vorgab. Sie merkte, dass sie während des Tanzens die ganze Zeit den Kopf an Teddys Schulter gelehnt hatte, aber sie antwortete wahrheitsgemäß mit: »Ja«.

»Du sagst mir Bescheid, wenn du dich lieber hinsetzen möchtest, ja?« Die Sorgenfalten, die manchmal auf der Stirn ihres alten Freundes auftauchten, waren ihr bisher nie wirklich aufgefallen. Ansonsten war seine Haut so zart und makellos, dass sie sich fragte, wann und wie er an diese Falten gekommen sein mochte.

Wie die anderen Frauen im Ballsaal trug auch Elizabeth helle Farben, wie es sich für eine Abendgesellschaft gehörte – ihr elfenbeinfarbenes Kleid war mit hellrosa Spitze verziert –, aber in den Stunden seit dem Abendessen hatte sie die anderen aus den Augen verloren. Sie wusste, dass der Raum gefüllt war mit der Art von Leuten, unter denen sie sich immer wohlgefühlt hatte – exakt die Menschen, unter die sie sich mischen sollte, wenn es nach ihrer Mutter ging, und sie war dankbar, sich heute sicher und stark genug zu fühlen, um genau das hinzukriegen. Ihr schlanker Hals sah so grazil aus wie der eines Schwans und darunter glitzerte der Schmuck ihrer Großmutter, den ihre Mutter vor der Reise besonders vorsichtig für sie eingepackt hatte. Ihr helles Haar türmte sich als kunstvolle Hochsteckfrisur auf ihrem Kopf. Eine kühle Abendbrise wehte durch die offenen Fenster herein und einen Moment lang fühlte sie sich wunderbar entspannt.

»Sehe ich müde aus?« Sie öffnete die vollen Lippen einen Spaltbreit und musterte ihn aus halb zusammengekniffenen Augen.

»Nein.« Teddy zog einen Mundwinkel hoch und lächelte schief, während er sie mit fließenden Schritten von der Mitte des Saals wegmanövrierte. »Du siehst wunderbar aus.«

Sie lächelte schwach und nickte.

»In den letzten Tagen Zeit mit dir zu verbringen, war wirklich schön«, fuhr er fort.

»Fand ich auch.«

»Die Stunden mit dir sind einfach wunderbar, dabei hatte ich schon befürchtet, dass ich so etwas nie wieder erleben würde …«

Aus dem Augenwinkel erhaschte Elizabeth einen Blick auf Henry, der gerade über den Rasen zum Ballsaal zurückkam. Er ging auf Mrs Schoonmaker zu, deren glänzende Locken mit Federn verziert und hochgesteckt worden waren. Der tiefe V-Ausschnitt ihres gepunkteten Chiffonkleids brachte ihr Dekolleté zur Geltung. Penelopes Kopf ruckte hin und her, während sie erst seine Füße und dann sein Gesicht anstarrte, und ihre Augen wurden immer größer. Elizabeth kannte diesen Blick nur zu gut; sie hatte ihre alte Freundin schon öfters dermaßen wütend erlebt – mal wegen ihren Dienstmädchen, mal wegen ihrer Familie und bei einer denkwürdigen Gelegenheit auch wegen ihr selbst.

Die Schoonmakers standen auf der anderen Seite des Saals, also konnte sie ihr Gespräch nicht belauschen, aber am Ende des kurzen Wortwechsels streifte Henry Penelopes Hand von seiner Schulter und verließ den Raum. Elizabeth hatte keine Ahnung, woran es lag, aber irgendwie erfüllte diese Szene sie mit einer unguten Vorahnung. Sie sah Teddy an, um ihn zu fragen, was er von der Sache hielt.

»Elizabeth?«, fragte er, bevor sie den Mund aufmachen konnte.

Sie nickte und wartete, aber er stieß nur verlegen den Atem aus und schaute schnell in eine andere Richtung. Sie tanzten ein paar Schritte Walzer, bevor er einen neuen Versuch wagte.

»Ich wollte dir nur sagen, als ich dir damals den Antrag gemacht habe, vor einer halben Ewigkeit, wie es scheint …«

»Das letzte Mal ist nicht ganz zwei Jahre her.« Der Anflug eines Lächelns huschte über Elizabeths Gesicht, auch wenn die Erinnerung daran eher traurig war. Es war in Newport gewesen, wo sie einen ganzen Monat verbracht hatte und krank vor Sehnsucht nach Will geworden war. Er hatte es geschafft, ihr Briefe zu schicken – sie konnte sich nicht mehr erinnern, wie er das zustande gebracht hatte –, die alle von seiner Angst gehandelt hatten, sie würde so fern von daheim das Interesse an ihm verlieren. Sie schloss die Augen.

»Ja, stimmt, das ist nicht mal zwei Jahre her. Als du bei den Hayes' zu Besuch warst.«

Elizabeth wollte die Augen noch nicht wieder aufmachen, doch Teddys atemlose Stimme verriet ihr, wie nervös er sein musste und wie ernst er es meinte.

»Wie auch immer, was ich eigentlich sagen wollte … was ich sagen *will*, ist, dass es mir damals ernst war und mein Angebot immer noch steht.« Sie hatte seine Stimme noch nie so zittrig gehört. »Ich würde immer noch …«

»Oh, Teddy«, war alles, was Elizabeth herausbrachte. Sie hatte Angst, dass sie mitten im Ballsaal anfangen würde zu heulen, wenn sie ihn jetzt nicht aufhielt. Sie wusste sehr genau, dass bei ihren Gefühlen dann sämtliche Dämme brechen würden und sie die Flut von Geheimnissen, die ihr auf der Zunge lagen, nicht aufhalten können würde.

Allerdings schien er ihre Trauer komplett falsch zu interpretieren, denn er meinte: »Glaubst du, du könntest mich lieben? Mich vielleicht heiraten? Ich meine, nicht unbedingt hier und jetzt, aber vielleicht mit der Zeit …«

Elizabeth kam mitten auf der Tanzfläche abrupt zum Stehen. Sie dachte an Will, an ihre Hochzeit und den braunen Anzug, den er extra für diesen Anlass gekauft hatte, und schüttelte instinktiv den Kopf. Er hatte den Anzug immer noch getragen, als sie losgerannt war und ihn zurückgelassen hatte, derselbe Anzug, der sich auf dem Bahnsteig der Grand Central Station mit seinem Blut vollgesogen hatte.

»Vielleicht mit der Zeit, Teddy«, sagte sie, obwohl ihr beim Gedanken an weiße Blumen, an Brautkleider und Trauzeugen übel wurde. Sie starrte in seine grauen Augen, die sie so liebevoll und aufmerksam musterten. Selbst damals im Sommer, als sie noch so naiv gewesen war, hatte sie gewusst, dass sie mit Teddy hätte glücklich werden können, wenn sie einem Mann wie Will niemals begegnet wäre.

»Mit der Zeit«, wiederholte sie. Ihre Stimme klang mechanisch, obwohl sie ihm klarmachen wollte, dass sie es ernst meinte. Mit der Zeit würde nichts anderes so süß klingen wie das, was er eben gesagt hatte. Sie versuchte sich ein Lächeln abzuringen, merkte aber, dass das gründlich schiefging, denn mittlerweile war sämtliche Farbe aus ihren Lippen gewichen. »Wenn da nicht der vergangene Herbst gewesen wäre und alles, was ich davor erlebt habe …«, begann sie, weil sie ihm das alles irgendwie erklären wollte. Doch dann biss sie sich auf die Zunge, denn das hier war weder die richtige Zeit noch der richtige Ort dafür. »Aber jetzt bin ich doch ziemlich müde. Würdest du mich bitte entschuldigen?«

Plötzlich fühlte sich alles bleischwer an: ihre Röcke, ihr Schmuck, ihre Handschuhe, die Nadeln, die ihre Haare am Platz hielten, und sogar die Korsage, die ihre Brust zusammenschnürte. Sie war sich nicht mal sicher, ob sie es mit diesem ganzen Gewicht noch bis zum Ausgang des Saals schaffen würde. Doch sie konnte nicht länger hierbleiben, mitten im prunkvollen Gedränge. Sie war nicht mal in der Lage, Teddy in die Augen zu blicken, als sie sich abwandte, außerdem hatte sie keine Ahnung, ob er sie auch nur ein kleines bisschen verstanden hatte.

24

Urlaubskleidung ist ja immer eine aufwendige Angelegenheit, doch meine Spione in Palm Beach haben mir berichtet, dass Miss Carolina Broad mit einer komplett neuen Garderobe angereist ist und immer von Kopf bis Fuß glitzert und strahlt, wenn sie sich sehen lässt. Ich hoffe, dass Mr Carey Lewis Longhorn wenigstens Berichte darüber bekommt, was sein Geld alles möglich gemacht hat.

– Aus der Gesellschaftskolumne des *New York Imperial*, Samstag, den 17. Februar 1900

An diesem Samstagabend glitten viele junge und hübsche Damen über das Parkett des Ballsaals im Royal Poinciana, über den sich die weiße Holzdecke wölbte und der dank seiner riesigen, geöffneten Fenster direkt mit der Natur draußen verbunden schien. Carolina fühlte sich, als wäre sie die entzückendste Dame von allen. Ihr braunes Haar war in zwei Partien aufgeteilt: Der vordere Teil erhob sich wie ein glänzendes, rundes Kissen über ihrer Stirn, während der Rest mit Bändern verziert war und sich als Lockenmasse über ihren Nacken ergoss. Um den Hals trug sie eine doppelreihige Kette aus Perlen und Granat, die ihre grüne Augenfarbe betonte, und antike Spitze schmiegte sich um ihre Arme wie eine zweite Haut. Sie wusste, dass ihre breite Stirn im Licht der verschiedenfarbigen Lampen fast zu glühen schien und dass man ihre Sommersprossen hier im Süden für eine gesunde Gesichtsfarbe hielt. Das Einzige, was absolut nicht ins Bild passte, war ihr Tanzpartner Percival Coddington, der bei jedem Atemzug das durchdringende Aroma von Hühnerfrikassee verbreitete, das er zum Abendessen gegessen hatte.

»Was für ein Vergnügen, mit Ihnen zu tanzen«, sagte Percival. Carolina wusste, was es bedeutete, sich in dieser Welt unwohl zu fühlen, und konnte deshalb den Schweißfilm auf seiner Stirn richtig interpretieren. Der Arme war furchtbar nervös und tat ihr deswegen fast ein bisschen leid. Gleichzeitig war ihr klar, dass sie gerade kostbare Minuten ihres vielversprechenden neuen Lebens an ihn verschwendete. Sie hatte seine riesigen Nasenlöcher genau auf Augenhöhe, und seine feuchte Hand presste sich ein gutes Stück zu tief in den Stoff an ihrem Rücken, während sie zur Musik des Bailey's Orchestra, das hinter einem mit Unterwasserwesen bemalten Wandschirm spielte, übers Parkett schwebten. Hunderte von Gästen drängten sich am Rand des Saals, auf der Tanzfläche selbst tummelten sich die jungen Paare im hellen Schein der Kronleuchter. In den Schatten am Rand, halb verborgen hinter einem Heer von Kellnern, gab es wesentlich klügere und reichere Menschen, die noch dazu besser angezogen waren, während sie sich hier mit einem Nobody im Kreis drehte, der nur halbwegs vermögend war und noch nicht mal gelernt hatte, durch die Nase zu atmen.

Zu einem anderen Zeitpunkt hätte sie vielleicht über die Ironie nachgedacht, die diese ganze Situation an sich hatte, denn noch vor ein paar Monaten wäre sie überglücklich gewesen, die Aufmerksamkeit von jemandem wie Percival Coddingtons erhaschen zu können. Doch inzwischen war sie ein völlig anderer Mensch. Sie hatte keine Zeit für so eine Gefühlsduselei. Ihre Kehle fühlte sich trocken an, und ganz egal wie unhöflich sie sich auch nach allen Seiten umsah, sie konnte Leland nirgends entdecken.

Natürlich hatte sie mit ihm schon einen langen und nahezu perfekten Tag verbracht. Allerdings hatte sie dummerweise darauf bestanden, dass er sie zurück zum Hotel brachte, damit sie baden, ihr Make-up auffrischen und sich frisieren lassen konnte – und damit sie am Ende noch eine Stunde Zeit hatte, um ihre Korsage binden und all die winzigen Perlenknöpfe ihres aufreizenden weißen Kleides durch die Knopflöcher drücken zu lassen. Er hatte sich natürlich einverstanden erklärt – etwas zu schnell für ihren Geschmack – und war losgezogen, um mit Grayson Hayes eine Runde Golf zu spielen. Sie hatte sich die ganze Zeit Sorgen gemacht, dass er nicht rechtzeitig zurück sein würde, um sie zum Abendessen zu begleiten, und auf diese Weise vielleicht sogar dafür gesorgt, dass ihre Befürchtungen wahr wurden. Leland kam nicht, also war sie Percival Coddington zum Opfer gefallen, der darauf bestanden hatte, sich während der ersten drei Gänge mit ihr über das Kastensystem der Ureinwohner der Fidschi-Inseln zu unterhalten. Als Leland später in den Speisesaal gekommen war, hatte sie ihn nur von Weitem gesehen und sofort Angst bekommen, dass er das Interesse an ihr verloren hätte, nur weil sie lieber ein paar Stunden mit ihrem Dienstmädchen zugebracht hatte, als mit ihm Golf zu spielen (was sie noch nie ausprobiert hatte).

»Ich habe nie verstanden, was die Leute an dem alten Carey Longhorn finden«, sagte Mr Coddington in ziemlich gehässigem Tonfall. Das reichte Carolina, um endgültig die Geduld zu verlieren.

»Ich glaube kaum, dass Sie das auch nur ansatzweise beurteilen können …«, setzte sie an, doch bevor sie eine richtige Szene machen konnte, ging ihr Blick an der Schulter ihres Partners vorbei und landete auf dem Mann, mit dem sie den Nachmittag verbracht hatte. Er grinste, wobei sein Mund auf hübsche Weise zu groß für sein Gesicht wirkte und seine blauen Augen im gedämpften Licht geradezu funkelten. Carolina hörte abrupt auf zu tanzen und eine Sekunde später ließ Percival ihre Hand los. »Mr Bouchard.«

»Miss Broad.« Er nickte kurz und drehte sich dann auf dem Absatz um. »Mr Coddington, darf ich Sie ablösen?«

Percivals Nasenflügel bebten und für einen Augenblick schien es, als wollte er sich lauthals darüber beschweren. Doch dann gab er klein bei, und Carolina spürte eine andere Hand in ihrer, die ihre Finger mit mehr Nachdruck fasste, als sie sich gemeinsam zurück unter die Tänzer mischten.

»Ich schätze, ich muss mich schon wieder bei Ihnen entschuldigen«, erklärte Leland, auch wenn Carolina ihm kaum zuhörte. Der Glanz seiner makellos weißen Zähne, seine breiten Schultern, die beeindruckende Größe seines Körpers – all das war regelrecht überwältigend. »Wenn ich früher bemerkt hätte, dass du von diesem langweiligen Vollidioten – entschuldige die Ausdrucksweise – in die Enge getrieben worden bist, dann hätte ich dich schon längst gerettet.«

Plötzlich kam ihr die Musik viel lauter und fröhlicher vor, so als könnten die Bläser und Streicher ihre intimsten Gefühle lesen und sofort in Noten umwandeln. Sie hätte Leland gerne weiter angestarrt, aber sie erinnerte sich, dass Elizabeth immer den Eindruck gemacht hatte, als hätte sie nicht das geringste Interesse an ihren Verehrern. Sie drehte den Kopf zur Seite, sodass er ihr Profil bewundern konnte, und spähte in die Menge hinein. Dabei überkam sie das verdammt befriedigende Gefühl, endlich genau am richtigen Ort zu sein.

Denn hier zog Lady Dagmall-Lister mit ihrem jungen Begleiter ihre Kreise, während der berühmte Architekt Webster Youngham Wange an Wange dort drüben mit der jüngeren

Mrs Astor tanzte. Sie waren allesamt perfekt angezogen und sahen aus, als wäre ihr Leben Teil eines großartigen magischen Theaterstücks, bei dem jeder einzelne Moment von einem eigenen, hellen Scheinwerfer beleuchtet wurde. Zu Beginn des Abends hatten sich alle im Flüsterton darüber unterhalten, wie Mrs Henry Schoonmaker mit ihrem Mann getanzt hatte, der sie verehrte und dessen dunkle Augen voller Geheimnisse schienen, während er seine Frau mit sicherem Griff übers Parkett führte. Jetzt konnte Carolina die beiden nirgends entdecken, dafür erspähte sie Diana Holland, die ein anderes Kleid trug als das, was sie zum Abendessen angehabt hatte; auch von Grayson Hayes fehlte jede Spur.

Carolina war ein wenig enttäuscht, dass Elizabeth schon ins Bett gegangen war und Teddy Cutting allein zurückgelassen hatte, denn so konnte die ältere Holland-Schwester nicht länger dabei zusehen, wie sich ihr ehemaliges Dienstmädchen Zutritt zu dieser exklusiven Welt verschaffte, in der Elizabeth früher die unumstrittene Prinzessin gewesen war. Einen Moment lang fragte sich Carolina boshaft, ob sich ihre einstige Herrin vielleicht wieder mit jemandem vom Personal um Mitternacht zu einem Rendezvous treffen würde. Aber eigentlich spielte das keine Rolle. Schließlich waren genug Leute hier, um Carolinas triumphalen Einzug in die feine Gesellschaft mitzubekommen, und vielleicht würden einige von ihnen sogar morgen zum Telegrafenamt rennen, um ihren Kontaktleuten bei der Zeitung davon zu berichten. Sie waren allesamt ihre Freunde oder zumindest beinah – sie mussten nett zu ihr sein und sie ab jetzt auf ihre kleinen Reisen mitnehmen. Carolina hatte endlich einen eigenen Wert in dieser Gesellschaft und weder ihre trivialen Eifersüchteleien noch ihre kleinen Spielchen konnten ihr den wegnehmen.

»Miss Carolina Broad?«

Als der kleine Mann mit der Fliege ihren Namen sagte, hielt Leland inne. Als sie merkte, dass sie nicht länger mit dem Mann tanzte, der ihr heute Nachmittag mehr als einen Grund zur Hoffnung gegeben hatte, dass sie vielleicht schon bald mit einem Heiratsantrag rechnen konnte, spürte sie eine Welle von völlig irrationalem Hass, die unaufhaltsam in ihr hochstieg, während sie den Boten anstarrte, der geduldig ein paar Schritte entfernt stand. Was auch immer er ihr zu sagen hatte, sie wollte es am liebsten gar nicht hören.

»Ja?«

»Sie haben ein Telegramm bekommen.«

»Nun, dann geben Sie es meinem Dienstmädchen«, erwiderte sie schroff, als wäre es für sie völlig normal, spät in der Nacht noch Telegramme zu erhalten. Dann ging sie zu Leland zurück, der neben einer weißen Trennwand aus dünnen Holzlatten am Rande des Saals auf sie wartete. Carolina hatte sich früher am Abend schon heimlich davon überzeugt, dass es tatsächlich echte Weinreben waren, die sich daran emporrankten.

»Das habe ich.« Der Mann machte eine Pause, und als er wieder den Mund aufmachte, schwang etwas Fürchterliches in seiner Stimme mit. »Sie sagte, dass Sie sofort darüber unterrichtet werden sollten und dass Sie sofort darauf antworten wollen würden. Falls Sie die Dienste unseres Telegrafen in Anspruch nehmen möchten: Unsere Fernmeldezentrale befindet sich im Erdgeschoss hinter den …«

Ein ganzer Schwall böser Worte brannte ihr auf der Zunge, doch irgendwie kam ihr nichts davon über die Lippen. Carolina wusste, dass man ihr garantiert ansehen konnte, wie enttäuscht sie war, dass sie den ganzen Trubel hier zurücklassen musste, trotzdem lächelte sie tapfer, als sie sich wieder zu Leland umdrehte. »Ich bin sicher, dass es um irgendetwas ganz Harmloses geht«, brachte sie schließlich heraus.

»Das hoffe ich.« Lelands Augen waren dermaßen randvoll von Mitgefühl, dass sie ihm nicht länger ins Gesicht schauen konnte. »Möchtest du, dass ich dich begleite?«, fragte er.

Ihr Instinkt sagte ihr, dass Leland die Neuigkeit besser nicht sofort hören sollte – egal um was es sich handelte. Sie schüttelte den Kopf und wandte sich an den Mann mit der Fliege, der sie aus dem Ballsaal führte, wo all die Leute, die es wert waren, gesehen zu werden, jetzt ohne sie weiterfeiern würden. Als sie in die Eingangshalle des Hotels kam, starrte sie auf den aufwendig gemusterten Teppich hinab und spürte mit einem Mal, wie sehr die hochhackigen Schuhe mit der kleinen goldenen Krone über den Zehen drückten.

Die Fernmeldezentrale war ganz in polierter Eiche gehalten, voll mit jeder Menge goldenen Apparaturen. Sie war hell, sogar fast zu grell beleuchtet, und wieder fühlte sich Carolina neben dem pingeligen kleinen Mann irgendwie plump und unbeholfen. Er drückte ihr das Telegramm in die Hand und einen Moment lang wünschte sie sich, sie könnte es ihm einfach zurückgeben und die Sache damit ungeschehen machen. Sie sehnte sich danach, in den Ballsaal zurückzukehren und bis in alle Ewigkeit weiter mit Leland zu tanzen. Doch all das würde nichts an dem ändern, was sie jetzt las:

The Western Union Telegraph Company
An: Carolina Broad
Ankunft: The Royal Poinciana,
Palm Beach, Florida
2 Uhr morgens, Sonntag, den 18. Februar 1900

Carey Lewis Longhorn verstarb heute Abend nach kurzer Krankheit – Sein letzter Wunsch war Ihre Anwesenheit bei seinem Begräbnis – Sie müssen sofort nach New York zurückkehren – Ich habe Fahrkarten für Sie und Ihr Dienstmädchen gekauft – Der Zug fährt morgen Mittag um 12 Uhr – Nach der Ankunft kündigen Sie ihr den Dienst.

Zu Diensten,
Morris James, Rechtsanwalt
Verwalter des Longhorn-Vermögens

Carolina schloss die Augen und faltete das Telegramm zusammen. Sie zitterte inzwischen am ganzen Körper. Alles, was sie an diesem wunderbaren und nahezu perfekten Tag erlebt hatte, kam ihr jetzt sehr weit weg vor, und ihr wurde auf einen Schlag bewusst, was für eine Katastrophe sich zugetragen hatte, während sie nur mit sich selbst beschäftigt gewesen und in einem Automobil durch die Gegend kutschiert worden war. Ein Bild stieg vor ihrem inneren Auge hoch und sie erinnerte sich mit absoluter Klarheit daran, wie er ausgesehen hatte, als sie am Tag ihrer Abreise mit der Kutsche am Kai gestanden hatten und er sie verzweifelt angefleht hatte zu bleiben.

Doch dann wurde ihre Trauer abrupt von einem anderen Gefühl verdrängt. Die Vorstellung, dass Longhorn einfach so sterben konnte, kam ihr unmöglich vor, und einen Moment lang war sie wütend, dass niemand sie vor dieser Möglichkeit gewarnt hatte. Doch es gab niemanden, dem sie die Schuld geben konnte, und egal wie sehr sich ihr Herz danach sehnte, selbst Leland konnte sie in diesem Fall nicht vor der Realität beschützen. Sie zwang eine hochnäsige Miene auf ihr Gesicht und erklärte dem Mann mit der Fliege, dass man ihr Tee auf ihrem Zimmer servieren sollte, weil sie sich um ihr Gepäck kümmern müsste.

25

Männer handeln sich an Spieltischen allen möglichen Ärger ein – das ist der wahre Grund, warum sich echte Ladys an solchen Orten niemals blicken lassen.

– Mrs L. A. M. Breckinridge,
Anleitungen für das Auftreten in gehobenen Kreisen

Die Orchestermusik war sogar hier in dem kleinen Casino zu hören, das an den Ballsaal grenzte und mit seinem grün-weißen Dekor wesentlich fröhlicher war als die ganzen dunkel gekleideten Männer, die sich um die Tische drängten. Sie alle hatten zumindest eines gemeinsam, nämlich die Nase voll vom Tanzen. Henry, der sich gerade bückte, um den Sand abzuwischen, der immer noch an seinen Hosenbeinen klebte, hatte allerdings noch andere Gründe gehabt, aus dem Ballsaal zu fliehen.

»Bruder!«

Henry zog die Augenbrauen hoch, bevor er sich wieder aufrichtete. Grayson Hayes saß an einem Kartentisch. Im Lauf der letzten zwei Stunden hatte sich irgendwann seine Fliege gelöst und von seinem Jackett fehlte jede Spur. Den ganzen Nachmittag über hatte Henry niemanden so sehr gehasst wie Grayson, der pausenlos mit Diana geflirtet hatte – mit *seiner* Diana –, wobei es ab und zu sogar so ausgesehen hatte, als würde Diana tatsächlich darauf anspringen. In diesem Zustand gefiel der Mann ihm aber schon besser – weit weg von den Frauen, wo ein Kartenspiel sein Herz höher schlagen ließ, und nicht etwa irgendein schöner Körper.

Henry gab einem vorbeikommenden Kellner ein Zeichen, um sich einen Drink zu bestellen, und zog sich einen Stuhl ran.

»Kannst du mir zwanzig leihen?«, fragte Grayson.

Henry konnte nicht verhindern, dass sich seine Mundwinkel zu einem süffisanten Grinsen verzogen. Er wartete ein paar Sekunden, bevor er dem Kartengeber zunickte. »Schreiben Sie es auf mein Zimmer an«, sagte er, worauf Grayson einen Stapel neuer Chips in die Hand gedrückt bekam. Seine Augen wirkten müde, doch die Anspannung in seinen Schultern machte deutlich, dass er garantiert nicht so bald ins Bett gehen würde. Henry schlug die Beine übereinander und zündete sich eine Zigarette an.

»Wo ist Penny?«, fragte Grayson plötzlich.

»Keine Ahnung.« Henry hatte sie im Ballsaal stehen gelassen. Das Bild von Diana, die halb durchnässt vor ihm am Strand stand, während das Mondlicht auf ihrem Dekolleté schimmerte und die Ärmel ihres Seidenkleids an ihrer Haut klebten, war momentan alles, woran er denken konnte. Eigentlich hatte Henry es sich zur Gewohnheit gemacht, eine Art stylishe Gleichgültigkeit an den Tag zu legen, und wahrscheinlich wirkte er gerade tatsächlich so, als wäre ihm alles egal, während er nachdenklich eine Wolke Zigarettenrauch ausatmete – aber in seinem Inneren loderte ein unbändiges Feuer.

»Sie ist jetzt gerade bestimmt damit beschäftigt, alle anzulächeln und deine Abwesenheit irgendwie zu erklären, allerdings wird sie dir deswegen später noch den Kopf abreißen«, sagte Grayson. »Oh Mann. Genieß am besten deinen Drink. Ich möchte morgen echt nicht mit dir tauschen.«

Henrys Drink war gekommen, und da er das, was Grayson gesagt hatte, keinen Augenblick bezweifelte, nahm er einen ordentlichen Schluck. »Wen kümmert das schon?«, murmelte er.

Zu seiner Überraschung kicherte Grayson. »Und früher war sie so ein *süßes* Mädchen.«

»Oh, ich meinte nur …«

»Keine Sorge, Schoonmaker. Eins kannst du mir glauben: Ich weiß sehr genau, wie gerne sie manchmal die Fäden zieht, als wäre sie eine teuflische Puppenspielerin.« Das Spiel war zu Ende, der animalische Blick in Graysons Augen hatte jedoch kein bisschen nachgelassen. »Könntest du mir noch mal zwanzig leihen?«

Henry wedelte mit der Zigarette durch die Luft, um dem Kartengeber sein Okay zu geben, und trank sein Glas leer. Er ließ den Blick über das Meer von Männern in Schwarz und Weiß schweifen, in der Hoffnung, den Kellner ausfindig zu machen, um einen neuen Drink zu bestellen. Doch der hatte ihn bereits entdeckt und steuerte direkt auf ihn zu. Nachdem Henry an seinem neuen Whisky genippt hatte, fühlte er sich locker genug, um Grayson ein bisschen ins Verhör zu nehmen.

»Du scheinst ja von Diana Holland ziemlich angetan zu sein.«

Grayson hatte gerade nur Augen für sein Blatt, deshalb hingen Henrys Worte ein paar schreckliche Sekunden lang in der Luft, bis er es fast nicht mehr aushalten konnte. Dann hob sein Schwager endlich den Kopf und musterte ihn mit einem Glitzern in den Augen. »Sie verkörpert alles, was man sich unter weiblicher Schönheit vorstellt«, erklärte er, nahm sich eine Zigarette aus dem Etui, das Henry auf den Tisch gelegt hatte, und steckte sie sich zwischen die breiten Vorderzähne. »Sie ist die perfekte Frau.«

Vor Henrys innerem Auge spielte sich kurz das chaotische

Szenario ab, das er auslösen würde, wenn er seinem Schwager hier und jetzt einen Kinnhaken verpasste.

Doch dann fuhr Grayson fort: »Allerdings hat sich ihre Mutter bei ihrer Erziehung offensichtlich mächtig ins Zeug gelegt. Sie ist wie eine Tür, die *kein* Mann aufbrechen kann. Sie ist relativ jung und naiv, außerdem sogar noch behüteter als ihre Schwester. Ich kann ihr nicht mal einen Kuss auf die Wange entlocken.«

Henrys Schultern entspannten sich. Um die Neuigkeiten zu feiern, kippte er sich den Drink in einem Zug in den Hals. Er fing den Blick des Kellners ein, hob die Hand und ließ den Zeigefinger durch die Luft kreisen, um eine weitere Runde zu bestellen. Er wusste, dass er die Unterhaltung am besten sofort abbrechen sollte, aber Diana hatte sich derart in seinem Kopf breitgemacht, dass er an nichts anderes mehr denken konnte. Und selbst wenn er das gewollt hätte, wäre ihm kein anderes Thema eingefallen. »Sie ist *bezaubernd* …«, meinte er wie zu sich selbst.

»Ah!« Grayson starrte zu den rotierenden Ventilatoren an der Decke hoch und lächelte selbstvergessen. »Diese rosige Haut, diese verträumten Augen.«

Henry schloss die Augen und sah wieder die süße, schmollende Verwundbarkeit vor sich, mit der sie ihn am Strand angeschaut hatte. Er war ein bisschen stolz, dass er es war, den sie liebte. »Und die Art, wie sie sich bewegt …«

»Ich sage dir, Schoonmaker, sie ist sich dessen nicht bewusst. Das ist der Knackpunkt bei der ganzen Sache. Sie ist wie ein edles Raubtier, das keine Ahnung hat, was sein Fell wert ist.« Grayson machte eine Pause, um seinen Einsatz zu erhöhen, und meinte dann in einem fast schon philosophischen Tonfall: »Wer sie am Ende gewinnt, ist in der Tat ein sehr glücklicher Mann.«

Die nächste Runde von Drinks wurde serviert, und die Farben im Raum kamen Henry allmählich immer heller und verschwommener vor. Grayson wandte sich wieder voll und ganz seinem Kartenspiel zu und lieh sich immer mehr Geld von ihm, doch seine letzten Worte über Diana hatten sich in Henrys Gehirn festgesetzt und begannen, dort Wurzeln zu schlagen. Er zündete sich eine neue Zigarette an und ließ sich alles noch einmal durch den Kopf gehen. Er dachte an das Versprechen, das er ihr gegeben hatte, und daran, wie er es halten würde.

Das Arrangement der Möbel, die überall in der vornehmsten Suite des Royal Poinciana verteilt standen, wirkte in dieser Nacht so heimtückisch wie ein Minenfeld. Obwohl das Mondlicht die glasierten Bodenfliesen beschien, waren die Formen im Raum nur undeutlich zu erkennen und außerdem dermaßen trügerisch und niedrig, dass sie als Stolperfallen geradezu prädestiniert waren. Henrys Blick wanderte von dem glänzenden Spiegelbild des Mondes hinüber zu den Flügeltüren des Balkons, die weit offen standen. Die silbrige Spur aus Mondlicht endete am Saum eines weißen Chiffonkleids mit schwarzen Punkten, das an der Taille gerafft war und in einer dramatischen Kurve über den Rücken bis zu den Schultern reichte, wo es von schwarzen Schleifen zusammengehalten wurde. Seine Frau trug immer noch die langen schwarzen Handschuhe, die an den Ellbogen schon ein Stück hinabgerutscht waren, und lehnte sich mit ihrem gesamten Gewicht gegen die reich verzierte Holzbalustrade.

Der Himmel wechselte allmählich die Farbe von Violett zu Dunkelblau, und hinter Penelope nickten die Palmen in der sanften Brise, deren Umrisse an schlecht frisierte Riesen erinnerten. Der Mond über ihr war von Wolken verschleiert, dennoch brachte er ihr Haar und ihre Armbänder zum Leuchten. In diesem Moment hasste er sie. Er hasste sie nicht nur, weil sie ihn so viel gekostet hatte, nicht nur wegen all der Scheinheiligkeit und Eitelkeit und Gier, die sie verkörperte, sondern weil er sogar jetzt zu ihr zurückgekehrt war, obwohl er sich doch so danach sehnte, woanders zu sein. Sie machte keine Anstalten, sich zu ihm umzudrehen, also betrachtete er ihren Rücken und ließ sich die verschiedensten Formulierungen durch den Kopf gehen, um ihr endlich klipp und klar zu sagen, dass er sie verlassen würde. Doch seine Zunge war so nutzlos wie eine Kutsche, die im Schlamm feststeckt.

Penelope verharrte unbeweglich draußen auf dem Balkon und neigte lediglich den Kopf ein kleines Stück zur Seite – er konnte sich nicht erinnern, dass er sie jemals so erlebt hatte, mit einer derart boshaften Ausstrahlung von unerschütterlicher Selbstbeherrschung. Sein Mund klappte mehrmals auf und zu, doch seine Wut war inzwischen so groß, dass sie den Worten den Weg versperrte.

Plötzlich trugen ihn seine Füße über den Boden, wobei sein Bewusstsein etwas hinterherhinkte, während er sich sturzbetrunken und mit schwerfälligen Schritten vorwärtsbewegte. Auf einen Schlag war ihm klar, wie leicht es wäre: Ohne ein Wort zu verlieren, könnte er all die hässlichen juristischen Verstrickungen und all die gesellschaftlichen Urteile umgehen. Seine Frau lehnte sich gerade nachlässig ans Geländer, drei Stockwerke über dem Kiesweg, der sich unten entlangschlängelte. Wenn sie sich nur ein bisschen zu weit vorbeugte – zum Beispiel um einen Blick auf Lady Dagmall-Listers juwelengeschmückte Frisur zu werfen oder zu beobachten, wie ein Papagei von einem niedrigen Ast zum nächsten flog –, dann könnte sie vielleicht ins Wanken geraten, das Gleichgewicht verlieren und in den Tod stürzen. Sie würde sich kurz und schmerzlos das Genick brechen und könnte dann ihren Ehemann nicht mehr daran hindern, endlich mit dem Mädchen zusammen zu sein, das er aufrichtig liebte. Das Mädchen, das sich irgendwo hier in einem der hundert Zimmer aufhielt und an sein Versprechen glaubte …

Henry war inzwischen quer durch den Raum marschiert, hatte dabei seine Jacke ausgezogen und sie auf die Fliesen geworfen, doch irgendetwas ließ ihn auf der Schwelle zum Balkon erstarren. Die warme Luft draußen wirkte wie ein dicker, feuchter Vorhang. Schließlich drehte Penelope sich um und schaute ihn an. Ihre Unterlippe zitterte und ihr Gesicht war zu einer Maske aus Kummer verzogen. Sie beobachtete ihn und er beobachtete sie, und dann wusste er, dass die Gefahr vorbei war. Sie hatte erkannt, was er vorgehabt hatte, und das ganze Ausmaß des Entsetzens spiegelte sich jetzt in ihren Augen wider.

Henry griff nach dem Türrahmen. Er schwankte und keuchte ein wenig, völlig geschockt darüber, was für eine furchtbare Tat er fast begangen hätte. Der kostbare Stoff ihres Kleides hatte sich um ihren langen Körper gewickelt und selbst in der Dunkelheit wirkte sie wie eine Frau, die zu viel gesehen hatte.

Nach einiger Zeit sagte sie: »Ich gebe dir keine Schuld daran, dass du mich umbringen willst.«

Sie wandte den Kopf, der schwer auf ihrem langen Hals lastete wie eine überreife Frucht. Ein paar kurze schwarze Haare hatten sich aus ihrer Frisur gelöst und ringelten sich am Nacken über dem Verschluss der mit Diamanten und Onyx besetzten Kette, die sie sich selbst als Hochzeitsgeschenk gekauft hatte. Unter ihnen staksten einige Frauen in Abendgarderobe und mit schicken Frisuren durch den Coconut Grove. Der Alkohol sorgte dafür, dass ihre Schritte ein wenig unsicherer waren als sonst und ihr Lachen eine Spur zu laut durch die Nacht hallte, wenn ihre Verehrer, die mit dem zunehmenden Mond immer großzügiger wurden, ihnen irgendwelche süßen Lügen ins Ohr säuselten. Penelope ließ die Schultern hängen, und ihr Blick hatte etwas derart Flehendes an sich, als würde sie sich tatsächlich wünschen, dass er es einfach hinter sich bringen und sie vom Balkon stoßen würde.

»Penelope« – seine Stimme brach, als er ihren Namen aussprach – »ich könnte nie …«

»Oh, Henry«, seufzte sie. »Niemand würde es dir verübeln.«

Ein paar Sekunden früher hätte er ihr zugestimmt, aber es kam ihm so vor, als wäre er seitdem auf einen hohen Gipfel geklettert und dann in ein unbekanntes Tal hinuntergestiegen. »Es wäre … es tut mir leid.«

Doch sie schien ihn gar nicht zu hören. Sie schob ihre Hand am Geländer entlang und lehnte sich darüber, als wollte sie der Musik des Orchesters lauschen, die aus der Ferne herüberhallte. Die Art, wie sie sich vorbeugte, wirkte leichtsinnig, und er hatte kurz Angst, dass sie sich selbst in den Abgrund stürzen würde. Er beschloss, dass er dicht genug an ihr dran war, um sie aufzuhalten, doch als er einen unsicheren Schritt in ihre Richtung machte, spürte er, wie der Boden unter seinen Füßen schwankte. Am Ende passierte nichts Dramatisches. Sie stand da und betrachtete Henry mit Augen, die in diesem jungen Gesicht viel zu alt wirkten, dann atmete sie zitternd ein und versuchte ein- oder zweimal, ein tapferes Lächeln aufzusetzen, allerdings ohne viel Erfolg.

»Also dann«, sagte sie leise. Mit trauriger Anmut kehrte sie in die Suite zurück und ließ Henry allein auf dem Balkon stehen. Erleichtert, nicht diesem schrecklichen Impuls gefolgt zu sein, schloss er die Augen. Sein Blut rauschte ihm zwar immer noch wild in den Ohren, doch er wusste plötzlich, dass er verdammt betrunken war und die ganze Sache sowieso bald wieder vergessen haben würde.

Er folgte Penelope, auch wenn er sich dieses Mal langsamer und unsicherer bewegte, während ihm die verschiedensten Erklärungsversuche durch den Kopf spukten. Sie hatte sich auf die Bettkante gesetzt und ihm den Rücken zugewandt. Ihre Schultern hingen immer noch schlaff herab, und sie saß leicht nach vorne gebeugt, so als hätte sie keine Kraft mehr, sich aufrecht zu halten. Er schlurfte zu ihr rüber und setzte sich neben sie. Als sie nicht reagierte, legte er ihr ungeschickt die Hand auf den Rücken und spürte an dem leichten Zucken ihres Körpers, dass sie lautlos weinte. In diesem Moment gab es nichts, was er sich mehr wünschte, als ihr Gesicht zu sehen.

»Wein' bitte nicht«, sagte er. Er hatte es noch nie ertragen können, andere Menschen weinen zu sehen, und selbst als Kind hatte er immer alles Mögliche versprochen, nur um die Tränen anderer zu stoppen. Dann drehte sie sich tatsächlich um, schaute ihn an und er sah, dass die Tränen bereits ihre Wimpern verklebten.

Penelope so zu sehen, erniedrigt und am Boden zerstört, war für ihn kaum auszuhalten, und um sie davon abzuhalten, sich noch weiter von der Penelope zu entfernen, die er kannte, drückte er seinen Mund – der nach Alkohol roch – auf ihre Lippen. Eine ganze Weile regte sich keiner von beiden, dann nahm sie seine Unterlippe ganz zärtlich zwischen ihre Zähne. Der wilde Strudel von Gefühlen in seinem Inneren machte ihn ganz schwindelig. Er zog sie an sich, genau wie in dem Sommer, den sie zusammen verbracht hatten. Seine Hände glitten über ihr Gesicht und ihre Schultern, ihren Rücken hinab und begannen, die Korsage zu öffnen.

In den letzten Jahren hatte er schon häufiger mit ansehen können, wie Korsagen ausgezogen wurden, aber er hatte das noch nie selbst gemacht. All die Häkchen und Bänder schienen wie ein kompliziertes Rätsel, das er mit großer Sorgfalt löste, obwohl er stockbesoffen war – oder vielleicht gerade deshalb. Als der Stoff schließlich über ihre Hüften herabfiel, lächelte sie ihn geheimnisvoll an. War das Schüchternheit oder Dankbarkeit auf ihrem Gesicht, oder etwas, das er noch nie bei ihr gesehen hatte? Der Raum war voller Sterne, und einen Moment lang fragte sich Henry, ob das ganze Zimmer nicht abgehoben hatte und nun durch die Nacht flog. Dann erinnerte er sich, dass er ihr Lächeln wohl besser erwidern sollte, was ihm tatsächlich gelang, auch wenn das Ganze ein bisschen schief wirkte. Gleichzeitig strich er sich eine Haarsträhne aus dem Gesicht und drückte sie in die Bettlaken.

26

Viele unserer Gäste tanzen gerne bis spät in die Nacht hinein. Diese können jetzt den Dienst unseres Schusters, der sich in der Lobby direkt hinter dem Zeitungskiosk befindet, die ganze Nacht lang in Anspruch nehmen. Wir möchten unsere weiblichen Gäste ermuntern, ihre Schuhe dort vor dem Zubettgehen abzugeben.

– Das Management, Royal Poinciana, Palm Beach

Die Wellen brachen sich immer noch am Ufer, und auf der anderen Seite von Lake Worth in West Palm Beach – der Stadt, die Henry Flagler für die Arbeiter errichtet hatte – waren die Lichter längst erloschen. Nur aus dem Ballsaal des Royal Poinciana drang immer noch Licht und schimmerte auf dem gepflegten Rasen vor den Fenstern. Die Hotelgäste genehmigten sich ein zweites Abendessen oder unterhielten sich lachend, und manche von ihnen tanzten viel enger, als sie es in New York oder Philadelphia oder Washington je gewagt hatten, mit Partnern, die sie in ihrem normalen Leben vielleicht nie gewählt hätten. Die Musik spielte schneller, und einige Ehemänner schlichen sich ins angrenzende Casino, um Karten zu spielen. Ihre Ehefrauen stolzierten daraufhin mit den Kellnern umher und noch mehr Weinflaschen wurden bestellt. Die ersten lavendelfarbenen Spuren des Sonnenaufgangs zeigten sich gerade am Horizont, als sich Diana Holland umschaute, um sicherzugehen, dass der Mann, dem ihr Herz gehörte, nirgends zu sehen war.

»Ist Mrs Schoonmaker schon gegangen?«, fragte sie den Kellner mit dem hübschen Gesicht und den vollen Lippen, mit dem sie jetzt schon eine Weile getanzt hatte. Sie war viel zu gut gelaunt, um nicht zu tanzen, schließlich war ihr gemeinsames Leben mit Henry endlich zum Greifen nahe, und sie wusste, dass es wunderbar und kompliziert und einfach schön werden würde.

»Spielt das eine Rolle?« Der Kellner griff nach ihrer Hand und wirbelte sie herum, sodass sie ihm ins Gesicht sah.

Sie lachte trocken, bevor sie ihr Lächeln verschwinden ließ. Vielleicht war der Wandel in ihrem Gesicht aber auch so subtil, dass er nichts davon mitbekam, denn der Kellner zog eine Augenbraue hoch und beäugte sie weiterhin, als wäre sie eine Göttin, die nur für ihn allein auf einer Wolke vom Himmel herabgeschwebt war.

»Ich glaube, sie ist schon vor einer Weile gegangen, alleine und mit ziemlich saurer Miene ...«, erklärte der Junge ein bisschen außer Atem. Dann zwinkerte er ihr schamlos zu.

Diana merkte sofort, was er vorhatte, und drehte sich beiläufig weg, bevor er sie küssen konnte. Dann gähnte sie theatralisch und ließ seine Hand los.

»Ich bin plötzlich so müde«, log sie. Viele der anderen Tänzer zogen sich gerade in die Schatten am Rand zurück, sodass am Ende nur noch eine Handvoll Gäste auf der Tanzfläche mit wildem Blick die Glieder schwang. Eine leise Stimme in ihrem Kopf wisperte warnend, dass es sich eigentlich nicht gehörte, so spät nachts ohne Anstandsdame unterwegs zu sein, und obwohl sie normalerweise stolz darauf war, derart rebellisch zu sein, fragte sie sich jetzt, ob momentan nicht doch ein bisschen mehr Vorsicht angebracht war. Allerdings trug sie ein neues Kleid, ihre Haut fühlte sich frisch an, ihr Herz schäumte über vor Lebensfreude, und sie wollte einfach noch nicht ins Bett gehen.

»Geh nicht.« Während er so dastand und sie schmachtend anstarrte, musste sie zugeben, dass der Abend mit ihm Spaß gemacht hatte – sie war dankbar, dass er ein paar Stunden lang mit ihr gefeiert hatte. Aber ihr Lächeln gehörte jemand anderem, also warf sie ihm nur einen ausdruckslosen Blick zu und huschte davon.

Sie stellte sich vor, dass er minutenlang alleine dort stehen bleiben und überlegen würde, was er bloß falsch gemacht hatte. Natürlich hatte er nichts falsch gemacht, zumindest nichts, was er hätte ändern können, schließlich konnte er ja nichts dafür, dass er eben nicht Henry war. Sie fühlte sich merkwürdig energiegeladen und dachte daran, wie wunderbar sie getanzt und was sie alles gesehen hatte. Nach Tagesanbruch würde sie Barnard ein Telegramm schicken, um ihm zu erzählen, dass Lady Dagmall-Lister den Abend mit einem Mann verbracht hatte, der nur halb so alt war wie sie und von dem noch niemand je was gehört hatte, der jedoch trotzdem jeden einzelnen Tanzschritt kannte. Sie würde auch schreiben, dass Henry Schoonmaker seine Frau direkt nach dem Abendessen einfach stehen gelassen hatte.

Und das hatte er, dachte Diana, während sie über die breiten Bohlen der einsamen Hotelveranda lief und dann über den taunassen Rasen ging, der sich dahinter erstreckte. Ihre Schuhe waren wieder mal der Tanzfläche zum Opfer gefallen, deshalb konnte sie das nasse Gras unter ihren Füßen spüren. Henry war irgendwo in dieser riesigen Hotelanlage und dachte vermutlich gerade darüber nach, wie er seine Ehe annullieren konnte. Vielleicht hatte er sich ja schon ein kleines Einzelzimmer genommen, und wenn der Zufall es wollte, würde er ihre Schritte in den nächsten Stunden möglicherweise in diese Richtung lenken …

In der Zwischenzeit wurde das Licht am Himmel heller.

Bald würde sie baden und sich für einen weiteren Tag strikt durchgeplanter Freizeitaktivitäten anziehen müssen. Selbst jetzt war die Luft schon wieder schwül und reglos, außerdem war sie voller fremder Gerüche, die Diana nicht von zu Hause kannte. Bei jedem Schritt spürte sie, dass ihr ganzes Leben jetzt anders würde. Die Landschaft um sie herum kam ihr irgendwie surreal und neu vor; es war, als hätte sie eine neue Dimension betreten. Lange Zeit schlenderte sie allein unter den Palmen umher und kehrte erst um, als die Sonne am Horizont aufging und die Wellen in goldenes Licht tauchte.

Die nächste Schicht von Hotelarbeitern kam gerade aus ihren Schlafräumen, die hinter einem Wald aus Feigenbäumen versteckt lagen, damit man sie vom Hauptgebäude nicht sehen konnte. Die Leute trugen gestärkte weiße Hemden und schwarze Hosen oder Röcke und senkten respektvoll den Blick, als sie an Diana vorbeikamen, obwohl sie ihnen gerne zugelächelt hätte. So viele Schwarze zu sehen, die die Weißen bedienen mussten, fühlte sich mehr als falsch an, und obwohl sie wusste, dass die Sklaverei abgeschafft worden war, fand sie das hier beinahe genauso schlimm. Und dies war ein teures Hotel. Sie hatte gehört, dass die Gäste woanders sogar in kleinen Kutschen Ausfahrten machten, die von Dienstboten angetrieben wurden. Dabei saßen die Gäste vorne, um einen ungestörten Blick zu haben, während hinten die Diener in die Pedale traten. Eine Vorstellung, die sie empörte.

Diana war so mit diesen Gedanken beschäftigt, dass sie gar nicht darauf achtete, wohin sie ging. Am Ende stand sie plötzlich wieder vor dem riesigen gelben Gebäude mit den kleinen Kuppeln, den Holzverzierungen und all den geöffneten Balkontüren. Eine Weile lang bewunderte sie das Hotel mit all seiner Eleganz. Dann drehte sie den Kopf, und ihr Blick fiel auf einen der Balkone. Hoch über ihr tauchte ein Mann mit nacktem Oberkörper auf und starrte in die Ferne. Diana blinzelte zweimal – seine Brust schimmerte beinahe golden und seine Haare waren so dunkel wie schwarzer Samt, doch weil er oben im dritten Stock war, dauerte es einen Moment, bis ihr klar wurde, dass es sich um Henry handelte.

Mein Henry, dachte sie und machte ein paar Schritte nach vorne, wobei ihre Füße das Gras zerdrückten. Sein Blick wirkte seltsam verklärt und gedankenverloren, deshalb stellte sie sich unwillkürlich vor, dass er gerade an sie dachte. Sie spürte, wie sich ihre Lungen mit Luft füllten, und dann hob sie einen Arm, um ihm zuzuwinken. Dabei vergaß sie für einen Moment all die Putzfrauen und Zimmermädchen und Pagen und Köche, die gerade hinter ihr zur Arbeit eilten. Einen Herzschlag später ließ sie den Arm wieder sinken, während all ihre Hoffnungen und Träume auf einen Schlag zu Staub zerfielen.

Denn dort oben, genau neben Henry, stand plötzlich Penelope. Diana schloss die Augen und versuchte mit aller Kraft, die Tränen zurückzuhalten. Als sie wieder hinschaute, war Penelope immer noch da. Sie stand jetzt direkt hinter Henry und hatte die Arme auf sehr vertraute Art und Weise um seine Schultern geschlungen. Sie trug einen Morgenmantel und ihr Haar fiel ihr offen über die Schultern. Es war Jahre her, seit Diana Penelope das letzte Mal ohne perfekte Hochsteckfrisur erlebt hatte. Sie nun so zu sehen, mit unordentlichen Haaren in dieser magischen Umgebung, war gleichzeitig wunderschön und extrem schrecklich. Die beiden Menschen auf dem Balkon waren vornehmer und erfahrener, als sie es je sein würde, aber in diesem Moment war sie erwachsen genug, um zu erkennen, dass die beiden in der Tat ein ziemlich intimes Ehepaar waren, egal wie sehr Henry das bisher geleugnet hatte. Auf dem Gelände des Royal Poinciana war alles friedlich, doch Diana hatte das Gefühl, sie würde auf einem Schlachtfeld stehen.

Wegen einer dermaßen riesigen Dummheit, an die man sich so lange geklammert hatte, sollte man keine Tränen vergießen. Diana hatte von Anfang an gewusst, wer und was Henry war. Es grenzte an ein Wunder, dass sie ihm all das geglaubt hatte, was er über seine lieblose Ehe mit Penelope erzählt hatte oder dass es mit ihr anders sein würde als mit all seinen anderen Liebschaften. Sie erkannte mit schmerzhafter Klarheit, dass er ihr auch am Strand nur irgendwelche Märchen aufgetischt hatte und dass er sie lediglich als Mätresse haben wollte. Wäre sie wie ein braves Mädchen ins Bett gegangen, hätte sie nie erfahren, was für ein eiskalter Betrüger er war. Doch so wie die Dinge jetzt lagen, wusste sie, dass sie sich selbst komplett zum Idioten gemacht hatte.

Diana stolperte in ihrem langen Rock ungeschickt vorwärts – die Angestellten des Poinciana starrten garantiert sprachlos das Mädchen an, das hier bei Tagesanbruch im Abendkleid herumrannte – und hoffte, irgendwo einen einsamen Ort zu finden, wo sie sich verkriechen konnte, bevor sie wirklich zusammenbrach.

27

Die Ehe ist ein Geheimnis, das man besser nicht zu schnell lüftet.

– Maeve de Jong, *Liebe und andere Verrücktheiten der großen Familien des alten New York*

Das Licht des jungen Morgens fiel durch die Glastüren der großen Suite im Royal Poinciana, die bei sämtlichen Gästen und Pagen allgemein als die beste galt. Penelope saß im Bett, mit einem kleinen Berg champagnerfarbener Kissen im Rücken, und fühlte sich wie neugeboren. Sie streckte die langen Arme über dem Kopf aus und legte ihre schmalen Fußknöchel übereinander. Wer hätte ahnen können, dass der Weg in Henrys Herz über seine Mordgelüste führte? Jetzt wusste sie Bescheid und hatte natürlich vor, seine Schuldgefühle wegen der ganzen Sache schamlos auszunutzen. Er hatte ihr nicht wirklich Angst eingejagt, zumindest nicht länger als ein paar Sekunden, und anschließend hatte sie gewusst, dass sie ihn endlich in der Hand hatte. Inzwischen war ihr sogar völlig egal, ob die Gäste sie zusammen sahen oder nicht. Sollten die Hollands und Miss Broad und all die anderen feinen Leute im Hotel sich doch vor Neugier überschlagen, während sie darüber spekulierten, warum die Henry Schoonmakers so verdächtig lange mit Abwesenheit glänzten – das würde sowieso wesentlich befriedigender sein.

»Henry?«, rief sie.

Sie bekam keine Antwort. Alles, was vom Balkon draußen zu ihr hereinkam, war eine leichte Brise, die die irischen Spitzengardinen gegen die Scheiben der offenen Türen flattern ließ. Sie kam auf die Beine, warf sich einen Morgenmantel über, zog die letzten Haarnadeln von gestern Abend aus ihrem Haar und warf sie auf den Nachttisch aus poliertem Walnussholz. Dann seufzte sie glücklich und schlenderte durch den riesigen Raum. Ihre Bewegungen waren locker und voller Zufriedenheit, denn dieser eine Abend hatte die ganzen Monate wieder wettgemacht, in denen sie sich mit viel Mühe und geschickten Schachzügen das erkämpft hatte, was ihr zustand, während sie gleichzeitig ertragen hatte, dass ihre Zuneigung nicht erwidert wurde. Jetzt waren sie wirklich Mann und Frau.

»Henry«, wiederholte sie und trat nach draußen auf den Balkon. Er hatte ihr den Rücken zugewandt, und sie gönnte sich einen Moment, um seine Umrisse mit den breiten Schultern zu bewundern, die sich vor dem paradiesischen Hintergrund aus Palmen, sorgfältig gepflegtem Rasen und der glitzernden Meeresoberfläche abzeichneten. Es war noch früh, dachte sie – der ganze wunderbare Tag lag noch vor ihnen. Dann kam sie auf ihn zu und legte ihm erst den einen und dann den anderen Arm um die Schultern. »Was sollen wir denn heute machen?«

Er reagierte nicht sofort, sondern langsam, aber mit entschlossenen Bewegungen. Behutsam nahm er ihre Handgelenke in seine Hände, erst das eine und dann das andere, und zog sie von seiner Haut weg. Dann drehte er sich zu ihr um, und sein Gesichtsausdruck verriet ihr, dass er meilenweit weg war.

»Es war ein Fehler«, sagte er schließlich und ließ ihre Handgelenke los. Penelope legte sich sofort mächtig ins Zeug, um wieder so verletzlich zu wirken wie letzte Nacht, als sie mit dieser Masche so viel Erfolg gehabt hatte. Das Glücksgefühl, das sie eben noch erfüllt hatte wie ein warmes Kaminfeuer, begann zu verblassen und erlosch, jedoch nicht schnell genug, um den Anschein zu erwecken, dass sie sich ernsthaft getroffen fühlte. »Du meinst …«

»Alles.« Er presste die dünnen Lippen zusammen, als wollte er jeglichen Rest von Mitgefühl, der noch in ihm schlummerte, im Keim ersticken.

»Aber, Henry …«

»Letzte Nacht, die Hochzeit.«

»… denk doch nur daran, wie viel *Spaß* wir gestern Nacht hatten. Bleib einfach bei mir, und wir werden noch mehr Spaß haben!«

Henry schüttelte traurig den Kopf. »Du weißt sehr genau, warum ich dich geheiratet habe, schließlich war es ja deine Idee, die du mit brachialer Gewalt durchgesetzt hast. Also kannst du jetzt wohl kaum überrascht sein, dass ich nichts mit dir zu tun haben möchte.« Er wandte den Blick von ihr ab, und sie merkte, dass es Henry immerhin einiges kostete, das alles zu sagen. »Ich muss nachdenken.« Er starrte in den rosafarbenen Himmel. »Es tut mir leid, aber ich kann jetzt nicht bei dir bleiben.«

Als er sich umdrehte und ins Zimmer zurückging, spürte Penelope, wie all ihre Wut und Angst in ihr aufwallten und zu einer gewaltigen Welle wurden, die sie vielleicht alle überrollen würde. Henry hielt noch einmal inne und schaute über die Schulter. Seine schwarzen Augen musterten sie von oben bis unten, dann sagte er gequält: »Es tut mir *wirklich* leid.«

Dass er sich auf diese Art von ihr distanzierte und gleichzeitig so ekelhaft *nett* war, tat irgendwie mehr weh als eine Ohrfeige. Penelope griff sich mit herzzerreißender Miene an die Brust, aber er hatte sich schon wieder umgedreht und lief eilig über die spanischen Fliesen. Sie folgte ihm ein paar Sekunden später mit ziemlich angekratztem Stolz, aber relativ kühlem Kopf. Wenn sie etwas Zeit schinden und ihm ein paar Informationen aus der Nase ziehen konnte, würde sie das Allerschlimmste vielleicht doch noch verhindern können. »Was wirst du jetzt machen?«

»Ich gehe zu Teddy, um mich in seinem Zimmer umzuziehen. Anschließend gehen wir angeln, schließlich war das ja der eigentliche Grund für die Reise.« Henry griff nach den Kleidern vom vergangenen Abend. Er zog sich sein zerknittertes Hemd über und stieg in seine Schuhe. Dabei vermied er es ganz offensichtlich, ihr in die Augen zu schauen, und Penelope fragte sich, was ihm wohl Angst machte. »Wenn wir wieder in New York sind, werde ich einen Weg finden, dich zu verlassen. Ich weiß noch nicht wie, aber ich ertrage diese absurde Scharade nicht länger.«

»Und was ist mit deiner kleinen Di?« Penelope kam bedrohlich auf ihn zu, und ihre Stimme schraubte sich mehrere Oktaven in die Höhe. Sie wusste, dass sie kreischte, doch sie konnte nicht anders, nicht wenn ihr alles, wofür sie so hart gearbeitet hatte, gerade einfach durch die Finger glitt.

»Was soll mit ihr sein?« Endlich hob er den Kopf und begegnete ihrem Blick. Seine Augen wirkten müde und gleichzeitig viel eindringlicher, als wäre er über Nacht plötzlich erwachsen geworden.

»Wenn du sie so sehr liebst, dann frage ich mich, warum du dir keine Sorgen machst, was passieren wird, wenn jeder erfährt, dass sie wie eine Hure die Beine für dich breitgemacht hat.« Ihre Stimme hatte etwas Hysterisches an sich, als sie ihm all diese Dinge an den Kopf warf, und ihr Gesicht war vor Wut zu einer hässlichen Maske verzogen. »Ich werde es *genießen*, allen davon zu erzählen, Henry.«

Henrys Finger wurden schlaff, und die schwarze Smokingjacke rutschte ihm aus der Hand, aber er starrte sie trotzdem weiter an, ohne mit der Wimper zu zucken. »Das wage ich zu bezweifeln«, sagte er. Seine Stimme klang erst noch etwas zögerlich, doch als er weitersprach, gewann sie an Kraft, und seine eigene Wut kam zum Vorschein. »Wenn du erst mal mit voller Wucht zu spüren bekommst, was für eine Blamage es ist, aus dem Haus der Schoonmakers geworfen zu werden, kann ich mir nicht vorstellen, dass du das Ganze noch schlimmer machen willst, indem du jeden wissen lässt, dass dein Ehemann dich nie geliebt hat und schon lange vor deiner Hochzeit an jemand anderen gedacht hat.«

Henry verstummte und wischte sich mit der geballten Faust über den Mund, weil er beim Reden ein bisschen gespuckt hatte. Penelopes Augen hatten das kälteste Blau angenommen, das er je gesehen hatte. Was er gesagt hatte, entsprach der Wahrheit. Seine Worte hatten genau ins Schwarze getroffen, und sie wusste, dass er mitbekommen hatte, wie sie bei alldem zusammengezuckt war.

»Du solltest mich wirklich nicht auf die Probe stellen, Henry.«

Sie bekam keine Antwort, und die nächsten Sekunden schienen sich endlos in die Länge zu ziehen. Doch dann bückte er sich und hob seine Jacke auf. Er warf ihr einen letzten Blick zu, seine Augen so hart wie Diamanten, fuhr herum und ging. Sie stolperte einen Schritt nach vorne, um ihn aufzuhalten, doch er war bereits an der Tür.

Einen Wimpernschlag später war er verschwunden und hatte sie in ihrem luxuriösen Morgenmantel und mit wirren Haaren allein zurückgelassen. All ihre kunstvoll geschmiedeten Pläne waren zunichtegemacht worden. Am liebsten hätte sie irgendetwas kaputt gemacht, aber die Tatsache, dass nichts in diesem großen und vornehmen Zimmer ihr gehörte, hielt sie am Ende davon ab. Bevor ihr Zorn sie überwältigen konnte, riss sie sich am Riemen und ermahnte sich selbst, dass sie eine geborene Siegerin war und dass man keine Schlacht gewinnen konnte, indem man sich irgendwelchen Wutanfällen hingab – zumindest nicht außerhalb der eigenen vier Wände, denn damit würde man nur für fiese Gerüchte sorgen. Trotzdem sehnte sie sich in diesem Augenblick nach nichts so sehr wie danach, alles um sie herum in Schutt und Asche zu legen, weil in ihrem Leben gerade so viel zerstört worden war.

28

Und wie steht es um die berühmte Freundschaft zwischen Miss Elizabeth Holland und der Frau, die ihren früheren Verlobten geheiratet hat, der ehemaligen Miss Penelope Hayes? Die beiden sind zusammen nach Palm Beach gereist, doch natürlich weiß keiner von uns, was sie dort so treiben …

– *Cité Chatter*, Sonntag, den 18. Februar 1900

Das Mädchen im Spiegel sah blass und verquollen aus, doch Elizabeth holte ein paarmal tief Luft und versuchte, die gute Stimmung vom Vortag zurückzuholen. Am liebsten wäre sie jetzt mit Teddy frühstücken gegangen, aber nachdem er ihr gestern Abend quasi einen Beinah-Heiratsantrag gemacht hatte, wusste sie, dass sie wohl besser einen großen Bogen um ihm machen sollte. Eigentlich hätte ihr die warme Luft nach wie vor guttun sollen, genau wie der Tapetenwechsel, aber alles in ihrem Inneren schien in Aufruhr zu sein und der saure Geschmack von Galle saß ihr in der Kehle. Obwohl sie sich gerade nichts mehr wünschte, als sich endlich wieder normal zu fühlen und die Kontrolle über sich selbst zurückzugewinnen, bevor sie das Badezimmer ihres Hotelzimmers verließ, war sie gleichzeitig auf seltsame Art und Weise überzeugt davon, dass sie es verdient hatte, sich elend zu fühlen. Die nächste Welle von Übelkeit bahnte sich ihren Weg nach oben und brachte sie zum Würgen. Eine Weile lang stand sie schwankend in dem weiß gekachelten Raum, strich ein paar blonde Strähnen aus dem Gesicht und schloss die Augen. Als sie sie wieder aufmachte, starrte ihr dasselbe traurige, herzförmige Gesicht aus dem Spiegel entgegen wie vorhin, und es hatte sich auch nichts daran geändert, dass noch immer ein ganzer sonniger Tag vor ihr lag, für den ihr momentan komplett die Energie zu fehlen schien.

Schließlich schlurfte sie in das kleine Zimmer zurück, das sie sich mit Diana teilte, und spürte sofort eine feindselige Gegenwart, die hier nichts zu suchen hatte. Penelope schaute von dem Biedermeiersofa mit dem glänzenden schwarzen Holzrahmen und den weißen Kissen auf und warf ihrer alten Freundin einen strengen Blick zu. Einen Moment später öffneten sich ihre roten Lippen zu einem Lächeln. Sie wirkte seltsam überdimensional, viel zu groß für dieses Zimmer, das die Schoonmakers für sie reserviert und bezahlt hatten und das natürlich viel kleiner war als ihre eigene Suite, was Penelope mit ihren ellenlangen, begeisterten Beschreibungen der Räume, in denen sie mit Henry wohnte, mehr als einmal deutlich gemacht hatte. Und genau dorthin gehörte sie jetzt auch, dachte Elizabeth, nicht in dieses enge Zimmer im zweiten Stock, in dem die Holland-Schwestern schliefen.

»Guten Morgen, meine liebe Liz«, sagte Penelope heiter.

Elizabeths Blick zuckte zu Diana hinüber, die erst von der Party zurückgekommen war, als sie selbst schon geschlafen hatte, und die nun sicher versteckt unter einem Stapel weißer Bettdecken lag, in einem der beiden Betten, deren gepolsterte Kopfenden mit gelber Seide bezogen waren. Ihre kleine Schwester hatte sich die ganze Nacht unruhig hin und her gewälzt, zeigte jetzt zum Glück nicht das kleinste Anzeichen dafür, dass sie bald aufwachen würde. Das Moskitonetz war nur teilweise runtergelassen worden, und das lavendelfarbene

Kleid, das vor einer Stunde noch auf dem Boden gelegen hatte, hing nun ordentlich im Schrank. Elizabeth hatte es dort hingehängt, nachdem sie sich das erste Mal an diesem Morgen übergeben hatte. Anschließend hatte sie sorgfältig ihr eigenes Bett gemacht.

»Guten Morgen.« Sie schloss die Augen, um den nächsten Anfall von Übelkeit zu unterdrücken. »Wie hast du geschlafen?«

»Oh, ganz gut. Was machst du heute? Würdest du gerne mit mir ausreiten?« Ihre Stimme klang abgehackter, als sie vermutlich beabsichtigt hatte. Penelope verdrehte die Augen und stieß einen Seufzer aus, der an eine fauchende Katze erinnerte. »Dieser Ort langweilt mich jetzt schon«, fügte sie hasserfüllt hinzu.

»Schon gelangweilt?« Elizabeth versuchte, Zeit zu schinden, indem sie einfach das wiederholte, was Penelope gesagt hatte, in der vagen Hoffnung, ihre vermeintliche Freundin so lange ablenken zu können, bis ihr etwas Passendes eingefallen war, um Penelopes Angebot höflich abzulehnen.

»Hier unten sind die Leute so einfältig, und es gibt fast nichts, was man machen kann. Ich komme mir vor wie ein Tier im Zoo mit festen Fütterungzeiten, während man sich ununterbrochen von allen angaffen lassen muss. Jeder starrt mich – *uns* – rund um die Uhr an. Wir hätten New York nie verlassen sollen. Aber solange wir hier sind, könnten wir ja wenigstens ein bisschen Sport machen.«

»Ich weiß nicht …«

»Ach, komm schon, Liz. Du bist meine älteste Freundin.« Penelope beugte sich vor, sodass ihre Ellbogen in ihrem voluminösen burgunderfarbenen Rock versanken. »Meine *beste* Freundin. Tu mir den Gefallen, *bitte*.«

Elizabeth musterte Penelope, die sich sehr hübsch herausgeputzt hatte mit ihren weißen Chiffonärmeln, dem Seidenrock in der Farbe zerdrückter Rosenblätter und der schwarzen Schärpe, die ihre schmale Taille betonte. Ihr glänzend schwarzes Haar schlängelte sich wie eine geflochtene Krone um ihren Kopf. Elizabeth fragte sich insgeheim, was wohl gerade unter dieser makellosen Oberfläche brodeln mochte, bevor sie zustimmend nickte. Sie hatte einfach nicht die Kraft, um noch länger Widerstand zu leisten.

»Oh, wunderbar!«, rief Penelope, während sie aufstand und in die Hände klatschte. »Aber du wirst doch nicht so angezogen bleiben, oder?«

»Nein, ich …« Elizabeth musste sich mit der Hand an der Wand abstützen. Ihr schmaler Körper geriet schon wieder in Aufruhr. Sie presste die andere Hand auf ihr schlichtes weißes Mieder und schloss die Augen. Sie wollte gerade den Mund aufmachen, um Penelope zu sagen, dass sie nur ein paar Minuten brauchen würde, doch dann wurde ihr klar, dass sie es nicht so lange aushalten würde. Sie wirbelte herum und rannte auf wackeligen Beinen ins Badezimmer. Sie schlug mit den Knien auf dem Boden auf und hielt sich an der Wand fest, während sie würgte. Ihr Magen war zwar sowieso fast leer, und das bisschen, was noch drin war, kam im Nullkommanichts heraus.

»Alles in Ordnung?«

Elizabeth drehte sich um und entdeckte Penelopes schlanke Gestalt im Türrahmen stehen.

»Mein Gott«, fügte Penelope wenig hilfreich hinzu.

Elizabeth wischte sich hastig mit der Hand über den Mund und bemühte sich, wenigstens ein bisschen würdevoll auszusehen. »Ja, es geht gleich wieder. Mir ist nur … die Reise nicht bekommen, das ist alles. Mir ist vom Zugfahren schlecht geworden und jetzt …«

Sie brach den Satz ab und blieb wie ein Häufchen Elend auf dem Boden sitzen. Wenn es irgendwie möglich gewesen wäre, hätte sie sich auf der Stelle stolz und elegant erhoben, aber ihre Beine waren so nutzlos wie nasses Brot. Dann streckte ihre alte Freundin plötzlich eine Hand aus, um ihr hochzuhelfen. Die Geste kam überraschend und wollte überhaupt nicht zu Penelope passen, doch Elizabeth blieb nichts anderes übrig, als sie anzunehmen.

Als sie wieder auf den Füßen stand, wich Penelope einen Schritt zurück und verschränkte die Arme vor der Brust. Sie musterte das andere Mädchen ohne Feindseligkeit oder Abneigung, allerdings auch ohne jegliches Mitgefühl. »Ich glaube nicht, dass du die Reisekrankheit hast«, meinte sie schließlich.

»Wie meinst du das?« Elizabeth war endlich wieder in der Lage, ihr gewohntes Lächeln aufzusetzen, wofür sie ziemlich dankbar war. Sie fühlte sich wieder etwas sicherer auf den Beinen und öffnete die Lippen einen Spaltbreit, bis ihre Zähne zum Vorschein kamen. Das kleine Bad mit den sechseckigen Fliesen sorgte dafür, dass sie sehr dicht zusammenstanden und Elizabeth wusste, dass Mrs Schoonmaker jedes Detail ihrer Erscheinung registrierte.

»Nun«, antwortete Penelope unbekümmert, »du kannst es nennen, wie du willst. Aber wenn du meine Meinung hören willst – und das solltest du –, dann würde ich sagen, dass du schwanger bist.«

Eine sanfte Brise wehte durch das kleine Fenster herein und kitzelte Elizabeth im Nacken. Lähmende Furcht legte sich um ihre Knöchel wie giftiger Efeu und kroch rasend schnell an ihrem ganzen Körper hoch, bis sie glaubte, daran ersticken zu müssen.

»Das ist unmöglich«, flüsterte sie heiser.

Penelope zog eine ihrer wohlgeformten Augenbrauen hoch. Sie blickte Elizabeth in die Augen, zuckte mit den Schultern und machte auf dem Absatz kehrt, um das Badezimmer zu verlassen. »Vielleicht ist Reiten jetzt nicht die beste Idee. Lass uns stattdessen eine Partie Krocket spielen, ja?«

Im Schlafzimmer regte Diana sich gerade zum ersten Mal unter den Laken, und als sie ihre Locken erfolgreich aus dem verschlafenen Gesicht gestrichen hatte, starrte sie die Besucherin entgeistert an. Elizabeth war mittlerweile geradezu besessen von der Idee, Penelope zu beweisen, dass alles ganz normal war und sie mit ihrer Diagnose völlig falschlag, also lächelte sie ihrer Schwester beruhigend zu. »Mrs Schoonmaker und ich gehen ein bisschen Krocket spielen«, sagte sie, als wäre das die normalste Sache der Welt. Dann nahm sie sich ein Glas Wasser vom Tablett bei der Tür und kippte den Inhalt in wenigen Zügen hinunter.

Die Tür stand bereits offen, und die Geräusche der Frühstückswagen drangen vom Flur herein. »Oh«, meinte Diana, bevor sie wieder unter den Decken verschwand. Hätte sich Elizabeth nicht selbst dermaßen elend gefühlt, wäre ihr vielleicht aufgefallen, wie leichenblass ihre kleine Schwester aussah. »Bitte sei vorsichtig.«

»Natürlich.« Elizabeth setzte ein vornehmes Lächeln auf und dachte, dass sie genau das tun würde. Mit jeder Sekunde schien sie ein Stück mehr Kontrolle zurückzubekommen, sodass sie sich nach einer halben Minute bereits eine Handbreit größer und wesentlich strahlender vorkam. Sie würde jedes bisschen davon brauchen, um Penelope vom Gegenteil zu überzeugen und ihr diese verrückte Idee von der Schwangerschaft wieder auszutreiben.

Die beiden Mädchen betraten das Krocketfeld und taten dabei so, als würden sie sich noch genauso nahestehen wie früher. Sie unterhielten sich beim Spielen mit vorgetäuschter Vertrautheit und plapperten über allerhand Kleinigkeiten und hübsche

Dinge. Das blonde Mädchen lächelte, die Brünette erwiderte das Lächeln. Als der Wind ein wenig zunahm, hielten sie elegant ihre Hüte fest, wandten sich vom Meer ab und brachten ihre Röcke wieder in Ordnung. Elizabeth gab sich Mühe, gut zu spielen, aber nicht zu gewinnen, und als sie mit der ersten Runde durch waren, forderte sie mit entsprechender Begeisterung eine Revanche. Die ganze Zeit über blieb ihre Haltung angespannt, während sie ein- oder zweimal verstohlen die Hand auf den Bauch legte und sich fragte, was sich wohl dort drinnen verbarg.

29

Samstagabend verstarb nach kurzer Krankheit der angesehene Bürger Carey Lewis Longhorn als letzter Spross einer bekannten Familiendynastie. Er hinterließ keine Nachkommen, stattdessen aber ein großes Vermögen. Ihm zu Ehren findet heute in seiner letzten Residenz – dem New Netherland Hotel – ein Gottesdienst statt. Anstelle von Blumen wird um Spenden für die Gesellschaft junger Mädchen gebeten, die durch Brandkatastrophen zu Waisen geworden sind.

– Todesanzeige im *New York Imperial*,
Mittwoch, den 21. Februar 1900

Der Blick aus dem New Netherland war öde und hatte nicht gerade eine beruhigende Wirkung. Carolina erinnerte sich daran, wie viele Abende sie damit verbracht hatte, auf diesen Ausschnitt des Parks mit seinen unzähligen Bäumen zu schauen und sich dabei vorzustellen, das Ganze wäre der Garten ihres Gönners und würde deshalb schon fast ihr gehören. Wenn sie früher die Augen zugemacht hatte, war sie davon überzeugt gewesen, dass sie sich einfach rückwärts hineinfallen lassen konnte und so weich landen würde wie in einem Federbett. Die Wahrheit war jedoch genauso hässlich wie die kahlen Äste dort unten und genauso schlicht wie der stahlgraue Himmel. Nichts von alldem gehörte ihr, und ob es je Mr Longhorn gehört hatte oder nicht, spielte jetzt keine Rolle mehr. Er war für immer fort und konnte ihr nicht mehr helfen. Mit diesen düsteren Gedanken im Kopf wandte sie sich vom Fenster ab.

»Miss … Broad.« Die Art, wie ihr Name ausgesprochen wurde, klang extrem skeptisch, so wie ein Anarchist von »Newport-Hütten« sprechen und damit die gigantischen Anwesen mit Blick auf Rhode Island meinen würde, die sich dort an der Küste aneinanderreihten. Carolina blinzelte wütend. Mr James trug einen dicken Backenbart, große schwarze Jackenaufschläge und war um die Mitte herum ziemlich breit. Er hatte eine beunruhigende Art an sich, die garantiert selbst einen gestandenen General aus der Fassung gebracht hätte – sie fühlte sich in seiner Gegenwart jedenfalls extrem unwohl.

»Ja?«

»Wir müssen über den Schmuck reden.«

Über seine breiten Schultern hinweg sah sie, dass die letzten Trauergäste gerade auf dem Weg nach draußen waren. Robert stand – traurig, aber auch wachsam – neben dem Tisch mit dem kalten Büfett, das jetzt schon stundenlang herumstand, ohne dass sich viele Leute daran bedient hatten. Es waren sowieso nur wenige Besucher gekommen; die meisten von ihnen Frauen, die früher mal gehofft hatten, den Titel »Mrs Longhorn« zu ergattern, was für Carolina alles irgendwie noch schlimmer machte. Schließlich hatte er sie quasi angefleht, bei ihm zu bleiben, und sie hatte ihn einfach ignoriert und eiskalt stehen gelassen, sodass er am Ende einsam und alleine sterben musste.

»Der Schmuck, Miss Broad?«

Carolina wischte sich über die feuchten Augen und versuchte angestrengt, verletzt auszusehen. Sie fühlte sich *tatsächlich* verletzt, trotzdem hatte sie das Gefühl, sie müsste extra eine passende Miene aufsetzen, die allen klarmachte, wie tieftraurig sie war. »Welcher Schmuck?«

Mr James wedelte mit einem Stapel Quittungen vor ihrer Nase herum. »Es scheint, als hätte Longhorn in den letzten sechs Monate einen Haufen Schmuck gekauft.« Seine Augen weiteten sich drohend. »Und der gehört zur Vermögensmasse.«

»Mr Longhorn hat sein Leben lang eine Menge Schmuck gekauft«, gab Carolina wütend zurück. Sie spürte einen leichten Anflug von Furcht, trotzdem klang ihre Stimme hart. »Sie können mir ja wohl nicht die Verantwortung für jedes einzelne Teil in die Schuhe schieben. Außerdem waren alle Sachen, die er für mich gekauft hat, Geschenke.«

»Das waren nur *Leihgaben*«, erwiderte Mr James hartnäckig und fuchtelte wieder mit den Quittungen in der Luft herum. Auf der anderen Seite des Raums spiegelte sich das blaue Licht des Nachmittags auf dem silbernen Zierrat und ließ die Goldfäden in den Polstern glitzern. »Sie gehören uns.«

»Ich frage mich, wie Sie die Sachen in die Finger kriegen wollen, nachdem er sie mir gegeben hat.« Carolina wusste, was für ein unverschämtes Gesicht sie gerade machte, konnte aber nichts dagegen tun. Ihre Wut war mit voller Wucht zurückgekehrt, so wie immer, wenn sie wusste, dass man ihr etwas wegnehmen würde, ohne dass sie was dagegen unternehmen konnte. Diese Wut war ihr schon als Kind und später dann als Dienstmädchen öfters in die Quere gekommen und würde ihr auch jetzt mit Sicherheit kein bisschen helfen, aber es war ein Reflex, den sie nicht unter Kontrolle hatte. »Oder haben Sie etwa vor, jede Frau, um die sich Longhorn je wie ein Großvater gekümmert hat, vor Gericht zu schleifen?«

»Ich bezweifele, dass Sie vor Gericht gehen möchten, meine Liebe.« Mr James' dicke, feuchte Lippen verzogen sich leicht, und obwohl der Zorn in ihr brodelte wie ein Vulkan, musste sie am Ende doch den Blick von ihm abwenden. »Und meine Männer sind gerade in Ihren Räumen und packen Ihre Sachen zusammen. Sie werden das, was Sie benötigen, in einige der alten Taschen packen, die nicht mehr gebraucht werden. Den Schmuck werden wir in Verwahrung nehmen – Ihr Dienstmädchen hat uns schon verraten, wo wir ihn finden.«

Ihr schwarzer Rock mit den vielen Rüschen sorgte dafür, dass ihre unwillkürliche Reaktion darauf nicht zu sehen war: Sie stampfte zweimal mit dem Fuß auf das polierte Parkett, ohne ein Geräusch zu machen. Sämtliche Gäste waren inzwischen gegangen, und auf der anderen Seite des Raums packten einige von Mr James' Männern den letzten Zierrat ein, der noch übrig war, um ihn abzutransportieren. Bald würden sämtliche Spuren von Mr Longhorn, der hier gelebt und so viele Abende in guter Gesellschaft verbracht hatte, wie weggefegt sein. Was sie während der Zugreise schon unbewusst befürchtet hatte, war inzwischen furchtbar offensichtlich: Das Spiel war vorbei. Außerdem wurde ihr plötzlich klar, warum Mr James so großen Wert darauf gelegt hatte, sie zum Friedhof zu begleiten – damit seine Angestellten ihre Sachen durchsuchen konnten, während sie hinter ihrem schwarzen Netzschleier zuschaute, wie Mr Longhorn in die Erde hinabgelassen wurde.

»Ich glaube nicht, dass er das so gewollt hätte«, sagte sie leise. Es war die Wahrheit, doch sie wusste sehr gut, dass das für den Anwalt keine Rolle spielte.

»Nun, wenn Sie es wünschen, dann können Sie nächste Woche hierherkommen, wenn das Testament verlesen wird. Vielleicht gibt es ja eine kleine Abfindung für Sie. Doch wenn Sie mich fragen – und ich werde für gewöhnlich recht gut für Ratschläge dieser Art bezahlt –, dann würde ich sagen, dass Sie schon mehr als genug bekommen haben.«

Carolina verließ das New Netherland mit wesentlich weniger, als sie bei ihrer Ankunft bei sich gehabt hatte, und brauchte jetzt dringend jemanden, der ihr ein bisschen Gesellschaft leistete. Weder Penelope noch Leland kamen dafür infrage, und das nicht nur, weil sie noch in Florida waren. Die eine schuldete ihr zwar etwas und hatte geschworen, ihr zu helfen, allerdings war sie nicht die Art Freundin, der man gerne seine Schwächen offenbarte. Und der andere durfte niemals mitbekommen, wie abhängig sie von Longhorn gewesen war – das konnte sie auf keinen Fall zulassen. Er wusste natürlich, dass sich der alte Mann um sie gekümmert hatte, doch sie hatte ihm gegenüber behauptet, dass der Grund dafür die enge Freundschaft zwischen Longhorn und ihrem Vater war, und ihm erklärt, dass sie von ihrem eigenen Erbe leben würde. Als sie das Hotel verließ und zusah, wie ihre beiden abgenutzten schwarzen Koffer in eine hübsche Droschke geladen wurden, fiel ihr unwillkürlich die einzige Person in New York ein, die genau wusste, wer sie wirklich war.

Sie nannte dem Fahrer eine Adresse in Downtown und starrte dann stur geradeaus, ohne aus dem Fenster zu schauen, während sie die zauberhaften Alleen verließen und in die schmuddelige alte Welt fuhren, aus der sie stammte. Die Stadt draußen war ein Dschungel aus eintönigen Häuserschluchten, enttäuschten Gesichtern und einer Kakofonie dreister Werbesprüche, die den Normalbürgern New Yorks ein besseres Leben versprachen, wenn sie sich nur irgendeine billige Pomade oder ein anderes Produkt dieser Art kaufen würden, die inzwischen allesamt unter Carolinas Würde waren. Sie hatte diese entlegene Straße bisher nur ein einziges Mal besucht. Niemand machte ihr die Tür auf, als sie klingelte, also gab sie dem Fahrer ein bisschen Geld aus ihrem schwindenden Vorrat, damit sie in der Kutsche warten konnte. Sie zog sich den Damenzylinder aus schwarzer Seide tief ins Gesicht und hockte sich wieder auf ihren Sitz.

Man hatte ihr diverse Kleider und den meisten Schmuck weggenommen, doch einige der Sachen passten ihr wie angegossen, sodass nicht mal der missmutige Mr James einen Sinn darin gesehen hatte, sie ihr zu stehlen. Während sie sich auf dem harten Sitz nach vorne beugte, sagte sie sich, dass sie immer noch ihren Stolz hatte und auch ihren Namen, egal durch was für einen Zufall sie diesen bekommen hatte – er gehörte nun ihr. Aber selbst dieses kleine Geschenk schien sich nach und nach in Luft aufzulösen, während sie dort auf dem Kopfsteinpflaster wartete und wartete. Der Fahrer wurde ungeduldig, das wusste sie, und sie überlegte gerade, ob es nicht an der Zeit war, weiterzufahren, als endlich ein bekanntes Gesicht vor der Fensterscheibe auftauchte.

»Miss Carolina Broad!«, sagte er, als gäbe es niemanden, den er lieber treffen wollte. Ihr Gesicht hellte sich auf. Obwohl sich das für eine echte Dame gehört hätte, konnte sie einfach nicht warten, bis der Fahrer herumkam, um ihr die Tür aufzumachen. Ihre behandschuhten Finger drückten bereits den Griff runter, und sie stürzte sich regelrecht auf die Straße hinab.

»Tristan!«, rief sie, als sie ihre Arme um seinen Hals schlang.

»Und was verschafft mir die Ehre?«, fragte er und schob sie so weit von sich weg, dass er sie mustern konnte.

»Oh, Tristan, es ist alles ganz schrecklich …«, begann sie. Jetzt, wo sie mit jemandem reden konnte, der ihr gegenüber immer gute Absichten gehabt und ihr mit Rat und Tat zur Seite gestanden hatte, war sie überzeugt, dass sie sich ihm ohne Sorge anvertrauen konnte. Auch wenn die Luft immer noch schneidend kalt war – Tristan trug einen dicken braunen Schal um den Hals –, fühlte sie sich innerlich endlich ein bisschen wärmer. Sie wollte ihm von all der Trauer, der Angst und den Demütigungen erzählen, die sie heute erlebt hatte, und war ihm selbst für die kleinsten Dinge dankbar, zum Beispiel dafür, dass er ihren Namen kannte.

»Möchtest du auf eine Tasse Tee mit nach oben kommen?«, unterbrach er sie, nachdem sie einfach so drauflosgeplappert hatte.

Carolina starrte mit ihren salbeigrünen Augen verlegen zu Boden. »Ich habe ein paar Koffer …«, meinte sie und klang dabei wesentlich zaghafter als vorher. Das letzte Mal, als sie kein Dach über dem Kopf mehr gehabt hatte, hatte sie sich einfältig und plump gefühlt. Es überraschte sie ein kleines bisschen, dass sie sich dieses Mal nicht wie ein widerliches Häufchen Elend, sondern wie eine echte Dame in Not vorkam, und sie stellte sich vor, sie wäre so zart und fein wie ein Rosenblütenblatt, das von einer Brise weggeweht wurde.

Tristans Körper war schlank und stark, und er bewegte sich selbstbewusst, als wüsste er genau, was zu tun war. Sie konnte nicht verhindern, den Anblick zu genießen, als er dem Fahrer Anweisungen erteilte, ihm mit dem Gepäck zu helfen, und sie beide die enge Stiege hinauf zu der schmalen Wohnung führte, in der er lebte. Dieses Mal kam ihr sein Zuhause ordentlicher und freundlicher vor, und erst, als sie die Wärme spürte, die der Heizkörper ausstrahlte, merkte sie, wie kalt ihr gewesen war.

Tristan gab dem Fahrer ein Trinkgeld und schenkte Carolina ein teuflisches Lächeln, als er ihr den Mantel abnahm. Eigentlich hatte sie ihm zwischendurch nebenbei noch erzählen wollen, dass sie Leland Bouchard kennengelernt hatte und in ihn verliebt war. Aber sie war immer noch nicht dazu gekommen, als er schon Wasser aufgesetzt und ihr einen Schuss Brandy eingegossen hatte, um sie aufzuwärmen. Und dann schien es ihr irgendwie zu spät dafür und als er sich umdrehte und mit einem anerkenenden Lächeln den Blick über ihr schickes schwarzes Seidenkleid wandern ließ, kam es ihr plötzlich wie das Natürlichste der Welt vor, sich vorzubeugen, mit der Hand durch sein eigensinniges blondes Haar zu fahren und ihre Lippen auf seinen Mund zu drücken.

30

Meine Di,
ich denke immerzu an dich und daran, wie es sein wird, wenn wir wieder zusammen sind. Ich frage mich ständig, wie bald das möglich sein wird. In der Zwischenzeit bitte ich dich, einen kühlen Kopf zu bewahren und so zu tun, als wäre alles normal.

In Liebe,
H.

Das Wasser war wunderbar – Diana dagegen fühlte sich alles andere als gut, während sie durch die sanften Wellen schwamm, ohne sich umzuschauen. Die feinen Damen in Hüten und Strümpfen, die sich an dem Seil festhielten, das bis hinaus ins offene Meer führte, nahmen keinerlei Notiz von ihr und kreischten munter weiter, als wäre der Ozean ständig für eine neue Überraschung gut. Für Diana gab es keine Überraschungen mehr – das Meer bewegte sich auf und ab, folgte dem stetigen Rhythmus von Ebbe und Flut. Das unablässige Schaukeln hatte etwas Beruhigendes an sich, obwohl ihr Bedürfnis nach Trost so unglaublich groß war, dass selbst die Natur ihr nicht helfen konnte. Drei Tage waren vergangen, seit sie Henry zusammen mit seiner Frau auf dem Balkon gesehen hatte, und seitdem hatte sie sich ruhig verhalten und all seine Briefchen ins Meer geworfen. Es war furchtbar gewesen, Henry das erste Mal zu verlieren, als er geheiratet hatte, doch zu entdecken, zu was für einer Heuchelei er fähig war, war wie ein noch viel schlimmerer Tritt in die Magengrube und hatte sie beinahe sprachlos gemacht. Und zu allem Überfluss war da auch noch die Wut über sich selbst – schließlich hatte sie ja gewusst, was Henry unter Liebe verstand, und sich trotzdem wieder in seine Arme geworfen, nur damit er sie noch ein bisschen mehr quälen konnte.

Sie ließ sich auf dem Rücken treiben und trieb ein Weilchen ziellos dahin, bis das Geschrei vom Strand nach und nach undeutlicher wurde. Die Umkleidehäuschen und Sonnenschirme waren weit entfernt, das Hotel mit seinen gedeckten Tischen und Teppichen und Rasenspielen und Fahrrädern war sogar noch viel weiter weg. Grayson saß im Sand und wartete neben ihrem Korbsessel, und schien auch nicht in der Stimmung für Abenteuer und Aufregung zu sein. Er folgte ihr wie ein pflichtbewusstes Hündchen, aber seine draufgängerische Ader war ihm wohl für den Moment abhanden gekommen, außerdem schienen ihm allmählich die Gesprächsthemen auszugehen. Immer wenn sie sich ihm zuwandte, waren seine großen traurigen Augen, in denen irgendein unerfülltes Verlangen schimmerte, das Einzige, was sie sah. Henry schien dagegen allen Ernstes zu glauben, dass zwischen ihnen alles so war wie immer und dass sie brav sein Spielchen mitspielte. Diana hatte sich bereits ganze Szenen im Kopf ausgemalt und sich vorgestellt, wie es sein würde, Henry mit all den perfekt formulierten und vernichtenden Anschuldigungen zu konfrontieren, die sie ihm entgegenschleudern wollte. Ein Teil von ihr fragte sich allerdings, ob sie überhaupt die Gelegenheit dazu bekommen würde. Vielleicht würde er ihr einfach nur bis in alle Ewigkeit kleine Briefchen schicken und nie merken, dass sich ihr Herz längst in Stein verwandelt hatte, und wenn sie wieder in New York war, würde der einzige Unterschied darin bestehen, dass sie seine Briefchen eben nicht mehr ins Wasser, sondern ins Feuer warf.

In der Zwischenzeit hatte sie das Meer um sich herum ganz und gar vergessen, bis sie plötzlich von einer Welle aus ihren Gedanken gerissen wurde, die sie mit sich in die Höhe riss und sie dann unter sich begrub. Sie musste ordentlich strampeln, um wieder an die Oberfläche zu kommen, und als sie endlich wieder oben war, schüttelte sie sich das Wasser aus den Augen und blinzelte im grellen Sonnenlicht. Sie trat mit den Beinen kräftig nach unten, um ihren Kopf über Wasser zu halten, und wischte sich die Haare aus dem Gesicht. Als sie blinzelte und versuchte, wieder klar sehen zu können, merkte sie plötzlich, dass Henry nur ein paar Meter entfernt im Wasser dümpelte. Sein Blick war aufmerksam und seine kantigen Schultern tauchten ab und zu aus dem Wasser auf.

»Alles in Ordnung?«, fragte er und paddelte auf sie zu. Doch in seine Sorge mischte sich ein schiefes Lächeln, was ihr sofort verriet, dass er ziemlich stolz darauf war, sie hier aufgespürt zu haben. »Nettes Plätzchen, das du hier gefunden hast.«

»Mir geht es gut.« Sie warf einen festen, unfreundlichen Blick in seine Richtung und fing an, von ihm wegzuschwimmen.

»Diana, ich glaube, ich habe kapiert, dass … Was ist los?«

»Fragst du mich allen Ernstes, was mit mir los ist?«

»Ja …« Er schwamm auf sie zu. »Du scheinst …«

Einen Moment lang kam ihr die ganze Sache zu gewaltig und furchtbar vor, um irgendwelche Worte dafür zu finden. Zum Glück wurde sie kurz darauf von einer weiteren Welle erfasst, die sie davor rettete, sich entscheiden zu müssen, ob sie weiter schweigen oder ihrer Wut freien Lauf lassen wollte. Sie hielt die Luft an und ließ sich von der Welle verschlucken. Als sie wieder an die Oberfläche kam, schaute sie sich blinzelnd nach Henry um. Sie hatte jetzt genug vom Wasser, und sobald sie ihm klargemacht hatte, wie die Dinge standen, würde sie wieder an Land gehen.

Sie wirbelte herum, und als sie die Stelle fand, wo Henry gerade auftauchte, sagte sie: »Ich habe dich gesehen.«

»Du hast gesehen, wie ich hinausgeschwommen bin, um dich zu finden?«, fragte er. Dann warf er einen fast schon panischen Blick über die Schulter, als hätte er Angst, von irgendwelchen Zeugen beobachtet zu werden.

Diana ruderte mit Armen und Beinen, um an der Oberfläche zu bleiben, und ihr Atem ging stoßweise. »Ich habe dich und Penelope auf dem Balkon eurer Suite gesehen, deshalb weiß ich, dass all diese Geschichten, dass da keine Liebe zwischen euch wäre, und all die Lügen, du würdest sie verlassen, genauso falsch waren wie die ganzen süßen Versprechungen, die du mir je gemacht hast.«

Ein paar Sekunden vergingen, bevor Henry zu kapieren schien, was sie da eigentlich gesagt hatte, und dann schrie er plötzlich: »Nein!« Er schwamm auf sie zu und versuchte, nach ihrem Arm zu greifen, doch sie wich geschickt zurück. Seine Fingerspitzen streiften ihre Haut, und die Verzweiflung in dieser Berührung war beinahe spürbar. »Du weißt gar nicht, was du da gesehen hast. Ich meine, es ist nicht so, wie es aussah. Ich *werde* sie verlassen, ich habe ihr gesagt ...«

»Zwischen uns ist es aus, Henry.« Dieser Satz war Diana eingefallen, nachdem ihr klar geworden war, dass er sie komplett an der Nase herumgeführt hatte. Seitdem waren ihr die Worte tausendmal im Kopf herumgeschwirrt, und sie hatte sie sogar ein Dutzend Mal vor dem Spiegel vor sich hingeflüstert. Sie hatte keine Ahnung, wie sehr ihr der Klang ihrer eigenen Stimme durch Mark und Bein gehen würde, wenn sie ihm diesen Satz endlich ins Gesicht schleuderte, aber zum Glück spürte sie im selben Augenblick, wie die nächste Welle auf sie zurollte. »Es ist aus mit uns«, fügte sie hinzu, als wollte sie einen Schlussstrich unter die Affäre ziehen.

Im nächsten Moment schlug die Welle über ihnen zusammen und schleuderte sie mit voller Wucht in Richtung Ufer. Dieses Mal kämpfte sie nicht dagegen an. Sie ließ sich unter Wasser ziehen und als sie den Sand unter sich spürte, stemmte sie die Füße hinein und begann, aus dem Wasser zu waten. Ihre ersten Schritte waren noch unsicher und wackelig, doch sie marschierte tapfer weiter und schaute kein einziges Mal zurück.

31

Mein Spion im Royal Poinciana, wo viele der strahlenden New Yorker gerade die Sonne genießen, schweigt. Das letzte Schreiben enthielt die Information, dass Diana Holland gerade sehr viel Aufmerksamkeit von dem Bruder der neuen Frau des ehemaligen Verlobten ihrer Schwester bekommt und die junge Dame seine Zuneigung offensichtlich errötend erwidert …

– Aus der Klatschkolumne des *New York Imperial*, Mittwoch, den 21. Februar 1900

Es war wieder mal an der Zeit, dass sich die Damen oben in ihren Zimmern für das Abendessen umzogen, während sich das eintönige Blau des Himmels in ein fulminantes Feuerwerk an Farben verwandelte. Entlang der breiten Hotelveranda tummelten sich Väter, Ehemänner und Brüder, um sich vor dem blasser werdenden orangeroten und violetten Licht in großen Rattansesseln zurückzulehnen und ihre nachmittäglichen Cocktails zu genießen. Sie falteten ihre Zeitungen zusammen und legten sie auf ihre Knie, um die Telegramme zu lesen, die ihnen auf Silbertabletts gebracht wurden. Sie rauchten Zigarren und unterhielten sich darüber, wie sie tagsüber gegolft, gejagt oder spazieren gefahren waren, oder redeten mit gesenkter Stimme über die Finanzmärkte zu Hause in der Stadt. Am äußersten Ende der Veranda, wo er am besten vor neugierigen Blicken geschützt war, stand Henry. Er hatte sich gegen das weiße

Holzgeländer gelehnt und legte sich gerade mächtig ins Zeug, um ganz alleine so schnell wie möglich betrunken zu werden.

Etwas anderes blieb ihm sowieso gerade nicht übrig. Hier in Florida war ein Tag wie der nächste, und die Zeit schien sich vor ihm auszudehnen wie eine trostlose Einöde. In der Öffentlichkeit benahm er sich seiner Frau gegenüber förmlich und privat ging er ihr inzwischen komplett aus dem Weg. Währenddessen musste er mit ansehen, wie Diana mit Grayson Hayes zusammen lachte und nach dem Frühstück gemeinsam mit ihm zum Strand ging. Er wusste nun, dass sie nicht länger auf ihn wartete, und spürte das ganze idiotische Gewicht seiner diversen Fehltritte. Am Morgen nach der Nacht mit Penelope war ihm klar geworden, was für ein Dummkopf er gewesen war, aber bis vor ein paar Stunden hatte er noch geglaubt, dass Diana das Ganze nie herausfinden würde. Der Ausdruck auf Penelopes Gesicht, als er ihren Bluff durchschaut und sie gezwungen hatte, Farbe zu bekennen, stand ihm immer noch klar und deutlich vor Augen. Endlich hatte er die Gewissheit, dass sie ihre frühere Drohung, Diana komplett zu ruinieren, nicht in die Tat umsetzen konnte. Dafür stand ihr eigener Ruf viel zu sehr auf dem Spiel. Allerdings nützte ihm dieses kostbare Insiderwissen momentan rein gar nichts. Es war für ihn genauso wertlos wie alles andere in dieser sinnlosen Welt.

Er hatte es einfach für selbstverständlich gehalten, dass sein Charme und sein guter Geschmack dafür sorgen würden, dass für ihn immer alles rundlaufen würde, und dass sein Urteilsvermögen garantieren würde, dass er sich am Ende immer das Beste von allem herauspicken konnte. Festzustellen, dass er, wenn es wirklich darauf ankam und er tatsächlich mal echte Zuneigung für jemanden empfand, ein hoffnungsloser Trottel war, der über seine eigenen Füße stolperte und alles auf seinem Weg zerstörte, war wie eine eiskalte Dusche. Heute Morgen, bevor Diana ihm deutlich gemacht hatte, dass sich für sie alles verändert hatte, war es noch nicht so schlimm gewesen, sie mit Grayson zusammen zu sehen. Allerdings hatte er den Fehler gemacht, über die Schulter eines anderen Herrn hinweg die Gesellschaftskolumne zu lesen, die seine schlimmsten Befürchtungen bestätigt hatte.

»Henry!«

Selbst der Klang seines eigenen Namens irritierte ihn, auch wenn er pflichtbewusst rechtzeitig den Kopf hob, um über den Rand seines Glases hinweg zu beobachten, wie Teddy aus der Menge auftauchte. Er hatte sich schon fürs Abendessen umgezogen und hatte im Gegensatz zu Henry ein Jackett und eine ordentlich gebundene Krawatte an. Henry trug ein feines italienisches Leinenhemd, allerdings hatte er seine Manschettenknöpfe vergessen und die beiden obersten Knöpfe am Kragen nicht zugemacht. Er trank einen Schluck und verzog ein wenig das Gesicht, auch wenn er in diesem Moment niemand anderen in seiner Nähe geduldet hätte.

»Henry«, wiederholte Teddy, nachdem er die breiten Dielenbretter der Veranda überquert hatte und bei der Säule angekommen war, an die sich sein Freund gelehnt hatte. »Wo hast du dich die ganze Zeit versteckt?«

Henry löste die dunklen Augen vom Coconut Grove, wo ein paar Damen, die ihre Nachmittagsgarderobe bereits durch die Abendgarderobe ausgetauscht hatten, mit irgendwelchen Männern herumflanierten, in die sie verliebt zu sein glaubten. Die ganze Szenerie war voller Rüschen und Hüte und Sonnenschirme, die gedankenverloren zwischen den Fingern gedreht wurden – Henry fand das alles einfach nur noch abstoßend. »Ich habe mich nicht versteckt – mir war nur einfach nicht mehr nach Gesellschaft.«

»Ich weiß nur allzu gut, was du meinst«, erwiderte Teddy.

»Das bezweifele ich«, sagte Henry düster. Er wusste, dass er sich mal wieder ziemlich lächerlich benahm, doch Teddy war Henrys dummes Benehmen gewöhnt, außerdem kam es ihm jetzt irgendwie zu spät vor, diese alte Angewohnheit loszuwerden. Noch dazu schien sich Teddy nicht besonders daran zu stören.

Als ein Kellner erschien, zeigte Teddy auf Henrys Drink. »Noch zwei, bitte.«

»Du kannst genauso gut gleich vier bestellen, denn der Kerl braucht ewig«, murmelte Henry, obwohl der Kellner bereits wieder verschwunden war. Er wedelte lethargisch mit der Hand, als wäre selbst eine derartige Kleinigkeit ein gigantisches Problem, das man sowieso nicht lösen könnte.

»Ich bin das alles hier einfach leid und ich glaube, dass sich meine Gründe dafür gar nicht so sehr von deinen unterscheiden.«

Henry schielte zu seinem Freund hinüber und bemerkte zum ersten Mal, dass sich tiefe Falten über seinen Augenbrauen gebildet hatten. »Ach ja?« war alles, was er herausbrachte. Er war sicher, dass Teddys Gründe nicht halb so katastrophal sein konnten wie seine eigenen.

»Ja.« Teddys Stimme klang fest, während er auf das Meer hinausblickte, und einen Moment lang spiegelte sich das orangefarbene Licht des Sonnenuntergangs in seinen grauen Augen, die dadurch all ihre Farbe zu verlieren schienen und ihn deutlich älter wirken ließen, als er in Wirklichkeit war. »Ich glaube, ich werde das Ganze hier für eine Weile aufgeben.«

Der Satz überraschte Henry, der gerade noch darüber nachgedacht hatte, dass sein Leben momentan wie ein Brunnen war und er selbst ganz unten am Grund festsaß. »Aufgeben?«, wiederholte er ironisch. Für Teddy dürfte das wohl kein Problem sein, schätzte er, schließlich hatte er seinen Collegeabschluss gemacht und es geschafft, nicht geheiratet zu werden.

»Du kommst auch ohne mich klar«, erklärte Teddy mit einem schuldbewussten Lächeln.

»Meinst du das im Ernst?«

»Oh ja. Absolut.« Der Kellner kehrte mit ihren Getränken zurück, und die beiden Männer drehten sich mit den Gläsern in der Hand zum Verandageländer, um einen Moment lang nachdenklich den Blick über die Landschaft schweifen zu lassen. Das Sonnenlicht brannte immer noch auf die Erde herab und spiegelte sich in im glänzenden Haar der jungen Männer. Henry spannte den Kiefer an, während er auf die Antwort seines Freundes wartete. »Ich melde mich für den Kriegsdienst.«

»Für den *Krieg*?« Henry war zu verblüfft, um einen Schluck zu trinken.

»Ja, ich trete der Armee bei.« Henry starrte ihn einfach nur weiter mit großen Augen ungläubig an, also fügte Teddy hinzu: »In meiner Zeit auf der Privatschule, als ich mich aufs College vorbereitet hab, war ich bei den Kadetten.«

Henry musste den Blick abwenden. Sie hatten dieselbe Schule besucht, aber er konnte sich nicht daran erinnern, dass sein Freund irgendetwas Derartiges gemacht hätte. »Aber wo …?«

»Ich hoffe, dass ich Offizier werden kann und bei den Kampfhandlungen auf den Philippinen zum Einsatz kommen werde. Ich habe bereits einen Bekannten meines Vaters in Fort Hamilton angeschrieben und hoffe, dass ich mich nach meiner Rückkehr nach New York sofort anwerben lassen kann. Ich kann nicht bis morgen warten – ich werde heute Abend nach dem Essen abreisen.«

Für Henry klang das alles furchtbar weit weg, und er sah seinen Freund erschüttert an. Allein der Gedanke verursachte ihm eine Gänsehaut. Er ließ sich einige tiefsinnige Antworten wie »Mein Gott« oder »Bravo« durch den Kopf gehen, doch am Ende sagte er nur: »Aber du könntest *sterben*.«

Teddy stützte die Ellbogen auf das Geländer und beugte sich vor. »Natürlich könnte ich sterben.« Er drehte sein Glas zwischen den Fingern und lächelte schwach. »Aber ich kann auch nicht ewig hierbleiben, die neuen Mädchen in ihren schicken Kleidern anstarren und mich von vier Uhr nachmittags bis vier Uhr morgens mit Drinks zuschütten. Nein, das wäre ein wirklich erbärmliches Leben. Ich möchte mich nicht vor der Gefahr verstecken – ein echter Mann macht so was nicht. Zumindest glaube ich das. Den Schwierigkeiten ins Gesicht sehen und immer weiter vorwärtsgehen – das ist es, was man tun sollte.«

Henry entging es keineswegs, dass das, was Teddy als erbärmliches Leben beschrieb, mehr oder weniger auf *sein* Leben zutraf. Doch er hatte nicht das Gefühl, beleidigt worden zu sein. Stattdessen hatte die Art und Weise, wie Teddy das alles formuliert hatte, eine neue Saite in ihm angeschlagen, deshalb hörte er Teddys nächsten Worten nur mit halbem Ohr zu.

»Ich habe mit diesem wunderbaren Geschöpf geredet, mit dem du mal verlobt warst. Elizabeth hat mich dazu gebracht, nach der tieferen Bedeutung der Dinge suchen zu wollen. Sie ist so zart und zerbrechlich, hat es aber gleichzeitig geschafft, furchtbare Erfahrungen zu überstehen, und scheint die Banalität und Sinnlosigkeit unseres Lebensstils nicht länger zu tolerieren. Und wie könnte sie auch, wo sie doch im Gegensatz zu uns ganz genau weiß, was es bedeutet, am Leben zu sein?«

Teddy hielt inne und legte sich die Hände vors Gesicht. Vielleicht hätte Henry sich gefragt, ob sein Freund nicht auch unter unerfüllter Liebe litt, wenn dieser nicht so schnell das Thema gewechselt hätte.

»Aber wie auch immer, das hier ist ein junges Land. Und ich möchte meine Verantwortung übernehmen, was seine Interessen und seinen Platz in der Welt angeht. Wenn nicht ich, wer dann, Henry? Ich habe Führungsqualitäten; ich kann den Menschen helfen, sich selber besser zu verstehen.«

Die beiden stützten die Ellbogen auf das hölzerne Geländer und ließen wieder den Blick schweifen. Die Luft war warm und eine fast unmerkliche Brise ließ die Palmblätter sanft auf- und ab wippen, als würden sie seufzend mit den Schultern zucken. Henry dachte an die jüngere Holland-Schwester, an die Art, wie sie sich innerhalb von Sekunden von einem ungestümen Mädchen in eine kluge Frau verwandeln konnte, ohne dabei das Strahlen in ihren Augen zu verlieren, und er dachte daran, wie ihm sein Leben vorgekommen war, als er noch geglaubt hatte, dass sie ihm gehören würde. Das konnte doch auf keinen Fall eine Verschwendung gewesen sein.

Dann ließ Teddy den Kopf hängen und fuhr mit leicht verändertem Ton fort: »Vielleicht habe ich mir ja nach meiner Rückkehr das Leben verdient, das ich mir wünsche.«

Die Frauen in ihren Rüschenkleidern nahmen allmählich wieder Kurs aufs Hotel und tauchten plötzlich zwischen den Palmen auf wie ein Schwarm Fische aus dem Algendickicht, um die Treppen hochzusteigen. Am anderen Ende der Veranda konnte man das Klappern von Absätzen auf den Holzdielen hören, während sich mehrere Leute lautstark begrüßten; es war Zeit fürs Abendessen, und niemand konnte sich jetzt noch verstecken. Teddy stieß sich vom Geländer ab, und Henry folgte seinem Beispiel. Sie tranken ihre Gläser aus, Henry klopfte seinem Freund auf die Schulter, und dann mischten sie sich unter die Leute.

»Ich werde dich vermissen«, sagte Henry. »Du lässt dich besser nicht umbringen.«

»Das Gleiche gilt für dich«, erwiderte Teddy leichthin. »In beiderlei Hinsicht.«

Henry kicherte zustimmend und dachte bei sich, dass es wohl keinen Grund zur Sorge gab. Er hatte die Situation mit Diana komplett ruiniert, aber immerhin sah er allmählich den Hauch einer Chance, das Ganze doch wieder in Ordnung zu bringen. Teddy hatte recht. Das Leben war kurz und es machte keinen Sinn, immer und immer wieder das Falsche zu tun, selbst wenn es so schwierig war, damit aufzuhören. Wenn sie zurück in New York waren, würde sich für Teddy und ihn selbst eine Menge ändern, und er würde sich ordentlich anstrengen, das Richtige zu tun, und sich weder von seiner Frau noch von sich selbst oder irgendwem sonst umbringen lassen. Schließlich gab es etwas, für das es sich zu leben lohnte – er musste es nur im Auge behalten.

Sie kam in einem elfenbeinfarbenen Kleid mit Lochmuster und Rüschen und einem riesigen Hut auf dem Kopf an Graysons Seite die Stufen hinauf, und obwohl sie ihn nicht direkt anschaute, spürte er am ganzen Körper, wie sehr er sie begehrte. Es störte ihn nicht mehr, dass sie sich bei Grayson untergehakt hatte, denn er musste dem, was er ihr angetan hatte, ins Gesicht sehen. Aber er hatte noch genug von seinem Leben übrig und wenn es sein musste, dann würde er diese Zeit nur noch dafür nutzen, um sie zurückzugewinnen. Die Zeit, ihr lediglich irgendwelche Versprechungen zu machen, war vorbei – jetzt galt es zu handeln.

32

Seien Sie auf Bahnfahrten und Kreuzfahrtschiffen stets wachsam, denn häufig sieht man die Dinge beim Reisen plötzlich sehr viel klarer.

– Maeve de Jong, *Liebe und andere Verrücktheiten der großen Familien des alten New York*

Die Gäste der Schoonmaker-Reisegruppe – zumindest was von ihr übrig war – fuhren im selben eleganten, privaten Reisewaggon zurück nach New York, allerdings waren sie auf der Rückreise deutlich stiller und die Stimmung war gedämpfter. Obwohl der Zug schaukelte und schlingerte, saß Penelope schweigend und so stocksteif auf ihrem Sitz, als wäre sie daran festgefroren, und verzog dabei keine Miene. Das Licht fiel in lebhaften Strahlen durch die Fenster, doch ihr Gesicht blieb unverändert und ihre Augen waren starr auf den Teppich zu ihren Füßen oder auf ihren Ehemann gerichtet, der ihr gegenübersaß. Dieser trug das cremefarbene Hemd, das sie ihm geschenkt hatte, und schwarze Hosen. Mit übereinandergeschlagenen Beinen las er in einem Gedichtband, was ihr verdammt seltsam vorkam, ohne ihr dabei ein einziges Mal in die Augen zu sehen. Wenn er doch mal gezwungen war, ein Wort mit ihr zu wechseln, dann schaute er einfach stur auf ihre Knie. Sie litt immer noch unter diesem schrecklichen Gefühl, das ihr die Luft abzuschnüren schien, seit ihr Mann ihr in der Hotelsuite quasi den Laufpass gegeben hatte, deshalb fiel es ihr schwer, sich überhaupt zu irgendetwas zu motivieren. Auch wenn er seit ihrem Streit höflich zu ihr gewesen war und sie langsam anfing, daran zu zweifeln, dass er sie wirklich verlassen würde, spürte sie nicht mal einen Hauch von Triumphgefühl.

Selbst das Anziehen heute Morgen hatte ihr keinen Spaß gemacht, und das rächte sich jetzt, denn das malvenfarbene Leinenkleid passte zwar zur aktuellen Mode, doch sie wusste sehr genau, dass es ihre Figur nicht optimal betonte. Aber sie fühlte sich so leer, dass sie nicht einmal das wirklich störte. Sie rutschte in ihrem Berg aus hellllila Stoff ein wenig nach unten und warf einen Blick durch den Gang auf die Holland-Schwestern, die so vertraut nebeneinandersaßen. Diana hatte den Kopf an die Schulter ihrer Schwester gelehnt und döste vor sich hin, wobei ihr Gesicht so weich und rosig aussah wie das eines Engels. *Ein sehr junger Engel*, dachte Penelope. *Und ein verdammt lästiger*. Elizabeth, die von hier aus nur teilweise zu sehen war, starrte hellwach aus dem Fenster, als würde sie gerade über das Ende der Menschheit nachdenken. Penelope fragte sich zum ersten Mal, ob Liz wirklich das Kind des toten Stallburschen in sich trug. Im Hotel hatte sie die Idee hauptsächlich deswegen in den Raum gestellt, weil sie etwas Fieses sagen wollte, das dem anderen Mädchen einen Schrecken einjagen würde. Elizabeths Miene wirkte jetzt allerdings dermaßen versteinert, dass Penelope überlegte, ob es vielleicht tatsächlich wahr sein könnte.

Die andere Schwester hingegen sah aus, als gäbe es nichts auf der Welt, worum sie sich Sorgen machen müsste. Sie hatte das Gesicht im Schlaf dem Licht zugewandt, und ihre dunklen Locken fielen zart über ihre rosige Haut. Soweit Penelope es beurteilen konnte, hatte Grayson nichts weiter erreicht, als dass sie keine Lust mehr auf ihn hatte. Ihr Bruder war schon wieder in Richtung Barwagen verschwunden, wo er eine Menge

Zeit verbrachte. Seiner kleinen Schwester war das völlig normal vorgekommen, bis zu dem Moment, als ihr wieder eingefallen war, dass er vor Kurzem mal erwähnt hatte, dass er in Florida eine Menge Geld verloren hatte – einiges davon hatte er sich von Henry geborgt – und dass das nur ein kleiner Teil seiner Schulden sei.

Seine Aufmerksamkeit schien kein bisschen dafür gesorgt zu haben, dass Diana jetzt am Boden zerstört oder wenigstens innerlich aufgewühlt war. Natürlich war sie ein Flittchen, das wusste Penelope. Allerdings war es wirklich schade, dass sie die Wahrheit nicht länger in die Welt hinausposaunen konnte, denn das hatte ihr Henry in ihrer Hotelsuite ja unmissverständlich klargemacht. Trotz ihrer furchtbaren Langeweile schaffte es Penelope, eine Augenbraue hochzuziehen, als ihr plötzlich eine Idee kam, wie sie diese Information vielleicht doch noch nutzen konnte. Es musste ja nicht die ganze Welt erfahren, dass das Mädchen eine Hure war – es reichte schon, wenn ein bestimmter Mann diese Tatsache endlich erkannte. Sie legte die Wange auf ihre eigene kantige Schulter und ließ sich vom Schaukeln des Zuges in den Schlaf wiegen.

War es in New York jemals so kalt gewesen?

Penelope war sich nicht sicher, ob ihr kurzer Ausflug in die Sonne daran schuld war, dass ihr die letzten eiskalten Februartage nun so dunkel und traurig vorkamen, oder ob es hier schon immer so gewesen war. Sie hatte inzwischen mehr als genug von Henrys Gleichgültigkeit und dem eisernen Schweigen während der Zugfahrt, deshalb tat sie am Abend ihrer Rückkehr so, als hätten ihre Eltern sie schrecklich vermisst und fuhr alleine zum Abendessen zu ihnen rüber. Ihre Mutter hatte wie üblich ein paar »amüsante« Leute eingeladen, die durch ihren unaufhaltsamen Redeschwall und die ganzen albernen Fragen am Ende kein bisschen amüsant mehr wirkten. Penelope schloss mit einem bedeutungsschweren Seufzen die großen geschminkten Augen und gab sich der fürchterlichen Tragödie hin, dass sie ein dermaßen schickes Kleid – aus schwarzer Spitze, unterlegt mit elfenbeinfarbenem Satin, was ihre schlanke Taille unglaublich vorteilhaft betonte – angezogen hatte, und das an einem Abend, wo es nur Schwachköpfe zu sehen bekommen würden. In der Mitte des langen gedrungenen Tisches im romanischen Stil flackerten Kerzen. Als ihr Bruder seinen Stuhl zurückschob und sich entschuldigte, lächelte sie ebenfalls entschuldigend und folgte ihm in das angrenzende Raucherzimmer.

»Du hast wirklich auf ganzer Linie versagt, weißt du?«, fragte sie, während sie zu dem kleinen Sofa mit der herzförmigen Rückenlehne schwebte, das neben dem ledernen Ohrensessel stand, in dem Grayson saß. Er hatte die Beine übergeschlagen und sich gerade eine Zigarette angezündet. Sein Blick huschte kurz in Penelopes Richtung und schweifte dann ab. Sie bemerkte die dunklen Schatten unter seinen Augen und erkannte, dass auch er ziemlich erschöpft sein musste. Aber seine Haltung wirkte seltsam angespannt, als würde er sich über irgendwas Sorgen machen.

»In welcher Hinsicht, Penny?«, fragte er nach einer Pause.

»Was Diana Holland angeht, natürlich.« Penelope griff nach dem silbernen Zigarettenetui, das ihr Bruder auf seine Armlehne gelegt hatte, und nahm sich eine Zigarette. Er beobachtete sie wachsam, während er sich vorbeugte, um ihr Feuer zu geben. »Du solltest doch mit einem netten Katz-und-Maus-Spiel für Unterhaltung sorgen.«

»Es tut mir leid, wenn du nicht genug Unterhaltung hattest.«

Penelope schwieg und zog anmutig an ihrer Zigarette, als

Rathmill, der Butler, hereinkam und das Zimmer durchquerte, um das Feuer zu schüren. Er füllte Graysons Kognakglas auf, und als er das Zimmer wieder verließ, meinte die jüngere der beiden Hayes-Geschwister fröhlich: »Natürlich hatte ich die! Ich finde nur, dass du einfach nicht weit genug gegangen bist.«

»Ein gefährlicher Satz, der da aus deinem Mund kommt«, murmelte er.

»Ich habe keinen Schimmer, was du damit sagen willst.«

Ein paar Funken stoben aus dem Feuer und erhellten kurz den dunklen Raum, der mit der aufwendigen Täfelung und den Möbeln etwas mittelalterlich wirkte. Das Zimmer lag in der Mitte des Hauses und hatte keine Fenster, wofür Penelope ausnahmsweise mal dankbar war, denn es fühlte sich gerade ziemlich gut an, so weit weg von der Aufmerksamkeit der Öffentlichkeit zu sein. Sie blies Rauch aus und ließ ihren langen, schlanken Arm über die Lehne des Sofas baumeln. Sie ignorierte die Asche, die von ihrer Zigarette fiel, genauso wie den winzigen Brandfleck, der auf dem rotgoldenen Polster entstand.

»Wie auch immer«, fuhr sie fort, als klar war, dass Grayson nicht erklären würde, was er damit gemeint hatte. »Ich möchte, dass du die Maus noch ein bisschen mehr umherjagst.«

»Ach, Penny, hast du nicht mal langsam genug?«

Penelope lächelte ihn geduldig an. Sie war mittlerweile völlig fixiert auf die Idee, die ihr auf der Zugreise gen Norden in den Sinn gekommen war; eine Idee, die ihren alten Ehrgeiz und die Lust aufs Intrigieren, die gegen Ende des fürchterlichen Floridaurlaubs leider ziemlich nachgelassen hatte, wieder geweckt hatte. Endlich fühlte sie sich wieder etwas mehr wie sie selbst, und überhaupt hätte er wissen müssen, dass sie selbst in ihren schwächsten Momenten so unersättlich war, dass das Wort *genug* für sie keine Bedeutung hatte.

»Du hast sie noch nicht einmal geküsst«, sagte sie schließlich.

»Ich habe es ja *versucht*«, erwiderte er hitzig, während er sich mit der alten Zigarette eine neue entzündete.

»Vielleicht hast du den Umgang mit dem schönen Geschlecht verlernt«, spekulierte sie mit mattem Lächeln.

Grayson warf seiner Schwester einen funkelnden Blick aus großen blauen Augen zu, während er den alten Zigarettenstummel ins Feuer warf. »Das bezweifele ich.«

Es war offensichtlich, dass sie da bei ihm einen wunden Punkt getroffen hatte, also unterdrückte Penelope ein Kichern, indem sie ihre üppigen Lippen aufeinanderpresste, und fragte: »Warum willst du dann jetzt schon aufhören? Lass uns ein bisschen Spaß mit ihr haben.«

»Ich weiß nicht.« Er zuckte mit den Schultern und fühlte sich anscheinend ganz und gar nicht wohl in seiner Haut. »Sie ist hübsch, aber sie ist noch ziemlich jung, und außerdem bin ich mit anderen Dingen beschäftigt.«

Penelope überlegte kurz, ob sie ihm alles erzählen sollte, doch dann entschied sie sich für eine andere, vermutlich effektivere Überzeugungsmethode. »Das ist nicht besonders brüderlich von dir, Grayson«, säuselte sie. »Wenn du mir bei dieser Sache unter die Arme greifst, dann werde ich dafür sorgen, dass du auch was davon hast.«

Grayson winkte ab und starrte weiter ins Feuer.

Penelope stand auf, um ihren nächsten Worten ordentlich Nachdruck zu verleihen. »Ich werde deine Spielschulden begleichen, wenn du weiter mitmachst.« Als sie die Reaktion darauf auf dem Gesicht ihres Bruders sah, verzog sich ihr Mund zu einem Lächeln. Er schaute zu ihr hoch und behielt sie dann mit weit aufgerissenen Augen im Blick, als sie zum Kamin hinüberschlenderte. Sie stützte den Ellbogen auf ihr Handgelenk und hob mit einer sehr eleganten Bewegung die Zigarette an die Lippen.

»Woher weißt du …?« Er brach den Satz ab. »Egal, aber woher willst du das Geld bekommen?«

»Du hast wohl vergessen, dass ich eine verheiratete Frau bin. Du weißt genau, wie viel Vater mir als Unterhalt zahlt – Mr Schoonmaker gibt mir jeden Monat noch einmal die doppelte Summe davon. Außerdem bestelle ich sämtliche Kleider über das Konto der älteren Mrs Schoonmaker, deshalb habe ich inzwischen schon ein ganz schönes Sümmchen angespart.«

Grayson öffnete ein wenig die Lippen, während er die ganzen neuen Möglichkeiten im Kopf überschlug. Er schluckte hörbar und sagte: »Was soll ich für dich tun?«

Penelope grinste jetzt unverhohlen und warf ihren Zigarettenstummel ins Feuer. »Jag' die Maus, Grayson, aber dieses Mal ein bisschen energischer, verstanden? Sorg' dafür, dass sie sich so dermaßen in dich verliebt, dass sie es am Ende für alle Zeiten bereut.«

Er lehnte sich nach vorne und stützte die Ellbogen auf seine Knie.

»Ich weiß, dass du schon einer Menge Frauen das Herz gebrochen hast.« Sie konnte an seinem Gesicht ablesen, dass er angebissen hatte, und ihre Stimme klang einen Hauch herablassender, als sie fortfuhr: »Du wirst dich dafür wirklich nicht großartig anstrengen müssen.«

Penelope kehrte zum Sofa zurück, schnappte sich Graysons geschliffenen Kognakschwenker vom kleinen Beistelltisch und nippte daran. Er musste ziemlich verzweifelt sein, denn er ignorierte ihre Anspielung einfach und schaute ihr stattdessen direkt ins Gesicht. »Wie schnell kannst du das Geld besorgen?«

Penelope riss die großen blauen Augen auf. »Oh … sobald du mir versprochen hast, unserer kleinen Di die Aura der Unschuld zu rauben.« Sie schloss ein Auge, um ihm auf ihre typische Art zuzuzwinkern. »Und, Grayson? Versuch' am besten erst gar nicht, diskret zu sein. Wir alle hätten so viel mehr *Spaß*« – womit sie eigentlich ausschließlich Henry meinte –, »wenn wir wüssten, dass sie tief gesunken ist.«

33

Miss Diana,
wenn ich bei Ihnen vorbeikomme, sind Sie nie zu Hause. Wenn ich Ihnen Botschaften schicke, scheint es, als wären Sie verschwunden. Falls es Ihnen irgendwann langweilig werden sollte, mich zu quälen, dann melden Sie sich doch und besuchen mich im Anwesen der Hayes'.
G. S. H.

Diana spähte aus dem Fenster und betrachtete den Schnee, der unablässig auf den Hof fiel. Sie strich sich eine Locke von der Wange und dachte über all die gewaltigen Gefühle nach, die ihr auch nach den vielen Rückschlägen geblieben waren. Ihr war bewusst, dass sie sich monatelang selbst etwas vorgemacht hatte – und trotzdem sehnte sie sich immer noch nach Henry. Wenn sie an ihn dachte, dachte sie unweigerlich an die großen Wellen in Florida, die sie am Tag auf und ab bewegt hatten und die sie sogar später noch im Bett spüren konnte, obwohl sie dann nur noch als Erinnerung und als leises Geräusch in der Ferne existiert hatten. Henry war genauso – selbst lange Zeit, nachdem alles vorbei war, ließ er sie immer noch hin und her schwanken. Sie hatte das alles so satt. Sie schloss die Augen und seufzte leise.

Während sie sich mit ihrem schmalen Körper gegen den Fensterrahmen lehnte, versuchte sie sich vorzustellen, sie könnte aus dieser Anziehungskraft, die Henry auf sie ausübte, eine kleine Kugel aus Zeitungspapier formen und dann gleichgültig in eines der Feuer werfen, die von den Obdachlosen an kalten Tagen wie heute an Straßenecken angezündet wurden. Sie würde erst zu Asche verbrennen und dann von sanften Schneeflocken bedeckt werden, die darauf schmelzen und sich in nichts auflösen würden. Als Diana die Augen öffnete, wusste sie, dass ihr Trick nicht funktioniert hatte. Sie fauchte kurz wie eine wütende Katze und stieß sich vom Fenstersims ab. Irgendwo im Haus wanderte Elizabeth von Raum zu Raum wie ein Geist, der mit den Lebendigen noch eine Rechnung offen hatte, und ihre Mutter saß herum und faltete immer wieder die Hände. Jeder im Haus Nummer siebzehn war momentan mit anderen Dingen beschäftigt, deshalb hatte sie keine Probleme dabei, sich in einen Umhang zu hüllen und das Haus unbemerkt zu verlassen.

»Würden Sie den Einsatz für uns abgeben, Miss Diana?«

Der düstere Spielsalon war voller Leute und voller Lärm – das Klappern der Würfel, das Rascheln der Karten, die über den Tisch geschoben wurden, und das donnernde Gelächter der Gäste vermischten sich zu einer befremdlichen Kakofonie. An einem solchen Ort ihren Namen zu hören, ließ dem jungen Holland-Mädchen einen eiskalten Schauer über den Rücken laufen. Doch dann rief sie sich in Erinnerung, dass sämtliche Augen auf die Karten oder das schwarz-rote Rouletterad gerichtet waren und sie sich, um sich vor neugierigen Blicken zu schützen, eine mit schwarzen Perlen verzierte Katzenmaske angezogen hatte. Grayson hatte sie ihr gegeben, als sie sich vor der Tür des Hayes-Anwesens getroffen hatten und zusammen in die wartende Kutsche gestiegen waren. Er hatte ihr eine Hand auf die Schulter gelegt, als sie ihren Fuß auf den kleinen Eisentritt gestellt hatte, und auch nach ihrer Ankunft im Spielsalon irgendwo an der West Twenty-third Street suchte er ständig ihre Nähe. Zunächst hatte sie das irgendwie gestört, doch dann war ihr aufgegangen, dass sich dieser Raum trotz der roten Samtstühle und des Kronleuchters, der wie eine riesige leuchtende Qualle über ihnen hing, deutlich von denen unterschied, die sie bisher besucht hatte. Niemand hier war auch nur im Geringsten schockiert darüber, dass sie auf Grayson Hayes' Schoß saß und seine Hand ständig über ihr Knie strich.

»Aber ich weiß nicht, wie das geht«, säuselte sie wie eine dieser naiven Heldinnen aus den französischen Romanen, die sie unter ihrem Bett aufbewahrte. Sie hatte beobachtet, wie sich das Rouletterad drehte, und inzwischen herausgefunden, wie das Spiel funktionierte. Doch sie genoss es, seine kräftigen Arme zu spüren, die er von beiden Seiten um ihren Körper gelegt hatte, während er ihr ins Ohr flüsterte, was sie tun sollte. Der schwach beleuchtete Raum spiegelte sich in den riesigen, mit Goldbronze eingefassten Spiegeln. Männer in schwarzen Anzügen drängten sich auf dem Teppichboden um die verschiedenen Tische, hier und da war auch mal eine Frau dabei, die ihre Haare unter einem feinen Schal oder einer Stola verbarg.

Dieser Ort, an den Grayson sie mitgenommen hatte, war zwar mit der Kutsche schnell zu erreichen, wirkte aber meilenweit entfernt vom Gramercy Park oder der Fifth Avenue. Diana gefiel der Gedanke, dass sie dadurch jetzt auch weit weg von Henry war. Oh, er war immer noch da und hatte sich in ihrem Kopf festgesetzt, aber nun gab es auch noch Grayson, der zwar ein ganz anderer Mann war, aber immerhin zur gleichen *Kategorie* von Männern gehörte. Sie trugen beide die gleichen maßgeschneiderten Anzüge, besaßen ähnliche Zigarettenetuis und wurden von den gleichen unehrenhaften Absichten getrieben. Immerhin drängte jeder Moment, den sie mit Grayson verbrachte, die Erinnerung an Henry ein bisschen weiter in den Hintergrund, sodass sie sich dem strahlenden Moment sich drehender Räder, schwirrender Deckenventilatoren und dicken Zigarrenrauchs jetzt völlig hingeben konnte. Hier gab es keine Vergangenheit und keine Zukunft, sondern nur den Mann, an dessen breite Brust sie sich lehnte, wenn ihr von dem ganzen Trubel um sie herum ein bisschen schwindelig wurde.

Ein Kellner mit einer dunkellila Weste kam vorbei, um ihr mehr Champagner zu geben – sie war es nicht gewöhnt, dass ihr Glas so beiläufig und so oft nachgefüllt wurde. Grayson flüsterte ihr schon wieder irgendwas ins Ohr, allerdings störte es sie nicht im Geringsten, dass sie keine Ahnung hatte, was er sagte. Sie legte ihren Einsatz auf eines der Felder.

»Bist du sicher?« Sie konnte Graysons Stimme anhören, dass die Stelle, auf die sie ihre Jetons gelegt hatte, ihn gleichzeitig mit Angst und Aufregung erfüllte.

Sie nickte lediglich und zwinkerte dem Croupier zu, der nun den Rest der um den Tisch versammelten Männer um ihre Einsätze bat. Dann drehte er das Rouletterad und ließ die kleine weiße Kugel in entgegengesetzter Richtung zur wirbelnden Scheibe dahinfliegen. Diana schloss die Augen und stellte sich vor, sie würde von allem losgelöst im unendlich weiten Universum dahintreiben. In ihrer Fantasie war Gramercy verschwunden und Geld nur ein Spiel, das Kinder spielten. Sie wusste leider nur zu gut, dass sie irgendwann zu dem traurigen Haus und in ihr eigenes trauriges Zimmer zurückkehren müssen würde, aber jetzt noch nicht. Sie würde später gehen. Als sie die Augen wieder aufmachte, war die Kugel in ein kleines Fach mit einer Nummer gefallen.

Sie blinzelte und brauchte einen Moment, bis ihr klar wurde, dass das Fach zu der Zahl gehörte, auf die sie sämtliche verbliebenen Jetons gesetzt hatte. Um sie herum sogen die Spieler hörbar den Atem ein und klopften Grayson auf die Schulter.

Sie spürte, wie sein Griff fester wurde. Er drückte eine Handfläche auf ihren Bauch, zog sie noch näher an sich heran und strich mit den Lippen über ihre Wange.

»Ich kann es nicht glauben«, flüsterte er. »Du musst mein Glücksbringer sein.«

Es dauerte noch ein paar Sekunden, bis sie tatsächlich glauben konnte, was gerade passiert war, und dann erinnerte sie sich endlich wieder daran, wie man atmete. Vielleicht lag es an dem angenehmen Prickeln des Champagners oder an dieser fremden Welt, in die sie so leicht hineingerutscht war, doch in diesem Augenblick fühlte sie sich auf jeden Fall sehr glücklich oder sehr reizvoll oder was immer er gesagt hatte.

Sie warf den Kopf zurück, lachte laut und streckte die schmalen weißen Arme in die Luft, wobei sie fast so etwas wie Freude empfand.

34

Meine Leser wissen, wie ehrlich und aufrichtig ich bin, und dass ich mich stets bemühe, jede Frage vollständig und sorgfältig zu beantworten. Es gibt jedoch Dinge, die nie ausgesprochen werden, und trotzdem weiß jede Mutter ganz genau, was sie tun muss, um ihre jungen und unschuldigen Töchter vor den wütenden Blicken und der harschen Meinung der Welt zu schützen. An solche Dinge sollte man allerdings nur im Winter denken und beten, dass es nicht zu viele Geheimnisse gibt, die man für sich behalten muss.

– Mrs Hamilton W. Breedfelt, *Gesammelte Kolumnen über die Erziehung junger Damen mit Charakter*, 1899

Elizabeth stand vor der Tür und krallte nervös die Hände in ihren Rock. Sie hatte gehofft, dass ihre schmalen Schultern nicht mehr zittern würden, wenn sie ein paar Sekunden lang wartete, bevor sie anklopfte. Doch nun stand sie schon seit ein paar Minuten hier und war immer noch kein bisschen ruhiger geworden. Hinter der Tür lag die Nähstube, wo die Hollands momentan alles Mögliche selbst erledigten, was im Haushalt so anfiel. Ihre Mutter zog sich gerne dorthin zurück, um zu häkeln und ihre Sorgen zu wälzen, und als sie nach dem Abendessen in dieses Zimmer verschwunden war, hatte sie noch geglaubt, dass ihre größte Sorge darin bestand, dass ihre beiden Töchter ohne passende Heiratsangebote aus Florida zurückgekehrt waren. Elizabeth hob die Faust, um anzuklopfen; sie würde ihrer Mutter beichten müssen, dass es noch einen weiteren Grund zur Sorge gab, was sie auf jeden Fall hinter sich bringen wollte, bevor ihre körperlichen Veränderungen das Ganze zu offensichtlich machten.

»Herein«, antwortete Mrs Holland knapp.

Elizabeth schob sich durch den Türspalt ins Innere. Sie hatte ein altes Musselinkleid in einem warmen Braunton mit hoher Taille und Puffärmeln gewählt, aber innerlich war sie weiß vor Angst. Das Kleid war ihr an einigen Stellen zu weit, an anderen eher zu eng. Es hatte fast die gleiche Farbe wie die dunkle Holztäfelung des Raums, sodass es beinahe so aussah, als würde Elizabeths blasses, herzförmiges Gesicht ohne Körper vor der Wand schweben, als sie sich zurücklehnte, um die Tür zuzudrücken. Die Tarnung änderte wenig an dem gigantischen Gewicht, das auf ihr lastete: All die Dinge, die sie getan hatte und nun nicht mehr ändern konnte, drohten, sie hinab in die Tiefe zu ziehen. Eigentlich hatte sie sich fest vorgenommen, ihr Leben dem Wohl ihrer Familie zu widmen; stattdessen trug sie jetzt etwas in sich, womit sie alle gewaltig in Schwierigkeiten bringen würde.

»Was gibt es?« Irgendwas in Mrs Hollands schwarzen Augen änderte sich, als sie ihre Tochter sah; sie reckte das Kinn vor, wodurch sich die Haut an ihrem Hals straffte. Vielleicht hatte sie den Braten längst gerochen und wusste, dass etwas ganz und gar nicht in Ordnung war. Neben ihr brannte ein Feuer, dessen Schein in ihren aufmerksamen Augen flackerte. Sie legte die Häkelnadel und das Garn aus der Hand und musterte ihre Tochter prüfend, bevor sie sie mit einer schwachen Geste zu sich heranwinkte.

Elizabeth durchquerte den Raum und sank neben ihrer Mutter auf den Boden. Der Gesichtsausdruck der älteren

Frau war so hart wie eh und je und tiefe Furchen rahmten ihre schmalen Lippen, dennoch betrachtete sie ihre Tochter mit schier unerschütterlicher Gelassenheit, die eine gewisse Wärme tief in ihrem Innern vermuten ließ. »Erzähl mir, was los ist.«

Und das tat Elizabeth dann auch. Ihr Geständnis kam stockend und wurde von kleinen Schluchzern unterbrochen. »Bevor Will … bevor er starb, waren wir … als Mann und Frau zusammen …« Sie hielt inne, um ihre Stirn gegen das Knie ihrer Mutter zu lehnen. Ihre Wimpern waren feucht, und sie wollte nicht, dass Mrs Holland das sehen musste. »Und nun glaube ich … ich weiß es.« Sie schluckte. »Ich weiß es. Ich bin guter Hoffnung.«

Als Elizabeth den Kopf wieder hob, um zu sehen, wie ihre Mutter auf die Nachricht reagierte, war das Gesicht von Mrs Holland eine Maske aus Unerbittlichkeit. Falls dieser krasse Fehltritt ihrer einst so hochgelobten Tochter sie geschockt oder verletzt hatte, zeigte sie es jedenfalls nicht. Ihr fester Blick war erbarmungslos und nüchtern, das Ergebnis eines ganzen Lebens voller Enttäuschungen und bitterer Erfahrungen, und sie machte keinerlei Anstalten, ihr Kind zu trösten.

»Das ist bedauerlich«, sagte sie förmlich. »Wenn auch nicht besonders überraschend. Ich gebe Will und dir gleichermaßen die Schuld daran.« Sie atmete hörbar ein und nahm ihre Häkelsachen vom Schoß, um sie auf den Boden zu legen. »Ich habe dir gesagt, dass ich dich nicht noch einmal dazu zwingen werde, dich gegen deinen Willen zu verloben, Elizabeth. Aber ich fürchte, das hier ändert alles. Falls jemand dieses Geheimnis entdecken sollte, sind wir am Ende. Das ist dir doch klar, oder?«

Elizabeth nickte unglücklich, wobei ihre blonden Haare auf und ab wippten.

»Du wirst schnell heiraten müssen oder falls dir das nicht gelingen sollte, werden wir uns auf andere Weise darum kümmern müssen. Ich kenne ein Haus, wo solche Dinge gemacht werden.« Ein kurzer Schauer überlief Mrs Holland, und sie zuckte fast unmerklich zusammen. Hätte Elizabeth just in dieser Sekunde geblinzelt, wäre ihr das vielleicht gar nicht aufgefallen, aber sie war froh, dass sie es mitbekommen hatte, denn so wusste sie, wie sich ihre Mutter bei diesem Vorschlag wirklich fühlte, selbst wenn sie ihn für notwendig hielt.

»Ich werde mit meinen Freunden reden – mit den Freunden, die ich noch habe – und herausfinden, ob es nicht doch den einen oder anderen Hochzeitskandidaten für dich gibt. Vielleicht lässt sich das alles schnell und in aller Stille abwickeln. Doch ich fürchte, dass uns am Ende nur die andere Option bleibt, und das tut mir ehrlich leid, mein Kind.« Sie legte ihrer Tochter eine Hand auf den Kopf und seufzte. »Geh und ruh dich etwas aus. Morgen früh werden wir tun, was getan werden muss.«

Elizabeth nickte und fühlte sich auf merkwürdige Art wieder wie ein Kind, obwohl doch gerade eines in ihr wuchs. Sie schaffte es nicht, ihre Mutter anzusehen, sondern kam stattdessen mit ernstem Gesicht auf die Füße und wandte sich zur Tür. Sie dachte an all die Dinge, die sie hatte sagen wollen – wie sehr es ihr leidtat, was für eine Enttäuschung sie war, wie sehr sie gehofft hatte, dass die Dinge sich ändern würden, und warum alles dermaßen schiefgegangen war –, doch sie merkte, dass sie weder die Energie noch den Willen hatte, sich zu rechtfertigen. Sie schlüpfte in den spärlich beleuchteten Flur hinaus und stieg dann vorsichtig Stufe um Stufe hinab in den ersten Stock, um in ihr eigenes Zimmer zu gehen, in dem zwar kein Feuer brannte, aber wo sie wenigstens mit ihrem Geheimnis allein sein konnte.

Dort setzte sie sich auf ihr Bett aus Mahagoni mit der weißen Steppdecke, lehnte sich gegen das Kopfende und legte einen Arm übers Gesicht. Sie wartete darauf, dass sich ihr Atem endlich beruhigte, aber das tat er leider nicht. Einen Moment lang erinnerte sie sich an Will und daran, wie sie sich gefühlt hatte, wenn sie mit ihm zusammen war – so beschützt und sicher und mit der festen Überzeugung, dass er immer genau wusste, was das Richtige war. Doch dieses kostbare Gefühl war ihr geraubt worden. Jetzt war sie allein und falls es bei dieser ganzen Sache eine richtige Entscheidung gab, so hatte sie keinen Schimmer, welche das sein könnte. Vor einem Monat war es ihr noch so vorgekommen, als könnte sie ohne Probleme den korrekten Weg einschlagen. Ihre Familie hatte sie furchtbar dringend gebraucht, und sie hatte vorgehabt, alles für sie zu tun. Sie hatte es Diana ermöglicht, Henry Schoonmaker zu folgen, was ihr jedoch ganz offensichtlich eher geschadet als irgendwie Glück gebracht hatte, und seitdem hatte sie sich als ältere Schwester ziemlich rargemacht. Seit ihrer Rückkehr hatte sie kaum mit ihrer jüngeren Schwester gesprochen, weil sie viel zu sehr mit ihren eigenen Ängsten beschäftigt gewesen war, um mitzubekommen, wie Diana mit alldem klarkam. Und was ihre Mutter anging – der Gedanke, wie stark sie die Erwartungen ihrer Mutter enttäuscht hatte, war fast nicht auszuhalten.

Sie fuhr sich mit der Hand über die Stirn und starrte teilnahmslos zum Fenster. Irgendwann im Laufe des Abends hatte es aufgehört zu schneien, und der Halbmond zeichnete sich nun als blasse Sichel am dunklen Himmel ab. Sie fragte sich, ob Will sie jetzt wohl sehen konnte, und spürte einen neuen Anflug von Schuldgefühlen, nicht nur wegen ihrer Familie, sondern auch wegen der angenehmen und glücklichen Tage, die sie in Florida verbracht hatte. Die Erinnerung daran ließ sie zusammenzucken, und sie überlegte, ob ihr jetziges Dilemma nicht so was wie die Strafe dafür war, dass sie sich für kurze Zeit fallen gelassen hatte und wieder in den angenehmen Lebensstil hineingerutscht war, in den sie hineingeboren worden war, mit all den feinen Stoffen, höflichen Worten und schiefen Blicken.

Als ihr Atem schließlich doch endlich ruhiger wurde, blinzelte sie in die vom Mondlicht zerschnittene Dunkelheit. Sie dachte plötzlich an Teddy und fing an zu überlegen, ob ihre Situation letztendlich vielleicht doch nicht so schrecklich und ausweglos war wie befürchtet.

35

Heutzutage hört man in New York ständig von Frauen, die plötzlich auf der Bildfläche auftauchen und die man im Auge behalten sollte. Die neuste dieser Damen ist Mr Portia Tilt, deren Mann sein Vermögen mit Kohle oder irgendetwas in der Art gemacht hat und die momentan eine Menge Partys schmeißt. Meine lieben Leser, Sie wissen, dass ich immer skeptisch gewesen bin, und mit meinem skeptischen Blick werde ich weiterhin alles beobachten.

– Aus der Gesellschaftskolumne des *New York Imperial*, Mittwoch, den 28. Februar 1900

Carolina wusste, dass es ihr Schicksal war, Leland wiederzusehen, obwohl sie momentan noch keinen Schimmer hatte, wie ihr nächstes Treffen wohl zustande kommen könnte. Zum Glück waren die Gedanken an den Mann, von dem sie in Florida schon beinah einen Heiratsantrag erwartet hatte, nur in ihrem Kopf, also musste sie niemandem erklären, warum sie derart überzeugt davon war, dass sie sich bald über den Weg laufen würden. Außerdem strengte sie sich mächtig an, so wenig wie möglich über ihre derzeitige Situation nachzudenken, schließlich kam ihr alles, was sie noch vor einer Woche quasi in der Hand gehabt hatte, jetzt unendlich weit weg vor. Sie trug wieder ein schlichtes schwarzes Kleid, allerdings zumindest mit einem hohen, strengen Kragen und so was wie Verzierungen im Brustbereich. Für ein paar Tage hatte sie in einer dieser heruntergekommenen Unterkünfte in Downtown gehaust, jetzt hatte sie wenigstens wieder ein eigenes Zimmer – ganz in der Nähe des Dienstbotentrakts im vornehmen Hause einer anderen Dame. Das alles sorgte jedoch nicht dafür, dass sich Carolina auch nur ein kleines bisschen vornehm fühlte.

»Miss Broad.«

»Ja?« Carolina blinzelte unschuldig und wusste, dass ihr Gesicht den gleichen dienstbereiten, dümmlichen Ausdruck angenommen hatte, den sie als Dienstmädchen einer Dame jahrelang getragen hatte. Auch ihre Stimme klang plötzlich mädchenhaft, wie die einer Frau, die noch nicht gelernt hatte, das zu fordern, was sie verdiente. »Was gibt es, Mrs Tilt?«

»Miss Broad, es gibt keinen Grund, so verängstigt auszusehen!« Portia Tilt war bereits ein wenig betrunken, was ihr schlecht geschminktes Gesicht nicht gerade hübscher machte. Sie schenkte Carolina ein gönnerhaftes Lächeln, was allein daran lag, dass sie jetzt Macht über sie hatte. Wie sehr die Frau aus dem Westen, an die Carolina keinen einzigen Gedanken verschwendet hatte, als sie sich im Sherry's begegnet waren, es genoss, andere herumzukommandieren, lag auf der Hand – vor allem jemanden, dessen Name in sämtlichen Klatschkolumnen gestanden hatte. »Ich wollte Ihnen nur sagen, dass Sie gerne mit den Gästen Bridge spielen dürfen, wenn Sie möchten. Für Ihren Einsatz müssten Sie sich natürlich etwas von Ihrem Gehalt im Voraus borgen, aber vielleicht spielen Sie ja so gut, dass Sie am Ende sogar ein bisschen was gewinnen.«

Carolina blinzelte mit ihren weit auseinanderliegenden salbeigrünen Augen. Sie nickte stumm und ließ den Blick schweifen, bis sie durch den Türrahmen aus Zitronenholz spähen konnte. Die Leute im Nebenraum saßen um antike, französische Kartentischchen herum – vor Kurzem hätte Carolina noch dazugehört. Alle hatten sich extra in Schale geworfen, um diese neue Mrs Tilt kennenzulernen, genau wie sie sich damals herausgeputzt hatten, um die Broad-Erbin zu treffen. Hohes, durchdringendes Gelächter machte sofort klar, dass auch Mrs Carr mit von der Partie war, was Carolina natürlich schon vorher gewusst hatte, schließlich hatte sie die Einladung persönlich geschrieben. Mrs Carr war berühmt dafür, sich niemals eine Abendgesellschaft entgehen zu lassen, was einer der Gründe gewesen war, warum Carolina – in ihrer neuen Rolle als Mrs Tilts Gesellschaftssekretärin – die Dame als Gast empfohlen hatte. Eine Frau, die in der Gesellschaft Fuß fassen wollte, musste sich unbedingt Freunde suchen, wo sie nur konnte: Das hatte Carolina ihrer neuen Arbeitgeberin taktvoll geraten, obwohl man sich später, wenn man ein bisschen Ansehen gesammelt hatte, natürlich nicht mehr nur mit geschiedenen Frauen sehen lassen sollte. Derart kostbares Wissen weiterzugeben, hatte Carolina ganz schön Bauchschmerzen bereitet, aber sie hatte sonst nichts mehr übrig, womit sie irgendwie punkten konnte.

»Nein, danke«, sagte sie leise. »Heute Abend lieber nicht.«

Mrs Tilt zuckte mit den Schultern und brachte die Masse roter Satinbänder auf ihren Schultern zum Zittern. Es war nicht zu übersehen, wie egal es ihr war, was Carolina gerade durchmachte. Die gelben Locken über ihrem langweiligen Gesicht glänzten im Schein des Kronleuchters. Mrs Tilts Gesellschaftssekretärin besaß diesen Titel zwar erst seit drei Tagen, dennoch hatte sie diese Rolle schon komplett satt. Um ehrlich zu sein, erfüllte sie das Ganze mit blankem Hass und noch dazu hatte sie Angst, dass andere Wind davon bekommen könnten, was für eine erniedrigende Arbeit sie jetzt machen musste. Das war der wahre Grund, warum sie heute Abend auf keinen Fall mit den Gästen Bridge spielen wollte. Natürlich war auch die

Vorstellung, sich etwas von ihrem eigenen Gehalt im Voraus leihen zu müssen, extrem demütigend. Longhorn hatte ihr das Kartenspiel beigebracht, und sie war tatsächlich eine ziemlich clevere Spielerin, aber der Gedanke, von Lucy Carr bemitleidet zu werden, war einfach zu viel für Carolina, also lehnte sie sich gegen den Türrahmen, während Mrs Tilt in den Raum hineinrauschte und ihren Platz neben Tristan einnahm.

Tristan warf einen kurzen Blick zu Carolina herüber, woraufhin sie sich hastig in den Flur zurückzog, wo sie quasi unsichtbar war, allerdings auch nur einen winzigen Teil von dem mitbekam, was im Spielzimmer der Tilts im ersten Stock passierte. Es war Tristan gewesen, der vorgeschlagen hatte, dass Carolina den Posten als Gesellschaftssekretärin annehmen sollte, während er Mrs Tilt gleichzeitig auf diese Idee gebracht hatte. Die Dame des Hauses kurvte gerade um den Verkäufer herum und drückte ihm auf dem Weg zu einem mit grasgrünem Jaquardstoff gepolsterten Lehnstuhl einen roten Kuss auf die Wange. Carolina wusste, dass sie damit ihr Territorium markieren wollte, allerdings störte es sie nicht sonderlich, obwohl sie selbst Tristan bereits zweimal erlaubt hatte, sie zu küssen. Sie erkannte mittlerweile, dass er wie ein Zauberkünstler war und Frauen mit diversen kleinen Tricks in seinen Bann schlagen konnte. Seit sie das durchschaut hatte, hatte er all seine Macht über sie verloren. Sie sagte sich, dass sie diese Küsse nur deshalb zugelassen hatte, weil sie einsam gewesen war, und dass Leland ja nie etwas davon erfahren musste.

Die Kronleuchter – die wesentlich kleiner waren als in Lelands Haus – tauchten die Gäste der feinen Gesellschaft in funkelndes Licht, und der Zigarettenrauch hing wie eine ekelhaft süße Wolke in der Luft. Carolina schloss die Augen und erinnerte sich daran, wie schön es gewesen war, als sie selbst ein gern gesehener Gast in solchen Räumen gewesen war, in denen es ähnlich gerochen hatte. Der Gedanke, dass sie sich im Flur eines Hauses verstecken musste, das viel zu weit westlich und viel zu weit uptown lag, um wichtig zu sein, brachte die Haut unter ihrem engen Kragen zum Prickeln. Schlimmer noch, sie arbeitete jetzt für eine Frau, die ihren Liebhaber in aller Öffentlichkeit anfasste, ohne mit der Wimper zu zucken, und das in dem Haus, das sie mit dem millionenschweren Vermögen ihres Mannes gekauft hatte. Es war die Art von Benehmen, die man eher auf einer Ranch irgendwo in Nevada vermutet hätte.

Ein Kellner kam auf dem Weg ins Spielzimmer mit einer Karaffe Weißwein in der Hand an ihr vorbei, und sie streckte instinktiv die Hand aus und tippte ihm auf die Schulter.

»Webster Youngham mag lieber Rotwein.« Sie hatte beobachtet, wie derselbe Kellner dem berühmten Architekten vorhin Weißwein eingegossen hatte, und wusste, dass der Youngham keine zweite Einladung annehmen würde, wenn das Personal nicht stärker auf solche Dinge achten würde. Schließlich war er ein Gentleman, und das zu Recht, wie Mrs Carr immer zu sagen pflegte. Der Kellner nickte und zog sich zurück. Kurz darauf kehrte er mit einer Flasche Rotwein zurück.

»Immer von rechts eingießen«, erklärte Carolina leise, bevor der Mann das Kartenzimmer betrat. Es war eine Art Reflex gewesen, und sie ärgerte sich sofort über sich selbst und über Tristan und Portia Tilt, die sie in diese Situation gebracht hatten, in der sie schon wieder wie eine Sklavin dafür schuften musste, dass die Wünsche anderer Leute zufriedengestellt wurden. Sie stieß verbittert den Atem aus und machte auf dem Absatz kehrt, um dieser irritierenden Szene den Rücken zuzuwenden. Mrs Tilt würde sie heute Abend nicht mehr brauchen, also konnte sie genauso gut auch in ihrem eigenen Zimmer in Selbstmitleid schwelgen. Carolina tat sich gerade selbst dermaßen leid, dass es kaum auszuhalten war. Außerdem spürte sie eine neue Welle von Wut in sich hochkochen, die sie zu überrollen drohte. Hätte ihr in diesem Moment ein kleines Vögelchen zugeflüstert, dass das Leben hier weit bequemer war als bei den Hollands oder auf der Straße, dann hätte sie dem leichtsinnigen Piepmatz auf der Stelle den Hals umgedreht.

Sie marschierte über das Eichenparkett und gab sich keinerlei Mühe, den Lärm ihrer Schritte zu dämpfen, sodass ihre hochhackigen Schuhe ein lautes Klacken verursachten. Schließlich war sie viel zu gut dafür, um Rücksicht auf andere zu nehmen, sich zu verstecken oder herumirrende Kellner zu beaufsichtigen, die nicht mal ordentliche Anweisungen bekommen hatten. Beinah hätte sie das alles vor sich hin gemurmelt, als sie plötzlich ihren Namen hörte, der ihrer Meinung nach sogar mit der richtigen Betonung und Ehrerbietung ausgesprochen wurde.

»Miss Broad«, sagte Leland Bouchard.

»Oh.« Carolina hielt inne und verzog das Gesicht. Ihr war auf schreckliche Art und Weise klar, wie schlicht ihre Haare frisiert waren, die sie in der Mitte gescheitelt und hinten zu einem Knoten zusammengefasst hatte, und wie unpassend ihr Outfit wirkte, das ihre neue Herrin für angemessener gehalten hatte als die Kleider, die Longhorn für sie hatte anfertigen lassen. Sie schaffte es irgendwie, einen kleinen Knicks zu machen, und versuchte verzweifelt, irgendetwas Nettes über die Lippen zu bringen.

Sie musste verdammt seltsam wirken – sie stand einfach wie vom Donner gerührt da und brachte keinen Ton raus –, allerdings bei der Art, wie Leland sie anschaute, hätte man meinen können, dass ihm nichts davon aufgefallen war. Er strahlte sie an – wäre sie nicht so unglücklich darüber gewesen, dass er sie in dieser erbärmlichen Situation ertappt hatte, dann wäre ihr vielleicht aufgegangen, dass er sich freute, sie zu sehen.

»Wir haben uns seit Florida überhaupt nicht mehr getroffen. Hast du dich vor mir versteckt?«

»Hast du etwa die Gesellschaftskolumnen nicht gelesen?«, flüsterte Carolina wie betäubt.

Leland lachte. »Ich lese nie die Klatschspalten.«

»Oh.« Carolina nickte. Natürlich tat er so was nicht, dachte sie und merkte, dass sie ihn deswegen sogar noch mehr mochte. »Mir war einfach nicht nach Gesellschaft«, log sie.

»Hm, das glaube ich gern. Du siehst blass aus und ziemlich müde. Fühlst du dich nicht gut? Du solltest dich etwas ausruhen. Ein Körper braucht Ruhe, weißt du? Ihr Damen strengt euch immer viel zu sehr an.« Sein breites Gesicht sah plötzlich irgendwie besorgt aus. »Es war eine lange Reise«, fügte er in warmem Tonfall hinzu. Seine Stimme klang so mitfühlend und verständnisvoll, dass sie sie am liebsten immer und immer wieder gehört hätte.

»Ja«, erwiderte sie, obwohl sie eigentlich gerne noch mehr Zeit mit ihm verbracht hätte. »Warum bist du hier?«, fuhr sie fort, obwohl sie wusste, dass ihre Frage weder sonderlich klug noch höflich klang. Allerdings war ihr gerade in den Sinn gekommen, dass sie ja die Gästeliste aufgestellt hatte und seinen Namen niemals hinzugefügt hätte – nicht für jemanden wie Portia Tilt.

»Youngham und ich haben etwas Geschäftliches zu besprechen und er hat mich gebeten, ihn hier zu treffen.« Leland zuckte mit den Schultern und strich sich das weizenblonde Haar aus der Stirn. Er sah so gut aus, dass es ihr einen Stich versetzte. »Normalerweise mache ich so etwas nicht. Du weißt ja, dass ich mich nicht für Kartenspiele interessiere. Aber ich gehe bald auf Reisen und bin deshalb etwas knapp mit der Zeit.«

Carolina blickte mit traurigen Kulleraugen zu Leland auf. »Wohin verreist du denn?«

»Erst nach London und dann weiter nach Paris. Dort werden bei der Weltausstellung im April jede Menge Automobile gezeigt und Rennen veranstaltet. Inzwischen weißt du ja, dass ich mir ein solches Event niemals entgehen lassen würde.« Er grinste inzwischen bis über beide Ohren. Als Carolina die Augen schloss, fügte er schnell hinzu: »Bist du wirklich sicher, dass du in Ordnung bist?«

»Ja, ich habe nur …«

»Miss Broad!«

Das Paar, das sich in Florida so gut verstanden hatte, sah auf und entdeckte Mrs Tilt, die gerade aus dem viel schmeichelhafteren Licht des Spielzimmers heraustrat. Ihre Schritte wirkten zwar etwas wackelig, doch ihre Stimme klang scharf und kein bisschen genuschelt. Carolina kannte diesen Tonfall – es war die Art, wie hochgestellte und mächtige Leute mit ihren Untergebenen sprachen –, und sie war sicher, dass Leland das auch herausgehört hatte.

»Mrs Tilt«, erwiderte Carolina und richtete sich auf. Sie presste die Lippen zusammen, sodass die feinen Linien ihrer Wangenknochen aus dem Schatten hervortraten. Ohne sich sonderlich anstrengen zu müssen, war ihr Gesichtsausdruck von einer Sekunde auf die andere hochmütig und gleichgültig, während auch ihre Stimme sofort in das inzwischen gewohnte Muster verfiel. »Vielen Dank für den wunderbaren Abend, aber ich fürchte, ich fühle mich nicht allzu gut und habe meine Lust am Kartenspiel verloren. Mr Bouchard war so freundlich, mir anzubieten, mich nach unten zu begleiten und mir eine Droschke zu rufen.«

Mrs Tilts Mund formte ein großes O, doch sie war anscheinend dermaßen verdattert, dass sie kein Wort herausbrachte, als Carolina knickste, sich bei Leland unterhakte und die Stufen am Ende des Flurs hinabstieg. Sie blieben kurz in der

Eingangshalle stehen, wo sich Carolina Mrs Carrs Otterfellmantel geben ließ, und dann traten sie hinaus in die Kälte. Während sie schweigend darauf warteten, dass eine Droschke rumpelnd die Straße entlangkam, überlegte Carolina verzweifelt, was sie sagen könnte, um irgendwie dafür zu sorgen, dass sie Leland auf jeden Fall wiedersehen würde. Allerdings konnte sie ihm keine Adresse geben. Sie hatte weder ein Hotelzimmer noch irgendein Haus, abgesehen von dem, das sie gerade hinter sich gelassen hatte. Es gab auch sonst keine gesellschaftlichen Ereignisse, bei denen sie hoffen konnte, ihn bald wiederzusehen. Das unangenehme Schweigen dehnte sich zwischen ihnen in die Länge, bis schließlich eine Droschke vor ihnen hielt und Leland ihr nach oben auf die Sitzbank half.

»Ich fahre Freitag los und fürchte, dass ich vor meiner Abfahrt keine Zeit mehr haben werde, Sie zu sehen. Aber Sie lassen es mich doch wissen, wenn es Ihnen besser geht?«

Carolina nickte mechanisch.

»Schicken Sie mir doch zumindest ein Telegramm«, sagte er, griff nach ihrer Hand und drückte sie fest.

»Das werde ich«, versprach sie, während sie widerwillig die Finger zurückzog. »Auf Wiedersehen, Mr Bouchard.« Dann erklang das Schnalzen der Peitsche und das Pferd trabte in die Nacht hinein. Carolina machte die Augen zu und versuchte sich vorzustellen, dass sie immer noch bei Leland war, statt mit einem gestohlenen Mantel in einer Droschke zu sitzen und dem Kutscher nicht mal sagen zu können, wo sie wohnte.

36

Mr William Schoonmaker, dessen politische Ambitionen allgemein bekannt sind, hat sich die ganze Woche in Albany aufgehalten und sich jetzt, wo er der Fortschrittspartei beigetreten ist, mit dem Gouverneur getroffen und Verbündete gesammelt. Nach dem, was man hört, wird der angehende Kandidat heute nach Manhattan zurückkehren ...

– Aus der *New York Times*,
Donnerstag, den 1. März 1900

»Möchten Sie einen Drink, Sir?«

»Nein.«

Henry hielt das Kinn gesenkt und den Blick geradeaus gerichtet, während er am Kellner vorbei in den Salon im ersten Stock ging, wo seine Stiefmutter häufig ihre gesellschaftlichen Empfänge abhielt. Das Louis-quatorze-Mobiliar, das heute Morgen direkt nach dem Frühstück geölt worden war, war gekonnt beiläufig auf dem dunkelvioletten Perserteppich arrangiert worden. Ein paar Männer und Frauen, die nach der Vorstellung der älteren Mrs Schoonmaker zu den »richtigen Leuten« gehörten, unterhielten sich gerade in herrischem Tonfall über irgendwelche Nichtigkeiten. Sie hatten es sich auf Sofas und in Bergère-Sesseln gemütlich gemacht und nippten gelegentlich an papierdünnen Porzellantassen. Das Licht des späten Nachmittags fiel durch die Spitzengardinen, während auf der anderen Seite der Fensterscheibe pausenlos Kutschen in flottem Tempo die Avenue entlangfuhren.

Die Haut um Henrys Kinn war frisch rasiert und weich. Plötzlich tat es ihm leid, dass er den Drink abgelehnt hatte, denn genau dieser Kellner hatte jahrelang immer besonders darauf geachtet, dass Henry nie lange mit leerem Glas in der Hand rumsitzen musste, und das sogar, obwohl es Henrys Vater vermutlich ziemlich gegen den Strich gegangen war. Deshalb kam sich Henry jetzt fast so vor, als hätte er einen treuen Verbündeten verraten, nur weil er das Angebot abgelehnt hatte. Allerdings strengte er sich momentan extrem an, um fit zu bleiben und einen klaren Kopf zu behalten. Das hatte er die ganze Woche über schon versucht, während er darauf wartete, dass der alte Schoonmaker aus Albany zurückkam. Er hatte sämtliche Argumente in Gedanken durchgespielt und fühlte sich bereit dazu, seinem Vater auf rationale Weise ins Gesicht sagen zu können, dass er Penelope verlassen wollte – und dann sollte der alte Mann ruhig machen, was er wollte. Außerdem würde es noch andere Drinks und andere Gläser geben, mit Diana, wie er hoffte, in einer noch verschwommenen, aber garantiert wunderbaren Zukunft.

Sein Blick wanderte durch den Raum, allerdings konnte er seinen Vater nirgendwo entdecken, also blieben seine Augen schließlich an der brünetten Frau mit blauen Augen und langem Hals kleben, die in einem smaragdgrünen Satinkleid auf dem schwarzen Samtsofa mit ovaler Rückenlehne saß. Neben ihr saß seine Stiefmutter, deren blonde Haare zu einer Hochsteckfrisur aufgetürmt waren und deren Wangen von all den Komplimenten, die sie so gerne von den Gästen hörte, schon ganz pink geworden waren. Die beiden Frauen schauten in Henrys Richtung und dann lachte Isabelle und wandte sich ab.

Penelope behielt Henry jedoch weiter im Auge, als der sich

an den kleinen Tischchen und den Marmorstatuetten, die den Raum füllten, vorbeischlängelte. Er umrundete Adelaide Wetmore und Lydia Vreewold, die ins Gespräch vertieft waren, und den Maler Lispenard Bradley, der offensichtlich darauf wartete, dass Mrs Schoonmaker ihn endlich beachtete. Als Henry näher kam, strahlte Penelope ihn mit einem ekelhaften falschen Lächeln an.

»Hast du mich schrecklich vermisst?«, fragte sie so laut, dass die meisten der bekannten Klatschmäuler es hören konnten.

Penelopes Mieder bestand aus mehreren mit Borten besetzten Schichten und erinnerte ihn irgendwie an einen Brustpanzer. Obwohl er aus so viel Stoff bestand, wirkte das Ganze geradezu kantig und hart. Es schien nahezu unmöglich zu sein, sich in dieser Konstruktion zu bewegen oder zu atmen, und Henry fragte sich nicht zum ersten Male, ob Penelopes Blut wohl rot oder schwarz war. Allerdings spielte das jetzt keine Rolle mehr.

»Nein«, sagte er schließlich.

Penelopes lange schwarze Wimpern zuckten so minimal, dass es wahrscheinlich kaum jemand mitbekam. Sie presste die übergroßen Lippen zusammen, und ihr ovales Gesicht bekam sofort einen unerbittlichen Ausdruck. Falls sie sich von ihm blamiert fühle, strengte sie sich wohl ziemlich an, damit niemand etwas merkte.

»Ich suche meinen Vater. Ist er hier irgendwo, Isabelle?«

Isabelle, die mit Bradley still und heimlich mehrere Blicke gewechselt hatte, blinzelte jetzt mit unschuldiger Miene zu Henry hoch, was allerdings ein ziemlich mieser Versuch war zu vertuschen, wie aufmerksam sie dem Wortwechsel zwischen ihrem Stiefsohn und ihrer Schwiegertochter gelauscht hatte.

»Nein«, meinte sie schließlich. »Er ist in den Club gegangen, aber er kommt heute Abend zum Essen bei den Hayes'. Du kannst dort später mit ihm reden. Aber bleib doch noch ein wenig hier, Henry – du bist sonst nie eine große Hilfe, wenn wir wichtige Leute zu Gast haben.«

Das Licht, das durch die Fenster hereinströmte, verblasste langsam und ließ die Farben, die die Frauen für ihre Tageskleider gewählt hatten, im Schein der untergehenden Sonne unangenehm grell wirken. Er wusste, dass Isabelle in Gedanken schon längst wieder beim nächsten Kleid war, das sie fürs Abendessen anziehen würde, sich aber einfach noch nicht von den Leuten verabschieden wollte, die ihr heute tagsüber Gesellschaft geleistet hatten. Sie sammelte Möbel, allerdings mit einer gewissen Gleichgültigkeit, denn ihre wahre Leidenschaft bestand darin, Menschen zu sammeln.

»Mir ist zur Zeit nicht besonders nach Gesellschaft«, erwiderte Henry knapp. »Es gibt etwas, das ich mit dem alten Herrn besprechen muss – es ist wichtig und bis ich das erledigt habe, ist mit mir nicht viel anzufangen.«

Er nickte zum Abschied, machte auf dem Absatz kehrt und nahm Kurs auf den Ausgang. Er hatte die Tür schon fast erreicht, als er merkte, dass seine Frau ihm an den Hacken klebte. Alle Leute starrten inzwischen in ihre Richtung, und als Henry begriff, dass sie die komplette Aufmerksamkeit im Raum auf sich gezogen hatten, hielt er an und gab sich Mühe, so normal wie möglich zu erscheinen.

»Worüber willst du denn mit deinem Vater reden?«, fragte sie leise.

Henrys Blick zuckte in alle Richtungen – zu den Alabasterarmleuchtern, zu den aus Holz geschnitzten Engeln und zu den Leuten, die so taten, als würden sie nicht in ihre Richtung glotzen –, nur um sie nicht ansehen zu müssen. »Ich würde lieber nicht …«

»Wenn es um mich geht, dann hast du hoffentlich genug Schneid, um es mir direkt ins Gesicht zu sagen.«

Henry strich unbehaglich mit der Hand über sein schwarzes Jackett und seufzte.

Penelopes Augen blitzten hochmütig. »Da haben wir's«, meinte sie und reckte den Hals, damit ihr Gesicht ihm noch ein Stück näher kam. Ihre Stimme klang süßlich, aber die Kampfansage darin war nicht zu überhören.

Die Schoonmaker-Gäste waren wieder zu ihren oberflächlichen Gesprächen zurückgekehrt und strengten sich mächtig an, wenigstens so zu tun, als würden sie sich nicht für das frischvermählte Paar interessieren, das im Türrahmen stand. Er hatte ihr das alles schon einmal gesagt und wusste deshalb nicht, warum es ihm jetzt so schwerfiel, die Worte über die Lippen zu bringen. Nach allem, was passiert war, kam sie ihm vielleicht doch irgendwie mitleiderregender vor als erwartet.

»Geht es um den Schwachsinn, den du in Florida von dir gegeben hast?« Sie lachte, als hätte sie gerade einen besonders guten Witz gemacht. Aber irgendwas an seiner Haltung reichte wohl, um ihre Vermutung zu bestätigen, denn sie fuhr fort: »Was würden denn die Leute sagen, Henry? Es würde absolut gegen jede Regel verstoßen.« Sie hielt sich eine ihrer behandschuhten Hände vor den Mund und lachte wieder, diesmal jedoch etwas leiser und irgendwie bösartiger. »Möchtest du wissen, was ich glaube? Ich glaube, du hast gar nicht den Mumm, es deinem Vater zu sagen.«

Henry rang nach Luft, seine Kehle fühlte sich auf einmal trocken an. Ihre Stimme klang dermaßen spöttisch, dass er schlagartig weniger Mitleid mit ihr hatte. Er hielt ihrem Blick stand und sagte dann langsam und mit Nachdruck: »Ich werde es ihm heute Abend sagen.«

Penelopes Lächeln bröckelte und verschwand, auch wenn sie lange genug daran festhielt, um das letzte Sonnenlicht mit ihren scharfen Wangenknochen aufzufangen.

»Das würdest du nicht tun.« Ihre Stimme war nur noch ein Zischen, und sie stellte sich so dicht vor ihn, als wollte sie ihren Körper als Barriere benutzen, um ihn daran zu hindern, seinen Plan in die Tat umzusetzen.

»Doch.« Jetzt, wo er es endlich laut ausgesprochen hatte, fühlte es sich so an, als wäre das Gespräch mit seinem Vater nur noch eine Formalität. Henry fand, dass er für seinen Mut eine Parade auf der Fifth Avenue verdient hatte, und meinte fast, das Konfetti spüren zu können, dass auf ihn runterrieselte. »Das werde ich.«

Es gab noch eine Menge anderer Dinge, die er hätte sagen können – zum Beispiel, dass sie es verdient hatte oder dass sie kalt und bösartig war oder wie wenig sie ihn jemals wirklich interessiert hatte –, doch irgendwas sagte ihm, dass es in diesem Moment das Beste war, einfach zu schweigen. Es gab keinen Grund, diesen Krieg in die Länge zu ziehen, wenn seine Strategie für ein rasches Ende ihm klar und deutlich vor Augen stand.

Er nickte höflich zum Abschied, drehte sich auf dem Absatz um und verließ das Zimmer. Das Blut rauschte durch seine Adern, und in seinen Gedanken dröhnte eine Siegeshymne.

37

Es ist eine allgemein bekannte Wahrheit, dass es immer irgendeinen Gentleman zum Tanzen gibt, nur eben nicht dann, wenn man ihn gerade am dringendsten braucht.

– Maeve de Jong, *Liebe und andere Verrücktheiten der großen Familien des alten New York*

Einen Tag nachdem sie ihrer Mutter alles gebeichtet hatte, stand Elizabeth in ihrem Zimmer und bemühte sich, endlich wieder ihre Fassung zurückzugewinnen. Es war inzwischen Nachmittag. Angst und Schuldgefühle sorgten nach wie vor dafür, dass sie am ganzen Körper zitterte, während ihr Übelkeit und Erschöpfung gleichzeitig schwer zu schaffen machten. Trotzdem versuchte sie, die Finger ruhig zu halten, um die winzigen Knöpfe zu schließen, die vom Handgelenk bis zur Innenseite ihres Ellbogens liefen. Sie steckte sich die Haare hoch, sodass die blonden Strähnen vom Nacken über ihrem hohen schwarzen Kragen nach oben gekämmt waren. Die Stelle, wo ihr schmaler Körper sich allmählich nach außen wölbte, war inzwischen nicht mehr zu übersehen, zum Glück allerdings nur, wenn sie nicht angezogen war. Der dicke weinfarbene Rock, der sich um ihre Hüften schmiegte und ihr bis über die Zehen reichte, bot momentan noch genug Tarnung. Ein bisschen Zeit blieb ihr noch, allerdings so wenig, dass ihr bei dem Gedanken daran schon wieder übel wurde. Will war mittlerweile zwei Monate tot – bald würde ihr Zustand für alle Welt sichtbar sein.

»Claire«, rief sie, während sie über die Haupttreppe in die Eingangshalle hinabstieg. Als Elizabeth die unterste Stufe erreichte, sah das rothaarige Dienstmädchen mit müdem Gesicht von seiner Arbeit auf, ohne den Besen aus der Hand zu legen. »Ich werde einen alten Freund besuchen.«

Falls Claire das irgendwie ungewöhnlich fand – schließlich war es Monate her, seit Elizabeth das letzte Mal alleine ausgegangen war –, ließ sie sich jedenfalls nichts anmerken. Sie lehnte den Besen gegen die Wand, wischte sich die Hände ab und ging in die Garderobe unter der Treppe. Elizabeth wartete und spähte dabei durch die Glasscheibe in der Haustür nach draußen auf die Straße. Die Bäume im Park bewegten sich sanft in der Brise, und weit und breit war kein einziger Fußgänger zu sehen, also musste es draußen ziemlich kalt sein. Nachdem die Hollands ihr Personal vor einigen Monaten aus Geldmangel auf ein Minimum reduziert hatten, hatte sich Elizabeth angewöhnt, ihre Mäntel selbst zu holen und anzuziehen, doch diesmal hatte sie dem Impuls widerstanden. Einen Augenblick später tauchte Claire mit ihrem braun karierten Cape auf und sie wartete geduldig, während sie es ihr über die Schultern legte und die großen, mit Stoff bezogenen Knöpfe über der Brust zuknöpfte. Erst als sie fertig war, schaute sie dem Dienstmädchen kurz in die Augen, mit nicht mehr als dem Hauch eines Lächelns im Gesicht.

Erst vor ein paar Tagen war ihr die Möglichkeit in den Sinn gekommen, dass Claire vielleicht etwas damit zu tun haben könnte, dass Penelope Wind von der Sache mit Diana und Henry Schoonmaker bekommen hatte. Obwohl sie dem Mädchen bisher quasi blind vertraut hatte, war sie jetzt ständig auf der Hut, wenn Claire in der Nähe war, und konnte nicht anders, als jedes bisschen Klatsch über die Hollands, das in der Zeitung stand, insgeheim dem Dienstmädchen in die Schuhe zu schieben. Sie wollte garantiert nicht, dass Claire Wind von irgendeinem Skandal bekam.

»Sag Tante Edith, dass ich zum Abendessen zurück sein werde, es sei denn, ich werde woanders eingeladen«, erklärte sie, als sie die letzte Stufe runterstieg. Sie war sich nicht ganz sicher, was genau sie damit eigentlich meinte, also blinzelte sie einfach, als wäre alles sonnenklar, und ging zur Tür. Einen Moment lang zögerte sie vor der Glasscheibe und hätte Claire gerne einen zuversichtlichen Blick zugeworfen oder vielleicht noch lieber selbst einen von ihr bekommen. Doch dann erinnerte sie sich wieder daran, wie schlimm ihre Lage wirklich war – was ihr jedes Mal wie eine eiskalte Dusche vorkam – und riss sich zusammen. Früher hatte sie ein echtes Händchen dafür gehabt, jede gesellschaftliche Situation zu manipulieren – vielleicht würde ihr das ja auch dieses Mal wieder gelingen. Allerdings durfte sie weder schwanken noch innehalten, um zu irgendwem nett zu sein, oder sich von ihrer eigenen Nervosität unterkriegen lassen.

Die Stadt war wie ausgestorben und hätte sie es nicht besser gewusst, hatte sie wohl geglaubt, dass einfach nichts los war. Doch sie wusste, dass die nachmittägliche Teezeit bald zu Ende sein würde und dass die New Yorker Damen gerade alles taten, um beim Tee trinken hübsch und elegant zu wirken, während sie gleichzeitig darüber nachdachten, was sie beim Abendessen wohl alles anstellen könnten. Sie feilten daran, wie sie ihre subtilen Beleidigungen am besten anbringen konnten, und zerbrachen sich den Kopf darüber, auf welche Art und Weise sie sicherstellen konnten, dass ihnen bald der Richtige einen Antrag machen würde. Auch Elizabeth war unterwegs, um eine Mission zu erfüllen, für die sie einen kühlen Kopf und einen klaren Verstand brauchen würde, gleichzeitig war sie überrascht, dass sich in ihrer Brust ein warmes Gefühl von Vorfreude ausbreitete, während ihre Kutsche die Madison Avenue entlangfuhr.

Sie sagte dem Kutscher, dass er nicht zu warten bräuchte, und gab am Hauseingang ihre Visitenkarte ab.

»Ist Mr Cutting zu Hause?«, fragte sie. Sie hatte sich fest vorgenommen zu lächeln und sich notfalls einfach dazu zu zwingen, aber das wäre gar nicht nötig gewesen, denn das Lächeln, das jetzt auf ihrem Gesicht erstrahlte, kam ganz von alleine und wirkte so natürlich und leuchtend wie ein Sonnenuntergang über dem Meer, dass es ihr fast schon peinlich war. »Mr *Teddy* Cutting.«

Der buschige Bart des Butlers verbarg seinen Gesichtsausdruck, aber sein anfängliches Schweigen ließ sie rätseln, ob sie vielleicht zu direkt gewesen war oder den Namen zu enthusiastisch ausgesprochen hatte. Nach ihren eigenen Maßstäben hatte auf jeden Fall zu viel Begeisterung in ihrer Stimme mitgeschwungen. »Ich werde nachsehen, Mademoiselle«, sagte er schließlich und führte sie in den Salon.

Im dezenten, mit Marmor eingefassten Kamin brannte ein Feuer, und die Farne, die hier und da den Raum verschönerten, wucherten munter über ihre Sockel hinaus. Die Wände waren mit violett gestreifter Tapete bedeckt, geschliffene Kristalle lagen überall als Deko herum, und auf den kleinen elfenbeinfarbenen Sofas saß Mrs Cutting mit ihren beiden Töchtern Alice und Julia. Das Erste, was Elizabeth auffiel, war die ungewöhnlich bedrückte Stimmung der drei. Dann merkte sie, dass wesentlich weniger Leute hier waren, als sie es angesichts der Größe des Salons und der Uhrzeit erwartet hätte.

»Miss Elizabeth Holland«, verkündete der Butler, und als die drei Frauen aufschauten, sah sie, dass sie geweint hatten. Elizabeths kleiner Mund klappte hilflos auf und zu, doch sie fand keine passenden Worte. Der Butler zog sich zurück, also machte sie ein paar Schritte in den warmen Raum hinein.

»Oh, Elizabeth«, rief Alice, stürzte auf sie zu und schlang die Arme um den Hals der alten Freundin ihres Bruders. Genau wie ihre Mutter und ihre Schwester war sie ganz in Schwarz gekleidet und trug eine kleine Anstecknadel in Form der amerikanischen Flagge auf der Brust. »Wenn du nur wüsstest! Wenn du nur wüsstest …«

»Was ist denn passiert?« Elizabeth spürte, wie sich die Hoffnung, an die sie sich bis jetzt geklammert hatte, allmählich in Luft auflöste. Stattdessen stieg eine dunkle Vorahnung in ihr hoch. Einen Moment lang fragte sie sich ernsthaft, ob sie vielleicht dazu verflucht war, anderen Unglück zu bringen, und ob Teddy ein Opfer der Art von Gewalt geworden war, die damals dafür gesorgt hatte, dass Will aus dem Leben gerissen wurde. »Warum seid ihr heute so traurig?«

Alice zog sie zur Sitzecke, während Julia ihr eine Tasse Tee eingoss und ihr dann in die Hand drückte. Elizabeth schaffte es lediglich, die Tasse so höflich wie möglich festzuhalten. Sie hatte Angst, dass sie sich selbst an der lauwarmen Flüssigkeit verbrühen würde, während sie auf die schlechte Nachricht wartete, die in der Luft lag.

»Es ist natürlich wegen Teddy.« Alice setzte sich neben sie und legte ihr die Hände auf die Knie. Sie hatte die gleichen grauen Augen wie ihr Bruder und auch die gleichen länglichen Gesichtszüge. »Er ist weg.«

Elizabeth schloss eine Sekunde lang ganz fest die Augen. »Wo ist er hin?«, fragte sie, nachdem sie sie wieder aufgemacht hatte. Ihre Teetasse klapperte auf der Untertasse und sie nahm ihre andere Hand zu Hilfe, um das Zittern zu unterdrücken.

»In den Krieg.« Julia saß neben ihrer Mutter auf dem Sofa, das ihnen gegenüberstand, und schaute Elizabeth an, als wäre das Ganze irgendwie ihre Schuld. Und nach allem, was sie wusste, stimmte das sogar. »Er hat sagt, dass er ein paar Soldaten im Zug getroffen hätte, die ihm klargemacht hätten, was es heißt, ein echter Amerikaner zu sein – und dass selbst Elizabeth Holland mehr Leid ertragen und mutiger dagegen angekämpft habe, als er das je getan hätte …«

Elizabeth stellte die Teetasse ab und fuhr sich mit der Hand unbewusst über den Bauch. Sie erinnerte sich an die Zeit, die sie gemeinsam mit Teddy in Florida verbracht hatte, und plötzlich kam es ihr so vor, als würde ihr bester Freund an Bord eines Schiffes stehen, das unerbittlich hinaus aufs offene Meer fuhr. Was hatte sie bloß zu ihm gesagt, dass ihn dazu getrieben hatte, so weit weggehen zu wollen? Sie konnte es einfach nicht an irgendwas Konkretem festmachen und wünschte sich jetzt, dass sie ihm letztens schon klargemacht hätte, dass er auch hier in New York zum Helden werden konnte, denn er war genau der, den sie momentan hätte gebrauchen können. In diesem Augenblick hätte sie so ziemlich alles darum gegeben, an dem Abend, als er ihr den Antrag gemacht hatte, noch ein bisschen länger bei ihm auf der Tanzfläche geblieben zu sein.

»So schnell?«, fragte sie schließlich, als wäre sie nur über den Zeitpunkt dieser Neuigkeit schockiert und nicht über die Tatsache, dass er fortgegangen war.

»Ja.« Mrs Cuttings Stimme brach und sie tupfte mit einem Taschentuch in ihrem Gesicht herum. Ihr helles Haar wurde langsam grau, und ihr gesamter Körper zitterte vor lauter Sorge. Sie war schon immer die Art von Mutter gewesen, deren ganzer Stolz ihre Kinder sind und die sich extrem über deren Erfolge freut und genauso extrem unter deren Schmerz leidet. »Er hat sich freiwillig gemeldet und ist schon auf einem Schiff Richtung San Francisco! Von dort aus reist er auf die Philippinen.«

Elizabeth überlegte, wo genau ihr alter Freund wohl gerade sein mochte, schließlich war sie ja mal die gleiche Strecke gereist. Allerdings änderte das natürlich nichts an der Tatsache, dass er schon unendlich weit weg war.

»Sie müssen schrecklich stolz auf ihn sein«, sagte sie ernst.

Die drei Cutting-Damen nickten kläglich und fingen an, sich gegenseitig das Herz auszuschütten, was ihre größten Befürchtungen und Albträume anging. Dann gingen sie dazu über, all ihre Gebete für sein Wohlergehen aufzuzählen und zu diskutieren, was für drastische Auswirkungen es auf ihr eigenes Leben haben würde, wenn ihm irgendetwas zustoßen sollte. Elizabeth runzelte die Stirn und stimmte ihnen leise zu, aber in Gedanken hatte sie den Salon bereits verlassen. Heute Morgen hatte sie einen soliden Plan gehabt und noch am Nachmittag eine Welle von Optimismus gespürt, doch als die Teezeit zu Ende ging, sah sie die Dinge plötzlich in einem ganz neuen, wesentlich düsteren Licht und erkannte, wie dumm und sinnlos das ganze Vorhaben gewesen war.

38

Die glücklichen und reichen Henry Schoonmakers sind aus Florida zurück und können offensichtlich keine Sekunde mehr getrennt voneinander verbringen. Heute Abend werden sie zusammen mit einer Handvoll erlesener Gäste eine kleine, intime Abendgesellschaft im Hause der Brauteltern – den Hayes' – besuchen. Daraus lässt sich nur schließen, dass sie außerhalb ihres privaten Kreises kaum Kontakte brauchen, um glücklich zu sein.

– Aus der Gesellschaftskolumne der
New York News of the World Gazette,
Donnerstag, den 1. März 1900

Als Penelope nach ihrer Rückkehr aus dem Urlaub im Süden darauf bestanden hatte, dass ihre Mutter ihre Schwiegereltern und Henry zum Essen einlud, hätte sie sich nicht mal im Traum vorstellen können, dass sie in den paar Tagen vor dem Dinner so wenig erreichen würde, ganz zu schweigen davon, dass sich ihre eigene Situation nicht mal um einen Hauch verbessern würde. Auch wenn es stimmte, dass die Dinge bei ihrer Heimreise nicht gerade zum Besten standen, konnte sie nach wie vor nicht glauben, dass sich die Lage trotz ihrer Schönheit und all der Mühe und Zeit, die sie hineingesteckt hatte, nicht geändert hatte.

Selbst jetzt war ihr das Ganze immer noch unbegreiflich, als sie vor den großen Spiegeln der Damenlounge saß, wo sich während großer Ballgesellschaften die Damen scharenweise drängten und mächtig anstrengten, um auch nur annähernd so hübsch auszusehen wie die junge Tochter der Gastgeber. Schließlich war Penelope mit ihren schmalen Schultern, ihrer makellosen Stirn und ihrer beinahe durchscheinenden Haut doch atemberaubend schön, außerdem trug sie ein unglaublich gut sitzendes hellrosa Chiffonkleid, das so geschnitten und gerafft war, dass sich der Kerzenschein auf ihrem Dekolleté spiegeln konnte und ihre Taille quasi nicht zu existieren schien.

»Henry wird aufhören, sich dermaßen dämlich zu benehmen, und dir bald wieder mehr Aufmerksamkeit schenken«, sagte Isabelle, die in einem elfenbeinfarbenen Kleid mit beigem Spitzenbesatz neben ihr saß und scheinbar ihre Gedanken gelesen hatte. Auch wenn ihre Worte zuversichtlich klingen sollten, sorgte ihr Tonfall nicht gerade dafür, dass Penelope sich auch nur eine Spur besser fühlte.

»Ich mache mir deswegen keine Sorgen«, erwiderte Penelope und lehnte sich in ihrem kleinen Sessel zurück. Sie betrachtete sich im Spiegel und reckte den weißen Hals, damit er noch länger aussah. Sie hatte sich schon vor langer Zeit angewöhnt, immer das Gegenteil von dem zu sagen, was sie meinte, allerdings fiel ihr das Lügen heute Abend irgendwie schwerer als sonst. Sie hätte nie im Leben gedacht, dass Henry den Nerv haben würde, seinem Vater zu sagen, dass er seine Frau verlassen wollte, aber heute Nachmittag in Isabelles Salon hatte er schrecklich entschlossen gewirkt. Innerlich zitterte sie vor Angst und fragte sich, was er heute Abend wohl anstellen würde. Gleichzeitig hatte sie leider so gar keine Ideen, wie sie sich zur Wehr setzen konnte.

In diesem Moment erschien Grayson im Türrahmen und Isabelle kam mit einem hoffnungsvollen Lächeln viel zu hastig auf die Beine – Penelope konnte darüber innerlich nur höhnisch lachen, denn Isabelle hätte doch eigentlich schon längst über ihn hinweg sein müssen. Obwohl Mr Hayes ihr früher mal ziemlich schöne Augen gemacht hatte, schien er jetzt kaum zu bemerken, dass sie überhaupt hier war. Es war klar, dass er wegen seiner Schwester gekommen war.

Draußen auf dem Flur erhaschte Penelope einen Blick auf Buck, der ein blendend weißes Hemd trug. Sie konnte nicht genau sagen, woran es lag, aber in letzter Zeit konnte sie ihn kaum aushalten. Vielleicht hatte es damit zu tun, dass Buck ihr so wenig geholfen hatte, obwohl sie ihn ja gerade am meisten brauchte, oder dass er genau wusste, wie gigantisch ihre Gier war und wie wenig sie in Wahrheit von dem besaß, was sie alles haben wollte. Isabelle stand unangenehm lange herum und wartete darauf, dass Grayson sich ihr zuwenden würde, bevor sie sich endlich bei Buck unterhakte und ihm erlaubte, sie in den Speisesaal zu begleiten.

Grayson hatte einen ernsten Gesichtsausdruck, als er seiner jüngeren Schwester den Arm anbot. »Du siehst heute Abend bezaubernd aus«, sagte er, während sie durch die Flure schlenderten, die im Schachbrettmuster gefliest waren. Buck und Isabelle waren bereits so weit vorausgegangen, dass sie das Gespräch der Geschwister nicht hören konnten, außerdem hallte der Klang ihrer teuren Absätze durch die angrenzenden Innenhöfe und übertönte alles andere. Penelope fiel sofort auf, dass auch sein Tonfall ungewohnt ernst war und hoffte einen Moment lang schadenfroh, dass er womöglich schon einen Weg gefunden hatte, Diana zu bestrafen. Dann hätte sie endlich etwas in der Hand, das sie Henry unter die Nase reiben konnte, und vielleicht wäre dann doch nicht alles verloren.

»Danke.«

Penelope entspannte sich und lehnte sich beim Gehen ein

bisschen gegen ihren Bruder. Vermutlich lechzte Isabelle gerade regelrecht danach, ihnen den blond gelockten Kopf zuzuwenden, doch ihr Stolz und die Regel des Anstands machten ihr das völlig unmöglich.

»Ich werde dir das Geld zurückgeben müssen.«

Penelopes schmales Grinsen erlosch.

»Das Geld?«

»Ja.«

»Brauchst du es nicht mehr?«

»Nein.«

Seine Stimme wirkte verändert und klang beinahe aufrichtig, was Penelope sowohl geheimnisvoll als auch schrecklich irritierend fand. Doch ganz egal, was sie von seinem Tonfall hielt – was er sagte, gefiel ihr noch weniger. »Dann erklär mir doch mal, *warum* das so ist, mein lieber Bruder.«

Sie hatten den Eingang des Salons erreicht, der mit dunkelroten Clubsesseln und Goldvasen voller Pampasgras vollgestopft war und zum Speisezimmer führte. In dem mit Eichenholz getäfelten Raum hielten sich ihre Familie, Henry, der Maler Lispenard Bradley und noch ein paar andere Leute auf. Sie standen auf dem Kamelhaarteppich herum und drehten ihre Gläser zwischen den Fingern. Allmählich geriet Bewegung in die Gruppe der Herren, die jetzt auf die Damen zusteuerten, um sie am Arm zum Speisesaal zu führen. Penelope dachte darüber nach, wie dumm und nutzlos die gesamte Truppe war, bis ihr etwas ganz anderes auffiel.

»Was macht die denn hier?«

Diana Holland konnte sie garantiert nicht gehört haben, trotzdem schaute sie genau in diesem Moment von ihrem Platz am Kamin auf, wo sie zusammen mit ihrer Tante Edith saß – eine bessere Anstandsdame hatte sie wohl nicht auftreiben können –, und starrte Penelope direkt in die Augen. Sie lächelte nicht, stattdessen lag so was wie eine Herausforderung in ihrem Blick. Sie trug ein hellgrünes Kleid in der Farbe einer Melone, das sie in der vergangenen Saison schon mehr als einmal angehabt hatte.

»Ich habe sie eingeladen«, erklärte Grayson.

»Mein Gott, aber warum denn?«

»Weil du mich darum gebeten hast …« Er hielt inne und seine Augen glänzten verträumt. »Und weil ich langsam glaube, dass ich mich in sie verliebt habe.«

Als Penelope seinen Gesichtsausdruck und den begeisterten Hundeblick in seinen Augen sah, spürte sie mit voller Wucht, was für ein unglaublicher Vollidiot ihr Bruder tatsächlich war. Was hatte dieses zu kurz geratene Mädchen mit den wilden Haaren und dieser unechten Aura von Reinheit bloß an sich und warum sollte sich irgendwer, geschweige denn gleich zwei Männer auf einmal, mit so fatalen Folgen in sie verlieben?

Sie konnten nicht länger auf der Türschwelle stehen bleiben, und Penelope spürte, wie sie von Grayson mitgeschleppt wurde. Obwohl er sie gerade schon wieder auf spektakuläre Art und Weise verraten hatte, war ihr Arm immer noch bei seinem untergehakt. Wenn doch nur ihre Mutter nicht hier gewesen wäre, die wie immer gierig nach Komplimenten über ihr riesiges Haus suchte und Penelope dabei an einen Kojoten erinnerte, der Aas witterte. Oder ihr Vater, der irgendwas in sein Glas hineinmurmelte, während der ältere Schoonmaker den Raum mit kritischem Blick musterte. Wenn sie unter sich gewesen wären, dann hätte sie Grayson seine verzweifelte Lage vor Augen geführt oder ihm klargemacht, dass er nicht einfach so aus ihrem Deal aussteigen konnte. Aber das leise Gemurmel der Leute, die sich an diesem Abend begrüßten, zwang Penelope dazu, das Lächeln einer dankbaren Tochter und frischgebackenen Ehefrau aufzusetzen, und betrat den Salon. Noch nie hatte sie das Wort *Liebe* so extrem gehasst wie in diesem Augenblick.

Der alte Schoonmaker sagte gerade irgendwas Nettes zu Diana, und Henry, bei dem sich Mrs Hayes untergehakt hatte, blieb stehen und starrte sie an. Penelope wusste sofort, dass ihr Mann nur deshalb hier war, um den richtigen Moment abzupassen und mit seinem Vater unter vier Augen zu sprechen, so, wie er das heute Nachmittag angekündigt hatte. Er reckte den Hals, um besser sehen zu können, und der Schein der Lampe beleuchtete seine glatt rasierte Kehle. Zum ersten Mal wirkten seine schwarzen Augen nicht unergründlich. Die Art, wie er Diana anglotzte, brachte Penelope an den Rand ihrer Selbstbeherrschung: Am liebsten hätte sie laut gekreischt und etwas nach ihm geworfen, nur um danach direkt zum Angriff überzugehen und Diana die fürchterlichen Schleifen aus dem Haar zu reißen. Sie hätte dem ganzen Raum klarmachen können, dass diese Hollands mit ihrer hochmütigen Armut und ihrer altmodischen Art in Wirklichkeit zwei perverse Mädchen waren, von denen sich die eine dem Ehemann einer anderen Frau hingegeben hatte, während die andere vermutlich einen Bastard gezeugt hatte. Doch gerade, als eine Welle der Wut in ihr aufstieg, kam ihr die perfekte Lösung in den Sinn.

Grayson bahnte sich plötzlich wie ein Besessener schnurstracks seinen Weg durch die Schar vornehmer Leute, doch Penelope reagierte schnell genug, um sofort wieder wie selbstverständlich an seiner Seite mitzulaufen. Sie folgte ihm zu der Stelle, an der nun sämtliche Blicke klebten, dort, wo Diana saß.

»Miss Diana, ich bin hocherfreut, dass Sie kommen konnten«, sagte er.

»Und ich freue mich, eingeladen worden zu sein«, erwiderte Diana. Penelope konnte aus ihrem Tonfall heraushören, dass die beiden wohl gerade irgendeinen Insiderwitz miteinander teilten. Dann drehte ihr Diana auch noch das spitze Kinn zu und lächelte sie dermaßen frech an, dass sie dafür sicher eine Ohrfeige eingefangen hätte, wenn sie unter sich gewesen wären. Doch Penelope hatte einen guten Plan. Sie hatte nicht mehr das Bedürfnis nach Gewalt, also erwiderte sie das Lächeln der kleinen dummen Ziege und wartete, bis der Butler Rathmill aus dem Speisezimmer kam, um zu verkünden, dass das Essen fertig war.

»Darf ich Sie begleiten?«, fragte Grayson Diana. Sie lächelte, dann schlenderten die beiden gemeinsam fort – Grayson mit seinen schwarzen Frackschößen und Diana in ihrem gestuften Kleid – und ließen die Dame, mit der Grayson den Raum betreten hatte, allein zurück.

Penelope schaute sich mit gespielter Hilflosigkeit um, denn sie wusste, dass die anderen sich längst zu Paaren zusammengetan hatten. Dann blieb ihr Blick wie zufällig an dem alten Schoonmaker hängen. Er war ein großer Mann, dessen Gesicht bis auf die dunklen Augen und den harten Zug um den Mund wie eine aufgedunsene Variante von Henrys Antlitz wirkte. Schoonmaker bot Penelope seinen Arm an, um Grayson und Diana zu folgen. Hinter ihnen kamen Henry und Isabelle und dann der Rest der Gesellschaft.

»Geben sie nicht ein hübsches Paar ab?«, flüsterte Penelope leichthin und wies mit ihrem Kinn auf ihren verräterischen Bruder und das kleine Flittchen.

»Ich schätze schon«, antwortete Schoonmaker und klang dabei wie immer irgendwie abwertend.

»Oh, du musst mir doch zustimmen, dass sie an einem Abend wie heute fast schon wie ein Paar aussehen, das vor den Altar treten könnte.«

Schoonmaker stieß ein vages Grunzen aus, was sich weder als Zustimmung noch als Ablehnung deuten ließ.

»Aber mach dir keine Sorgen, Vater«, fuhr sie fort, wobei ihre Stimme, je lauter sie wurde, immer zarter und weiblicher klang. Sie hatte ihn bisher noch nie Vater genannt, aber irgendwie kam ihr das in diesem Augenblick sehr passend vor. »Ich gehöre nicht zu den Frauen, die, wenn sie verheiratet sind, nur noch daran denken, andere Leute zu verkuppeln. Es ist zwar nicht so, dass ich an so was keinen Spaß habe – vielleicht eine Spur weniger als andere Damen. Aber der wahre Grund ist, dass ich fürchte, mich im kommenden Sommer und im Herbst nicht so häufig in der Gesellschaft zeigen zu können, weil ich glaube, dass es danach wohl Familienzuwachs geben wird.«

Penelope sprach leise und hatte sich ihre Worte sehr genau zurechtgelegt. Sie wusste sofort, dass jeder in Hörweite die Bedeutung ihrer Worte verstanden hatte. Das Gesicht des alten Schoonmaker fing an zu strahlen, als hätte sie ihm verraten, dass sie in seinem Safe ein geheimes Aktiendepot gefunden habe. Seine Reaktion zeigte ihr, dass man nachher einen Toast auf sie aussprechen würde. Was hätte sie nicht alles darum gegeben, Henrys Gesicht sehen zu können, doch sie musste sich zusammenreißen und ihren Schwiegervater weiter mit ihrer antrainierten Aura engelhafter Herrlichkeit anschauen.

Erst nach und nach realisierte sie, was für ein Geniestreich ihr da eigentlich gelungen war – schon bald würde jeder wissen, wie eng sie und Henry wirklich verbunden waren –, deshalb konnte sie der Versuchung nicht widerstehen, den einen oder anderen Blick zu riskieren, um zu beobachten, wie angespannt die Schultern der jüngeren Holland-Schwester waren und was für einen entsetzten Gesichtsausdruck sie plötzlich hatte. Sie sah aus wie ein vom Fuchs gehetztes Kaninchen, und Penelope wusste, dass sie dieses Mal wirklich ins Schwarze getroffen hatte und Diana viel verletzter war, als Grayson es je hätte erreichen können.

39

Für die Leute, die einmal arm waren, ist es schwer, sich wie echte reiche Menschen zu benehmen. Doch in dieser Stadt gibt es viele, die es zumindest versuchen.

– Mrs L. A. M. Breckinridge,
Anleitungen für das Auftreten in gehobenen Kreisen

Die Dunkelheit brach schnell über Manhattan herein und wer konnte, scharte sich um ein Feuer. Es gab Obdachlose in Hauseingängen, die die Nacht nicht überleben würden, doch Carolina zählte nicht zu diesen unglückseligen Menschen – und zwar aus einem Haufen von Gründen. Sie trug einen Mantel aus gestreiftem Otterfell, den sie sich für eine Weile von der geschiedenen Lucy Carr ausgeborgt hatte, und selbst als sie durch die namenlosen und finsteren Straßen stolperte, wusste sie, dass sie für ein besseres Leben bestimmt war.

Mrs Portia Tilt hatte das Ganze allerdings völlig anders gesehen. Die Dame aus dem Westen hatte eine wesentlich bescheidenere Zukunft für Carolina im Sinn gehabt, wobei das Mädchen sich vor allem im Schatten halten sollte, wenn gut aussehende oder reiche Leute mit vornehmer Herkunft zu Besuch waren. Und das hatte sie ihrer ehemaligen Gesellschaftssekretärin mit viel Nachdruck und ziemlich krassen Worten deutlich gemacht, als Carolina gestern Abend nach stundenlanger Droschkenfahrt am Ende zurückgekehrt war. Zum Glück hielten die Angestellten kaum was von ihrer Arbeitgeberin und hatten dafür gesorgt, dass die gefeuerte Sekretärin wenigstens ein Bett für die Nacht hatte. Am nächsten Morgen hatten sie aber nichts mehr für Carolina tun können, also hatte das Mädchen den kleinen Koffer gepackt und das Haus verlassen.

Die Sonne stand immer noch hoch am Himmel, und die Erinnerung an Leland mit seinen freundlichen hellblauen Augen war immer noch frisch. Carolinas Selbstachtung hatte so viel neuen Aufwind bekommen, deshalb ging sie nicht zu Tristan, obwohl ihr die Idee durch den Kopf ging und der Verkäufer sicher nichts dagegen gehabt hätte. Ihre Küsse kamen ihr inzwischen ziemlich erbärmlich und irgendwie billig vor; außerdem gab es keine Entschuldigung für die Art und Weise, wie er ihr am Ende geholfen hatte. Sie sagte sich, dass das alles Momente der Schwäche gewesen waren und dass sie sich ihm nur an den Hals geworfen hatte, um zu überleben, und dann schlug sie sich das Ganze einfach aus dem Kopf und dachte nicht länger darüber nach. Die wahren Zutaten für ihre Karriere trug sie inzwischen sowieso schon mit sich herum – ihre Größe, ihre Haltung und ihren guten Geschmack, der zwar nicht angeboren war, den sie aber als eines der vielen Geschenke von Longhorn bekommen hatte. Alles, was sie für den Moment brauchte, war ein kleiner unauffälliger Job, und dann würde sie schon einen Weg finden, wieder ganz sie selbst zu sein. Sie hatte es bis hierher gebracht – warum sollte sich dieser Krater von den anderen Löchern unterscheiden, aus denen sie bis jetzt immer wieder rausgekrabbelt war?

Es gab mehrere Orte, die für ihre Arbeitssuche infrage kamen, doch der Name Carolina Broad und ihre Herkunft standen ihr jedes Mal im Weg, wenn es darum ging, wirklich reinzugehen und sich vorzustellen. Am Anfang hatte sie einen Teesalon für Damen angesteuert, mit der Vorstellung, von einem Büro im Hintergrund aus das Arrangement zu überwachen und die Kellnerinnen für ihr schlampiges Aussehen auszuschimpfen. Doch dann hatte sie durch die großen Fensterscheiben die Mädchen in ihren Uniformen beobachtet, die wie eine kleine Herde verschreckter Schäfchen herumgelaufen waren, und die Aussicht, dass der Besitzer auch von ihr verlangen würde, so ein schwarz-weißes Outfit zu tragen, hatte sie völlig mutlos werden lassen. Als sie später an einem neu eröffneten Hotel vorbeikam, hatte sie überlegt, ob sie wohl die Zimmer reicher Gäste abstauben könnte, wenn diese gerade nicht da waren. Doch sie wusste, dass es dort mehr als nur Abstauben zu tun gab, und falls sie überhaupt das Glück hatte, eine solche Stelle zu ergattern, wäre sie wieder ein Dienstmädchen gewesen. Allein bei dem Gedanken an dieses fürchterliche Wort kam ihr die Galle hoch.

Mittlerweile war sämtliche Farbe aus dem Himmel gewichen, und es kam ihr so vor, als wäre sie das einzige weibliche Wesen, das noch auf der Straße unterwegs war. Allmählich kam ihr der Gedanke, ob ein Teesalon oder ein Hotel nicht vielleicht doch ein guter Ort für sie gewesen wäre. Nur für einen Tag und eine Nacht. Möglicherweise hätte man dort ein Feldbett für sie übrig gehabt und einen Platz, wo sie ihren schmalen Koffer abstellen konnte. Und am nächsten Morgen wäre vielleicht sogar Leland mit frisch rasiertem Kinn und einem steifen, neuen Kragen aufgetaucht und hätte sofort etwas unternommen, sobald er sah, dass seine Liebste in Not war. Dann hätte er sie wie eine Prinzessin im Märchen in seinen Armen hinausgetragen. Carolina biss sich bei diesem Gedanken auf die volle Unterlippe, musste sich aber schnell zwingen, die Augen wieder aufzumachen. Sie sah das Kopfsteinpflaster und die Pfützen, die in der Dunkelheit irgendwie bedrohlich wirkten, und all ihre hübschen Fantasien lösten sich in Luft auf und machten düsteren Vorahnungen Platz.

Auf einmal musste sie an Longhorn denken, der sie so galant beschützt und ihr so viele angenehme und sorglose Abende bereitet hatte, und spürte einen sehnsüchtigen Stich in der Brust. Die Welt hier draußen war erbarmungslos und kalt, und ihr Kinn zitterte ein wenig bei dem Gedanken, wie wütend er wäre, wenn er mit ansehen müsste, dass sie all dem jetzt völlig ausgeliefert war. Doch hier war sie nun, und ihr blieb nichts anderes übrig, als weiter die Straße entlangzustapfen. Das tat sie auch, aber als sie den Fuß wieder aufs Pflaster setzte, trat sie auf etwas Weiches. Auf das Quietschen der Ratte unter ihrem Fuß folgte ihr eigener Aufschrei, während sie panisch den Fuß zurückzog und spürte, wie das kleine Tier über ihren anderen Schuh krabbelte, bevor es im Rinnstein verschwand. »Oh«, keuchte sie und spürte, wie ihr ein Schauder über den Rücken lief. Anschließend fühlte sie sich trotz des Mantels bis auf die Knochen durchgefroren. Sie stolperte weiter den Bürgersteig entlang, bis sie ein hell erleuchtetes Fenster entdeckte. Sie rannte darauf zu und presste die Nase gegen die Glasscheibe.

Im Inneren beugten sich junge Frauen mit sauberen Gesichtern uber Tische, auf denen sich glanzende Stoffe stapelten. Sie fuhren mit den Fingern über Säume und schoben Kleider und Röcke und kurze Jäckchen unter den tanzenden Nadeln von Nähmaschinen durch. Alles war in modernes elektrisches Licht getaucht, und einen Moment lang kam es Carolina hier draußen in der Kälte so vor, als wäre es dort drinnen tatsächlich angenehm. Zwischen den Tischen machte eine dickliche Frau die Runde, die sich die rötlichen Haare mit den grauen Strähnen wie einen Fächer frisiert hatte. Sie beugte sich herab, um zu sehen, wie die jungen Frauen zurechtkamen, und blieb gelegentlich stehen, um einige Stiche wieder aufzutrennen. Carolina reckte den Hals, um das Schild über der Tür erkennen zu können, las dort *Madame Fitzgerald, Schneiderin*, holte tief Luft und öffnete die Tür.

Im Innern war es wärmer, als sie gedacht hatte, und die Luft war voller herumfliegender Fusseln. Die Maschinen ratterten laut und die Stoffe raschelten, nur die Mädchen selbst waren sehr still. Als die Tür hinter Carolina ins Schloss fiel, drehte sich die ältere Frau um und starrte sie an. Sie hatte ein sehr breites, männliches und hartes Gesicht, und auch wenn es erst so aussah, als wollte sie irgendwas zur Begrüßung sagen, so wurde schnell deutlich, dass sie nicht die Absicht hatte, als Erste das Wort zu ergreifen.

»Könnte ich mit Madame Fitzgerald sprechen?«

Ein paar der Mädchen hoben verstohlen den Kopf, um zu sehen, was da vor sich ging, allerdings arbeiteten ihre Hände weiter und die Füße hörten keine Sekunde lang auf, die Pedale zu treten.

»Sie steht direkt vor dir«, erwiderte die Frau.

»Oh, ich …« Carolina spürte, wie ihr das Blut in die Wangen schoss. »Hallo.«

Die ältere Frau stieß ungeduldig den Atem aus und stemmte eine Faust in die Hüfte.

»Ich bin hier gerade vorbeigekommen und Ihr Laden scheint so nett zu sein. Und da dachte ich … da habe ich mich gefragt, ob … Ich hatte gehofft, dass …«

»Was hast du gehofft?«, hakte die Frau nach. Ihre harsche Stimme schien direkt aus den Nasennebenhöhlen zu kommen.

»Dass Sie vielleicht Arbeit für mich haben.«

Die nachgezogenen roten Augenbrauen der Frau fuhren in die Höhe. »Ach ja? Und warum sollte ich dir Arbeit geben?«

Carolinas Gesichtsmuskeln zuckten überrascht. Sie hatte geglaubt, dass die Überwindung, um Arbeit zu bitten, der schwierigste Teil sein würde, und war ziemlich schockiert, dass es noch schwieriger war, den Job auch tatsächlich zu bekommen. »Dies hier ist doch ein Geschäft, oder?«, fragte Carolina lahm.

»Ja, das ist es«, blaffte Madame Fitzgerald. Sie musterte Carolinas feinen Pelzmantel von oben bis unten. »Und kein Heim für hochnäsige Damen, die sich mehr vom Kuchen genommen haben, als sie essen können. Was willst du hier denn überhaupt machen? Hinterm Fenster sitzen?«

»Nein, ich … ich … kann nähen.« Sie machte zögerlich einen Schritt nach vorn und krallte die Finger in ihren Mantel, dabei wollte sie plötzlich auch ihr altes Ich zeigen. »Dieser Mantel ist ein Geschenk von einer Freundin, aber das bedeutet nichts. Ich habe jahrelang als Dienstmädchen für die …«, an dieser Stelle wurde Carolinas Kehle ganz trocken, trotzdem zwang sie sich, den Namen auszusprechen, »… Hollands gearbeitet.«

»So, hast du das?« Madame Fitzgeralds anfänglicher Ärger über die Störung wich allmählich einem hämischen Grinsen, während sie sich über diese Enthüllung amüsierte.

»Ja.« Carolina ignorierte die Erniedrigung und redete einfach weiter. »Bis zum letzten Herbst.«

»Tja …« Die Frau zuckte mit den Schultern und kam um den Tisch auf die Tür zu. »Dann zeig mal, was du draufhast.«

»In Ordnung.« Carolina zwang ein eifriges Lächeln auf ihre Lippen und stellte ihren Koffer auf dem Boden ab. Dann ging sie auf Madame Fitzgerald zu, aber der Ausdruck auf dem Gesicht der älteren Frau brachte sie abrupt zum Stehen.

»Zieh den Mantel aus.«

Unwillkürlich griff sich Carolina an die Brust. Einige Sekunden lang überlegte sie, ob sie nicht auf dem Absatz kehrtmachen sollte, doch dann dachte sie wieder an die Ratte, die ihr über den Fuß gelaufen war. Langsam, widerwillig und mit protestierendem Herzen zog Carolina den Mantel aus und hängte ihn über den Ständer neben der Tür. Dann strich sie sich mit den Händen über den Rock und versuchte sich für das zu wappnen, was als Nächstes kommen würde. Madame Fitzgerald führte sie wortlos durch die Reihen der Mädchen, die an ihren Arbeitstischen saßen und das ehemalige Dienstmädchen, dessen Mantel sie ein Jahresgehalt gekostet hätte, neidisch und feindselig musterten. Jetzt, wo Carolina auf der anderen Seite des Schaufensters war, sah sie die Schatten unter ihren Augen und die rauen Hände, und trotzdem wollte sie eine von ihnen sein. Nur für eine Nacht.

Sie setzte sich auf den Platz, den Madame Fitzgerald ihr zuwies, und atmete die warme, trockene Luft ein. Die Inhaberin brachte ihr einen elfenbeinfarbenen Rock und ließ ihn in Carolinas Schoß fallen. Irgendetwas an dem Stoff war schrecklich, so furchtbar, dass sie sich nicht hätte vorstellen können, so etwas selber zu tragen oder jemals wieder anfassen zu müssen – es kam ihr so vor, als würde er sich zwischen ihren Fingern in grobe Stücke auflösen.

»Näh einen Saum dran.«

»Was?« Carolinas Gedanken waren einen Moment lang zu einem ganz anderen hellgoldenen Kleid mit einem spitzenbesetzten Bodensaum gewandert, das Longhorn extra für sie hatte anfertigen lassen. Sie hatte es damals an dem Abend im Sherry's getragen, als es ihr noch unmöglich erschienen war, das jemand wie Portia Tilt ihr jemals gesellschaftlich überlegen sein könnte …

»Näh den Saum dran.« Madame Fitzgerald lehnte sich zurück und schaffte es irgendwie zu lächeln, indem sie ihre Mundwinkel nach unten zog. »Das ist ein Test, Süße.«

Carolina nickte. Sie zog die Handschuhe aus, schob ihre Ärmel zurück, räusperte sich und griff nach dem Rock. Sie hielt ihn sich vor die Augen und fuhr mit den Fingern über die raue Unterkante. Der Rock war ausgelassen worden, genau wie die abgelegten Kleider ihrer Schwester Claire, die für sie länger gemacht worden waren. Sie war zu groß und zu schnell aus den Sachen herausgewachsen und hatte ständig mehr Länge, mehr Stoff und mehr von allem gebraucht. Carolina schaute kurz zur Inhaberin auf, als wollte sie sichergehen, dass sie das tun sollte, was sie vermutete, und dafür offensichtlich keine Nähmaschine benutzen durfte, bevor sie eine Nadel aus dem Nadelkissen auf dem Tisch zog und einen Faden einfädelte. Nach ein paar sorgfältigen Stichen entfernte sich Madame Fitzgerald und schaute wieder den anderen Mädchen über die Schulter. Allerdings behielt sie Carolina weiter im Auge, die sich mit gesenktem Kopf bemühte, die Nadel durch den Stoff zu bohren. Diese Art von Arbeit schnürte ihr die Kehle zu, und ihre Schultern verspannten sich bei dem Gedanken, dass sie gerade so viel für so wenig tat. Aus irgendeinem Grund dachte sie an Will – den armen Will, der so gelitten hatte und nie das Sherry's oder die Oper von innen gesehen oder maßgeschneiderte Anzüge getragen hatte. Während sie weiter Stich für Stich nähte und dabei immer unachtsamer wurde, dachte sie an ihn und an all die Ungerechtigkeiten, die ihm und ihr ein Leben lang widerfahren waren, und an all die dummen Ereignisse, die sie am Ende hierhergeführt hatten.

Eine kleine Glocke ertönte. Carolina schaute von ihrer Arbeit hoch und sah, wie die Tür aufging und ein Mann hereinkam. Sein Gesicht wurde von einem hohen Kragen verdeckt, aber sein hellbraunes, etwas zu langes Haar war gut zu erkennen. Sie spürte, wie sich ihre Lungen mit Luft füllten, und ihre Hände zitterten bei dem Gedanken, dass es sich um Leland handeln könnte. Dass er es *war*. Er war wegen ihr zurückgekommen und hatte sie trotz aller Widrigkeiten aufgespürt.

Ihre sommersprossige Haut spannte sich über den Wangenknochen, als sich ein Lächeln auf ihrem Gesicht ausbreitete. Dann brummte Madame Fitzgerald glücklich und ging hinüber, um dem Mann den Mantel abzunehmen. Während sie ihn aufhängte, wandte der junge Mann seinen Kopf und ließ den Blick durch den Raum wandern. Obwohl er groß und hübsch war und eine ähnliche Frisur hatte, handelte es sich nicht um Leland.

Die Inhaberin küsste den Mann auf die Wange und auf einmal war klar, dass die beiden verwandt waren – sie hatten die gleichen Gesichtszüge, also musste er ihr Sohn oder Neffe sein. Bevor sich Carolina ihrer Enttäuschung bewusst wurde, spürte sie den Schmerz.

»Aua!«, rief sie laut.

Mehrere der Mädchen wandten sich ihr zu und dann drehte sich auch Madame Fitzgerald um und starrte sie an. Carolina sah nach unten und entdeckte, dass sie sich die Nadel unter den Daumennagel gerammt hatte. Einen Moment lang spürte sie nur den dumpfen Schmerz, doch dann begann das Blut zu fließen und tropfte vom Finger auf den unfertigen Rock.

»Du dummes Mädchen!« Madame Fitzgerald kam auf sie zugeprescht und riss Carolina, die wie versteinert auf ihren verwundeten Finger starrte, den Stoff aus den Händen. Die ältere Frau griff nach ihrer Hand und zog ihr ohne einen Hauch von Mitleid die Nadel aus dem Finger. »Jetzt sieh dir an, was du angerichtet hast«, zischte sie wütend.

Der Rock war voller Blut und obwohl Carolina ihr gerne erklärt hätte, dass dieser Fetzen es eh nicht wert war, getragen zu werden, wusste sie, dass diese Leute hier das nicht begreifen würden. Also kratzte sie ihr letztes bisschen Stolz zusammen, kam auf die Beine und streifte sich die Handschuhe über. Der eine saugte sich sofort mit Blut voll. Dann marschierte sie durch die Reihen der schlecht ernährten Mädchen mit den verängstigten Gesichtern, zog sich den Mantel an und spähte ein letztes Mal zur Inhaberin hinüber, die neben dem jungen Mann stand. Die Gesichter der beiden waren voller Verachtung. Als Carolina die Blicke nicht länger aushielt, trat sie hinaus in die Nacht. Sie stellte sich die Schlagzeile in der Zeitung vor – *Carolina Broad wandert einsam durch die finsteren Straßen* – und hatte plötzlich das furchtbare Gefühl, dass ihr dieser Name nicht mehr zustand. Ihr ganzer Körper schien völlig taub und gefühllos geworden zu sein. Bald spürte sie ihre Finger überhaupt nicht mehr, und auch ihre Zehen schienen nicht mehr zu existieren. Als sie später in einem Hauseingang zu Boden sank, sich in ihren Mantel kuschelte und ein Ohr auf die Schulter legte, hatte sie den Eindruck, als würde das alles einem ganz anderen Mädchen passieren – vielleicht Lina Broud –, und dass Carolina, wer auch immer sie war, aus der Ferne zuschaute.

40

Immer wieder schreiben mir Mütter, um sich für meine klugen Ratschläge zu bedanken, die ihnen schon vor ihrer Ehe weitergeholfen haben. Das gehört zu den schönsten Dingen in meinem Leben. Dennoch gibt es immer noch Mädchen, die einfach nichts dazulernen wollen, und je älter ich werde, desto mehr erfüllen mich die Geschichten über ihre Fehltritte mit Trauer …

– Mrs Hamilton W. Breedfelt, *Gesammelte Kolumnen über die Erziehung junger Damen mit Charakter*, 1899

Am nördlichen Ende der Fifth Avenue, in der Nähe des Parks, hatte es zu regnen begonnen. Die Tropfen fielen erst sanft und wurden vom Wind seitwärts geweht, bevor sich das Ganze dann zu einem wahren Wolkenguss steigerte. Diana lauschte, wie der Regen auf den Bürgersteig prasselte. Im Stadthaus der Hayes' war gerade eine neue Flasche Champagner aufgemacht worden, obwohl die meisten Anwesenden längst betrunken waren. Henry Schoonmaker gehörte auf jeden Fall dazu – er war auf einem Sofa in sich zusammengesunken, während seine Frau lächelnd neben ihm saß. Sein Vater, der das Gelage initiiert hatte, hatte auch ordentlich einen über den Durst getrunken. Er hatte mit Edith Holland getanzt, die sich ebenfalls einige Gläschen genehmigt hatte, sodass alle Leute hier mit einem guten Gedächtnis sich unwillkürlich an das Mädchen erinnerten, das sie früher mal gewesen war, und an eine gewisse Phase in den 1870er-Jahren, die dazu geführt hatte, dass einige Mitglieder der Gesellschaft zum ersten Mal auf die Idee gekommen waren, dass es durchaus eine Holland-Schoonmaker-Verbindung geben könnte. Währenddessen unterhielt sich Schoonmakers zweite Frau Isabelle leise mit Abelard Gore, dessen Frau heute Abend nicht mit dabei war, weil sie schon woanders eingeladen worden war. Und Prudie Schoonmaker, die an diesem Abend scheinbar mehr geredet hatte als in ihrem ganzen Leben, schwatzte munter mit dem Maler Lispenard Bradley, der immer wieder in Isabelles Richtung schielte. Ediths Nichte Diana saß auf einem Diwan in der Ecke und hielt gedankenverloren ein Champagnerglas in der Hand. Als ein Kellner mit einer Flasche vorbeikam, streckte sie den Arm aus, um es auffüllen zu lassen.

Jeder hier war betrunken, doch egal, wie sehr Diana sich anstrengte, sie schaffte es einfach nicht, den gleichen Zustand zu erreichen. Sie wollte irgendetwas anderes fühlen als den stechenden Schmerz, den Henry verursacht hatte, aber der Champagner half kein bisschen. Es kam ihr so vor, als wäre sie in die Fänge eines verrückten Wissenschaftlers geraten, der ein ausführliches Experiment durchführte, um festzustellen, wie gigantisch und tief das menschliche Schmerzempfinden tatsächlich war. Er hatte Henry ein Messer gegeben und ihm gesagt, dass er es immer tiefer hineinstoßen sollte, während er selbst durch einen der Spiegel die Reaktionen auf Dianas zerbrechlichem Gesicht beobachtete. Ab und zu sorgte er für etwas Linderung, nur um gleich das nächste, noch fiesere Experiment zu starten. Die Erkenntnis, was für eine unglaublich dreiste Lüge es gewesen war, dass Henry nicht mit seiner Frau schlief, wenn sie doch schon bald zu dritt sein und eine glückliche Familie abgeben würden, war mit Sicherheit der schlimmste Schmerz, den er ihr hatte zufügen können. Während sie an der Champagnerflöte nippte, fiel Diana plötzlich ein, dass ihr genau dieser Gedanke heute Abend schon mehrmals gekommen war, und sofort rutschte sie wieder in die unerforschten Abgründe ihrer Seelenqualen hinunter.

»In den Galerien hier hängen ein paar gute Bilder, nicht wahr?«, fragte sie Grayson Hayes, der neben ihr saß. Sie wusste ganz genau, dass er von seiner Schwester auf sie angesetzt worden war, damit er seinen Charme spielen ließ. Auch sie selbst hatte ihn benutzt: Erst, um Henry eifersüchtig zu machen, und später, um Henry zu vergessen, was leider beides keinen Erfolg gehabt hatte. Der arme Grayson – nur eine Schachfigur in zwei Partien, die zum Scheitern verurteilt waren. Ihre Frage nach den Galerien war weder kokett noch zweideutig oder irgendwie geheimniskrämerisch gewesen. Sie hatte ihn ohne Hintergedanken gefragt, außer vielleicht mit der Hoffnung, dass er sie endlich aus dem Raucherzimmer rausschaffen würde, wo es gerade so ausgelassen zuging.

»Ja«, erwiderte er und verstand sofort, was sie wollte, denn er kam auf die Beine und bot ihr seine Hand an.

Sie legte die Finger sanft in seine Handfläche und ließ sich von ihm aus dem Raum bringen. Die Gesellschaft war inzwischen so laut geworden, dass es niemandem auffiel, wie die beiden sich aus dem Staub machten. Kurz darauf schlenderten sie durch die Flure des gigantischen Stadthauses, wo sicher zehn Exemplare von der Größe des Holland-Hauses hineingepasst hätten. Falls Diana ernsthaft geglaubt hatte, dass ihr Schmerz endlich nachlassen würde, sobald sie den Raum verlassen hatte, in dem Henry und seine Frau ihr Glück feierten, dann musste sie jetzt feststellen, wie sehr sie sich getäuscht hatte. Ihr schmaler Körper zitterte, während sie sich klarmachte, wie das Zusammenleben der Schoonmakers wirklich aussah – wie es die ganze Zeit gewesen sein musste, während sie sich wie ein

Idiot immer wieder ausgemalt hatte, dass Henry eigentlich insgeheim ihr gehörte. Er hatte sie nur benutzt oder das zumindest vorgehabt. Sie versuchte verzweifelt, sich wenigstens darüber zu freuen, dass sie die Wahrheit so schnell entdeckt hatte, aber ihre Fähigkeit, Silberstreifen am Horizont zu sehen, war nach dem letzten Schock ziemlich am Ende.

»Die Bilder in dieser Galerie hier sind besonders hübsch.«

Sie betraten einen schwach beleuchteten Raum, und Grayson hielt eine Kerze hoch, die er irgendwo unterwegs mitgenommen hatte, doch Diana merkte, dass ihr die Bilder gerade völlig egal waren.

»Miss Diana, ich bin froh, dass wir alleine sind. Ich wollte Ihnen sagen, wie oft ich in der vergangenen Woche an Sie gedacht habe.«

Sie drehte sich zu Grayson um und stellte fest, dass sein Gesicht nicht nur attraktiv wirkte, sondern auch offen und aufrichtig. Das war eine Überraschung. »Sind Sie wirklich an mir interessiert oder ist das alles nur wieder irgendeine Intrige Ihrer Schwester?«, fragte sie schlicht und mit leiser Stimme.

»Mein Interesse – obwohl dieses Wort meinen Gefühlen nicht gerecht wird – ist mehr als ernst gemeint. Bitte zwingen Sie mich nicht zu erzählen, wie die Sache angefangen hat, sondern glauben Sie mir einfach, wenn ich sage, dass das jetzt keine Rolle mehr spielt.« Grayson streckte eine Hand aus und schob ihr eine Locke hinters Ohr, während er ihr mit so viel Bewunderung in die Augen schaute, dass sie es kaum aushalten konnte. Sie sah, dass er es tatsächlich ernst meinte oder sich zumindest mächtig ins Zeug legte, ihr das weiszumachen. Aber würde sie sich je wieder darauf verlassen können, dass sie den Unterschied erkennen konnte?

»Erklären Sie mir, warum.« Nach der Art und Weise, wie sie von Henry behandelt worden war, war sie nicht sicher, ob

Männer überhaupt in der Lage waren, Frauen ehrlich zu lieben, auch wenn sie verzweifelt daran glauben wollte. Sie wollte hübsche Dinge hören und ihren beängstigend schnellen Herzschlag wieder auf ein vernünftiges Tempo senken.

»Nun …« Grayson lachte leise. »Weil Sie wunderschön und neugierig sind und weil Sie neue Orte sehen und das Leben spüren wollen. Weil ich mich frei fühle, wenn ich mit Ihnen zusammen bin, losgelöst von all den dummen Zwängen meines eigenen langweiligen Ichs.«

»Oh.« Diana wich überrascht zurück, bis ihr Rücken gegen die Wand stieß, und fragte sich, ob Henry jemals etwas Ähnliches gefühlt hatte. Anfangs vielleicht, bevor er gemerkt hatte, wie leicht sie zu manipulieren war. Aber da war Henry ja schon wieder, nahm ihre Gedanken in Beschlag und bohrte mit dem Messer in der Wunde, sodass sie unwillkürlich stöhnen musste.

Grayson legte sanft eine Hand auf ihre Taille.

»Glauben Sie, dass Sie auch weiterhin so fühlen werden?«, fragte sie nach einer Pause.

Er atmete ein und sagte: »Ich kann mir nicht vorstellen, je damit aufzuhören.«

Sie öffnete die Augen, schaute aber erst zu ihm hoch, nachdem sie die Kerze ausgeblasen hatte. Dann streckte sie ihre Arme nach ihm aus, legte ihre Hände auf seine Schultern und zog ihn näher zu sich heran. Der Messingkerzenhalter fiel scheppernd zu Boden. Sie spürte seinen Atem an ihrem Hals und beschloss, dass ihr das gefiel. Sie hatte sich nie vorgestellt, von jemand anderem als Henry berührt zu werden, und merkte schnell, dass die körperliche Nähe zu einem anderen Menschen die ständig schmerzenden Wunden tatsächlich etwas linderte. Mit leicht geöffnetem Mund näherte sie sich dem seinen.

»Ich habe noch nie so extrem viel für jemanden empfunden«, keuchte Grayson, als er sich nach einer Minute von ihr löste.

»Ich habe das Gefühl, für immer mit Ihnen zusammen sein zu wollen und …«

Diana nickte zwar, wollte aber eigentlich nichts mehr hören. Sie wollte noch mal geküsst werden, am besten so lange und ausgiebig, bis die Küsse all ihre anderen Gefühle ausgelöscht hatten. Sie lehnte sich mit dem Hinterkopf gegen die Tapete und entblößte ihre Kehle, damit er ihren Hals küssen konnte. Er zögerte ein wenig, bevor er sich runterbeugte und mit den Lippen über die empfindliche Haut dort strich, bevor er ihren Mund wieder und wieder mit zärtlichen Küssen bedeckte. Sie schlang die Arme um seinen Hals und vergrub die Finger in seinen Haaren. Sie war drauf und dran zu vergessen, wie spät es war und welche Leute drüben im anderen Raum saßen, bis Grayson unruhig wurde und sich sanft von ihr löste.

»Glauben Sie, dass man uns vermisst?« Er keuchte ein wenig.

Diana schnappte nach Luft. »Noch nicht«, antwortete sie. Grayson blinzelte – vielleicht versuchte er herauszufinden, wie gut sie ihr eigenes Verlangen kannte. Im Dunkeln sah er aus wie Henry, zumindest beinahe.

»Miss Di«, fuhr er mit Honig in der Stimme fort. »Ich möchte Sie nicht zu etwas verführen, das …«

Er verstummte, als Diana ihn einfach nur anstarrte. Sie hatte schon wieder an Henry gedacht, an die Blicke, die er ihr oft quer durch den ganzen Raum zugeworfen hatte und die immer das Gefühl in ihr geweckt hatten, er würde direkt neben ihr stehen und mit den Fingerkuppen über ihre Haut streichen. Die Erinnerung daran ließ sie nach wie vor schwach werden. Rufe und Gelächter aus dem anderen Flügel drangen immer noch schwach zu ihnen herüber, während die Gäste der Schoonmakers weiterfeierten und der Regen, der auf die vornehmen Dachtraufen prasselte, bildete ein stetiges Hintergrundrauschen dazu. An Schlaf war noch lange nicht zu denken, und in diesem Augenblick kam es ihr so vor, als gäbe es nur eine einzige Sache, die sie davon abhalten würde, weiter an das zu denken, was Henry ihr angetan hatte. Sie hob einen Finger und drückte ihn auf seine Lippen, damit er endlich den Mund hielt.

»Bitte«, flüsterte sie.

Dann hob er sie hoch, bis ihr Rücken gegen den oberen Rand der Eichenholztäfelung gepresst wurde. Der Stoff ihres hellgrünen Kleids mit dem weißen Reifrock darunter umspülte sie beide wie die schäumende Brandung des Meeres und sie hatte das Gefühl, als würde sich ihr wahres Ich entfalten wie eine Rosenblüte, die sich zum ersten Mal öffnete. Er beugte den Kopf herab und presste die Lippen auf ihre Schultern – das fühlte sich wirklich gut an. Seine Arme stützten sie von unten und hielten sie weiter hoch, was genauso wunderbar war. Dann drückte sie sich gegen ihn und wusste plötzlich, dass sie ihm alles geben würde, bereit, sich gemeinsam mit ihm in einen herrlichen Abgrund zu stürzen, der sie alles andere vergessen lassen würde.

Sie hatte inzwischen jegliches Gespür für sich selbst verloren und drehte den Kopf von Grayson weg, damit er seine Lippen besser an ihren Hals pressen konnte, als sie im düsteren Licht jemanden auf der Türschwelle stehen sah. War das etwa Henry, oder sorgte ihre wilde Vorstellungskraft mittlerweile dafür, dass sie ihn einfach überall sah? Dann war der Schatten verschwunden und sie wusste plötzlich, dass sie nie wieder etwas so Süßes, Neues und Reines erleben würde wie damals mit Henry.

41

Männer, die zum ersten Mal Vater werden, reagieren auf diese Ankündigung oft allein schon aus Nervosität unangemessen. Wenn sie schlau sind, dann schauen sie in Richtung ihrer eigenen Väter, die viel Zeit hatten, sich an diese Vorstellung zu gewöhnen, und richten sich nach ihnen.

– Maeve de Jong, *Liebe und andere Verrücktheiten der großen Familien des alten New York*

»Was für eine Freude eine wachsende Familie doch ist«, erklärte der ältere Schoonmaker, während er sich schwerfällig auf seinen Stuhl zurückfallen ließ. Für den Moment hatte er anscheinend erst mal genug davon, ständig sein Glas zu heben und auf das Wohl seines Sohnes, seiner Schwiegertochter und den Familiensegen zu trinken. Zum Glück für Penelope, die es garantiert schon richtig leid war, jedes Mal, wenn sein Vater ihren Zustand erwähnte, eifrig zu erröten. Zumindest war das Henrys Vermutung. Doch auch er war ziemlich froh über die kurze Verschnaufpause, schließlich hatte er nicht mal den Hauch einer Ahnung, was für einen Gesichtsausdruck er überhaupt hätte vortäuschen sollen. Am Kopf der Tafel starrte Penelopes Vater dümmlich in sein Weinglas. Am anderen Ende der Tafel kicherte ihre Mutter ununterbrochen und zwinkerte jedem zu, der kurz einen Blick in ihre Richtung riskierte. Die anderen Gäste machten tapfer mit und riefen immer wieder nach mehr Champagner, was jedes Mal weitere Glückwünsche und Aufregung nach sich zog.

»Das war wunderbar«, erklärte Richmond Hayes halbherzig, als die Kellner im eichengetäfelten Speisezimmer ausschwärmten, um den letzten Gang abzuräumen. Die Gäste unterbrachen ihr Geplauder und schielten mit gierigen Blicken zum Hausherrn hinüber, weil sie wussten, dass ihnen heute Abend noch mehr geboten werden würde. Henry fragte sich, ob die anderen von all dem Theater auch so erschöpft waren wie er. Aber niemand hatte etwas gegen Partys, vor allem wenn das Fest schon in vollem Gange war, deshalb strahlten die Augen der anderen um die Wette.

»Mr Hayes«, sagte Mrs Hayes, »sollten wir unsere Gäste nicht zu einem Digestif hinüber ins Raucherzimmer bitten?«

Die Männer und Frauen an der langen Tafel murmelten zustimmend und dann fand auch Richmond Hayes, dass das eine gute Idee war, auch wenn er nicht völlig überzeugt wirkte. Henry schaffte es nicht, Diana anzusehen, die ihm gegenübersaß und nur zum Teil von einem Gesteck aus rosa Begonien verdeckt wurde. Alle schoben ihre Stühle zurück und erhoben sich. Die Herren griffen nach dem Arm der jeweiligen Dame, mit der sie vor ein paar Stunden nicht ganz so angeheitert ins Speisezimmer gekommen waren.

»Henry, setz dich zu deiner Frau«, befahl der alte Schoonmaker, nachdem es alle stolpernd ins angrenzende Zimmer geschafft hatten.

Von ihrem Platz auf dem Sofa sah Penelope mit großen, unschuldigen Augen zu ihm auf. Es war unbegreiflich, wie sie es einfach so hinbekam, all diese unterschiedlichen Emotionen vorzutäuschen. In ihrem perfekt sitzenden blassrosa Kleid wirkte sie genau wie eine junge Mutter, die sich um nichts so sehr sorgt wie um ihre Kinder, obwohl er nie im Leben ernsthaft geglaubt hätte, dass sie auch nur annähernd zu solchen Gefühlen fähig war. Schon gar nicht, wenn man überlegte, wie sie ihren Nachwuchs benutzte, lange bevor er überhaupt auf der Welt war. Henry ging schwankend zu ihr hinüber und ließ sich neben sie aufs Polster plumpsen, ohne sie dabei ein einziges Mal anzusehen.

Auf diese Weise vergingen Stunden. Zunächst lehnte Henry den Champagner ab, der ihm angeboten wurde. Er war die ganze Woche über nüchtern gewesen und hatte immer noch das Gefühl, dass er stark, klar im Kopf und tapfer sein sollte. Doch dann fing er an, sich zu fragen, ob vielleicht doch die leiseste Möglichkeit bestand, dass Penelope die Wahrheit sagte. Die Vorstellung war so gruselig, dass er sich sofort einen Drink bestellen und diesen in einem Schluck hinunterkippen musste. Danach bestellte er noch einen … und noch einen. Als die anderen alle so albern und laut geworden waren, dass keiner von ihnen mitbekommen würde, was Henry zu sagen hatte, wandte er sich an seine Frau.

»Du kannst nicht schwanger sein.« Seine Stimme klang undeutlich und er lallte beim Sprechen ein bisschen, aber er schaffte es, ihr geradewegs ins Gesicht zu schauen und sich an seine heimliche Hoffnung zu klammern.

»Wie meinst du das, Mr Schoonmaker?«, erwiderte sie unschuldig.

Henry ließ den Blick durch den Salon huschen und konnte beobachten, wie einige Frauen verstohlen ihre Röcke neu arrangierten, um im Kerzenlicht so vorteilhaft wie möglich auszusehen, während die Kellner volle Karaffen umhertrugen, von denen er sich gerne eine geschnappt hätte, um sich damit in irgendeine dunkle Ecke zu verziehen. Über dem Kamin hing ein riesiger Spiegel mit Goldrahmen, der leicht nach vorne gekippt war, damit sich der Raum darin spiegelte, als würde man ihn von oben sehen. Ganz am Rand des Spiegelbildes sah Henry sich selbst im schwarzen Frack neben seiner Frau in ihrem raffinierten und kunstvollen Kleid sitzen. Einen Moment lang hatte er genau das vor Augen, was alle sahen: zwei große, schlanke, dunkelhaarige Menschen, die perfekt zueinander passten und zu verliebt waren, um in das Gekreische der anderen einzustimmen. Er hasste sich dafür, das Bild betrachtet zu haben.

»Es war nur das eine Mal, vor einer Woche … oder zwei – ich kann mich nicht mehr erinnern.« Henry seufzte und spannte den Kiefer an. »Ich glaube es einfach nicht.«

»Na gut, wenn du meinst.« Penelope zuckte gleichgültig mit den weißen Schultern, ohne seine Behauptung abzustreiten.

»Du bist nicht schwanger.« Zum ersten Mal an diesem Abend ließ Henrys Schockstarre etwas nach.

Sie verdrehte die Augen und öffnete den Mund ein wenig. »Na ja, ich bin nicht ganz *sicher*, dass ich es bin.« Sie schaute ihm in die Augen. »Aber es ist natürlich möglich.«

Henry seufzte aus tiefstem Herzen und schüttelte erleichtert den Kopf. Es gab kein Baby, es gab keine Familie. Er konnte sie doch verlassen. Es würde nur ein wenig länger dauern, und die Unterhaltung mit seinem Vater würde noch ein Stück unangenehmer werden. Doch er konnte seinen Plan immer noch durchziehen.

»Ach Henry, sei nicht grausam.«

Ihr Gesicht war zu einer Grimasse verzogen, und obwohl er nicht wusste, was genau sie meinte, spürte er wieder, wie ihm die alte Angst den Rücken entlanglief.

»Ich habe dir gesagt, wie die Dinge stehen«, sagte er vorsichtig.

»Aber jetzt ist alles anders.«

»Penny, sei doch nicht dumm. Du hast doch selbst gesagt …«

Penelope musterte ihre Handschuhe und die Rubinarmbänder an den Handgelenken, dann verschränkte sie die Finger ineinander. »An deiner Stelle wäre ich vorsichtig, wen ich hier dumm nenne«, sagte sie leise. »Du hast zum Beispiel noch nicht einmal darüber nachgedacht, was für einen Eindruck es machen würde, wenn du deine schwangere Frau verlässt. *Alles* hat sich geändert, siehst du das denn nicht?«

»Ich glaube nicht, dass die Lüge diesen Raum hier verlässt, meine Liebe.« Henry schloss kurz die Augen und rieb sich die Stirn. »Was willst du denn bitte in neun Monaten machen, wenn es kein Baby gibt?«

Penelope rutschte näher an ihn heran und machte dabei ein derart trauriges Gesicht, als wäre das, was sie dann sagte, bereits passiert. »Wäre das nicht noch viel schlimmer?«, fuhr sie flüsternd fort. »Wenn du deine Frau verlässt, weil sie deinen ersten Sohn verloren hat, bevor er überhaupt auf die Welt kommen konnte?«

Henry schluckte. Er schaute sich mit panischem Blick um, als wären die Wände, die Möbel und selbst die Gäste aus Eisen gemacht. Er hätte sich nicht wirklich gewundert, wenn es wirklich so gewesen wäre, denn der gesamte Raum kam ihm plötzlich wie eine Art Gefängnis vor. Die Gäste erwiderten lächelnd seinen Blick und hatten keine Ahnung, was ihr Irrglaube aus ihnen gemacht hatte. Sie strahlten und beobachteten die Henry Schoonmakers, fest davon überzeugt, dass die beiden sich gerade irgendwelche Liebesgeheimnisse zuflüsterten. Penelope musste einen ähnlichen Gedanken gehabt haben, denn sie nutzte den Moment, um noch näher an ihn heranzurücken.

»Wie auch immer, ich glaube nicht, dass du noch irgendeinen Grund hast, mich zu verlassen«, flüsterte sie ihm ins Ohr. »Was glaubst du denn, was deine kleine Di die ganze Zeit gemacht hat?«

Als sie sich wieder zurück in die Kissen fallen ließ, kicherte sie gekünstelt und erinnerte ihn an die restlichen Gäste im Raum mit ihrem ausgelassenen und geistlosen Gelächter. Die Luft um ihn herum war mittlerweile so dick und rauchgeschwängert, dass man sie schneiden konnte. Alle unterhielten sich so laut, dass es unmöglich war, ein bestimmtes Gespräch mitzuverfolgen. Henry drehte sich suchend um, konnte Diana jedoch nirgends entdecken. Ihre ordentlich beschwipste Anstandsdame tanzte gerade mit seinem Vater. Er starrte auf das leere Sofa, wo Diana zuletzt gesessen hatte.

Über dem leeren Platz hing das lebensgroße Porträt eines Mannes in einer Art Militäruniform, der auf einem sich aufbäumenden Pferd saß. Die Vorderhufe des Pferdes hingen in der Luft und die Augen glänzten vor Angst und Erregung, während der Reiter stolz und ruhig auf eine Kampfszene herabsah. Henry hätte zu gerne geglaubt, dass er der Reiter war, doch er wusste, dass er nun die andere Rolle spielte. Sein Blick blieb an Penelope kleben, die ihm wissend zuzwinkerte.

»Fragst du dich nicht, wohin sie verschwunden ist?« Sie grinste süffisant und legte brav die Hände in den Schoß. »Oder eher, wohin *die beiden* verschwunden sind? Denn ich weiß es, weil mir mein Bruder kurz vor dem Essen ein paar sehr interessante Neuigkeiten erzählt hat. Er hat mir gesagt, dass er in sie *verliebt* ist.«

Am liebsten hätte Henry laut »Hör auf!« geschrien, um seine Frau und jeden hier im Raum endlich zum Schweigen zu bringen. Doch das tat er nicht. Er rief sich in Erinnerung, was Grayson im Casino über Diana gesagt hatte und was für ein wilder, verzweifelter Mann Penelopes Bruder war. Vielleicht glaubte er ja tatsächlich, sie zu lieben, und vermutlich war Diana gerade in einem Zustand, dass sie ihm das sogar abnehmen würde.

»Entschuldige mich«, sagte Henry.

Wie in Trance bewegte er sich durch die Flure des Hauses seiner Schwiegereltern. Früher hatte er sich hier sehr gut ausgekannt, aus Gründen, an die er sich inzwischen nicht mehr gerne erinnerte. Sein Herz klopfte heftig und seine Füße trugen ihn wie von alleine vorwärts. Er wusste lediglich, dass er Diana finden musste, was ihm am Ende auch gelang. Doch dann sah er, dass es zu spät war.

Er legte eine Hand auf den Türrahmen des dunklen Raumes und wurde einige entsetzliche Sekunden lang Zeuge, wie Dianas und Graysons Körper sich aneinanderschmiegten. Er hätte am liebsten laut gebrüllt, aber er konnte kaum atmen. Er hatte sie beide an diesen Punkt gebracht, dorthin, wo es kein Zurück mehr gab, also wäre es völlig unsinnig gewesen, irgendjemanden außer sich selbst anzubrüllen. Er konnte nichts anderes tun, als schweigend davonzustolpern, mit dem Wissen, dass seine ganzen Pläne und Heldentaten nichts weiter waren als halbgare Träume, die er nun begraben konnte.

42

Hinter einer ganz gewöhnlichen Sandsteinfassade gibt es in dieser Stadt eine abscheuliche Frau, die mit Pulvern für unmoralische Mädchen handelt und Operationen durchführt, falls diese Pulver versagen …

– Reverend Needlehouse, *Predigten für die heutige Zeit*

Elizabeth machte sich spätabends auf den Weg, so wie ihre Mutter es ihr gesagt hatte. Sie hatte die Adresse auswendig gelernt – ein anständiges Stadthaus am Washington Square, das sich von den umstehenden Häusern kein bisschen unterschied, außer dass das Licht unter dem hohen Vordach etwas heller zu leuchten schien als bei den Häusern auf der anderen Seite. Der Regen hatte nachgelassen und sie trug einen dunklen Umhang mit einer Kapuze, die ihr tief ins Gesicht reichte, damit sie auf der Straße nicht erkannt werden konnte. Aus diesem Grunde hatte sie auch so lange im Schatten gewartet und war erst dann die Stufen hochgeeilt, als sie sicher war, dass niemand sie aus irgendeinem Fenster beobachtete oder in einer Ecke herumlungerte. Sie hatte den Rest des Geldes bei sich, das Snowden ihrer Familie aus den Schürfanteilen ihres Vaters ausgezahlt hatte. Die letzten Worte ihrer Mutter, bevor sie das Haus verlassen hatte, lagen ihr noch im Ohr.

»Ich hatte stets eine bessere Meinung von dir«, hatte Mrs Holland gesagt und dann verkündigt, dass sie ins Bett gehen würde. Edith war schon weg, um Diana zu begleiten, also war am Ende niemand da gewesen, um Elizabeth zu verabschieden, als sie in die eisige Nacht hinaushuschte. Eigentlich hatte sie eine Droschke nehmen sollen, aber der Gedanke, dass irgendwer Zeuge wurde, wohin sie unterwegs war und was sie dort tun würde, war einfach unerträglich.

Sie war das nervöse Zittern leid, trotzdem brauchte sie eine halbe Ewigkeit, bis sie es endlich schaffte, den Türklopfer zu benutzen. Sie schloss die Augen, zögerte und hob schließlich ihr schmales Handgelenk. Danach ging alles sehr schnell. Sie wurde eilig in ein Empfangszimmer im ersten Stock gebracht, das nur schwach von antiken Lampen beleuchtet wurde und mit weichen Stoffen und Tierfellen dekoriert war. Die Frau in dem teuren Outfit, die sie reingeführt hatte, verschwand hinter einem japanischen Wandschirm, der einen Durchgang verbarg. Während Elizabeth wartete, dachte sie darüber nach, dass der Salon eigentlich wie ein ganz gewöhnliches Empfangszimmer aussah, wenn auch ein bisschen edler als üblich.

Aus den angrenzenden Räumen drang der schwache Klang weiblicher Stimmen herüber. Elizabeth verschränkte die Finger und löste sie wieder, nur um die Hände erneut ineinanderzukrallen. Es war wirklich seltsam, dass sie am Ende hier gelandet war – dabei war sie doch immer für ihre Kleider und Manieren bewundert worden und hatte später von Will so viel Liebe bekommen, dass sie alles dafür gegeben hätte, diese Nächte noch einmal zu erleben. Sie wusste nicht, was sie von all diesen merkwürdigen Wendungen des Schicksals halten sollte oder von diesem Raum hier, mit all seiner Pracht und dem falschen Anstrich von Normalität. Sie hätte in diesem Augenblick nicht mal genau sagen können, wer sie überhaupt war.

Es hatte mal eine Zeit gegeben, als sie allein für ihre Familie und deren Vorstellung von Anstand und Schönheit gelebt hatte. Sie war dabei gescheitert, hatte aber ein besseres Ideal gefunden, dem sie folgen konnte. Und nun war ihr das Beste, was sie je gehabt hatte, in einem Kugelhagel genommen worden. Ohne Will war jeder ihrer Schritte unsicher und zaghaft. Sogar ihr Körper fühlte sich seltsam an, irgendwie verschwommen und undeutlich, sodass sie nicht genau sagen konnte, wo sie selbst aufhörte und die Welt anfing, aber vielleicht war das ja auch ein Segen, schließlich wollte sie das, was auch immer als Nächstes mit ihr passieren würde, am liebsten gar nicht mitbekommen. Als ein Anflug von Trauer in ihr aufstieg, schloss sie die Augen, um ihn zu unterdrücken. Dann legte sie die Stirn in Falten und betete, dass Will im Himmel war, auf sie herabsah und ihr helfen würde, nicht zu weinen.

Was würde er von diesem Raum halten, diesem Salon mit den hübsch gerahmten Bildern von Frauen mit ernsten Gesichtern und blassen Kleidern? Sie fragte sich, wie viele Mädchen wohl schon vor ihr in diesem Raum gesessen hatten und dank der Ähnlichkeit mit ihrem eigenen Zuhause ein Stück ruhiger geworden waren. Wie viele Mädchen hatten gehofft, die Sache schnell hinter sich bringen zu können, um wieder auf Bälle zu gehen, Anträge zu bekommen und das gleiche Bild wie eh und je abzugeben – das Bild braver, jungfräulicher Mädchen, die dazu bestimmt waren, eine gute Partie zu machen. In dieser Sekunde wurde Elizabeth klar, dass die Mädchen in den weißen Kleidern und die Männer, die sie auf Podeste stellten und sich gleichzeitig beim Tanzen an sie ranmachten, allesamt Heuchler waren. Sogar ihre eigene Mutter gehörte dazu: Sie hatte Elizabeth gesagt, dass sie »stets eine bessere Meinung« von ihr gehabt hätte, aber gleichzeitig kein Problem damit hatte, ihr Kind nur für Geld an sonst jemanden zu verheiraten.

Elizabeth hatte in ihrem Leben nur einen einzigen Menschen kennengelernt, der nicht so war: Will. Sie spürte einen dicken Kloß in ihrer Kehle und legte eine Hand auf ihren

Bauch. Es war erstaunlich, dass sie für ihre Liebe dermaßen leiden musste und dass die Strafe so körperlich, so erniedrigend und so unumstößlich sein würde.

»Meine Liebe« sagte eine Frau, während sie hinter dem Wandschirm hervorkam. Auch wenn das Licht gedämpft war, hatte Elizabeth die Augen so plötzlich aufgerissen, dass sie jetzt weiße Pünktchen sah und ihr Tränen in die Augen traten. Die Frau war komplett in schwarzen Samt gekleidet und hatte ein volles Gesicht, einen üppigen Busen und lächelte Elizabeth so an wie Leute, die bezahlt werden wollten. Elizabeth fragte sich zum ersten Mal, ob sie vielleicht gar nicht gezwungen wurde zu leiden. Vielleicht handelte es sich hier gar nicht um eine weitere tragische Wendung des Schicksals.

Auf einen Schlag wurde ihr klar, dass das, was gerade in ihr wuchs, Wills letztes Geschenk war und dass sie sich deswegen gar nicht schämen musste. Schließlich war er ihr Ehemann gewesen, rief sie sich ins Gedächtnis.

»Ich muss gehen«, sagte sie und stand auf. Sie war zwar müde, aber noch nicht im Mindesten bereit zu schlafen. Auf seltsame Art fühlte sie sich irgendwie zu allem fähig, wie jemand, der die ganze Nacht wach geblieben war.

»Aber meine Liebe, Ihr Zustand …«

Elizabeth wich zurück, bis sie die Tür erreicht hatte. »Es tut mir leid«, sagte sie. Ihre Stimme war inzwischen laut und deutlich. »Doch das alles hier war ein Fehler.«

Das Haus war dunkel, als sie reinkam, doch kaum hatte sie ihren Umhang ausgezogen, hörte sie das leise Knarzen der Kassettentür des Salons und sah, wie ihre Mutter aus der Dunkelheit auftauchte.

»Ich hätte gedacht, dass sie dich die ganze Nacht dortbehalten«, sagte sie. Auch wenn ihre Worte harsch und kalt klangen, wirkte ihre Stimme seltsam, so als müsste sie sich beim Sprechen anstrengen.

»Nein.« Elizabeth bemühte sich, wieder zu Atem zu kommen, während sich ihre Augen an die Dunkelheit gewöhnten. Es war gut, wieder drinnen zu sein, obwohl es nicht mehr ganz so eisig war wie bisher. Die Luft draußen war feuchter geworden, und man konnte spüren, dass es bald wieder Regen geben würde. »Ich konnte nicht dortbleiben.«

»Was meinst du damit, du konntest nicht dortbleiben?«

Als Mrs Holland zu ihr in die Eingangshalle kam, folgte ihr der Geruch von Rauch und Asche, weil sie am Kamin gesessen hatte. Jetzt konnte Elizabeth das Gesicht der alten Frau erkennen: Auf ihren Zügen lag die gleiche nervöse Unentschlossenheit, die sie selbst vor einer Stunde gespürt hatte. Was Elizabeth betraf, so war das schreckliche Gefühl inzwischen verschwunden und hatte einer großen inneren Stärke Platz gemacht.

»Ich werde das Kind behalten«, antwortete sie ruhig. »Wills Kind.«

Ihre Mutter gab ein Geräusch von sich, als hätte ihr jemand mitten in die Magengrube geboxt und ihr so sämtliche Luft aus den Lungen getrieben. »Du wirst uns ruinieren«, keuchte sie schließlich. Aber irgendwie klang der Satz gar nicht so verbittert wie erwartet und jetzt, wo die Worte zwischen ihnen im Flur hingen, kam ihr das nicht mehr wirklich wie ein schreckliches Schicksal vor.

Elizabeth merkte, dass sie lächelte. Sie küsste die kleine Dame auf beide Wangen und sagte: »Gute Nacht.« Dann drehte sie sich um und ging die Stufen zu ihrem Schlafzimmer hinauf. Sie hatte nicht die leiseste Ahnung, was sie am nächsten Morgen tun würde, doch sie wusste, dass sie zum ersten Mal seit vielen Tagen endlich wieder gut schlafen würde.

43

Am heutigen Tag wird das Testament des verstorbenen Carey Lewis Longhorn im New Netherland Hotel verlesen, in dem dieser die letzten Jahre seines Lebens residierte. Obwohl er Junggeselle war, werden viele Damen der Gesellschaft seinen Tod beklagen, wobei einige von ihnen natürlich darauf hoffen dürften, dass seine Großzügigkeit heute noch etwas weiterlebt.

– Aus der Gesellschaftskolumne der
New York News of the World Gazette,
Freitag, den 2. März 1900

»Miss Broad, was ist denn mit Ihnen passiert?«

Carolina oder Lina oder wer auch immer sie jetzt war, nachdem sie all ihre Würde verloren hatte, betrat die Lobby des New Netherland Hotels, wo sie früher ein glänzendes Leben geführt hatte. Ihr Mantel tropfte auf den glänzenden Mosaikboden und hinterließ kleine Pfützen. Eigentlich hatte sie vorgehabt, nicht wie ein komplettes Nervenbündel hier reinzuschneien, aber bei dem ersten Hauch des vertrauten Geruchs nach teurem Parfüm und Kaffee und beim Anblick von Mr Cullen, dem zierlichen Hotelangestellten, der ihr so oft den Schlüssel zu ihrem Zimmer gereicht hatte, kamen ihr die Tränen. Bevor sie irgendeine Erklärung rausbringen konnte, heulte sie schon wie ein Schlosshund.

»Aber, aber, Miss Broad«, sagte Mr Cullen, während er ihr

den triefnassen Mantel auszog. »Sind Sie vom Regen überrascht worden?«, fragte er mit leichtem Zweifel in der Stimme, während er ihren Mantel begutachtete, der in Wirklichkeit die ganze Nacht über nur Zentimeter von dem Wolkenbruch entfernt gewesen war und jetzt ziemlich durchdringend nach Straße roch. Er drückte ihn einem Hotelpagen in die Hand, und als das müffelnde Kleidungsstück außer Sicht war, legte er eine Hand auf Carolinas Schulter und sagte: »Wir werden ihn in die Reinigung geben und sehen, was sich machen lässt. Aber, meine Liebe, Sie sind ja völlig durchgefroren. Wir müssen Sie unbedingt wieder aufwärmen und in trockene Kleider stecken.«

Carolina schlug die Hände vors Gesicht und nickte heftig, auch wenn sie immer noch nicht aufhören konnte zu weinen.

»Versuchen Sie, sich ein bisschen zusammenzunehmen, meine Liebe«, fuhr Cullen fort, während er sie in sein Büro führte. »Sie sind hier, weil heute Mr Longhorns Testament verlesen wird, nicht wahr? Der alte Gentleman wird Ihnen doch sicherlich ein bisschen was hinterlassen haben …«

Carolina wischte sich mit der Hand über die Nase und versuchte, ihm zu glauben. In Wahrheit hatte sie kaum noch Hoffnung und war nur deshalb ins Hotel gekommen, weil sie in einem Hauseingang aufgewacht war und sonst nirgendwo anders hingehen konnte. Außerdem erkannte sie an Cullens Miene, wie viel Mühe er sich gab, damit sie sich wieder besser fühlte – es kam selten vor, dass jemand dermaßen nett zu ihr war, deshalb musste sie sich extrem anstrengen, um nicht gleich wieder loszuheulen. Er schickte eines der Zimmermädchen auf die Suche nach einem Kleid für Carolina. Erst als sie wieder wie eine junge Dame aussah und ihre Fassung zurückgewonnen hatte, führte er sie persönlich in die Suite, wo sie und Longhorn so viele Abende miteinander verbracht und über seine Jugend und ihre vielversprechende Zukunft geplaudert hatten.

Der Rechtsanwalt Mr James saß an einem breiten Tisch und hob den Kopf, als sie reinkam. Die Art und Weise, wie er Carolina beäugte, machte ihr sofort klar, dass sie alles andere als willkommen war. Glücklicherweise war Cullen immer noch da und brachte sie zu einem der im Halbkreis aufgestellten Sessel. Erst als er sich überzeugt hatte, dass sie bequem saß, zog er sich zurück. Eine Handvoll weiterer Frauen hatte sich in den anderen Sesseln breitgemacht, die meisten von ihnen schluchzten theatralisch in ihre Taschentücher. Eine davon war Lucy Carr, die allerdings beharrlich Carolinas Blick auswich.

»Herzlich willkommen, Ladys, Gentlemen …«, begann Mr James und hustete unangenehm laut in seine Hand. Dann folgte eine Einleitung, die Longhorns ehemalige Lieblingsdame kaum ertragen konnte. Es handelte sich um ein Dokument, das der alte Junggeselle hatte aufsetzen lassen, als er über sein nahendes Ende nachgedacht und sie ihn so elend im Stich gelassen hatte. Carolina litt immer noch unter den Konsequenzen dieser selbstsüchtigen Entscheidung und vermutete, dass sie dieses Gefühl noch lange mit sich herumschleppen würde. Ihr war aufgefallen, dass die meisten Sachen hier im Zimmer schon eingepackt worden waren, sodass der Raum irgendwie leblos wirkte.

»Meiner Großcousine Mrs William Barre«, las Mr James vor und die Frau schnappte hörbar nach Luft und setzte sich kerzengerade hin, »hinterlasse ich all meine großen Silberplatten und eintausend Dollar.«

Mrs William Barre fing sofort an, lauthals Longhorns Großzügigkeit zu loben, auch wenn sie dabei ein etwas enttäuschtes Gesicht machte. Weitere kleinere Hinterlassenschaften wurden aufgezählt, auf die die Leute in den Sesseln nur mit mäßiger Begeisterung reagierten. Carolina konnte absolut nichts von dem alten Mann erwarten, schließlich hatte sie ihn nur ein paar

Monate lang gekannt und ihn zu allem Überfluss auch noch allein gelassen, als er sie am meisten gebraucht hätte. Trotzdem musste sie unwillkürlich daran denken, dass fünftausend Dollar für sie wesentlich mehr bedeutet hätten als für den Verein zur Unterstützung junger Mädchen, die durch Brandkatastrophen zu Waisen geworden waren, den ihr ehemaliger Gönner bisher immer großzügig unterstützt hatte. Auch sie war eine Waise, fuhr es ihr durch den Kopf, und sie tupfte sich die Augen ab.

Dann hörte sie die Worte, die sie wissen ließen, dass die Sache zu Ende war. Sie erhob sich, um zu gehen.

»Mein restliches Vermögen«, sagte Mr James gerade etwas widerwillig, »darunter mein Immobilienbesitz, meine Wertpapiere, meine Geschäfte und mein Bargeld hinterlasse ich meiner lieben Freundin, die mir während meines letzten Lebensabschnitts solche Freude geschenkt hat: Miss Carolina Broad.«

Alle im Raum schnappten nach Luft und drehten sich zu dem Mädchen um, das bereits an der Tür stand. Einen Moment lang hatte Carolina Angst, Mr James hätte ihren Namen nur deshalb gerufen, weil er sie dafür zur Schnecke machen wollte, dass sie gegen die guten Sitten verstoßen hatte, weil sie zu früh aufgestanden war, und ihr Blick wanderte etwas verwirrt zwischen den versammelten Frauen und dem Rechtsanwalt hin und her. Dann sah sie, dass Lucy Carr sie anlächelte, und wusste, dass das Glück endlich wieder auf ihrer Seite war. Ihr war immer noch kalt, und es würde noch mehrere Stunden dauern, bis sie wirklich kapieren würde, wie sehr sich ihr Leben in dieser Sekunde verändert hatte. Immerhin kehrte schon jetzt ein gewisses Gefühl der Sicherheit in ihre Glieder zurück, und die Frauen, die mit ihren eigenen Hoffnungen gekommen waren, umringten sie, um sie zu beglückwünschen. Also hatte Longhorn am Ende doch irgendetwas Vielversprechendes in ihr gesehen und mit unendlicher Güte und unfassbarer Großzügigkeit dafür gesorgt, dass ihre wunderbare Zukunft doch noch Wirklichkeit werden konnte.

Nachdem Carolina in dem Haufen von Kleidern gestöbert hatte, die nun wieder rechtmäßig ihr gehörten, und wieder wie eine echte Dame aussah, fuhr sie ein paar Stunden später vor einem recht gewöhnlich aussehenden Haus an der West Side vor und befahl dem Kutscher, auf sie zu warten. Der Regen hatte endlich aufgehört, und der erste Hauch von Frühling lag in der Luft. Trotzdem zog sie sich den alten Pelzmantel aus Karakulwolle, den Longhorn ihr am Anfang ihrer Freundschaft gekauft hatte, enger um die Schultern, bevor sie den Bürgersteig überquerte und die Eingangsstufen hinaufging.

Die Haushälterin, die die Tür öffnete, war erst mal sprachlos.

»Keine Sorge«, sagte Carolina mit einem Lächeln, das ihre Zähne entblößte. »Ich bin nicht hier, um den Rest meines Gehalts abzuholen. Das werde ich auch nie tun.«

Die ältere Frau warf einen nervösen Blick in den Flur hinter sich und wischte die schweißnassen Handflächen an ihrem Kleid ab. »Ich glaube nicht, dass Mrs Tilt darüber erfreut sein wird, dass Sie hierhergekommen sind.«

»Oh, das interessiert mich nicht die Bohne!«, erwiderte Carolina lachend. »Und außerdem bin ich gar nicht wegen ihr hier. Ist Mr Wrigley da?«

»Ja, aber …«

»Gut.« Carolina rauschte an der Frau vorbei in den Flur, wo sie sich gerade so weit umdrehte, dass sich ihr langer lavendelfarbener Rock wie eine Welle hinter ihr aufbauschte und dabei das Licht der elektrischen Deckenbeleuchtung reflektierte. »Wo sind sie?«

Die Haushälterin starrte auf ihre Hände. »Im Salon im Erdgeschoss.«

»Ah, ja.«

Carolina marschierte mit siegessicherer Miene in den Raum hinein, ohne vorher ihren Pelzmantel auszuziehen. Sie wusste genau, wie hervorragend ihr der Triumph stand, deshalb blieb sie im Türrahmen stehen, damit Mrs Tilt und ihr Freund Tristan sie ordentlich bewundern konnten. In diesem Moment kam es ihr so vor, als hätte sich ihre Vermutung, wie großartig sie selbst eigentlich war, endlich bewahrheitet, deshalb hatte sie kein Problem damit, einen der Tricks anzuwenden, die vornehme Damen überall benutzten, obwohl ihr das bis zu diesem Abend nie wirklich gelungen war. Ihr Timing war wunderbar.

»Ich habe dir befohlen, nie wieder hierher zurückzukommen«, sagte Mrs Tilt schließlich, und obwohl sie sich sehr anstrengte, kalt und abweisend zu wirken, brachte ihre Anspannung die harte Fassade zum Bröckeln. Tristan, der in dem rot-weiß gemusterten Ohrensessel neben ihr saß, wirkte vielleicht zum ersten Mal, seit sie ihn kannte, als würde er sich ein bisschen unbehaglich fühlen. Sie stellte zufrieden fest, dass er sich bereits schick gemacht hatte: Er trug ein schwarzes Jackett mit einer Weste, und sein helles Haar war ordentlicher frisiert als üblich.

»Haben Sie das? Da ich kein bisschen Lust habe, je wieder an diesen Ort zurückzukehren, schätze ich, dass ich wohl tun kann, was Sie möchten.« Carolina lehnte sich unbekümmert gegen den Türrahmen. »Tristan«, fuhr sie fort, senkte die Stimme und wandte ihren Blick entschieden von Mrs Portia Tilt ab, »komm mit.«

Tristans Sessel schabte über den Boden, während er unbeholfen auf seinem Platz herumrutschte, allerdings machte er keine Anstalten, auf die Beine zu kommen. »Mrs Tilt und ich hatten vor, zum Dinner ins Waldorf zu gehen. Wir haben gerade einen Cocktail getrunken, um den Abend einzuläuten, und dann …«

»Unsinn. Du wirst mit mir zu Abend essen, und zwar im Sherry's. Du musst wissen«, sie hielt inne, um ihr Carolina-Lächeln aufzusetzen, »ich habe gerade ein großes Vermögen geerbt, eine weit höhere Summe, als sich die gute Mrs Tilt vermutlich vorstellen kann, und darauf möchte ich gerne anstoßen.«

Daraufhin zögerte Tristan nicht länger. Mit ein paar Schritten war er an Carolinas Seite, ohne die Dame aus dem Westen weiter zu beachten, und gemeinsam verließen sie wortlos den Raum. Carolina beschloss, ihr am Ende doch noch einen letzten Blick zuzuwerfen, und der Anblick von verletztem Stolz und sprachloser Empörung auf dem Gesicht ihrer ehemaligen Arbeitgeberin war etwas, wofür Longhorns Erbin viel Geld ausgegeben hätte, den sie jedoch, wie sich herausstellte, absolut gratis genießen durfte.

»Es wird morgen in sämtlichen Zeitungen stehen!«, rief sie über ihre Schulter zurück.

Tristan half ihr beim Einsteigen in die Droschke. Als sie schließlich nebeneinandersaßen und durch den städtischen Verkehr geschaukelt wurden, stellte Carolina plötzlich fest, dass ihr nichts mehr einfiel, was sie noch sagen könnte. Die Geschichte war viel zu lang, um sie zu erzählen, und sie wollte sowieso nur jemanden, mit dem sie einen Abend lang feiern konnte. Dafür würde ihr alter Freund, der Verkäufer von Lord & Taylor, völlig ausreichen – zu mehr taugte er jedoch nicht, wie sie im Verlauf der letzten Monate festgestellt hatte, obwohl er eben ziemlich nützlich gewesen war, um Mrs Tilt zu zeigen, wo sie hingehörte. Natürlich wäre ihr Leland tausendmal lieber gewesen, doch sie hatte nachmittags in der Zeitung gelesen, dass er sich bereits auf einem Schiff mitten auf dem Atlantik befand. So musste sie sich eben noch ein paar Monate gedulden, bevor sie ihre Romanze fortsetzen würden. Für den Augenblick genügte es, dass der Regen die Luft sauber gewaschen hatte, dass ihr Outfit perfekt war und ihr Begleiter – wer immer er auch war – entsprechend gut aussah. Die Nacht war jung und alles andere ebenfalls.

44

In der Gesellschaft gibt es derzeit mehr als nur eine junge Braut, die guter Hoffnung ist, allerdings ist es mir noch nicht erlaubt zu verraten, um wen es sich dabei handelt …

– *Cité Chatter*, Freitag, den 2. März 1900

Das Feuer knackte und Elizabeths braune Augen begegneten denen ihrer Mutter. Keine der beiden Frauen zuckte auch nur mit der Wimper, und so starrten sie sich eine ganze Minute lang an. Draußen hatte es wieder angefangen zu regnen, nachdem es nachmittags etwas aufgeklart hatte, und Diana schlief immer noch oben in ihrem Zimmer, obwohl es schon fast Abend war. Edith sah sterbenselend aus und brachte kein Wort über die Party bei den Hayes' am letzten Abend heraus. Deshalb gab es nichts mehr, worüber sie reden konnten, und so blieb der älteren der Holland-Töchter nichts anderes übrig, als sich am Feuer zu wärmen und die vorwurfsvollen Blicke ihrer Mutter zu ertragen. Sie war ein bisschen nervös, und Zukunftsängste nagten an ihr, allerdings hatte sie jetzt etwas Wichtigeres als sich selbst, das sie beschützen musste, was dafür sorgte, dass ihre Furcht etwas nachließ.

»Mrs Holland«, sagte Claire und schob die Kassettentür einen Spaltbreit auf, um den Kopf ins Zimmer zu stecken. Auf ihrem bleichen Gesicht zeichneten sich die Schatten des grauen Tages ab.

Edith grunzte und presste sich eine Hand gegen die Augen.

»Um Himmels willen, nimm doch etwas Rücksicht auf meine Kopfschmerzen und red nicht so laut«, knurrte sie, obwohl Claire sowieso ziemlich leise gesprochen hatte.

»Es tut mir leid«, flüsterte Claire. Da sich Mrs Holland hartnäckig weigerte, vom Kamin aufzublicken, landete der Blick des Hausmädchens bei Elizabeth, die ihr zunickte. »Sie haben Besuch.«

»Wer ist es? Wir können gerade niemanden empfangen«, fuhr Mrs Holland sie mit scharfem Ton an. Edith stöhnte, allerdings ohne ihre Kopfschmerzen noch mal zu erwähnen.

»Es ist Mr Cairns.«

»Ah!« Mrs Hollands Gesichtsausdruck veränderte sich abrupt. »Bring ihn herein.«

Elizabeth setzte sich etwas gerader hin, als er den Raum betrat. Sie war so mit ihren eigenen Problemen beschäftigt gewesen, dass ihr nach ihrer Rückkehr aus Florida gar nicht aufgefallen war, dass von dem Mann jede Spur fehlte. Jetzt kamen ihr seine vollen Gesichtszüge und sein extrem helles Haar irgendwie fremd vor. Sie bekam sofort ein schlechtes Gewissen, schließlich hatte er so viel für die Familie getan, also versuchte sie ihn zum Ausgleich herzlich anzulächeln.

»Mrs Holland, Miss Holland, Miss Elizabeth«, sagte er und nickte ihnen der Reihe nach zu.

»Wie schön, dass Sie wieder in der Stadt sind«, säuselte Mrs Holland, während sie sich aus ihrem Sessel erhob. Sie sah plötzlich irgendwie weniger besorgt aus, und Elizabeth war ihm dafür dankbar. Ihr fiel auf, dass der ehemalige Geschäftspartner ihres Vaters anscheinend ein Gespür dafür hatte, immer dann aufzutauchen, wenn ihn die Familie gerade am meisten brauchte, was dafür sorgte, dass er ihr nun doch etwas weniger fremd vorkam. »Ich war nicht sicher, ob Sie zurückkehren würden.«

»Doch, und ich habe vor, eine Weile zu bleiben. Ich weiß ja, wie überaus gastfreundlich Ihre Familie ist, aber ich wollte Sie nicht stören, bevor ich mich um eine Wohnung für mich gekümmert hatte. Ich habe mir ein Apartment auf der Parkseite des Dover-Gebäudes genommen – natürlich ist es dort längst nicht so hübsch ist wie hier bei Ihnen, aber für einen Mann wie mich völlig ausreichend.« Sein Blick lag auf Elizabeth, die daraufhin ihre Mutter anschaute, die wiederum Snowden anblickte. »Ich habe Ihr Telegramm erhalten«, fügte er hinzu und redete dabei offensichtlich mit ihrer Mutter, obwohl er weiterhin Elizabeth anstarrte.

»Willkommen zurück in New York, Mr Cairns«, sagte Elizabeth mit freundlicher Stimme, während sie sich erhob und dabei unbewusst ihren Bauch berührte. Sie hoffte, dass das alles war, was momentan von ihr erwartet wurde, doch anscheinend war das Glück heute nicht auf ihrer Seite. Snowden musterte sie einmal von Kopf bis Fuß, kam dann auf sie zu und ließ sich vor ihr auf ein Knie sinken.

Elizabeth schaute Hilfe suchend zu ihrer Mutter hinüber, doch die hatte ihr Gesicht abgewandt.

»Elizabeth, ich hoffe, Sie halten mich nicht für unverschämt, wenn ich sage, dass ich mit Ihrer Situation vertraut bin und das Gefühl habe, Ihnen behilflich sein zu können. Ich weiß, wie sehr Sie Will geliebt haben – schließlich war ich derjenige, der Sie beide getraut hat. Natürlich müssen Sie sein Kind bekommen. Allerdings tun Sie weder ihm noch dem verstorbenen Mr Keller etwas Gutes, wenn Sie das Kind außerhalb der Ehe zur Welt bringen. Ich weiß, dass Sie mich nicht lieben, zumindest nicht auf die Weise, wie eine Frau ihren Ehemann liebt, und ich erwarte auch gar nicht, dass Sie es versuchen.« Er hielt inne, um sein Gewicht etwas zu verlagern, und schaute mit wachsamer Miene zu ihr auf, als würde er sich Sorgen machen, sie mit seinen Worten aus Versehen zu verletzen. »Ich möchte mich hier in der Stadt niederlassen und ein richtiges Zuhause haben. Ich denke, wenn wir heiraten würden, könnten wir eine Art Familie gründen. Ich könnte Ihnen Schutz vor der gesellschaftlichen Zensur bieten, und umgekehrt könnten Sie die Stadt für mich zu einem glücklichen Ort machen ...«

Er verstummte und Elizabeth schloss die Augen. Einen Moment lang war es völlig still im Raum, bis auf die Geräusche des knisternden Feuers und des Regens, der draußen auf das Pflaster fiel. Dann sagte er: »Würden Sie mich heiraten?«

Ihre Mutter hatte sie zu einem Mädchen erzogen, das jeder gern heiraten wollte, deshalb hatte sie schon einige Männer erlebt, die vor ihr auf die Knie gegangen waren. Es war schon eine merkwürdige Wendung des Schicksals, dass dieser Mann, der zwar absolut annehmbar war, aber wohl kaum den gesellschaftlichen Stand hatte, nach dem sich eine Debütantin sehnte, am Ende ihr Ehemann werden würde. Elizabeth wusste, dass es Mrs Holland wesentlich lieber gewesen wäre, wenn Teddy Cutting jetzt hier auf dem Teppich gekniet hätte, wenn auch nicht so sehr wie Elizabeth selbst. Doch Teddy war nicht da.

Stück für Stück wurde ihr die volle Tragweite von Snowdens Angebot bewusst, und als sie sah, was es für sie bedeutete und was für ein Opfer er damit brachte – schließlich würde er damit die Möglichkeit aufgeben, selbst die Liebe seines Lebens zu finden, nur um sie und Wills ungeborenes Kind zu beschützen –, griff sie nach seiner Hand.

»Oh ja«, flüsterte sie. »Vielen Dank.«

Als sie die Augen wieder aufmachte, kam er auf die Beine und gab ihr einen flüchtigen Kuss auf die Wange, ohne ihre Hand loszulassen. »Ich werde dafür sorgen, dass Sie ein schönes Heim haben, Elizabeth.«

Sie schaffte es zwar nicht zu lächeln, nickte aber zustimmend. Dann kam ihre Mutter zu ihnen herüber und legte eine Hand auf ihre Hände.

»Mr Cairns«, sagte sie. Ihre dunklen Augen blinzelten, während sie ihn anblickte. »Sie müssen gut auf mein Kind aufpassen. Sie ist alles, wofür ich lebe.«

Dann umarmte sie ihn. Auch Edith gesellte sich dazu, und obwohl man ihr die Kopfschmerzen immer noch deutlich ansah, schaffte sie es, ein leicht gequältes Lächeln aufzusetzen. Sie legte die Arme um das zukünftige Ehepaar und flüsterte ihnen Glückwünsche zu.

»Ich möchte Sie daran erinnern, dass ich Mr Holland sehr gut kannte«, sagte Mr Cairns, ohne eine von ihnen direkt anzusehen. »Und ich weiß, wie sehr er es gewollt hätte, dass ich Sie gut behandele.«

Elizabeth nickte wieder. Die Welt war ein seltsamer Ort – man bekam von ihr Steine in den Weg gelegt, doch wenn man ruhig und konzentriert blieb und sich bemühte, das Richtige zu tun, fand man immer einen Ausweg. Sie hatte sich die Lösung für das alles irgendwie anders vorgestellt, aber das spielte jetzt keine Rolle mehr, denn die Straße, die in diese Richtung führte, war noch nicht gebaut worden. Es hatte einfach nicht sein sollen. Stattdessen hatte sich ein anderer Pfad ergeben, und das war gut so. Sie würde Mutter werden, und dieser Gedanke erfüllte sie mit unbändiger Freude.

»Ich schätze, Sie werden mir zustimmen, dass wir uns mit der Hochzeit beeilen sollten, um keinen Verdacht zu erregen. Wir müssen so schnell wie möglich handeln …«, sagte Snowden zu Mrs Holland oder vielleicht zu Tante Edith, denn Elizabeth hörte nicht mehr zu. Sie dachte an Will, an seinen rechtschaffenen Charakter, an seine Bereitschaft, hart zu arbeiten, und an alles, was er für sie getan hatte. Vielleicht würde sie jetzt am Ende in der Lage sein, das Richtige für ihn zu tun.

45

Viele meiner üblichen Quellen sind zu dieser ruhigen Jahreszeit verstummt, allerdings haben einige meiner neuen Freunde mir vom überraschenden Auftritt der jüngeren Holland-Schwester, Miss Diana, bei den Hayes' am vergangenen Abend berichtet. Angeblich war sie auf besonderen Wunsch des Sohnes des Hauses – Grayson – eingeladen worden. Was immer das bedeuten mag …

– Aus der Gesellschaftskolumne der
New York News of the World Gazette,
Samstag, den 3. März 1900

Als sie von der Kirche zurückkamen, wollte Diana sich nur noch in ihr Zimmer verkriechen. Es war eine kurze und nüchterne Hochzeitszeremonie gewesen, zu der lediglich ihre kleine Familie und ein paar von Snowdens Leuten gekommen waren. Reverend Needlehouse hatte den Gottesdienst abgehalten und dabei gelegentlich zur Schwester der Braut hinübergeschielt, als würde ein übler Geruch von ihr zu ihm herüberwabern. Anschließend waren Braut und Bräutigam in ihr neues Apartment gefahren, und die Hollands waren in ihr Haus am Gramercy Park zurückgekehrt, wo Diana nun wieder die einsame Schwester in einem traurigen Zuhause war. Sie hatte bereits einen Fuß auf die Treppe gesetzt, doch bevor sie sich mit ihren ganz privaten Seelenqualen zurückziehen konnte, verstellte ihre Mutter ihr den Weg.

»Di, deine Schwester hat sehr viel Glück gehabt.«

Diana musterte ihre Mutter, die nun schon über ein Jahr lang Trauer trug. Dianas schlichtes dunkelblaues Wollkleid wirkte auch nicht wesentlich fröhlicher, und sie hätte Mühe gehabt zu sagen, wer von ihnen düsterer aussah.

»Ich weiß«, sagte sie nach einer kurzen Weile.

Als ihre Schwester ihr das Geheimnis verraten hatte, dass sie die ganzen letzten Wochen schweigend mit sich herumgetragen hatte, war Diana ganz elend geworden. Die vage Unruhe, die sie seit der Sache mit Grayson in einer der Galerien seines Elternhauses mit sich herumgeschleppt hatte, verwandelte sich plötzlich in Übelkeit, als sich das gesamte Ausmaß von dem, was sie getan hatte, in einem völlig neuen Licht zeigte. Schließlich konnte das Ganze fürchterliche und unerwartete Konsequenzen haben, und dieses Wissen ließ ihre Stimmung noch weiter in den Keller sinken.

»Wenn es stimmt, was ich in den Zeitungen gelesen habe, nämlich dass Grayson Hayes sich für dich interessiert, dann wäre das sehr gut«, fuhr ihre Mutter fort und verriet Diana auf diese Weise, wie enttäuscht sie eigentlich über die Hochzeit war, die eben stattgefunden hatte. Auch wenn man so nach außen hin den schönen Schein wahren konnte und die Hochzeit Elizabeth erlaubte, ihr Kind zu bekommen, war es mit Sicherheit nicht die großartige Verbindung, die sich Mrs Holland erhofft hatte. »Wie du weißt, habe ich lange nicht viel von der Hayes-Familie gehalten, und es mag andere Verehrer für dich geben, die mir lieber wären. Doch die Hayes' besitzen ein großes Vermögen, und auch wenn es wehtut, das zugeben zu müssen: Ihnen gehört die Zukunft.«

Diana sah keine Möglichkeit, darauf zu antworten, ohne alles zu verraten, was passiert war – und das konnte sie natürlich niemals tun. Sie verzog das Gesicht und nickte nur, bevor sie die dunkle Treppe hinaufging, die unter ihrem Gewicht ein wenig ächzte. Dem gesamten Haus war das Alter inzwischen deutlich anzumerken. Zumindest kam es dem jüngsten Mitglied der Familie so vor, als wäre es seit der Rückkehr aus Florida um hundert Jahre gealtert, und mit genau diesem Gefühl ließ sich Diana erschöpft auf ihr Bett fallen. Was würde sie noch alles durchmachen müssen, während sich die Geschichte ihres Lebens fortschrieb? Die Story war doch sowieso schon so lang, dass sie schon jetzt kaum noch zwischen zwei Buchdeckel passte.

Was sie und Grayson miteinander getrieben hatten, unterschied sich gar nicht so sehr von dem, was sie vor all den Monaten mit Henry erlebt hatte, trotzdem fühlte sie sich dieses Mal völlig anders. Nachdem sie mit Henry geschlafen hatte, war es ihr so vorgekommen, als wäre ihr Körper von einer wunderbaren pinken Aura umgeben gewesen – aber diesmal spürte sie lediglich Bedauern. Jedes Mal, wenn sie die Augen schloss, durchlebte sie unwillkürlich die hitzigen Momente mit Grayson, und die Erinnerung daran bohrte sich in ihre Brust wie ein heißer Schürhaken. Denn dabei sah sie auch immer wieder Henrys geisterhafte Erscheinung im Türrahmen, und es spielte kaum eine Rolle, ob er wirklich Zeuge ihrer Sünde geworden war oder ob sie sich das nur eingebildet hatte. Was sie getan hatte, hatte nichts mit Liebe zu tun, und das war der große Unterschied.

Egal, was ihre Mutter gesagt hatte – sie wusste, dass sie Grayson niemals heiraten würde. Er hatte ihr gesagt, dass er sie liebte, und nach allem, was sie wusste, mochte das sogar stimmen. Doch sie konnte das Gefühl einfach nicht erwidern – das wusste sie in ihrem tiefsten Inneren –, was bedeutete, dass sie sich in Wahrheit wie ein Flittchen benommen hatte. Sie hatte eben mit angesehen, wie ihre Schwester einen Mann geheiratet hatte, den sie nicht liebte, und auch wenn Elizabeths Gesichtsausdruck eher gleichgültig gewesen war, so hatte Diana doch deutlich gespürt, wie viel es ihr ausmachte, so schnell wieder zu heiraten, obwohl ihre Liebe zu Will so rein gewesen war und immer noch in ihr brannte.

Diana zog die Knie bis zum Kinn hoch und rollte sich auf ihrem Bett zusammen. Hier in diesem Zimmer mit der lachsfarbenen Stofftapete, dem Eisbärenfell und dem goldfarben gepolsterten Schaukelstuhl war Henry das erste Mal zu ihr gekommen. Sie hatten zusammen auf dem Fell bei dem kleinen Kamin mit der Blechummantelung gelegen. Sie hätte alles dafür gegeben, die Uhr bis zu diesem Moment zurückdrehen zu können, bevor sie entdeckt hatte, dass Henry anders war, als er schien, und zu was für hässlichen Fehlern sie selbst fähig war. Nach allem, was sie getan hatte, fühlte sie sich innerlich leer, konnte aber nicht weinen. Nichts davon ließ sich rückgängig machen – alles, was sie getan hatte, war unausweichlich zu einem Teil von ihr geworden.

Sie hatte bekommen, was sie sich gewünscht hatte, allerdings nicht auf die Art, wie sie sich das ausgemalt hatte. Sie hatte sich anders fühlen wollen, und das tat sie jetzt auch – sie fühlte sich noch schlechter. Sie war älter und hatte einiges an Unschuld verloren, doch falls sie tatsächlich geglaubt hatte, Grayson könnte ihr helfen, nicht mehr an Henry denken zu müssen, dann hatte sie sich furchtbar getäuscht. Henry war zu einem Dauermieter in ihrem Gehirn geworden, und das, was er ihr angetan hatte, kam ihr auf einmal gar nicht mehr so schlimm vor, denn sie hatte ihm das Gleiche angetan und wusste jetzt, wie wenig sich das lohnte und wie bitter der Geschmack von Rache war.

46

Am heutigen Abend hat Elizabeth Holland den ehemaligen Geschäftspartner ihres Vaters, Mr Snowden Trapp Cairns, in einem privaten Gottesdienst in der Grace Church geheiratet. Wir dürfen annehmen, dass sie sich nach allem, was sie letzten Herbst durchgemacht hat, ein ruhigeres Leben wünscht, mit einem Mann, der nicht derart im Mittelpunkt der Öffentlichkeit steht wie Henry Schoonmaker ...

– Aus der Gesellschaftskolumne des *New York Imperial*, Samstag, den 3. März 1900

Das Dover war ein cremefarbenes Gebäude, das Mitte der Siebzigerjahre errichtet worden war und direkt am Park lag. Die Apartments darin boten genügend Raum für einen Salon, eine Bibliothek und Zimmer für die Hausmädchen. Auf jeder Etage gab es Aufzüge und Wäscheschächte, und alles erstrahlte in einem nagelneuen, absolut modernen Glanz. Die Wohnung der Cairns' nahm die gesamte dritte Etage ein und sah in den Augen der neuen Frau des Hauses verdammt merkwürdig aus. Sämtliche Möbel waren völlig neu und unbenutzt, außerdem eher praktisch als kunstvoll angeordnet. Alles wirkte teuer, gleichzeitig schien es, als gäbe es hier irgendwie zu wenig Objekte, um den Raum zu füllen.

»Was für ein schöner Ort«, sagte Elizabeth, als sie durch die Tür kam.

Snowden lächelte und streckte die Hand nach ihrem Umhang aus. Einer seiner Angestellten hatte ein Feuer im Kamin entzündet, und ihr Ehemann bat sie mit einer Geste, davor Platz zu nehmen. Der Regen hatte nicht nachgelassen, und weil jetzt jeder wusste, unter wessen Schutz ihr Kind geboren würde, galt die Aufmerksamkeit von Snowdens Personal nun hauptsächlich Elizabeths Gesundheit und der Sorge, sie könnte sich irgendwie zu sehr anstrengen.

Sie waren alle zusammen zur Kirche gegangen, doch danach waren Elizabeth und Snowden wie jedes andere verheiratete Paar alleine nach Hause gefahren, aus Angst vor den neugierigen Blicken irgendwelcher Schnüffler, die womöglich herausfinden wollten, ob mehr hinter der Sache steckte, als die Zeitungen berichtet hatten. »Niemand hätte je gedacht, dass eine Holland mal so weit im Norden wohnen würde«, hatte ihre Mutter beim Abschied gesagt und dabei ein komisches Gesicht gemacht.

Elizabeth hatte sich noch nie dermaßen müde gefühlt. Es war die Art von Erschöpfung, die man nach einer langen Zeit voller Sorgen spürt, wenn die Probleme endlich gelöst sind. Sie war viel zu erledigt, um sich über den seltsamen Kommentar ihrer Mutter jetzt noch den Kopf zu zerbrechen, also folgte sie Snowdens Aufforderung und ging zu dem mit weißem Musselin gepolsterten Eastlake-Sofa, um sich hinzusetzen. Das Sofa war weich, allerdings irgendwie kastenförmig, deshalb war sie nicht ganz sicher, wie sie darauf sitzen sollte. Morgen würde sie anfangen, aus dieser Wohnung ein Zuhause zu machen, und jeden Tag ein bisschen mehr daran arbeiten, bis zur Geburt ihres Kindes. Doch für den Moment musste sie sich deswegen keine Sorgen machen.

Snowden stand immer noch im Eingang und trug den braunen Anzug, den er vor ein paar Stunden im Kaufhaus Lord &

Taylor geholt hatte. Auch Elizabeths schlichtes elfenbeinfarbenes Kleid stammte von dort. Es hatte einen kleinen Stehkragen und weite Ärmel, die nur am Handgelenk gerafft waren – ein Kleid von der Stange, das nicht extra für sie angefertigt worden war. Irgendwie war ihr bei dieser Sache etwas unbehaglich gewesen, und vor dem Altar war ihr dann aufgefallen, dass es daran lag, weil der Ablauf ihrer Hochzeit der mit Will extrem ähnelte und dass sogar Wills Anzug auf merkwürdige Art und Weise dem glich, den Snowden ausgesucht hatte.

»Woran denkst du, meine Liebe?«, fragte ihr Ehemann aus dem Schatten.

»Oh.« Elizabeth seufzte. Sie holte kurz Luft und versuchte zu lächeln. Dann rutschte sie ein Stückchen nach vorne und zuckte mit den Schultern. »Es ist nur …« Vielleicht lag es an der Müdigkeit, aber plötzlich hatte Elizabeth Angst, dass sie gleich anfangen könnte zu weinen. Nach allem, was Snowden für sie getan hatte, kam ihr das ziemlich undankbar vor, also runzelte sie die Stirn und versuchte, die Tränen zu unterdrücken.

»Nur zu«, sagte Snowden freundlich. »Du kannst es mir sagen. Es gibt nichts, was mich stören könnte.«

Sie schloss die Augen. »Ich habe nur daran gedacht, dass ich bis zum heutigen Abend Mrs Keller gewesen bin«, flüsterte sie.

Snowden kam zu ihr herüber und setzte sich neben sie auf das Sofa. Irgendwas in ihr sträubte sich dagegen, ihn anzusehen, doch als sie seinen freundlichen Gesichtsausdruck sah, seufzte sie und wedelte hilflos mit den Händen, als wollte sie zeigen, wie lächerlich und sentimental ihre Gedanken waren, obwohl das ihren Gefühlen komplett widersprach.

»Natürlich.« Snowden bedachte sie mit einem verständnisvollen Lächeln. »Ich weiß, dass du im Herzen immer Mrs Keller bleiben wirst.«

»Das ist wirklich nett von dir«, erwiderte Elizabeth und hatte sofort ein schlechtes Gewissen.

Ein Hausmädchen erschien im Türrahmen, und Snowden winkte es herein. Sie nahm Kurs auf den kleinen quadratischen Eichentisch, der vor ihnen stand, und goss beiden ein Glas Rotwein ein. Snowden wartete, bis das Mädchen in der schwarz-weißen Uniform wieder verschwunden war, dann hob er sein Glas. Elizabeth blinzelte und fasste ihr Glas am Stiel, um mit ihm anzustoßen. Aus Höflichkeit nippte sie an ihrem Wein, obwohl ihr überhaupt nicht nach Alkohol war.

»Auf unsere Familie«, sagte Snowden, bevor er trank.

Elizabeth lächelte und stellte das Weinglas zurück auf den Tisch. Dann fiel ihr plötzlich etwas ein.

»Ich schätze, dass ich jetzt zweimal rechtskräftig getraut wurde«, sagte sie spontan und ohne darüber nachzudenken, wie das für Snowden klingen musste. Dann landete ihr Blick auf dem Gesicht ihres neuen Ehemanns und entdeckte, dass er eine ziemlich seltsame Miene machte. »Das bin ich doch – oder nicht?«

Es folgte eine fürchterliche Stille und Elizabeth wusste plötzlich, dass der Satz, der nun folgte, komplett gelogen sein würde.

»Ja.« Das erste Wort kam ihm noch etwas zögerlich über die Lippen, aber als er weiterredete, klang Snowden wieder so selbstsicher und ruhig wie immer: »Natürlich bist du das, aber da die Papiere für die erste Eheschließung in Boston ausgestellt wurden und weil es mit Sicherheit einige Elizabeth Hollands und Will Kellers auf dieser Welt gibt, musst du dir deswegen bestimmt keine Sorgen machen.«

Dann lächelte er und legte seine Hände auf ihre Finger, die sie brav im Schoß gefaltet hatte. Am liebsten hätte sie ihm gesagt, dass ihr die Vorstellung, jemand könnte die Sache mit ihrer vorigen Hochzeit herausfinden, deutlich weniger Sorgen machte als der Gedanke, dass sie dem Andenken an Will nicht gerecht werden könnte. Der seltsame Moment blieb ihr im Gedächtnis hängen, und obwohl sie sich anstrengte, konnte sie es nicht verhindern, dass sie sich deswegen irgendwie irritiert fühlte. Doch dann schloss sie die Augen und sagte sich, dass sie jetzt mit jemand anders verheiratet war und dass sie die Erinnerung an Will vielleicht im Geheimen wachhalten konnte. Außerdem würde es wahrscheinlich immer irgendwelche merkwürdigen Momente zwischen ihnen geben, die man nicht unbedingt erklären musste.

»Bist du müde, meine Liebe?«, fragte Snowden.

»Ja, ziemlich«, erwiderte sie.

»Komm, ich bringe dich ins Bett.« Snowden erhob sich, ohne ihre Hand loszulassen.

Elizabeth riss verwirrt die braunen Augen auf. Einen Moment lang hatte sie Panik, dass er ihre Vereinbarung schrecklich missverstanden haben könnte, und presste schützend eine Hand an ihr Herz.

»Ich dachte, wir könnten …«

»In *dein* Bett, meine Liebe. Mein Bett befindet sich am Ende des Flurs.«

»Oh.« Elizabeth lächelte erleichtert, während sie vom Sofa aufstand. Sie kam sich ein bisschen lächerlich vor, sofort irgendwelche Probleme zu sehen, wo eigentlich gar keine waren, verstärkte ihren Griff um seine Hand und sagte in warmem Tonfall: »Vielen Dank, Mr Cairns.«

»Nicht der Rede wert.«

Dann führte er sie durch den Flur mit dem neuen Parkett und den Stuckarbeiten an der Decke und blieb an der Tür zu dem Zimmer stehen, in dem sie ab jetzt jede Nacht verbringen würde, um sie ganz leicht auf die Stirn zu küssen. Sie konnte schon fast spüren, wie ihr Kopf das Kissen berührte und wie der Schlaf sie übermannen würde. Dann würde sie von Will und ihrem Kind träumen und für ein paar Stunden würden sie wieder zu dritt sein.

»Gute Nacht«, sagte sie und legte eine Hand auf den Türknauf.

»Gute Nacht«, sagte Snowden und wandte sich zum Gehen. »Gute Nacht, Mrs Cairns.«

47

Wir gratulieren Mr Edward Cutting zu seiner heroischen Entscheidung, der Armee beizutreten und in der Fremde seinem Vaterland zu dienen. Ob ihm wohl weitere Herren der guten Gesellschaft folgen werden? Wir können nur hoffen, dass dies der Fall sein wird, denn es wäre immerhin ein kleiner Schritt, um den Ungleichheiten in unserer großen Nation etwas entgegenzuwirken.

– Von der Titelseite der *New York Times*,
Sonntag, den 4. März 1900

An diesem Morgen fühlte sich Penelope im Haus der Schoonmakers schon ganz wie zu Hause, deshalb rauschte sie so energisch und elegant durch die Flure, dass sie damit sicherlich einige Adlige aus den Königshäusern Europas eingeschüchtert hätte. Sie hatte eine zierliche Kaffeetasse aus Porzellan in der Hand und hatte ihren leuchtend roten Rock mit der anderen ein Stück nach oben gerafft, damit er nicht über den Boden schleifte. Heute gab es jede Menge zu tun. Als Erstes würde sie ein passendes Hochzeitsgeschenk für die ehemalige Verlobte ihres Mannes aussuchen müssen – was schenkte man wohl einem Mädchen in dieser Situation? Dann war da Penelopes Sommergarderobe, die immer noch nicht fertig zusammengestellt war, außerdem waren die kommenden Wochen vollgestopft mit dermaßen vielen Veranstaltungen, um die sie sich kümmern musste und von denen sich manche ärgerlicherweise sogar überschnitten. Hinter jeder Tür wartete eine wichtige Entscheidung auf sie, doch sie fühlte sich leicht und war auch ein bisschen frech drauf, deshalb hatte sie keinen Zweifel, immer die richtige Wahl zu treffen. Sie strotzte regelrecht vor Energie.

»Henry«, rief sie, als sie ihre Suite betrat. Jemand hatte das Bett gemacht, während sie frisiert worden war und ein Croissant genascht hatte, und nun erstrahlte der Raum in seiner sanften weiß-goldenen Pracht. Sie lächelte, weil alles genau dort war, wo es hingehörte. Nur von Henry fehlte natürlich jede Spur. Sie war auch gestern wieder ohne ihn ins Bett gegangen, während er garantiert bis spät in die Nacht aufgeblieben war, um sich zu besaufen, also lag er jetzt garantiert immer noch auf der Couch im Nachbarzimmer und schlief seinen Rausch aus. Als sie an dem Abend vor drei Tagen die Party verlassen hatte, war sie die Einzige gewesen, die noch nüchtern gewesen war, weshalb auch niemand außer ihr mitbekommen hatte, wie erst Henry und später dann Grayson und Diana mit leicht zerknitterter und verrutschter Kleidung von einem merkwürdigen Streifzug durch das Haus zurückgekehrt waren. Sie konnte sich nur vorstellen, was Henry gesehen hatte, und das tat sie auch. Schließlich war es nur eine Frage der Zeit, bevor er endlich nüchtern wurde und realisierte, dass seine Situation eigentlich ganz angenehm war.

Zufrieden schlürfte sie ihren Kaffee und dachte über die Ausbeute ihrer Intrigen nach. Lächelnd kam sie zu dem Schluss, dass am Ende alles gut ausgegangen war. Dass sie vom Schoonmaker-Personal jetzt dermaßen fürsorglich verwöhnt wurde, lag natürlich an einem lästigen Missverständnis, das früher oder später aufgeklärt werden musste. Aber Henry wusste endlich, dass Diana komplett verdorben war, also würde er bald die Kurve kriegen und zu seiner Frau zurückkommen. Das würde ihrer derzeitigen Zwickmühle ein Ende setzen, auch wenn Penelope garantiert nicht vorhatte, dem alten Schoonmaker irgendwelche Enkelkinder zu schenken. Zumindest nicht sofort. Es war schließlich ihre erste Saison als verheiratete Dame der Gesellschaft: Es gab neue Kleider, die sie vorführen wollte, und so viele gesellschaftliche Anlässe, die sie besuchen musste, dass sie absolut keine Lust hatte, in nächster Zeit fett und aufgedunsen zu werden und im Haus bleiben zu müssen. Sie wusste noch nicht so recht, wie sie mit dieser Sache umgehen würde. Aber sie hatte die richtigen Karten in der Hand und kannte das Spiel. Sie hatte ihre gewohnte Selbstsicherheit endlich zurückgewonnen.

Sie lächelte ein wenig bei dem Gedanken, dass Elizabeth bald wie ein Walross durch die Gegend watscheln würde, unfähig, irgendwas Spaßiges zu machen, denn ihre rasche Heirat war wohl die Bestätigung für das, was Penelope schon in Florida vermutet hatte – dass Elizabeth ein Kind bekommen würde und sogar schneller, als alle erwarteten.

»Henry?«, rief sie erneut. Sie stellte die Porzellantasse auf dem kleinen handgeschnitzten Tischchen am Fußende des Bettes ab und rauschte an dem Haufen von Schrankkoffern vorbei, die heute Morgen mit dem Dampfer eingetroffen waren – schließlich war sie doch nicht ganz unvorbereitet, was die kommende Saison betraf –, und ging ins angrenzende Zimmer.

Die Dunkelheit im Innern gefiel ihr ganz und gar nicht und es dauerte ein paar Sekunden, bis sie merkte, dass die Vorhänge noch nicht aufgezogen worden waren.

»Henry?«, rief sie wieder, während sie zum Fenster ging und die Vorhänge zur Seite schob. Licht flutete den Raum und landete auf dem weichen Lederpolster der Couch mit den Kelimkissen und der lächerlich idyllischen Wandmalerei an der Decke. Eigentlich hätte Henry genau hier sein sollen – sie legte den Kopf zur Seite und ließ den Blick durch den Raum wandern, um nach Dingen zu suchen, die nicht an ihrem Platz waren. Sie ging zur Couch und fuhr mit den Fingern über die Kissen, als könnte sie auf diese Weise einen Hinweis bekommen, wo Henry zu dieser Tageszeit stecken mochte – es war zu spät für ihn, um immer noch zu trinken, und zu früh, um bereits auf den Beinen zu sein.

»Ja, Penelope?«

Sie drehte sich um und verschränkte die Hände hinter dem Rücken, als hätte er sie bei irgendwas Verbotenem ertappt. Ihr Ehemann war durch das Schlafzimmer gekommen, stand nun im Türrahmen und starrte sie an.

»Ich war nur ...« Penelope verstummte, weil der Anblick von Henrys Outfit sie völlig aus dem Konzept brachte. Seine Kleidung ähnelte nichts, was er je getragen hatte. »Wo hast du das denn her?«

»Das hier?« Er schaute an seinem maßgeschneiderten dunkelblauen Mantel mit den Messingknöpfen herab und musterte dann die hellblaue Hose, die dank der Ledergamaschen besonders eng anlagen. Bei Henrys Anblick in Uniform schlug ihr Herz ein wenig schneller, und sie merkte, dass sie ihm in die Augen starrte und unwillkürlich auf ihn zuging. Er hielt eine Feldmütze in der Hand und sah trotz der üblichen Ablehnung in seinem Blick einfach umwerfend aus. »Von der U.S. Army, der ich jetzt angehöre.«

Einen Moment lang fand Penelope diese Vorstellung schrecklich romantisch, und sie überlegte, was sich ein Mann wohl alles wünschen würde, bevor er abreisen musste. Sie lächelte geheimnisvoll und stemmte eine Hand in die Hüfte. Dann beäugte sie Henry etwas genauer und erkannte auf einen Schlag, dass er sich nicht zu ihrem privaten Vergnügen so angezogen hatte. Sie ließ die Hand sinken, und ihr Lächeln war auf einmal wie weggewischt, während sie fast schon panisch auf ihn zuhastete.

»Ich werde heute an Bord gehen.«

Blanke Angst wallte in ihr auf. »Wohin fährt das Schiff?«

»Das weiß ich nicht.« Er räusperte sich. »Teddy ist unterwegs zu den Philippinen. Ich bin nicht sicher, wo ich stationiert sein werde.«

Allmählich dämmerte es ihr, dass sie zwar etwas getan hatte, um zu verhindern, dass er sich je von ihr trennen würde, während er nun einen anderen Weg gefunden hatte, die Stadt zu verlassen. »Du wirst New York doch nicht *wirklich* verlassen?«

»Ich werde meinem Land dienen, Penelope.« Er seufzte und schaute weg. Einen Moment lang hatten seine Augen kampflustig aufgeblitzt, doch in der nächsten Sekunde war der Ausdruck verschwunden. »Es wird morgen in der Zeitung stehen, aber ich dachte, ich sollte es dir persönlich sagen. Gott weiß, dass ich schon genug angerichtet habe, und ich möchte nicht noch mehr Menschen Schmerz zufügen.«

Ihr ganzer Körper war inzwischen in Alarmbereitschaft, und im Geiste sah sie schon die Schlagzeilen vor sich, während sie sich gleichzeitig fragte, was Henrys Vater jetzt von ihr denken würde. Sie spürte bereits das trostlose Gefühl in ihrer Magengrube, das sich dort breitmachen würde, wenn er wirklich und wahrhaftig weg war. Henry ging zurück ins Schlafzimmer. Sie konnte die Vorstellung nicht ertragen, dass er bald abreisen würde, und stürzte ihm hinterher, um sich ihrem Ehemann vor die Füße zu werfen. Die Vorstellung, sich ständig mit ihm zu streiten und zusehen zu müssen, wie er sich in der Stadt rumtrieb und unschöne Dinge tat, war ihr wesentlich lieber, als ihn auf diese Weise an ein fremdes Land zu verlieren. Sie kniete am Boden und spürte die unnachgiebigen Holzdielen sogar durch ihre diversen Röcke. Ohne zu zögern, streckte sie die

Arme aus und schlang sie um Henrys Beine, sodass ihre Ärmel aus dunkelroter Chinaseide wie Fesseln wirkten. Er wich immer noch zurück, und sie wurde ein paar Zentimeter mitgeschleppt.

Sie schaute zu ihm auf und stellte fest, dass ihr auf ganz natürliche Art und Weise Tränen in die Augen traten. »Was ist mit dem Kind?«, heulte sie. Sie wusste, dass sie sich lächerlich machte, doch es fiel ihr nichts Besseres ein.

Henry beugte sich herab, fasste sie unter den Achseln und zog sie energisch auf die Füße. »Es gibt kein Kind«, sagte er, als sie sich wieder auf Augenhöhe befanden.

»Aber …«

»Ich wünsche dir alles Gute, meine Liebe«, sagte Henry in einem Ton, der Penelope das Gefühl gab, er hätte sie gerade fein säuberlich in einen Karton gepackt, um sie für immer in einem Hinterstübchen seines Lebens zu verstauen. Wertvolle Sekunden tickten vorbei, und ihr war klar, dass sie kaum noch Zeit hatte, um irgendeinen Weg zu finden, ihn aufzuhalten.

»Aber, *Henry*.«

Für die Dauer eines Herzschlags blieben seine dunklen Augen an ihr hängen, dann setzte er die Mütze auf. Er war nur wenige Schritte von der Tür entfernt, als Penelope auf das Bett zurannte und dabei den Rock unter den Füßen hochzog, ohne darauf zu achten, ob sie den Stoff zerriss. Heulend warf sie sich in die Kissen.

»Henry, Henry, Henry, geh nicht fort!« Ihre Tränen waren mittlerweile zu einem heißen Strom angeschwollen, und ihr gesamter Körper zitterte angesichts des fürchterlichen Schicksals, alleine in Henrys Haus zurückgelassen zu werden. »Ohne dich bin ich nichts!«

Das war die Wahrheit, was ihr klar wurde, sobald sie die Worte ausgesprochen hatte. Sie ballte die Fäuste und trommelte damit auf die goldbestickte Bettdecke, doch Minuten verstrichen, ohne dass etwas passierte. Als sie wieder aufschaute, war Henry verschwunden. Er war schon lange weg.

Sie schniefte und putzte sich die Nase am Ärmel ab – es war ihr egal, ob sie das Kleid dadurch ruinierte. Morgen würde sie ein neues bestellen. Sie stützte sich auf einen Ellbogen und versuchte, ihre Wangen mit den Handballen trocken zu reiben. Allmählich wurde ihr Atem wieder etwas langsamer.

»Oh Henry«, sagte sie leise zu sich selbst.

Draußen ließ der Regen, der seit zwei Tagen ununterbrochen vom Himmel gefallen war, endlich nach, und sie wusste, dass sie ihre Situation mit neuen Augen sehen würde, sobald sie aufstand und ihr Gesicht wieder in Ordnung brachte. Sie konnte ihn momentan nicht aufhalten – er war erst mal auf und davon. Aber morgen war ein neuer Tag, und danach gab es noch jede Menge weiterer Tage. Sie kam auf die Beine und rief nach ihrem Hausmädchen. Sie war nicht dumm und sie hatte genug Zeit, um sich einen Plan einfallen zu lassen, wie sie ihn zurückbekommen konnte.

48

Bitte lies alles.
– H. S.

Der Brief kam am Nachmittag, als es immer noch so stark regnete, dass der Bote völlig durchnässt wurde. Diana hatte das Ding, das auf der flachen Keramikschale neben der Tür lag, ängstlich beäugt, denn sie war sich mittlerweile sicher, dass Henry gesehen hatte, was sie getan hatte. Wahrscheinlich hatte er sich in der Nachricht alle Wut von der Seele geschrieben, um sie so richtig zur Schnecke zu machen. Erst nach dem Abendessen, als alle anderen schon im Bett waren, schlich sie los, um den Umschlag zu holen, weil sie ein bisschen abergläubisch war und meinte, dass auf diese Weise niemand da sein würde, um ihre Gedanken zu erraten. Sie hatte keine Ahnung, ob sie überhaupt in der Lage sein würde, die gesamte Botschaft auf einmal zu lesen.

Edith, die sich immer noch nicht komplett von der Party bei den Hayes' erholt hatte, hatte vor dem Abendessen im Vorbeigehen einen Blick auf den Brief geworfen. Doch anscheinend fehlte ihr die Energie, ihn heimlich aufzumachen. »Oh, so jung wie du zu sein …«, war alles, was sie gesagt hatte, bevor sie ziemlich früh ins Bett gegangen war.

Am Ende dauerte es mehrere Stunden, bevor Diana den Mut hatte, das Siegel aufzubrechen. Der dunkle Himmel hatte schon angefangen, wieder heller zu werden und sich violett zu färben, als sie den Umschlag schließlich öffnete. Das allein war so nervenaufreibend, dass sie zu zittern anfing und den Brief noch mal für eine Weile beiseitelegen musste. Schließlich schimpfte sie ein bisschen mit sich selbst und entschied, dass nur ein Feigling den Konsequenzen seiner Taten nicht ins Auge sehen konnte. Also nahm sie den Brief und ging zu dem Eisbärenfell, um sich dort im Schneidersitz auf den Boden zu setzen. Sie zupfte ihre Röcke zurecht, holte tief Luft – und dann wurde ihr schon wieder das Herz gebrochen. Als sie den Brief endlich aus der Hand legte, fühlte sie sich vollkommen anders.

Meine liebste Di,
ich hab's wirklich vermasselt.
Wenn man die Dinge von außen betrachtet, könnte das Ganze vielleicht sogar komisch wirken und ich könnte darüber lachen, wenn es dabei nicht um mich selbst, aber vor allem, wenn es nicht um Dich gehen würde. Doch es geht wirklich um Dich und nichts könnte für mich tragischer sein.
Angesichts meiner unglaublichen Fehltritte fällt es Dir vermutlich ziemlich schwer, mir zu glauben, dass ich Dich immer nur beschützen wollte. Doch das war meine Absicht, auch wenn die Auswirkungen gegen mich sprechen, nicht nur, als ich Penelope geheiratet habe, sondern auch noch während all der Schnitzer, die ich mir danach geleistet habe. Ich hatte die Hoffnung, Dich davor schützen zu können, dass Du in der Öffentlichkeit in einem schlechten Licht dastehst. Jetzt erkenne ich, wie dumm und vergeblich das alles war. Mit allem, was ich gemacht habe, habe ich Dir großes Leid zugefügt und selbst fürchterlich darunter gelitten, dass ich mit ansehen musste, wie Dir ständig von anderen der Hof gemacht wurde. Dies ist zweifellos eine Konsequenz meiner großen Vergehen, allerdings kann ich es nicht länger ertragen.

In der Tat möchte ich lieber sterben, als zuzusehen, wie Du die Geliebte eines anderen wirst – ein Teil von mir ist bereits gestorben, als ich Dich im Hause der Hayes' mit Grayson zusammen gesehen habe. Aus diesem Grund und aus dem Bedürfnis heraus, für all meine Fehler zu büßen, werde ich die Stadt verlassen und der Armee beitreten. Ich werde für unsere großartige Nation im Pazifik in den Krieg ziehen. Ich weiß, dass ich vielleicht sterben werde, doch das erscheint mir besser, als ohne Dich leben zu müssen. Außerdem bin ich der Überzeugung, dass es einen Mann ausmacht, Schwierigkeiten gegenüberzutreten und auch dann noch vorwärtszugehen, selbst wenn am Ende des Weges große Gefahren und möglicherweise der Tod stehen. Nach allem, was ich getan habe, ist mein Versuch zu beweisen, dass ich immer noch ein Mann bin, sicher nicht das Schlechteste.
Der Brief ist schon viel zu lang und vermutlich bist Du es inzwischen leid, meine Worte zu lesen. Doch bevor ich aufbreche, wollte ich Dir noch sagen, wie fürchterlich leid es mir tut, dass ich Dir so viel Schmerz zugefügt habe. Und wenn ich sterben sollte, möchte ich, dass Du weißt, dass Du die einzig wahre Liebe meines Lebens warst. Wenn Du das hier liest, bin ich bereits fort, aber Du kannst Dir sicher sein, dass ich im Geiste immer bei Dir bin.

Für immer Dein,
Henry William Schoonmaker

Diana las den Brief dreimal und drückte dann eine Hand vors Gesicht, um nicht zu weinen. Sie blinzelte wütend, doch es half nichts. Sie saß vor dem Feuer, während ihr die Tränen die Wangen hinunterliefen, und legte sich dann aufs Bett, um dort weiterzuheulen. Sie weinte, weil sie so stur und eigensinnig gewesen war, und wegen all der dummen Missverständnisse, die zwischen ihnen vorgefallen waren. Sie weinte um den einzigen Mann, den sie je geliebt hatte, und wegen der Entfernung, die sie jetzt trennte. Zwischen ihnen klaffte ein riesiger Abgrund, der sich nun nicht mehr überbrücken ließ. Das Schlimmste war, dass sie sich nur deshalb so oft gegenseitig betrogen hatten, weil ihnen das Vertrauen fehlte – und nicht, weil böse Absicht dahintersteckte.

Sie ging ans Fenster und starrte hinaus auf die ersten hell erleuchteten Fenster und die letzten blassen Sterne am Himmel. Sie fragte sich, wie viele Leute da draußen existierten, die unter völlig falschen Eindrücken lebten. Wie viele gebrochene Herzen mochte es geben, die einfach durch Nachlässigkeit oder mangelnden Mut entstanden waren? Wie viele jahrzehntealte Fehler schlummerten hinter den vornehmen Gardinen? Wieder kamen ihr die Tränen, und sie schluchzte, bis sich ihr schmaler Körper ausgelaugt und leer anfühlte. Sie wusste, dass es nichts brachte, noch länger zu weinen.

Sie ging zu ihrem Schminktisch – einem kunstvoll gearbeiteten Möbelstück aus dunklem Holz, das mit geschnitzten Blumen und Engeln verziert war und ihr an so vielen Abenden ihr Spiegelbild gezeigt hatte, als sie noch voll von diesem mädchenhaften Zauber gewesen war. Sie wusste, dass sie jetzt älter aussah. Die Haut unter ihren Augen wirkte mitgenommen, und ihre Gesichtszüge traten schärfer hervor als sonst. Trotzdem fühlte sie sich noch jung genug, um nach ein paar ernst gemeinten Küssen und einer ordentlichen Mütze Schlaf wieder frisch auszusehen.

Sie stützte die Ellbogen auf den Tisch und stützte die Stirn in die Hände. Dann fuhr sie sich mit den Fingern durchs Haar und vergrub beide Fäuste darin. »Oje, oje«, flüsterte sie zu sich selbst und begann hektisch, die Nadeln aus ihrer Frisur zu ziehen.

Als sie alle Haarnadeln entfernt hatte und ihre dicken braunen Locken ihr Gesicht umrahmten wie lodernde Flammen, wusste sie, dass der Schlaf noch warten konnte, während sie die ernst gemeinten Küsse aber sofort brauchte. Ihre Hände tasteten suchend über den Tisch, bis sie die Schere gefunden hatten. Einen Moment lang klammerte sie die Finger um den vergoldeten Griff und überlegte, ob sie vielleicht ein bisschen verrückt geworden war. Doch im Gegensatz zur letzten Woche wirkte ihr Blick klar und nachdenklich, und sie hatte plötzlich keinen Zweifel daran, dass das, was sie jetzt tun würde, das Einzige war, was tatsächlich Sinn machte.

Sie begann zu schneiden, arbeitete sich mit langsamen und präzisen Bewegungen vor, bis immer mehr Haar zu Boden fiel und kleine flauschige Häufchen zu ihren Füßen bildeten. Sie starrte weiter konzentriert in den Spiegel, bis nichts mehr auf ihrem Kopf übrig war als eine kurze Frisur, wie sie oft von kleinen Jungen getragen wurde. Sie hatte ein derart sanftes und weibliches Gesicht, dass es nur schwer vorstellbar war, dass man sie nicht als Mädchen erkennen würde, aber während der ganzen Zeit war ihr Entschluss immer stärker geworden, also würde sie sich von solch einer Kleinigkeit nicht aufhalten lassen. Sie würde Henry folgen, auch wenn das hieß, der Armee beizutreten, und auch wenn es bedeutete, dass sie wie ein Mann leben musste. Auf jeden Fall hatten sich ihre Gesichtszüge verändert, und sie wirkte älter – vielleicht würde das allein ja schon reichen, um die gewünschte Täuschung zu erreichen.

Die Nacht war vorbei, als sie ein letztes Mal das Kinn zur Seite drehte, um ihren freien Nacken im Spiegel zu betrachten. Sie fühlte sich hundert Pfund leichter, und als sie aufstand, wusste sie, dass sie alles in sich trug, was wirklich zählte. Sie packte einen kleinen Koffer und steckte Henrys Brief ein. Dann löschte sie das Licht und schlich die Treppe hinunter.

Diana hatte eine Melone auf dem Kopf, in deren Futter die Initialen *H. W. S.* eingestickt waren, und trug einen alten französischen Soldatenmantel. Sie warf dem Haus mit der Nummer siebzehn einen langen Blick zu, bevor sie schließlich in Richtung Fluss davonging. Der Regen hatte aufgehört und die Luft war klar und so frisch, dass man sich allein beim Atmen lebendig fühlte. Es duftete nach Frühling und nach einem vielversprechenden Neuanfang.

DANKSAGUNG

All denjenigen, die so hart mit mir an diesem Fortsetzungsroman gearbeitet haben, bin ich unendlich dankbar. Besonders bedanken möchte ich mich bei Sara Shandler, Farrin Jacobs, Josh Bank, Les Morgenstein, Andrea C. Uva, Nora Pelizzari, Lanie Davis, Kristin Marang, Allison Heiny, Cristina Gilbert, Melissa Dittmar, Kari Sutherland, Barb Fitzsimmons, Alison Donalty, Ray Shappell, Elise Howard, Susan Katz und Kate Jackson.

»Du bist das Licht in meiner Dunkelheit ...«

Emma Scott
THE LIGHT IN US
Aus dem amerikanischen
Englisch von
Inka Marter
416 Seiten
ISBN 978-3-7363-1044-5

Charlotte Conroy stand am Anfang einer großen Karriere als Geigerin, doch dann zerbrach ihr Leben, und die Musik in ihr verstummte. Aus Geldnot nimmt sie den Job als Assistentin für einen jungen Mann an, der sein Augenlicht bei einem Unfall verloren hat. Noah Lake war Fotograf und Extremsportler, immer auf der Jagd nach dem nächsten Adrenalinrausch. Nun stößt er alle Menschen von sich, unfähig, sein Schicksal anzunehmen. Doch Charlotte ist entschlossen, ihm zu beweisen, dass das Leben noch so viel mehr zu bieten hat ...

»Atemberaubend und einzigartig!« MARYSE'S BOOK BLOG

LYX

Kannst du auf dein Herz vertrauen, obwohl es gebrochen ist?

Sarina Bowen
THE IVY YEARS –
WENN WIR VERTRAUEN
Aus dem amerikanischen
Englisch von
Ralf Schmitz
400 Seiten
ISBN 978-3-7363-0966-1

Eine Nacht voller Leidenschaft haben Bella und Rafe zusammen verbracht. Obwohl Bella spürt, dass die Zeit mit Rafe etwas ganz Besonderes war, traut sie sich nicht, ihren Gefühlen nachzugeben. Doch Rafe will die Verbindung, die zwischen ihnen herrscht, nicht aufgeben. Aber da wird Bella Opfer einer Mobbingattacke, die sie dazu bringt, sich vor der ganzen Welt zu verstecken. Wird es Rafe jemals gelingen, ihr Vertrauen zu gewinnen?

»Wunderbar gefühlvoll und romantisch. Eine Protagonistin, mit der du mitfieberst, und ein Protagonist, der dein Herz höher schlagen lassen wird.« KRISTEN CALLIHAN

LYX